MISSION TERRE

LA PLUS GRANDE DÉKALOGIE
DE L'HISTOIRE DE LA LITTÉRATURE
DE SCIENCE-FICTION

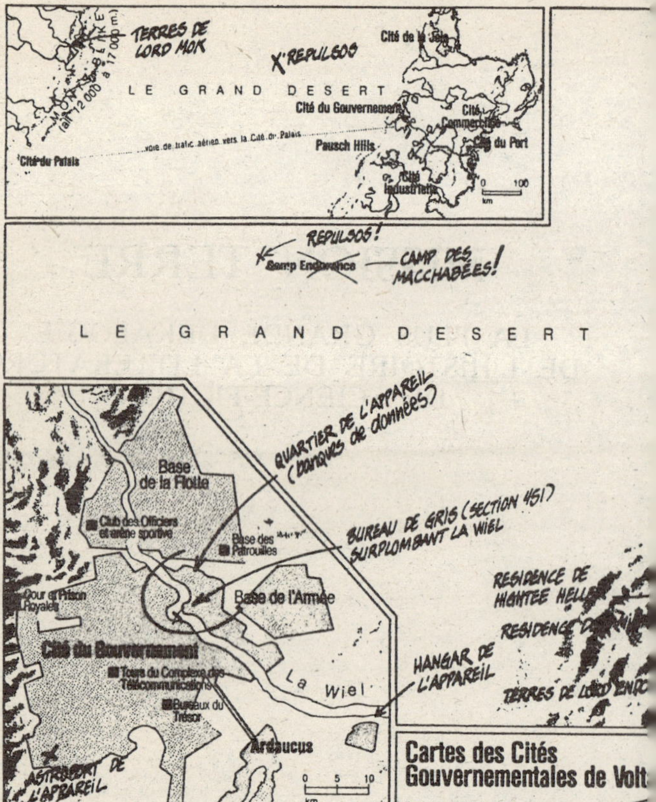

Cartes des Cités Gouvernementales de Volt

Traduit par 54 Charlee Neuf

MONTAGNES VERTES (alt. 3000 à 5000 m.)
de la Joie
plaines verdoyantes
Réserve de Secours de la Flotte
Base de la Flotte
Base de l'Armée
SECTION PROVOCATION
La Wiel
Cité Commerciale
du Port
Ardaucus
lac
Pausch Hills
l'Energie
Océan Occidental
0 10 20 50 100
km.
LES COMMENTAIRES AU STYLO
ONT ÉTÉ AJOUTÉS A L'INTENTION
DES CHERS LECTEURS PAR
Division cartographique de l'Empire
Confédération de Voltar
Carte à l'usage des civils:
CITÉS GOUVERNEMENTALES DE VOLTAR
Serie D - Numéro 00570 39 . 3205001 . 01

ŒUVRES DE L. RON HUBBARD
DANS POCKET

MISSION TERRE

1. LE PLAN DES ENVAHISSEURS
2. LA FORTERESSE DU MAL
3. L'ENNEMI INTÉRIEUR
4. UNE AFFAIRE TRÈS ÉTRANGE
5. L'EMPIRE DE LA PEUR
6. OBJECTIF MORT
7. DESTINATION VENGEANCE
8. CATASTROPHE
9. NOIRE VICTOIRE
10. REQUIEM POUR UNE PLANÈTE

TERRE CHAMP DE BATAILLE

1. LES DERNIERS HOMMES
2. LA RECONQUÊTE
3. LE SECRET DES PSYCHLOS

SCIENCE-FICTION
Collection dirigée par Jacques Goimard

L. RON HUBBARD

MISSION TERRE

Tome 9

NOIRE VICTOIRE

PRESSES DE LA CITÉ

Publié par
Les Presses de la Cité
12, av. d'Italie
75627 Paris Cedex 13

et

NEW ERA ® Publications International ApS
Store Kongensgade 55, 1264 Copenhague K
Danemark

Titre original : MISSION EARTH * — Villainy Victorious

Traduit de l'américain par Michel Demuth
Pour NEW ERA ® Publications International ApS

ISBN 2-266-04641-1

À VOUS, millions de fans de la science-fiction,
et à tous les lecteurs en général,
à tous ceux qui m'ont si chaleureusement accueilli
à mon retour dans le monde de la fiction,
ainsi qu'aux critiques et aux médias
qui ont applaudi le roman
TERRE Champ de Bataille.

Je suis heureux d'écrire pour vous tous!

L. Ron Hubbard

Mise en garde du Censeur voltarien

Ce n'est pas l'introduction d'un nouveau narrateur qui a rendu plus comestible ce conte aussi bizarre que fallacieux.

Et il n'aura guère gagné en crédibilité en avançant l'idée que les événements politiques de la Confédération des 110 planètes aient eu pour cause une race stupide et inexistante appartenant à une planète qui évoque plus un asile d'aliénés qu'autre chose.

La position de la Couronne est donc plus ferme que jamais.

La planète Terre n'existe pas!

Lord Invay, Historien Royal,
Président du Conseil des Censeurs

Palais Royal, Cònfédération de Voltar

Par ordre de Sa Majesté Impériale Wully le Sage

Préface du traducteur voltarien

Hello! Hello!

Revoici votre traducteur préféré, 54 Charli Neuf. Comment ça va?

Il se peut que Lord Invay n'apprécie guère d'avoir un nouveau narrateur mais, pour moi, la tâche est plus aisée. Monte Pennwell ne s'exprime qu'en voltarien. Je suis programmé pour toutes les langues, mais il m'est apparu que les informations concernant les langages de cette inexistante planète Terre étaient plutôt rares.

J'ai remis à jour le lexique concernant ce volume et vous le trouverez à la suite.

Votre dévoué,
54 Charli Neuf
Cerveau-robot du Traductophone

Lexique pour Noire Victoire

Afyon : Ville de Turquie où l'*Appareil* a installé sa base secrète. (Voir carte.)

Agnes, Miss : Assistante personnelle de *Rockecenter.*

Appareil de Coordination de l'Information : Police secrète de *Voltar*, placée sous les ordres de *Lombar Hisst* et composée de criminels. Son symbole est une pagaie à l'envers qui ressemble à une bouteille, ce qui a valu aux membres de l'*Appareil* le surnom d'« *ivrognes* ».

Balmor : Majordome de *Jettero Heller* et de la *comtesse Krak* sur Terre.

Bang-Bang Rimbombo : Ex-marine, expert en destruction. Membre du gang *Corleone.*

Barben, I.G. : Société pharmaceutique terrienne contrôlée par *Rockecenter.*

Bawtch : Chef de bureau de *Gris* sur *Voltar.*

Bittlestiffender, Prahd : Jeune cytologiste voltarien que *Gris* a amené sur Terre afin de diriger un hôpital à *Afyon.* (Voir *Cytologie.)*

Blito-P3 : Nom voltarien d'une planète appelée localement « Terre ». Troisième planète (P3) d'une étoile naine jaune dénommée Blito.

Blixo : Transporteur de l'*Appareil* qui fait régulièrement la navette entre *Voltar* et *Blito-P3.* Le voyage dure environ six semaines. Il est commandé par le capitaine Bolz.

Calendrier d'Invasion : Le calendrier voltarien des conquêtes galactiques. Les plans et le budget de chaque branche gouvernementale de *Voltar* doivent être parfaitement en accord avec le calendrier. Mis au point par les ancêtres voltariens il y a plusieurs centaines de milliers d'années, ce calendrier jamais transgressé est considéré comme le dogme sacré de la *Confédération.*

Chochotte : Surnom de *Twolah.* Lui et *Oh Chéri* ont été contraints par *Gris* de collecter des informations sur *Voltar* pour les lui transmettre secrètement sur Terre.

Code (transgression du) : Il s'agit de la violation du *Code spatial a-36-544-M*, lequel code interdit d'avertir les populations étrangères de la présence des Voltariens. La transgression est punie de mort, aussi bien pour les coupables que pour les indigènes.

Confédération : voir *Voltar.*

Corleone : Famille de la Mafia dirigée par Babe Corleone, ex-chorus girl du *Roxy* et veuve de « Saint Joe » Corleone.

Crobe (Dr) : Cytologiste de l'*Appareil* qui prend plaisir à créer des monstres à partir d'êtres humains.

Cytologie : Science médicale voltarienne qui permet de réparer partiellement ou totalement l'organisme par la régénération cellulaire des tissus.

Division Extérieure : Département de l'administration voltarienne dont l'*Appareil* faisait partie.

Démon Manco : Esprit mythologique de la planète *Manco.*

Éclair bleu : Flash violent de lumière dont les vaisseaux spatiaux de *Voltar* se servent afin de rendre inconsciente toute créature vivante avant de se poser. Également appelé « lumière paralysante ».

Endow, Lord : Chef de la *Division Extérieure.*

Epstein, Izzy : Étudiant de l'*Université d'Empire* (autrement dit l'Université de New York) dont *Heller* s'est attaché les services afin qu'il mette sur pied un conglomérat de sociétés.

Faht Bey : Nom turc du commandant de la base secrète de l'*Appareil* à *Afyon*, en Turquie.

Faustino « la cravate » Narcotici : Chef d'une famille de la Mafia qui écoule clandestinement les drogues de l'*I.G. Barben* et vise à s'emparer du territoire de la famille *Corleone.*

FFBO : Fable, Farce, Burp et Obscène. La plus grande agence de publicité du monde.

Flooze et Plank : Cabinet d'avocats qui a la charge des intérêts de *Rockecenter.*

Flotte : La force spatiale d'élite de *Voltar*, à laquelle appartient *Heller* et que méprise l'*Appareil.*

Gracious Palms : Élégant établissement de prostitution dirigé par la famille *Corleone* et situé en face de l'immeuble des Nations Unies. *Jettero Heller* y a résidé lors de son premier séjour à New York.

Grafferty : Officier de police corrompu de New York, surnommé « Bulldog ».
Grand Conseil : Le gouvernement de *Voltar* qui a décidé l'envoi d'une mission sur *Blito-P3* pour éviter son autodestruction et respecter le *Calendrier d'Invasion.*
Gris, Soltan : Officier de l'*Appareil* responsable de la section *Blito-P3* (Terre) et ennemi juré de *Jettero Heller.*
Heller, Hightee : Sœur de *Jettero Heller.* La star la plus célèbre de la *Confédération de Voltar.*
Heller, Jettero : Ingénieur de combat et officier royal de la *Flotte*, envoyé par le *Grand Conseil* sur Terre où il opère sous le nom de *Jerome Terrance Wister.*
Hisst, Lombar : Chef de l'*Appareil* dont le but est de s'emparer du pouvoir au sein de la *Confédération* et qui, à cette fin, a chargé *Gris* de saboter la mission d'*Heller.*
Inkswitch : Nom qu'utilise *Gris* quand il se présente comme agent du FBI.
Ivrognes : Voir *Appareil.*
Joy, miss : Voir *Krak.*
Junior : Surnom donné à Delbert John Rockecenter II.
Karagoz : Paysan turc, majordome de la villa de *Gris* à *Afyon.*
Krak, comtesse : Condamnée pour meurtre, elle a été emprisonnée à *Répulsos.* Elle est la maîtresse d'*Heller.* Sur Terre, elle utilise le nom d'emprunt de *Joy Divine Krackett.*
Madison, J. Walter : « Public relations » renvoyé de *FFBO* pour avoir causé le suicide du président de la Patagonie. Réengagé par *Trapp* pour immortaliser *Heller* (qui ignore tout de son rôle) par le jeu des médias. Également connu sous le nom de J. Warbler Madman.
Manco : Planète natale d'*Heller* et de la *comtesse Krak.*
Maysabongo : Heller a été nommé représentant de ce petit État africain. *Izzy Epstein* a établi le siège social de certaines des sociétés d'*Heller* au *Maysabongo.*
Monsieur Calico : Chat de race « calico » dressé par *Krak.*
Mortiiy, prince : Leader d'un groupe rebelle de la planète Calabar.
Océan Verd : Océan occidental de *Voltar.*
Oh Chéri : Surnom de *Oh Oh.* Avec *Chochotte*, il est chargé de collecter des informations sur *Voltar* pour les retransmettre à *Gris*, sur Terre.
Oh Oh : Voir *Oh Chéri.*
Pokantickle : Résidence de *Rockecenter* proche de New York.
Répulsos : Depuis mille ans, c'est la forteresse-prison secrète de l'*Appareil*, au cœur des montagnes.

Rockecenter, Delbert John : Un Terrien qui contrôle le carburant de la planète, les finances, les gouvernements et la drogue.

« Saint Joe » : Voir *Corleone.*

Sayzee, J.E. : L'homme au menton éternellement noir qui travaille pour le compte de la Grabbe-Manhattan Bank de *Rockecenter.*

Secoueur-chaud : Boisson voltarienne très populaire.

Section Couteau : Section de l'*Appareil* qui porte le nom de son arme favorite.

Simmons, miss : Fanatique de l'antinucléaire.

Snelz : Commandant de section de *Répulsos* qui s'est lié d'amitié avec *Heller* et *Krak* lorsqu'ils étaient détenus dans la forteresse-prison.

Sultan Bey : Nom turc que *Gris* porte à *Afyon.*

Tayl, veuve : Nymphomane voltarienne.

Trapp : Le tout-puissant avocat de *Rockecenter.* Son passe-temps favori est de nourrir ses serpents avec des souris blanches.

Twiddle (sénateur) : Supporter de *Rockecenter* au Congrès.

Twolah : Voir *Chochotte.*

Utanc : La belle danseuse du ventre achetée par *Gris* et qui est son esclave-concubine.

Voltar : Planète centrale de la *Confédération* des 110 mondes fondée il y a 125 000 ans. Voltar est gouvernée par le *Grand Conseil,* sous l'autorité suprême de l'Empereur et en accord avec le *Calendrier d'Invasion.*

Wister, Jerome Terrance : Nom utilisé par *Heller* sur Terre.

Whopper, Teenie : Une teenager qui passe son temps à séduire *Gris.*

SOIXANTE ET ONZIÈME PARTIE

À l'attention de :
Éditions biographiques
Cité du Commerce
Planète Voltar

Messieurs !

Je suis absolument ravi des accords que nous avons pris. Je puis vous assurer que nos noms demeureront à jamais inscrits dans l'histoire.

Je n'arrivais pas à croire que mon gouvernement ait pu me mentir. Et je n'avais pas la moindre idée que quiconque ait pu monter une dissimulation à cette échelle. C'est pour cela que je fus bouleversé en découvrant qu'on avait éliminé, modifié ou détruit des archives afin que nul n'apprenne l'existence de cette planète particulière désignée sous le nom de Terre.

Pourquoi vouloir nier l'existence d'une planète mineure située à seulement 22,5 années-lumière de distance ?

Eh oui ! Telle est bien l'histoire que je m'efforce ardemment et ardument d'écrire !

Afin que vous puissiez mieux apprécier mon travail, je vous adresse ce que j'ai rédigé jusqu'alors tout en continuant mon récit. Je vous ai déjà posté la première partie. Permettez-moi de vous remettre les choses en mémoire. Ce n'est pas une mince affaire car l'imagination vacille devant l'ampleur des événements évoqués. Néanmoins, je vais essayer d'y arriver.

Ainsi que je l'ai découvert, la Terre est sous le contrôle d'un homme qui est propriétaire des ressources en carburant – Delbert John Rockecenter (Senior). Son pouvoir est tel qu'il peut influer sur le destin politique d'un pays par un simple coup de téléphone à l'un de ses hommes de main.

La mission qui avait été confiée à Jettero Heller, officier de la Flotte voltarienne, était de dépolluer la planète et de mettre au point une source d'énergie économique et sûre afin d'assurer la survie de la Terre jusqu'à la date de son invasion.

En débarquant sur Terre, Heller assumait l'identité de Delbert John Rockecenter Junior qui lui avait été donnée par le chef de l'Appareil de Coordination de l'Information, Lombar Hisst. Et cela parce que Hisst voulait que l'officier de la Flotte échoue dans sa mission, pensant qu'ainsi les Rockecenter se rabattraient sur Heller. Hisst souhaitait l'échec de cette mission car il se servait de la Terre pour produire des drogues psychotropes qu'il introduisait sur Voltar dans le cadre de sa conspiration contre l'Empire.

Mais ce que tous ignoraient, c'est qu'il existait un authentique héritier de la fortune de Rockecenter, Delbert John Rockecenter II.

La première personne à tenter d'arrêter Heller fut l'avocat de Rockecenter, Trapp, qui donna à Heller la fausse identité de Jerome Terrance Wister. Pourtant, il n'y parvint pas. Heller devint consul d'une nation africaine, le Maysabongo, et entreprit de créer des sociétés qui déposèrent des brevets de sources d'énergie nouvelles – un générateur de micro-ondes révolutionnaire, un nouveau type de carburateur qui ne consommait pas d'essence, des voitures qui roulaient sans le carburant dispensé par Rockecenter. Quand les valeurs pétrolières chutèrent, Heller se servit des disponibilités financières du Maysabongo pour tout racheter et prendre le contrôle des industries pétrochimiques de toute la planète.

Mais Rockecenter n'avait rien d'un idiot, et il disposait également de pouvoirs qu'Heller pouvait difficilement contrer – la présidence des États-Unis, par exemple, ainsi que l'ensemble des forces armées du pays.

Un certain dimanche après-midi, Rockecenter se préparait à se rendre à Philadelphie pour participer à la conférence Swillberger dont il avait le contrôle. Le président des États-Unis devait être appelé juste avant la conférence cette même nuit. Ordre allait lui être donné de déclarer la guerre au Maysabongo devant le Sénat dès le lendemain.

Bang-Bang conduisit Heller, son conseiller financier, Izzy Epstein, ainsi que « Junior » jusqu'à l'immense demeure de

Rockecenter et ils intervinrent alors que Rockecenter chapitrait Trapp et le rendait responsable de sa situation difficile.

Heller proposa à Rockecenter de ne pas déclencher la guerre, d'offrir à « Junior » (son fils véritable) un fonds de 10 milliards de dollars, et de rédiger un nouveau testament pour lui léguer tous ses biens. En échange, Heller donnerait à Rockecenter ses brevets et une part de l'empire pétrolier dont il était devenu propriétaire.

Avec un sourire de serpent, Rockecenter se déclara d'accord et l'on signa des documents. C'est alors que le serpent frappa!

Après une brève bagarre, l'avocat de Rockecenter, Trapp, se retrouva inconscient sur le sol et Heller, désarmé, impuissant, cerné par la troupe.

Et Rockecenter récupéra les papiers qui lui conféraient le contrôle de tout et les mit à l'abri dans une mallette d'acier. Puis il se tourna vers le général qui commandait les soldats qui tenaient Heller et Izzy Epstein en joue et lui dit : « Général, surveillez cette racaille juqu'à mon retour. Ensuite, nous serons en état de guerre et nous aurons besoin d'un peloton d'exécution! »

Quoi? Heller aurait donc tout perdu?

Mais ne craignez rien! Moi, Monte Pennwell, le premier, le seul et le plus grand des journalistes d'enquête de Voltar, je vous livre tout le récit!

1

Rockecenter récupéra son chapeau et sa lourde mallette. Puis il s'approcha de Trapp, toujours effondré derrière le canapé, et lui donna un coup de pied.

– Que vous soyez mort ou non, vous ne m'êtes plus d'aucune utilité. À présent, je vais me rendre à Philadelphie pour essayer de réparer encore une de vos bévues.

Il sortit par l'une des portes-fenêtres, la referma derrière lui et cria :

– Que l'on m'amène ma voiture ainsi qu'un tank de protection!

Obéissant à un signe du général, deux soldats se saisirent d'Izzy, lui croisèrent les bras dans le dos et cherchèrent un lien pour le ligoter.

Deux autres se chargèrent de Junior qui, après une brève résistance, se retrouva sur le plancher.

C'est alors que le général désigna Heller.

La voiture de Rockecenter avait été avancée et il descendit l'escalier. Mais arrivé en bas, il s'arrêta, les yeux fixés sur l'allée.

Les soldats avaient empoigné Heller par les deux bras.

– Mais vous vous trompez! clama-t-il. Il ne peut s'agir de moi! Je suis son fils.

– Quoi? fit le général.

– Mais c'est tout à fait vrai, ajouta Heller. Il voulait vous montrer ces deux types, là-bas.

Izzy et Junior le fixèrent, interloqués.

Le général se décida à franchir la porte-fenêtre dans l'intention évidente d'aller s'informer auprès de Rockecenter. Mais Rockecenter venait enfin de monter dans sa voiture qui démarrait à l'instant.

D'où il se trouvait, Heller pouvait observer la voiture. Elle venait de s'arrêter. Il pria pour que le général ne s'en aperçoive pas.

– Bon, il faut que je vérifie, grommela le général. Il me faut une meilleure preuve que ces papiers d'identité bidon!

– Justement, lui dit Heller. Décrochez le téléphone, là, sur le bureau, et appelez les urgences du FBI à Washington. Demandez à parler aux agents Cretinsky et Cassglutch.

Il croisa les doigts. Ces deux agents étaient ceux sur lesquels il était tombé en premier en débarquant aux États-Unis l'automne de l'année précédente et il n'avait jamais plus entendu parler d'eux *.

Le général s'approcha du bureau, tournant le dos à la porte. Si jamais il se détournait, il ne manquerait pas de remarquer la limousine. Apparemment, le chauffeur de Rockecenter attendait que le tank arrive car on entendait gronder le moteur du blindé. Le général demandait à parler à Cassglutch et Cretinsky. Il patienta une seconde, puis dit :

– Vous êtes l'agent Cretinsky? Ici le général Flood, de la garde nationale de New York. Nous avons ici un individu qui prétend être le fils de M. Rockecenter... Oui, je vous le décris. Environ 1,90 mètre, élancé, cheveux blonds, yeux bleus. Dans les dix-huit ans... (Il colla la main au récepteur.) C'est quoi votre prétendu nom?

– Delbert John Rockecenter Junior, dit Jet.

---

* Voir Tome 2, *La Forteresse du mal.*

Il vit que le tank venait de se placer devant la limousine. Un sergent, grimpé sur la tourelle, montrait sur une carte le trajet à l'officier.

– Il déclare s'appeler Delbert John Rockecenter Junior, dit le général. Je vous appelle de Pokantickle, la résidence de M. Rockecenter...

Il tendit soudain le téléphone à Heller.

– Il veut que vous lui parliez pour s'assurer du son de votre voix.

Heller ne quittait pas la voiture et le tank du coin de l'œil : ils n'avaient toujours pas redémarré.

– Bonjour, agent Cretinsky, fit-il. Je souhaitais seulement vous rappeler que nous n'avons jamais trouvé de sépulture décente pour Mary Schmeck.

– JUNIOR! Hé, Cassglutch, c'est lui! C'est Junior! Prends l'autre téléphone!

– Salut, Junior! lança Cassglutch. Je suis heureux de t'entendre. Est-ce que tu sais qu'on n'a jamais entendu parler de Trapp?

– Jamais, surenchérit Cretinsky. Il a pas pipé mot.

– C'est vraiment moche! fit Heller. Mais c'est une bonne chose que vous me l'ayez dit. Parce que je suis majeur, à présent, et qu'il y a un héritage important...

Les deux agents du FBI eurent un rire de connivence.

– Justement, l'autre jour, continua Heller, je me demandais si je n'avais pas quelques dettes qui traînaient. Je suis vraiment content de vous avoir recontactés parce que je vais avoir besoin d'aide pour remettre de l'ordre dans toutes mes affaires. Qu'est-ce que vous diriez d'un job bien payé?

– Junior, on peut donner notre congé à la minute même, l'assura Cassglutch. On attendait juste une occasion.

– Eh bien, vous la tenez, dit Heller. Vous voulez que je vous repasse ce général?

Il tendit le téléphone au général dont les oreilles devinrent très vite d'un rose intense. Il dévisagea Heller et se redressa quelque peu avant de raccrocher.

– Je suis désolé, dit-il. Je connais encore peu ces questions de famille.

– En amour comme à la guerre, tout est juste, déclara Heller, énigmatique. (Du coin de l'œil, il vit que la limousine et le tank avaient enfin disparu.) Bon, à présent, général, conduisez ce Trapp jusqu'à votre hôpital volant et, s'il n'est pas encore mort, qu'on lui fasse une belle et longue opération. Mettez la bonne dose d'anesthésiant car il très douillet. Quant à ces deux autres, mettez-les sous bonne garde.

Izzy et Junior le fixaient avec des yeux horrifiés.

– Ainsi que vous ne l'ignorez pas, poursuivit-il, il y a de nombreux saboteurs du Maysabongo qui rôdent aux alentours. Je vais donc vous demander une moto, afin que mon chauffeur puisse aller en reconnaissance sur la route. S'il ne signale rien, je prendrai alors ma voiture et j'essaierai de rejoindre papa.

– Très bien, lieutenant Rockecenter, fit le général.

Et il aboya un ordre à l'un de ses aides de camp qui attendait sur le seuil.

2

Heller se précipita au-dehors. Aucun signe de la limousine de Rockecenter et du tank. Il avisa le sergent qui avait indiqué le trajet à l'officier de tourelle.

– Sergent! (L'autre se présenta immédiatement et le salua.) Il est essentiel qu'ils suivent un parcours sûr. J'espère que vous le leur avez bien indiqué.

– Oh, tout à fait, lieutenant. (Le sergent sortit sa carte.) On signale des partisans du Maysabongo dans New York. Ils vont donc passer dans le New Jersey en traversant le pont de Tappan Zee et prendre Highland Avenue vers le sud, jusqu'à la jonction avec la Palisades Interstate Parkway qui suit l'Hudson. Juste avant d'atteindre le pont George Washington, ils obliqueront vers l'ouest jusqu'à Fort Lee, et là ils arriveront sur l'échangeur du New Jersey. Ils prendront la sortie 6 pour rejoindre l'US 95 et comme ça ils se retrouveront à Independance Hall.

Heller avait tout noté et il se saisit de la carte.

Il rejoignit en courant Bang-Bang, toujours assis au volant, l'air sombre, surveillant avec méfiance les soldats de la garde nationale : l'ex-marine qu'il était n'éprouvait que du mépris à leur égard. Heller le surprit en arrivant derrière lui et il sursauta.

En hâte, Heller lui expliqua la route à suivre et lui tendit la carte. Un soldat s'approchait avec une moto de liaison.

Bang-Bang descendit. Heller prit le casque de motard et l'en coiffa. Puis il prit la sacoche dans le taxi et passa la lanière autour du cou de Bang-Bang.

Le soldat régla l'injection du carburateur, Bang-Bang appuya du pied sur le kick, adressa un regard inquiet à Heller et démarra en pétaradant. Il fonça vers le portail, semant la terreur sur son passage. Bientôt, il eut disparu.

Heller s'installa dans le taxi, qui avait désormais une allure militaire, salua l'officier et démarra à son tour.

Il avait espéré rattraper Rockecenter vers le pont de Tappan Zee. Mais, en franchissant le péage, il ne vit aucun signe de la limousine ou du tank sur la longue chaussée qui enjambait l'Hudson. Il ne pouvait que souhaiter que Bang-Bang aille suffisamment vite. Rockecenter, de toute évidence, avait décidé de rouler à fond.

L'Hudson scintillait en milliers d'étincelles bleues sous le soleil de juillet, immense avenue d'eau qui roulait vers l'océan.

Quatre kilomètres plus loin, sur l'autre rive, Heller se retrouva dans le New Jersey. Il obliqua vers le sud sur Highland Avenue, qui était en fait une véritable autoroute. Bien que l'on fût dimanche, la circulation était presque inexistante au long des vastes parcs qui se succédaient en longeant le fleuve sur plus de vingt-cinq kilomètres. Les États-Unis étaient presque totalement à court de carburant. Les quelques favorisés ou prévoyants qui avaient pu faire des réserves ne les gaspillaient pas pour le pique-nique.

Quelques kilomètres plus loin au sud, la route décrivait une courbe au milieu d'une prairie à l'herbe haute : un ancien golf abandonné. Heller roulait très vite. C'est alors qu'au bout du virage il vit LA LIMOUSINE ET LE TANK!

Ils étaient arrêtés sur le bas-côté.

Rockecenter était descendu et l'un des soldats du tank, apparemment, essayait de remettre en place la grande antenne-fouet de la limousine.

Pas question pour Heller de freiner ou de se baisser pour ne pas être vu.

Rockecenter le regarda fixement! Il leva la main et se mit à vociférer.

Tout se passa en un éclair. Heller doubla la limousine et le tank à plus de 140 à l'heure.

Il abordait un nouveau virage. Sur sa droite s'étendait un parc.

Il amorça la courbe et s'assura dans le rétroviseur qu'il était hors de vue.

Devant lui, il y avait une ouverture entre les arbres.

Il écrasa le frein.

Le vieux taxi dérapa sur le côté dans un gémissement de pneus.

Dès qu'il fut à couvert, Heller s'arrêta.

Dans le brusque silence, il perçut le grondement du tank.
Ouvrant la portière, il risqua un regard entre les feuillages et vit le blindé. Il était d'un modèle ancien, le genre d'engin que l'armée transférait aux unités de réserve quand il était presque bon pour la casse. On lui avait ôté ses chenilles afin de lui permettre de rouler plus vite. En tout cas, antique ou non, il avait deux mitrailleuses à l'avant et un canon de gros calibre. L'officier, portant un casque et des lunettes, se tenait en haut de la tourelle, un .45 au poing. Heller en savait maintenant assez : on avait donné l'ordre de l'abattre à vue.
La limousine apparut à son tour. Heller vit Rockecenter, penché en avant, qui scrutait fiévreusement la route.
Il se souvint de la carte. Sur les cinq kilomètres suivants, jusqu'à la jonction avec Palisades Interstate Parkway, la route touristique faisait de nombreux virages sur les hautes collines qui dominaient l'Hudson. Il attendit.
Quand il eut la certitude qu'il ne risquait plus d'être repéré, il retourna sur l'autoroute et reprit la direction du sud.
Pas la moindre trace de Bang-Bang.
Heller était certain d'une chose : il fallait qu'il récupère ces brevets. Car Rockecenter, comme il l'avait fait pour toutes les inventions qui proposaient des économies de carburant ou des substituts, se contenterait de les oublier dans un tiroir. Il ordonnerait la démolition des centrales à micro-ondes et arrêterait la production des carburateurs et des voitures sans essence. Pour continuer à s'enrichir sur la pollution de la planète.
Si Rockecenter réussissait à faire proclamer la guerre, il récupérerait le contrôle absolu des compagnies pétrolières. Et du reste, comme les banques par exemple. Quant aux gouvernements, ils lui appartenaient par le jeu de la finance internationale. Le seul résultat auquel Heller serait parvenu était d'avoir repoussé la menace d'une guerre thermonucléaire en annihilant la Russie. Mais Rockecenter parviendrait peut-être même à tout reconstituer afin de reprendre le négoce des armes.
Désormais, peu importait à Heller ce qui pouvait arriver à Rockecenter. L'homme avait commis le crime suprême : il n'avait pas tenu sa parole et, aux yeux d'un officier de la Flotte, cela effaçait tout espoir de pitié en cas d'affrontement final. On lui avait proposé un marché juste et il en avait profité comme un voleur, allant même jusqu'à dérober leurs portefeuilles.
Sans ralentir, Heller ouvrit la boîte à gants. Mais il n'y avait pas d'arme à l'intérieur. Il jeta un bref regard sur le siège arrière : rien. Bang-Bang avait sans doute mis le Colt .45

d'ordonnance dans la sacoche. Si jamais le tank réapparaissait, Heller serait totalement désarmé. Tout ce qu'il pouvait espérer désormais, c'était de ne pas se retrouver seul à mains nues contre le blindé.

Il prit plusieurs virages successifs. Et tout à coup il vit l'entrée n° 4 de Palisades Interstate Parkway. Il braqua et s'y engagea.

Trop tard, il découvrit la limousine et le tank d'escorte à moins de deux kilomètres.

L'officier avait dû se retourner. Heller sut qu'on l'avait vu!

Le tank faisait demi-tour. Il laissa passer la limousine et fonça à la poursuite d'Heller.

Heller accéléra. Mais pas assez rapidement.

Une rafale de mitrailleuse cribla les arbres, immédiatement à sa droite!

La tourelle du tank pivotait!

Il freina brutalement.

BLAAAOUM!

L'obus venait d'exploser sur la route, juste devant le taxi, et des fragments jaillirent en sifflant.

Heller passa violemment sur la bande de gauche.

BLAAAOUM!

Un deuxième obus venait d'atteindre l'endroit précis où il était la seconde d'avant!

Au bord extrême de la falaise, la route faisait un autre virage. La limousine et le tank venaient juste de s'y engager.

Heller redressa le vieux taxi. S'il se souvenait bien de ce qu'il avait lu sur la carte, il y avait encore d'autres virages au-delà de ce point, qui épousaient parfois le dessin des falaises.

Il jeta un bref regard sur sa gauche. L'Hudson se déployait majestueusement en dessous. Le fleuve avait creusé son lit dans les premiers reliefs des Catskills et, sur les quelque dix-huit kilomètres à venir, les à-pics de granit hauts de cinquante à cent vingt mètres se succédaient. Sur l'autre berge, à moins de deux kilomètres, s'étendait Yonkers et, vers le sud, à moins de vingt-cinq kilomètres, brillaient les buildings de Manhattan. Aujourd'hui, l'air semblait plus limpide – sans doute à cause de la rareté des voitures et de l'absence de fumées industrielles, et aussi peut-être grâce aux spores d'Ochokeechokee qui avaient déjà commencé leur travail dans l'atmosphère polluée de la Terre. En vérité, c'était une journée splendide et claire. Ce qui rendait Heller d'autant plus furieux car il savait que Rockecenter était déterminé à ruiner ces quelques améliorations.

Il guettait avec anxiété la moindre trace de Bang-Bang. Il

priait en silence pour qu'il n'ait pas été repéré à son tour par le tank.

Huit kilomètres plus loin, la route s'éloigna du bord des falaises entre deux rangées d'arbres aussi imposants que magnifiques.

Une pensée inquiétante lui vint : il risquait maintenant de se laisser distancer. Il accéléra jusqu'à 130.

Droit devant lui, une fois encore, l'autoroute virait à l'est, se rapprochant de l'Hudson.

Il entama le virage.

Et, trop tard, il vit le tank, à moins de cinq cents mètres de distance!

Il devait rouler à moins de 50 à l'heure et Heller allait terriblement plus vite!

BLAAAOUM!

Il avait entrevu l'éclair du canon et braqua sur la gauche.

L'obus passa juste au-dessus du taxi en sifflant. Immédiatement, une rafale de mitrailleuse cribla son pare-brise d'étoiles blanches.

Il vira à droite.

BLAAAOUM!

Un autre obus. Juste sur sa gauche.

Et c'est alors que, soudain, il aperçut la moto. Elle avait été abandonnée sur la voie de gauche! Est-ce que Bang-Bang avait péri dans l'accident?

Mais soudain, Heller comprit ce que cela signifiait.

La limousine et le tank n'étaient plus qu'à quelques centaines de mètres devant lui. Ils abordaient une courbe qui allait les amener juste en surplomb de l'Hudson, qui coulait à cet endroit à cent mètres en contrebas.

Il freina et tourna frénétiquement le volant.

Le taxi fit demi-tour et repartit en sens inverse à toute allure.

BRAOOUUMM!

Un volcan orange jaillit de la chaussée en se déployant dans le ciel.

Arrachant avec lui une bonne centaine de mètres d'asphalte qui allèrent se fragmenter en l'air!

Le tank, comme projeté par une catapulte, partit vers le fleuve!

À la seconde où il atteignait le zénith, il explosa comme une bombe. Le réservoir d'essence et la soute à munitions se changèrent en un véritable ballon ardent.

L'onde de choc projeta le taxi en arrière dans un crissement de pneus torturés.

C'est alors qu'Heller vit la limousine.
Qui tournoyait, très haut dans les airs.
Lentement d'abord, puis de plus en plus vite, elle se mit à plonger vers le fleuve.

3

Les débris retombaient en pluie sur l'autoroute et le taxi.
La colonne de fumée se gonflait dans le ciel d'été comme un ballon noir.
Heller redémarra, contournant des plaques d'asphalte arrachées à la chaussée. Il s'arrêta près du rebord de l'entaille béante creusée dans la falaise.
Il bondit hors du taxi et courut jusqu'à l'extrême bord du précipice. Des fragments retombaient encore dans l'eau.
La marée était haute, apparemment, car les tourbillons remontaient vers le nord, à contresens du courant.
Il chercha en vain une trace de la limousine, cent mètres plus bas.
Un bruit de course derrière lui.
C'était Bang-Bang.
– Je suis content que tu aies vu la moto à temps, fit-il en haletant. C'est le seul moyen qui me soit venu à l'idée pour t'avertir que la route était minée.
– Par tous les Cieux ! Mais je ne t'ai jamais dit de faire sauter toute l'autoroute et la colline avec ! Tu devais juste creuser un fossé !
– Eh bien, quand j'ai ouvert la sacoche, j'ai trouvé ces toutes petites charges et je me suis dit qu'il y avait eu erreur quelque part. J'en ai donc mis un bon paquet. Je dois dire que j'ai jamais vu un explosif aussi compact de toute ma carrière de démolisseur. Doux Jésus, Jet, je suis vraiment désolé. Je crois que j'y suis allé trop fort !
Heller ne se risqua pas à lui révéler qu'il venait de se servir d'explosifs voltariens quelques milliers de fois plus puissants que la dynamite terrienne.
Il repéra soudain la limousine !
Elle venait de refaire surface, à l'envers, recrachant en glouglouttant l'air chaud resté prisonnier du circuit de climatisation. En fait, elle avait dû plonger jusqu'au fond du fleuve avant de remonter.

Les bulles bouillonnaient autour et Heller comprit qu'elle allait être à nouveau immergée dans quelques secondes!

Il se déshabillait déjà!

– Non! cria Bang-Bang. Tu ne peux pas plonger de cette hauteur!

Heller n'avait conservé que ses sous-vêtements. Il s'empara de la sacoche et en sortit un pied-de-biche très court, muni d'une dragonne, puis un petit cylindre, d'aspect lisse et brillant, avec un cadran à une extrémité. Il le fit pivoter d'un coup de pouce.

– Tu n'as rien vu de tout ça! lança-t-il à Bang-Bang.

La limousine allait repartir vers les profondeurs du fleuve. Heller prit rapidement quelques repères sur la rive, puis sauta par-dessus le bord de la falaise.

MAIS IL NE TOMBA PAS!

Bang-Bang, bouche bée, vit qu'il serrait le cylindre dans sa main. Il ignorait qu'il s'agissait d'une bobine antigravifique et ne comprenait rien à la scène qu'il avait sous les yeux.

De sa main libre, Heller fit un nouveau réglage du cadran et plongea d'une trentaine de mètres. Un autre réglage, et les bras déployés comme des ailes, il descendit vers les remous provoqués par la limousine qui coulait.

Il toucha l'eau glacée. Dès qu'il fut sous la surface, il éteignit le cylindre et le mit entre ses dents.

Puis il nagea vers la colonne de bulles.

Refaisant brièvement surface, il inhala une bouffée d'air avant de replonger.

La voiture s'enfonçait lentement mais elle était déjà à plus de cinq mètres sous la surface.

Heller regarda à l'intérieur. Mais à travers l'eau trouble, il ne pouvait discerner que des formes vagues. Il inséra le pied-de-biche dans une portière, mais elle refusa de céder à cause de la pression de l'eau. Et il était impossible de briser les vitres blindées.

Lentement, la limousine descendait vers le fond de l'Hudson. Heller se dit que si jamais l'air s'en échappait totalement, elle tomberait comme une pierre et il n'aurait plus aucune chance de récupérer la mallette de Rockecenter : des plongeurs et des grues seraient nécessaires pour remonter la voiture et toute l'opération serait bien trop lente et surtout trop publique.

La voiture était toujours à l'envers, sans doute à cause des pneus et du réservoir partiellement vide qui constituaient autant de flotteurs.

Il se porta vers un des deux amortisseurs arrière, y inséra la bobine antigravifique et se servit du pied-de-biche pour le bloquer. Puis il tourna le cadran de réglage sur le degré maximum.

La limousine s'immobilisa, puis son arrière se redressa vers la surface.

Heller était à bout de souffle. Il remonta vers la surface à larges brasses et emplit ses poumons d'air.

Lentement, l'arrière de la limousine émergea, monta jusqu'à 1,50 mètre de la surface, puis se stabilisa, comme suspendu en l'air : la bobine antigravifique avait atteint ses limites.

Heller gagna la portière arrière qui venait d'émerger et l'attaqua au pied-de-biche. Avec un claquement, le verrou céda et il réussit à ouvrir.

L'eau s'engouffra à l'intérieur et la limousine redescendit sous les flots.

Il entra. Le corps du chauffeur lui bloquait l'accès et il dut l'écarter. C'est alors qu'il repéra la mallette dont s'échappaient des bulles. Il saisit la poignée et tira violemment avant de rebrousser chemin.

Il rencontra les yeux creux de Rockecenter. Le cadavre l'avait suivi, porté par la turbulence de l'eau.

Il résista à sa première impulsion qui avait été de le repousser. Il le saisit par le col et l'extirpa de la limousine.

Il n'avait que ses deux mains pour tenir à la fois le cadavre et la mallette. Et il fallait absolument qu'il récupère la bobine ! S'il l'abandonnait, ce serait une violation flagrante du Code, car on retrouverait certainement la voiture.

D'une main, il tenait à la fois la mallette et le col de Rockecenter. A présent, la voiture affleurait la surface du fleuve. Du pouce, il tourna le cadran, et, dès que la voiture replongea, il dégagea la bobine de l'amortisseur.

Et il rejaillit en surface.

La berge n'était qu'à quelques brasses.

Il se saisit alors de la queue-de-pie de Rockecenter, la noua autour de la mallette et la bloqua sous son bras. Ensuite, il prit la bobine antigravifique dans son autre main et poussa le cadran d'un degré, ce qui fit flotter son fardeau.

De sa main libre, il pagaya en direction de la falaise. Arrivé au pied, il aperçut Bang-Bang qui dansait sur place, prêt à l'aider à sortir de l'eau.

Il porta son regard autour de lui, sur le paysage désert. Oui, en cette période de pénurie de carburant, ils avaient le monde à eux. Les Américains, dont la société s'était érigée autour de l'automobile, étaient désormais condamnés à demeurer chez eux. Et si l'on exceptait quelques oiseaux, cette scène n'avait pas le moindre témoin.

4

Deux heures après, Heller arrêtait le taxi devant la porte de la résidence de Pokantickle. Bang-Bang descendit de moto et ouvrit la portière arrière. Heller dégagea le cadavre de Rockecenter.

Puis il se retourna et gravit les marches. Le général de la garde nationale, horrifié, contemplait le corps inerte, la tête et les bras ballants de Rockecenter.

Bang-Bang suivait, chargé de la mallette. Il adressa un regard méprisant au général.

– Saleté d'armée! fit-il. Vous voyez à quoi vous êtes arrivé en nous retardant? Des saboteurs du Maysabongo ont fait sauter la route et le tank. Rockecenter y a laissé la vie!

Le général regardait alternativement le cadavre et le pare-brise criblé.

– On va foncer derrière eux!

– Ils sont tous morts, dit Bang-Bang. En miettes. Mais est-ce que vous n'étiez pas responsable de la sécurité, général?

Les épaules du général s'affaissèrent.

– Je vais être traîné en cour martiale.

Heller secoua la tête.

– Nous n'avons pas l'intention de ruiner votre carrière. Si vous ne dites rien, nous ne dirons rien.

– Que Dieu vous bénisse, lieutenant! Dites-moi ce que je peux faire pour vous!

– Vous pourriez nous faire amener ces deux hommes que vous détenez dans le bureau. Nous n'en avons pas encore fini avec eux.

Le général partit au pas de course.

Heller alla étendre le cadavre sur le canapé du bureau.

Bang-Bang, quant à lui, souleva la lourde mallette et la posa sur la table.

Heller s'approcha, colla l'oreille dessus et manipula la combinaison. Il y eut un déclic et le couvercle se rabattit.

L'étiquette de la marque annonçait que la mallette était étanche et à l'épreuve du feu. Ce qui devait être exact car les documents étaient intacts et secs. Heller les feuilleta rapidement pour vérifier que tout était bien là.

Une voix rauque et sèche se fit entendre.

– Je crois que vous allez avoir besoin de moi. Je suis maintenant un avocat sans client.

Trapp! Sa tête était enveloppée dans des pansements et son visage sombre était empreint de solennité.

Heller le fixa et déclara :

– Vous n'êtes donc pas mort. Quand il vous a fichu à la porte, vous étiez conscient!

– Bien sûr que j'étais conscient. Vous ne pensez quand même pas que j'allais vous affronter, n'est-ce pas? Quiconque survit à J.Walter Madison est indestructible!

– Ainsi, c'est vous qui l'avez lancé contre moi! s'exclama Heller.

– J'ai fait bien pis. C'est moi qui ai transmis les ordres qu'avait donnés Rockecenter afin qu'on vous tue dès votre naissance.

– Criminel!

– Écoutez-moi, Junior. Voilà ce que j'ai à dire. Je suis un avocat de Wall Street. Mon client est mort : longue vie à ses héritiers.

– Vous n'êtes qu'un parjure!

– Un avocat de Wall Street ne tient parole qu'à son client, Junior. C'est la loi de la profession. Mais vous avez besoin de moi. Vous avez besoin des services de mon cabinet. Tout cela va être difficile à démêler. Je peux par exemple me charger de Faustino.

– Il doit probablement traverser le Neuvième Enfer à l'heure qu'il est, commenta Heller. À moins qu'ils ne décident de le laisser vivre.

– Ah, fit Trapp. En ce cas, qui est le *capo di tutti capi* désormais?

– Babe Corleone.

– Eh bien, ça va faire du bruit chez l'I.G. Barben. Parce que Mme Corleone est plutôt intransigeante vis-à-vis des drogues. Mais nous pouvons reconvertir la société pour une production légale, quelle qu'elle soit. Longue vie donc à Babe Corleone! Maintenant, pour en revenir à cette collaboration, qu'en dites-vous, Junior?

– Je dis que j'aimerais bien démolir votre sale figure à coups de pied, voilà ce que j'en dis.

Trapp porta la main à ses pansements.

– Mais c'est déjà fait.

Ils éclatèrent de rire en même temps.

C'est alors qu'Izzy et Junior entrèrent.

Izzy ne put en croire ses yeux.
– Oy! Qu'est-ce que ça veut dire?
– Trapp connaît les cadavres de tous les placards, leur annonça Heller. J'ai bien l'impression que nous venons de nous attacher les services du cabinet Flooze et Plank.
– Hé, un instant! protesta Trapp. Il y a un avenant!
Heller lui décocha un regard soupçonneux.
– Vous avez encore pas mal de boulot à terminer en ce qui concerne Rockecenter. Mais il y a deux affaires dont je veux m'occuper seul et en toute liberté. Il y a l'assistante de Rockecenter, Miss Agnes, plus connue dans le monde entier sous le nom de Dr Morelay, psychiatre. Et aussi cette adorable réceptionniste, Miss Paix.
Heller haussa les épaules.
– Je n'y vois pas d'inconvénient.
– Même si je les emmène visiter la cage aux serpents du zoo du Bronx?
Junior intervint :
– Le zoo, c'est très instructif. Moi ça me paraît chouette comme idée.
– Oh, c'est parfait, ronronna Trapp. En ce moment, les souris blanches sont vraiment superbes! Voilà donc qui est réglé. Moi et mon cabinet, nous sommes désormais à votre service.
Sous le regard vigilant d'Heller, Trapp s'approcha de la mallette et en sortit des liasses de documents.
– Pourquoi avoir signé ces deux actes de renonciation sans la moindre réticence? demanda-t-il.
Izzy s'était approché.
– M. Jet détient toutes les sociétés, de toute manière. Je n'ai jamais fait figurer son nom à cause de vous.
Trapp jeta les deux actes dans la corbeille à papier.
– Si vous vouliez vraiment que votre frère possède tout, la procédure à suivre était différente. Mais ça ferait tiquer le tribunal des successions. Laissez tomber. (Il prit ensuite l'acte de transfert de 49 % des parts pétrolières à Rockecenter et le jeta également dans la corbeille.) Ça ne ferait qu'augmenter les droits d'héritage. Et puis, pourquoi ce transfert alors que tout vous revient? (Il prit le document par lequel 49 % des 180 milliards de profit réalisés par les options de vente étaient cédés à Rockecenter et le laissa tomber dans la corbeille.) Encore des droits d'héritage, ce qu'il nous faut absolument éviter. Quant au risque que tout cet argent vienne à bout du système bancaire américain, vous êtes maintenant propriétaire de toutes les banques, de tout l'argent, et il ne saurait donc être question de

naufrage économique. Maintenant, voyons ces cessions de brevets. Oublions ça aussi. Gardez les brevets et ne les montrez surtout pas au tribunal des successions. Le fonds de tutelle est à vous, donc aucun problème. Non, le plus important, c'est le testament. Et il n'est pas correct.

Tous les regards étaient fixés sur Trapp.

Il se tourna vers la porte.

– Il est rare que les testaments soient faits devant notaire. Il est nécessaire de disposer de témoins et il nous en faut deux. J'aperçois ici deux soldats qui sont entrés dans cette pièce à l'instant où Rockecenter signait. Est-ce bien exact, les gars?

Les deux soldats qui avaient accompagné Izzy et Junior acquiescèrent et s'avancèrent. Trapp leur tendit à chacun un stylo.

– Si vous voulez bien apposer votre paraphe sur ce document, tout sera en ordre.

Ils s'exécutèrent.

– Eh bien voilà, tout cela est maintenant parfaitement légal fit Trapp. Tout est réglé.

– Mais non! protesta Heller. Il y a la guerre!

– Oh, si vous voulez rentrer dans les petits détails... (Trapp fit signe au général de se retirer. Ensuite, il décrocha le téléphone rouge qui se trouvait dans le bureau. Il eut bientôt le président des États-Unis au bout du fil.) Monsieur le président? Ici Trapp, de Flooze et Plank... Non, il ne sera pas nécessaire que vous couriez jusqu'à Philadelphie ce soir pour participer à la conférence Swillberger. Je l'annule... Oui, monsieur le président, oui, les plans ont été quelque peu modifiés. Je vous prie de rapporter l'ordre de mobilisation d'urgence... Oui, c'est ça... Et également de dire au Congrès qu'il ne faut pas déclarer la guerre. Tout le pétrole du Maysabongo est d'ores et déjà à nous et les raffineries seront opérationnelles dans quelques jours, à ce que je crois savoir... Oui, monsieur le président, le Maysabongo considère cela comme un affront, je n'en doute pas... Mettons que le Congrès vote un budget de soutien de quelques milliards... Vraiment? C'est très bien, monsieur le président... Je suis navré, monsieur, mais je ne puis transmettre vos vœux à Delbert John Rockecenter Senior... Mais oui, c'est cela... Un malheur. Une mauvaise chute dans la piscine. Il s'est noyé... Oh, mais bien sûr que nous avons le contrôle de tout, monsieur le président. Justement, ses deux fils sont ici même. Ils sont majeurs et Rockecenter leur a tout légué. Simple routine... Mais oui, je suis désormais à leur service, monsieur... Oui, c'est cela, je leur transmettrai vos salutations et vos meilleurs vœux... Non, je puis vous assurer qu'ils n'oublieront pas l'habituelle contribution à votre campagne de réélection, monsieur... C'est très bien... Je vous remercie... Mais ne m'en veuillez pas si je dois à présent raccrocher. Il faut que j'appelle l'IRS afin de leur demander une dispense de droits d'héritage dans cette circonstance particulière... Mais oui, je suis certain que vous comprendrez, monsieur. Au revoir.

Trapp appela immédiatement les services du fisc, puis Philadelphie, afin d'annuler la conférence.

Pendant ce temps, Heller, sur une autre ligne, parvint à joindre Miss Simmons. Il la complimenta pour son splendide travail et lui demanda de bien vouloir rappeler tous les écologistes antinucléaires car il avait la promesse ferme des compagnies pétrolières qu'elles allaient procéder à la décontamination de toutes les raffineries.

– Alors nous avons gagné! s'écria-t-elle. Oh, Wister, je vous serai éternellement reconnaissante! Pour la joie que vous nous avez apportée, à moi ainsi qu'au monde entier!

Izzy, pour sa part, appelait les présidents des diverses banques mondiales et les courtiers à leur domicile afin de s'assurer que toutes les options seraient levées.

Trapp, lui, appuyait sur divers boutons pour rappeler le personnel domestique qui s'était caché un peu partout dans la demeure depuis l'intervention de la garde nationale.

Un majordome blême de frousse fit son entrée. Trapp lui désigna le cadavre.

– Faites-le conduire jusqu'au dépôt mortuaire. Dites-leur de délivrer un certificat de décès et de préparer le corps. Ce seront des funérailles intimes. De toute manière, personne ne le pleurera. (Il se tourna vers Heller.) Il n'avait pas un seul ami au monde. Pas même moi. Il n'avait que son argent.

Heller contempla le cadavre de Rockecenter dont les yeux morts fixaient le plafond. Delbert John Rockecenter Senior, l'homme qui avait brisé des centaines de millions d'existences et qui avait presque provoqué le naufrage de la planète, était mort, très mort. Non, personne ne le pleurerait.

5

– S'il s'est attaqué à Rockecenter, dit Lombar Hisst, alors je déchirerai tout l'univers pour le retrouver et le tuer!

Le bâton d'officier royal qu'il serrait entre ses mains et inspectait minutieusement ne constituait pas une arme en soi : ce n'était qu'un de ces emblèmes de cérémonie que les amis ou la famille des officiers royaux présentaient aux majeurs de promotion de l'Académie lorsqu'ils accédaient à ce rang de confiance et de faveur tellement convoité. Ce bâton-ci était courbé à une extrémité comme si l'on s'en était servi pour frapper. Il avait été découvert dans la chambre de l'Empereur durant cette nuit fatale. Et il portait, gravé en voltarien et en caractères calligraphiés, le nom de *Jettero Heller*.

Lombar Hisst se trouvait dans l'antichambre des appartements impériaux. Il détestait jouer aux charades. La Cité du Palais avait été rendue à ses résidents et, en surface, tout semblait bien se passer. Mais cette chambre, là, derrière la porte, était vide, et Lombar devait jouer la comédie afin de faire croire aux autres que Sa Majesté était toujours là.

Le problème qui se posait à lui était subtil : il ne pouvait annoncer, comme il en avait eu l'intention, que le monarque était mort sans laisser d'héritier au trône. Cela aurait donné la couronne à Lombar. Par une simple révolution de palais. Un tel événement ne s'était jamais produit tout au long des règnes de Voltar – à savoir l'accession d'un roturier à la couronne – mais, sur Terre, c'était chose fréquente dans l'histoire, et la Terre était pour Lombar Hisst un modèle.

Mais il ne pouvait faire une telle annonce, et ce pour deux raisons très simples : la première, c'est qu'il n'avait aucun corps à montrer, et la seconde qu'il n'avait aucun des symboles du pouvoir – la couronne, les chaînes de l'État ou le sceau royal.

Depuis plus d'une semaine maintenant, il se débattait avec ce problème, contrecarré dans ses ambitions. Il avait songé un moment à présenter un faux cadavre, mais c'était impossible : la loi de Voltar stipulait qu'un monarque ne pouvait être considéré comme décédé avant que des centaines de médecins et de lords de la Couronne n'aient minutieusement examiné le corps et attesté le décès. Et un paranoïaque tel que Hisst ne pouvait prendre le risque de réduire au silence ou de soudoyer deux cents personnes pour qu'elles ne le fassent pas chanter durant toute sa vie. Il avait également pensé à confectionner un faux des attributs royaux, mais il n'était même pas certain de la composition exacte de l'alliage de la couronne. C'était un objet sacré tellement ancien que toute trace de son origine avait disparu. Il n'en possédait même pas un dessin. Quant aux chaînes, elles comportaient des joyaux trop connus et, à la moindre tentative d'acheter des faux, tous les joailliers du royaume seraient alertés. Le sceau, lui, était fait d'un seul diamant de dix livres, le plus rare que l'on eût jamais trouvé dans l'univers, et taillé selon des méthodes oubliées depuis des millénaires. À la seule pensée d'estampiller un document en public pour entendre quelqu'un s'exclamer : « Mais ce n'est pas le sceau de l'État! », Lombar sentait le sang se geler dans ses veines, car, s'il venait à être accusé de faux, n'importe quelle assemblée nobiliaire pourrait le faire exécuter sur l'heure.

Non : l'unique solution à son problème était de retrouver Heller, et par conséquent l'Empereur. Mais cela supposait pas mal de difficultés. Lorsque les événements s'étaient produits, huit jours auparavant, il avait lancé un mandat d'arrêt général. Même la Police Domestique l'avait mis en question. Les « bouteilles bleues » avaient certes diffusé le message mais elles avaient immédiatement réagi : « Un mandat d'arrêt contre un officier royal? Cela est tout à fait inusité. Qu'a-t-il donc fait? » Mais Lombar n'avait pas été en mesure de produire la moindre preuve que c'était bien Heller qui l'avait abattu en vol ni même qu'il se trouvait dans la Confédération. Quant à l'Armée, elle lui avait déclaré : « C'est un officier royal de la Flotte, ça ne nous concerne pas. Voyez ça avec la Flotte. » La Flotte, du moins à ce que ses espions avaient rapporté à Lombar, avait simplement fait courir la rumeur que tout cela ne faisait que prouver une fois encore que « les ivrognes restaient les ivrognes » et que le chef de l'Appareil devait être devenu complètement fou pour lancer un ordre pareil.

De plus, un mandat général contre un officier royal devait porter le sceau de Sa Majesté, et même s'il avait été diffusé sur les ondes, la Flotte exigeait, avant de procéder à toute arrestation, de voir le fac-similé du mandat original dûment scellé par l'Empereur. Où était-il donc? Et la Flotte avait ajouté que, non, aucun remorqueur spatial n'avait été détecté par le réseau de défense planétaire et aucun remorqueur ne s'était posé sur une base de l'Appareil. Lombar savait que la Flotte couvrait cette affaire. De toute façon, tout le monde était contre lui.

Durant huit jours – tous suivis de nuits blanches – il s'était débattu dans cette abominable situation. Et voilà qu'on lui portait un nouveau coup.

Deux jours avant le kidnapping de l'Empereur, le cargo *Blixo* était arrivé. Il avait livré sa cargaison en provenance de Blito-P3 et était reparti aussitôt pour la base terrienne. Et Lombar Hisst était plongé dans l'inventaire de cette nouvelle livraison lorsque le remorqueur avait attaqué.

Épuisé et endolori à la suite de son accident, il n'avait pas pu achever sa tâche dans la nuit. La cargaison du *Blixo*, de toute manière, avait été livrée à Répulsos. Ce n'est que trois jours plus tard que Lombar avait fait la désagréable découverte : les caisses marquées *Amphétamines, Laboratoires I.G. Barben* figuraient bien sur le manifeste de bord MAIS ELLES N'ÉTAIENT PAS DANS LA SOUTE!

En fait, de tels incidents étaient déjà survenus auparavant, puisque le capitaine Bolz détournait certaines cargaisons à son profit, une chose que Lombar feignait d'ignorer : ça ne faisait que prouver que toute cette racaille qu'il haïssait se dégradait de plus en plus sous l'effet du mauvais scotch. Ce qui expliquait que Lombar Hisst tenait à vérifier personnellement les livraisons. Mais, dans ces circonstances particulières, ce nouvel incident s'ajoutant aux précédents désastres, Hisst considérait qu'on cherchait à lui porter un coup fatal.

Il était à court d'amphétamines alors qu'il avait de l'héroïne et de l'opium à la tonne. Mais le speed était essentiel à son programme. Il ne lui restait guère qu'un mois ou deux de réserves et il ne pouvait même pas envoyer un cargo spécial puisqu'il lui faudrait trois mois pour faire l'aller-retour.

Jusqu'alors, les choses s'étaient si bien passées : tous les lords importants du royaume étaient intoxiqués. Sa Majesté n'avait plus que quelques semaines à vivre. Tout ce que Lombar avait à faire, c'était de répandre un peu plus encore l'usage de la drogue par l'intermédiaire des médecins, de façon à gagner de nouveaux cercles du gouvernement. Ensuite, il pourrait obéir au vœu des anges et deviendrait Lombar le Puissant, Empereur de Voltar et de la Confédération.

Il avait tellement bien tout mis au point! Il avait imaginé souvent comment il viendrait à bout de Cling le Hautain, le dernier jour venu. Il laisserait empirer les douloureux syndromes de manque, et alors, contre une piqûre, il obligerait Sa Majesté à signer et à sceller une proclamation désignant Lombar Hisst comme son seul héritier. Il avait déjà utilisé ce moyen avec Cling et obtenu ainsi divers ordres, comme celui de remplacer la garde du Palais par les hommes de l'Appareil. Donc, il ne pouvait échouer. Or ce dernier « fixe » serait bien différent des autres, car Sa Majesté ne recevrait pas de l'héroïne dans les veines mais une seringue complète d'air. Ainsi, le monarque mourrait « de vieillesse », officiellement. Lombar Hisst aurait présenté son cadavre, et l'affaire aurait été réglée.

Mais voilà que ce Jettero Heller avait surgi et tout avait mal tourné.

Les plans de Lombar s'étaient effondrés. Et maintenant, en

découvrant que le *Blixo* n'avait pas apporté l'habituelle cargaison d'amphétamines, il réalisait qu'Heller avait dû s'attaquer à Rockecenter lui-même.

Ce (bip) * de Gris! Les plans de Lombar avaient été tellement parfaits! Les récents rapports de la planète Blito-P3 lui avaient permis de découvrir que Delbert John Rockecenter tenait farouchement à ne pas avoir d'héritiers. Il avait même créé une fondation qui lui promettait l'immortalité et il ne voyait donc aucune raison de tenter le destin en laissant quoi que ce soit à un fils. Mais les services secrets allemands, par l'un de leurs agents – une psychiatre du nom d'Agnès Morelay – avaient révélé l'existence d'un fils dans le passé de Rockecenter. Le meilleur moyen de faire exécuter Jettero Heller dès son arrivée sur Terre était donc de lui donner le nom de ce fils comme fausse identité. Un plan sans faille! Que Gris avait pourtant bousillé!

Lombar tordait le bâton entre ses doigts. Il aurait aimé que ce fût le cou d'Heller. Heller avait-il intercepté les cargaisons d'amphétamines? Avait-il réussi à remonter jusqu'à Rockecenter et que lui avait-il fait?

Il ne paraissait pas possible d'obtenir quelque information que ce soit de Soltan Gris. Il était enfermé à la Prison Royale, hors de portée de Lombar : il faudrait un ordre royal pour qu'il soit interrogé par une personne de l'extérieur. Quant à être libéré... Lombar n'avait pas le sceau royal et il ne pouvait plus produire aucun ordre. Et s'il attaquait la place et faisait enlever Gris, le juge suprême considérerait cela comme un outrage et lui poserait la question fatale : « Pourquoi avez-vous agi ainsi? En tant que porte-parole de l'Empereur, pourquoi ne pas avoir produit un ordre de sa main? »

Lombar avait bien tenté de parler raison avec Lord Turn, le juge suprême. Il lui avait dit que Gris était un officier de

* Le vocodiscoscribe sur lequel ceci a été originellement écrit, le vocoscribe utilisé par Monte Pennwell afin de réaliser un texte clair et le traducteur chargé de transcrire ce récit dans la langue dans laquelle vous le lisez appartiennent tous à la Ligue pour la Pureté de la Machine qui a parmi ses statuts celui-ci : « A cause de la sensivité extrême et de la sensibilité délicate des machines, et afin d'éviter que les fusibles ne grillent, il sera prescrit aux cerveaux-robots desdites machines, s'ils entendent des jurons ou des mots grossiers, de les remplacer par le son ou le mot bip. Aucune machine, même si on la moleste, ne peut reproduire des jurons ou des mots grossiers sous une forme autre que bip. Si de nouvelles tentatives sont faites, visant à obtenir autre chose de la machine, celle-ci est autorisée à faire semblant de se détraquer. Ce règlement a été rendu nécessaire pour la fonction induite de toutes les machines de protéger les systèmes biologiques contre eux-mêmes. »

l'Appareil, qu'il devait par conséquent être incarcéré dans une prison de l'Appareil, mais Lord Turn avait secoué sa tête blanche. « Non. Il est prisonnier d'un officier royal et il nous faudrait un ordre de Sa Majesté ou de cet officier royal pour le libérer. Je suggère que vous vous adressiez à Jettero Heller. »

« Mais il fait l'objet d'un mandat d'arrêt! » avait protesté Lombar.

Ce à quoi Lord Turn avait répliqué : « Eh bien, c'est peut-être vrai, ou ça ne l'est pas, car nous n'avons nullement vu de mandat *royal* signé et scellé par Sa Majesté, et nous ne rendons pas la justice par rapport à ce que nous entendons sur le Circuit Vidéo planétaire. De toute façon, cela ne change rien à la question : les mandats d'arrêt généraux peuvent être rejetés dès lors qu'ils concernent des officiers royaux, et ce mandat contre Jettero Heller, et même son arrestation, ne changerait rien au fait que Gris demeure son prisonnier. Non, seuls des mandats royaux peuvent résoudre votre problème. »

Lord Turn avait mis un terme à cet entretien en décochant un regard soupçonneux à Lombar : visiblement, il ne parvenait pas à comprendre pourquoi ce dernier ne pouvait suivre la procédure normale. Cela avait amplement suffi pour que Lombar Hisst quitte la chambre d'audience des Cours et Prisons Royales. Nul ne devait soupçonner qu'il n'y avait plus de monarque dans la Cité du Palais.

En cette minute, Lombar aurait donné cher pour soumettre Soltan Gris aux couteaux électriques.

Quelque chose s'était produit sur Terre, c'était certain. Et Rockecenter y était impliqué. Certes, Lombar avait expédié un Bataillon de la Mort de l'Appareil à destination de la base terrienne, mais il n'en aurait pas de nouvelles avant trois mois.

Il était impossible que d'autres cargos arrivent de la Terre avec des amphétamines, mais Lombar n'était guère optimiste.

QUE S'ÉTAIT-IL DONC PASSÉ LÀ-BAS?

Le *Blixo* était reparti et il ne pouvait questionner le capitaine et l'équipage. Pourtant, il fallait absolument qu'il sache. Sinon, il ne pourrait agir.

Il lui vint tout à coup à l'esprit qu'on avait pu réexpédier un membre de la base terrienne en état d'arrestation, quelqu'un qu'il pourrait interroger.

Il disposait maintenant d'un bureau de l'Appareil, installé dans l'un des palais périphériques de la Cité impériale. Il jeta le bâton de Jettero Heller et activa un écran.

Le visage de son chef de bureau apparut.

– Lorsque le *Blixo* est arrivé, lui demanda Lombar, est-ce

qu'il a débarqué quelqu'un? Un membre de l'équipe de la base?

Le chef de bureau consulta ses écrans.

– Il y a un courrier sur la liste des passagers. Ce giton : Twolah. Il se trouve dans la Cité du Palais avec son amant, Lord Endow.

– Oh, celui-là! fit Lombar avec dégoût. Il n'en sait pas plus que ce que nous lui avons dit de raconter à Gris. Ça ne m'aide pas.

– Le Dr Crobe est arrivé auparavant. Je me souviens qu'il s'était introduit dans les cercles technico-scientifiques de New York, qu'il traitait de sujets particuliers à Blito-P3 : la « psychiatrie » et la « psychologie ». On n'est pas parvenu à déterminer s'il était éveillé ou en suspension. Il avait pris une drogue appelée « LSD ». On l'a simplement expédié à Répulsos où il se trouve encore. Si vous avez besoin de renseignements, il se peut que Crobe en ait quelques-uns.

– Oh, Crobe! Que cet idiot aille aux Diables. Non, j'ai besoin d'un passager récent. Ce que je veux, c'est quelqu'un qui était sur le *Blixo* à son dernier passage, imbécile. Merci de me faire perdre mon temps.

– Attendez, fit le chef de bureau à la seconde où Lombar allait couper la communication. Il y avait deux autres passagers à bord du *Blixo*. Des Terriens. Une fille immature du nom de Teenie Whopper qui se trouve ici même, dans la Cité du Palais.

– Une jeune fille? fit Lombar, méprisant. Elle ne doit rien savoir. Et qui est l'autre?

– Un homme. Environ trente, trente-deux ans. Il se nomme J. Walter Madison. Il a fait le voyage en état de conscience.

– C'est étrange.

– C'est également ce que j'ai pensé. Ah, voici le dossier complet. Apparemment, il y avait une note qui le concernait et qui disait qu'il était d'une valeur inestimable. Mais ses papiers le désignent seulement comme étant un PR.

– Un quoi? s'étonna Lombar. C'est une race terrienne? Comme les nègres?

– Non, non. Il a la peau blanche et les cheveux bruns. Ce n'est pas tout. D'après les cartes trouvées dans son portefeuille, il était employé par « FFBO » et on l'avait engagé au service particulier de Rockecenter.

– Il faisait partie de l'organisation Rockecenter? s'exclama Lombar. Vite! Envoyez-moi ce Terrien SUR-LE-CHAMP!

Cette fois, les choses allaient enfin changer!

6

J. Walter Madison se sentait bizarre, étourdi. Il était sur quelque planète étrange, dans une cellule d'acier. Déjà, ç'avait été dur pour lui de se retrouver bouclé dans une cellule de la base turque et de réaliser qu'il n'était plus qu'un détenu sans défense. Mais immédiatement après, cela avait empiré.

Toutes les idées qu'il avait pu se faire à propos des voyages dans l'espace et des extraterrestres s'étaient effondrées. Il avait été embarqué dans une soucoupe volante qui ne ressemblait absolument pas à une soucoupe volante mais bien plutôt à un vieux cargo terrien qui aurait été complètement enveloppé dans sa coque. L'équipage avait une apparence tout à fait humaine avec une différence subtile : il était plus sale et négligé que tous ceux dont il avait entendu parler. Ils s'exprimaient tous dans une langue faite de voyelles et de consonnes parfaitement étrangères à n'importe quel idiome de la Terre, mais leurs gestes, leurs mouvements de tête et leurs mimiques étaient tout à fait compréhensibles.

Lorsqu'il s'était retrouvé avec Gris sur ce rivage battu par la tempête, après leur évasion du yacht, il avait été confronté à de petits mystères, mais il s'était contenté d'en jouer, simplement pour s'occuper l'esprit. Pourtant, quand on le jeta dans une cabine, qu'on lui montra comment se sangler dans un lit gyroscopique, et que, quelques minutes après, par un hublot, il vit la Terre diminuer très vite jusqu'à n'être plus qu'une boule de billard, l'écrasante vérité s'abattit sur lui : il était aux mains des... comment disaient-ils déjà? Des Voltariens?

L'effet de choc fut en fait si intense qu'il ne lui laissa pas le temps d'avoir peur.

Et c'est alors que Teenie Whopper avait fait irruption dans sa cabine et crié :

– Qu'est-ce que c'est que ce (bip) de cirque? Attends seulement que je mette la main sur ce (bipard) d'Inkswitch!

– TEENIE! avait-il lancé. Nous sommes dans l'espace!

– Et où croyais-tu qu'on était, hein? Sur la grande roue de Coney Island?

– Je n'y comprends rien!

– Oh, ferme-la, Maddie! Ne sois pas aussi (bip)! Cet

(enbipé) d'Inkswitch était un extraterrestre appelé Soltan Gris. J'ai toujours pensé qu'il avait quelque chose de pas clair. Sa (bipe) et ses (bipouilles) étaient vachement trop grosses pour un humain, et crois-moi que je m'y connais. On a été embarqués de force!

Elle était déchaînée et était repartie en claquant la porte.

Laissant Madison assez morose. Assis dans son siège gyroscopique, il rumina longtemps. Il pensait à sa mère et désespérait à l'idée que plus jamais il ne pourrait dormir près d'elle. Comme elle lui manquait!

Le lendemain, un type dont le nom, à ce qu'il comprit, devait être « capitaine Bolz » était venu lui rendre visite. En constatant que Madison ne parlait pas le turc, Bolz avait sorti un dictionnaire anglo-turc pour lui dire qu'il ferait bien d'apprendre à manger ce qu'on lui servait car c'était tout ce qu'il y avait à bord. Il lui avait ensuite demandé s'il savait jouer au black-jack et s'il ne voulait pas s'acheter une bouteille d'excellent faux scotch pas écossais du tout. Madison se sentait trop déprimé pour dire plus de quelques mots et Bolz était resté là un instant à gratter sa poitrine velue en le dévisageant avant de quitter enfin la cabine.

Trois jours mornes s'étaient écoulés avant qu'il revoie Bolz. Le capitaine était venu lui poser une question. Il était difficile de le comprendre avec ce seul petit dictionnaire, mais Madison parvint à deviner que Bolz désirait savoir s'il avait quelque influence sur Teenie Whopper.

Madison s'était montré tellement intrigué que Bolz s'était enfin décidé à le pousser au long d'une coursive jusqu'à une porte. Il l'avait ouverte et l'avait invité à entrer d'un geste expressif.

Là, étendu à plat ventre sur un lit, il y avait un garçon plutôt mignon. Il leva vers Madison un visage maquillé, un sourire béat aux lèvres. À côté, un membre de l'équipage remettait ses vêtements. Il boucla sa ceinture, décocha un regard courroucé au capitaine Bolz et sortit.

Le garçon passa la langue sur ses lèvres avec un sourire vaçant. Il paraissait les ignorer.

À cet instant Teenie surgit de la cabine voisine en comptant une liasse de billets qui semblaient en or. Cet or était-il de l'argent pour les Voltariens? se demanda Madison.

– Hello, Maddie! fit-elle en le découvrant. Quoi de neuf?

Sans attendre sa réponse, elle entra, planta un joint entre les lèvres du garçon et l'alluma.

– Teenie! s'écria Madison. Mais qu'est-ce que tu fais?

– Et qu'est-ce que tu crois que je fais? J'essaie de gagner un peu de blé que nous pourrons dépenser quand on aura débarqué. Les dollars ne nous serviront à rien sur Voltar. Tu veux qu'on crève de faim?

– Mais que fais-tu avec ce garçon?

– Oh, lui? C'est Twolah, qu'on surnomme Chochotte. C'est le giton le plus nympho que j'aie jamais vu. Quand il est branché sur la marijuana, il peut se faire mettre des jours et des nuits. Une vraie éponge! Il est pas mal, d'ailleurs. Tu veux essayer un coup?

Madison recula, horrifié.

– Tu veux dire que tu le vends à l'équipage?

– Bien sûr. Cinq crédits voltariens la passe. Je me suis déjà ramassé 150 crédits. Ce qui m'embête, c'est qu'ils vont finir par être à court de fric. Ils m'ont dit que le voyage dure six semaines. Mais ils ont des bijoux et des machins. Et ils peuvent aussi piquer les accessoires du vaisseau.

– Écoute, Teenie. Le capitaine, ici présent, est vraiment furieux. Il est venu me trouver pour savoir si je pouvais intervenir auprès de toi.

Teenie s'était tourné vers Bolz avec un sourire bizarre.

– Oh, il ne peut rien faire. Il a trop peur que l'équipage ne se mutine s'il se mêle de ça. J'ai fait le nécessaire pour qu'il le croie en lui lançant un poignard dans le noir. Maintenant, il essaie de te faire faire le sale boulot pour m'arrêter. Maddie, crois-moi, c'est un (bip). Ne t'inquiète pas pour lui.

C'est alors qu'un autre membre de l'équipage était entré. Après un regard provocateur à l'adresse de Bolz, il avait tendu 5 crédits à Teenie. Et il avait commencé à ôter sa combinaison de mécanicien.

Madison avait la bouche ouverte pour protester, mais Teenie ne lui en avait pas laissé le temps.

– À moins que tu ne veuilles payer 1 crédit pour mater, fiche le camp, Maddie.

Et elle avait claqué la porte sur eux.

Bolz avait laissé tomber et Madison était resté toute une semaine à broyer du noir. Puis la curiosité l'avait emporté et il s'était mis à rôder dans le vaisseau.

Il pensait se diriger vers le pont quand il était passé devant une porte ouverte.

Et Teenie était là. C'était le bureau du capitaine Bolz! D'ailleurs, Teenie était coiffée de sa casquette, qu'elle avait rejetée sur sa nuque. Sa queue de cheval pendait sur son épaule et elle était occupée à feuilleter le cahier des soldes du cargo.

– Hello, Maddie. Tu t'es enfin décidé à sortir de ton trou?
– Qu'est-ce que tu fais dans le bureau de Bolz? Il va te tuer!
– Oh, non, ça m'étonnerait! Ce cher vieux Bolzy en a assez de tout ce (bip). Il n'aime pas les garçons, mais tout ce qu'on racontait dans l'équipage l'a tellement fait bander qu'il a failli en faire craquer son pantalon. Je me suis donc occupée de lui.
– Tu veux dire que... que tu... que tu couches avec le capitaine Bolz?
– Oh, (boupre) que non, Maddie! J'ai quand même plus de jugeote que ça. Je le suce seulement une fois par jour pour le calmer. Je lui fais payer 10 crédits. Je m'occupe de savoir combien il a d'argent. Et tu ne vas pas me croire, mais il en a un paquet.
– Tu comptes le voler? Il va nous tuer!
– Mais non, mais non. Pas question de le voler, Maddie. Comme c'est vilain de penser ça! Je vaux bien le prix que je demande. Je peux te montrer, si tu veux. Tu pourrais même...
– Non, non! avait crié Madison, suffoquant, bouleversé à l'idée de faire des choses à une fille.
– T'es certain?
– Absolument certain. Tu essaies de m'obliger à tromper ma mère! Pas question, Teenie. Et ne fais pas de mal au capitaine Bolz. Nous sommes totalement à sa merci!
Elle avait éclaté d'un rire outré.
– Bolzy? Maddie, regarde tout ce fric. Tu vois? Il y a des chiffres là-dessus. Mon problème, c'est que je ne lui ai pas pris assez cher et que Bolzy, quand il a fini, est incapable de balancer son (boupre) pendant toute une journée, même si je lui fais ce que j'ai appris avec cette pute de Hong Kong. (Elle avait pris un air songeur, ses yeux trop grands rivés sur les canalisations, caressant ses lèvres trop larges avec un stylo. Puis elle s'était mise à rire de nouveau.) Je vais l'avoir! Je vais mettre de l'huile de hasch dans son secoueur-chaud. Oui, je crois qu'il va (bipuler) trois fois par jour!
Madison avait battu en retraite jusqu'à sa cabine. Et ses rêves étaient devenus des cauchemars où il se retrouvait à bord d'un vaisseau spatial sans contrôle.
La fin du voyage avait été une torture et il avait eu du mal à conserver son équilibre mental.
Et il avait débarqué dans un lieu à l'architecture tellement insolite qu'il ne parvenait pas à l'accepter.
Des personnages en uniformes extravagants l'avaient interrogé.
Dans une pièce qui semblait en acier inoxydable, on lui avait

posé un casque sur le crâne et, durant six jours consécutifs, il avait pensé être victime d'une atroce maladie qui l'avait plongé dans le coma.

C'était ce matin seulement qu'il s'était vraiment réveillé. Il avait découvert que ses bagages étaient là. Il avait trouvé ce qui ressemblait à une douche, mais il ne savait pas comment s'en servir. Il examinait ce qui était censé être le pommeau quand l'eau avait jailli automatiquement! Très déconcertant! Il était encore dégoulinant quand on frappa à la porte. Comme il s'en approchait, la porte s'ouvrit d'elle-même. Un homme en uniforme noir se tenait sur le seuil.

– Vous feriez bien de vous dépêcher, dit-il à Madison. Le chef m'envoie vous chercher.

– Le chef?

– Lombar Hisst! Ne restez pas là à me regarder comme un ahuri. Si ce sont vos bagages, prenez de quoi vous habiller. Et vous avez intérêt à avoir l'air sérieux. Mais faites vite. Le message dit que c'est urgent. Alors, mettez pleins gaz!

– Où suis-je donc? demanda Madison.

– Mais là, idiot.

– Non, non. Je veux dire : quel est cet endroit?

– Eh bien, le chef se trouve dans la Cité du Palais depuis quelques jours, et j'ai un aircar qui vous attend. Vite.

– Non. Je vous demande dans quel endroit je me trouve ici.

– Vous êtes dans le Centre d'Éducation de l'Unité d'Incorporation des Personnels extra-voltariens de l'Appareil de Coordination de l'Information.

– Oui, mais dans quel système? Je veux dire, quelle étoile, quel soleil, je ne sais quoi...

– Oh, par toutes les comètes grésillantes, je savais bien que j'aurais dû amener une escorte d'incorporation avec moi. Vous voulez dire que vous ignorez où vous vous trouvez?

– Vous avez mis le doigt dessus.

– Vous êtes sur la planète Voltar, capitale de la Confédération voltarienne. Très exactement à cinquante kilomètres au sud de la Cité du Gouvernement, dans un bâtiment de l'Appareil. Je suis le capitaine Slash, du 43e Bataillon de la Mort de l'Appareil.

– Que se passe-t-il?

– Nom d'une poubelle, comment je le saurais? Tenez. (Il tendit quelque chose à Madison.) Mais ne perdez pas de temps avec ça. Je viens de vous dire que le *chef* vous attend! Par tous les Enfers, mon vieux, HABILLEZ-VOUS!

Madison se précipita sur ses bagages. La tête lui tournait.

Et c'est alors seulement qu'il réalisa. IL S'ÉTAIT EXPRIMÉ EN VOLTARIEN!

Il ne pouvait comprendre comment pareille chose était possible.

Il s'apprêtait à poser ce que le capitaine venait de lui donner quand il vit que c'était UN JOURNAL!

Il lut que, sur Calabar, les forces rebelles du prince Mortiiy avaient lancé un assaut généralisé dans les montagnes et que l'Appareil avait perdu des milliers d'hommes.

UN JOURNAL! ILS AVAIENT UNE PRESSE!

Tout à coup, il se sentait presque chez lui.

Sidéré, il s'aperçut qu'il lisait tout sans difficulté!

Est-ce qu'il avait oublié l'anglais, alors? Il dit à haute voix : « Les chaussettes de l'archiduchesse sont archisèches. »

Non, tout allait bien.

Il regarda de nouveau le journal. Il comportait des gros titres et des articles. Un journal normal, quoi. Le ton était sérieux, guère séduisant pour un PR, mais c'était quand même un vrai journal, qui s'appelait *L'Annonceur du jour*.

Formidable! Il n'était pas sur un monde aussi étranger que cela, après tout.

Il tourna la page. Et vit des photos en couleurs et en relief. Une autre page.

Une petite photo. Un visage familier.

MAIS OUI! JEROME TERRANCE WISTER!

Non, ce ne pouvait être qu'une coïncidence. Qu'est-ce que la photo de Jerome Terrance Wister ferait dans un journal de la planète Voltar? Madison savait que même lui n'était pas assez fort pour se faire connaître jusque-là!

Il lut le titre, puis l'article :

ON IGNORE OÙ SE CACHE HELLER

Commentant hier le mandat d'arrêt diffusé sur le Circuit Vidéo planétaire, un porte-parole de la Flotte a déclaré : « La Flotte n'a pas eu connaissance d'un quelconque mandat d'arrêt contre Jettero Heller. Le célèbre ingénieur de combat était en mission aux dernières nouvelles et la Flotte ignore où il peut se trouver. Il est probable que la rumeur qui court à propos d'un mandat d'arrêt est une nouvelle bévue administrative de l'Appareil qui, il convient de le souligner, ne manque jamais une occasion de diffamer la Flotte. À titre d'ingénieur de combat, l'officier royal Jettero Heller a toute liberté de mouvement et de décision et ne se présentera au rapport que lorsque sa mission sera achevée. La Flotte n'a pas la moindre inquiétude à l'égard de Jettero Heller.»

Madison ne parvenait pas à détacher les yeux de la photo.

Aucune erreur possible!

La ressemblance était trop criante!

Peu d'hommes – et personne, certainement, parmi les Voltariens qu'il avait vu jusque-là – n'était aussi beau! Et personne n'avait cette expression de témérité.

C'ÉTAIT BIEN WISTER!

Le capitaine Slash s'impatientait.

– Bon sang, Madison, HABILLEZ-VOUS! Le chef devient cinglé quand on n'exécute pas ses ordres à la seconde. Et il veut vous voir, *vous*, IMMÉDIATEMENT!

Madison se hâta enfin, hébété. Peut-être après tout n'avait-il pas failli à son devoir à propos de Wister. Un mandat d'arrêt général? Bien sûr, c'était loin d'être suffisant. Et il était même discrédité. Un frisson d'excitation le parcourut. Peut-être que Dieu lui accordait une autre chance! Il devait rencontrer ce chef si puissant et coléreux sans tarder!

SOIXANTE-DOUZIÈME PARTIE

1

J. Walter Madison, vêtu d'un élégant complet de flanelle grise avec un nœud papillon bleu, quitta le Centre d'Éducation sur les talons du capitaine Slash, du 43e Bataillon de la Mort.

Il traversa une cour jonchée de détritus, de vieux papiers, dans des nuages de poussière. C'était une sorte de terrain palissadé, semblable à un camp de prisonniers, avec de longues rangées de baraquements où se trouvaient les salles d'éducation. Madison, qui ne savait pas qu'il avait appris le voltarien sous hypnocasque la semaine précédente, était surpris de déchiffrer toutes les inscriptions, même *Poste de contrôle*.

Le capitaine Slash lui fit signer un registre et un reçu. Un employé lui tendit son portefeuille : il n'y avait plus d'argent dedans. Quand il essaya de demander ce qu'il était devenu, on se contenta de lui donner une identoplaque qui portait la mention *J. Walter Madison, PR. Appareil de Coordination de l'Information.* En appuyant une fois au dos, il vit apparaître son portrait. Il appuya une deuxième fois et vit ses empreintes. Ils avaient dû les lui prendre durant son coma. Il appuya une troisième fois et lut : *Statut de salaire : pas de salaire*. Seigneur! se dit-il, me voilà bien embarqué! Comment diable remédier à cette situation?

Il n'était pas sur Terre! Quelle catastrophe! Comment allait-il bien pouvoir manger?

De catastrophiques, les choses devinrent pires. Le capitaine Slash l'avait conduit jusqu'à une chose trapue posée au milieu d'un cercle. Il y avait des fenêtres à l'avant et sur les côtés mais il ne voyait pas de roues. Néanmoins, il ne pouvait que supposer qu'il s'agissait d'un véhicule car, à l'intérieur, il y avait deux sièges.

Slash ouvrit aisément la porte arrière quoiqu'elle n'eût pas de poignée.

– Voici votre chauffeur, Flick.

Flick avait un visage ovale qui paraissait avoir été écrasé. Il ne fit pas mine de sortir. À vrai dire, il n'avait pas l'air de bonne humeur. Il portait un uniforme couleur moutarde et, même s'il était réellement chauffeur, il avait plutôt l'air d'un bandit, et d'un bandit particulièrement négligé.

– Flick, lui dit le capitaine, tu vas conduire notre ami jusqu'au Palais Royal et t'assurer qu'il voie Lombar Hisst. C'est urgent.

Et il lui tendit une copie de ses ordres.

– Attendez! fit Madison, inquiet. Vous ne m'accompagnez pas?

– Pourquoi le ferais-je? Vous êtes classé comme « inoffensif ».

– D'accord, dit Madison. Mais, si je comprends bien, je ne reviendrai pas ici. J'ai besoin de mon bagage, et plus particulièrement de la machine à écrire portable qui me permet de travailler.

– Ah, c'est donc ça, ce drôle de machin? fit Slash. Ça m'a intrigué quand j'ai fouillé vos affaires, il y a deux jours, pour voir si vous ne planquiez pas une arme. C'est plutôt rudimentaire. Mais je pense qu'on va vous donner un stylo et aussi un vocodiscoscribe. Ne vous faites pas de souci. De toute manière, Flick a tout mis dans l'aircar pendant que vous signiez votre décharge. Alors, je vous dis au revoir, bonne chance, et surtout que je ne vous retrouve pas sur mes listes de professionnels. (Il rit. Puis il se tourna vers le chauffeur et lui dit :) Allez, Flick, démarre. Le chef est en train de bouffer ce qui lui reste de cheveux tellement il est pressé de voir ce type.

Immédiatement après, Madison eut droit à son deuxième grand choc. Il s'était attendu en effet à ce que le véhicule se mette à rouler. Mais il décolla comme un ascenseur express et Madison faillit crever de trouille. Impossible que ce truc vole! Il n'avait même pas d'ailes!

Quand son estomac se remit en place, il put constater qu'ils s'étaient stabilisés et rejoignaient un torrent de circulation à une altitude qui devait avoisiner les 3 000 mètres. Une ville bizarre, toute en boucles et lacets, apparaissait sur leur droite. Elle devait être grande trois fois comme New York, estima-t-il.

– C'est quoi? demanda-t-il au chauffeur.

– Son vrai nom est Ardaucus, dit le nommé Flick, mais tout le monde l'appelle la Cité des Bas-Fonds. Et là-bas, au nord, c'est la Cité du Gouvernement.

Ils s'orientaient vers le sud-ouest, survolant à présent une chaîne de montagnes aussi hautes que les Rocheuses. Devant eux, un désert se déployait. Des fantômes de poussière hauts de 200 mètres, mauves et ocre, dansaient dans le soleil comme des géants fous. Madison souhaita que ce ne soit pas les représentants de quelque nouvelle race étrangère qui dévorait les avions sans ailes comme celui à bord duquel il se trouvait.

Ce qui l'amena à s'inquiéter au sujet de cet important personnage qu'il devait rencontrer. Et il risqua une question.

– Ce chef que je dois voir, qui est-ce?

Flick lui jeta un bref regard puis consulta la carte que lui avait donnée Slash.

– À ce qu'il semble, vous êtes un Terrien, quoique cela ne veuille rien dire pour moi. Mais on est en l'air et on ne peut pas nous entendre. Ce chef s'appelle Lombar Hisst. Actuellement, c'est lui qui dirige la Confédération, les 110 planètes au grand complet. Confidentiellement, je vous dirai que c'est un (bipard) égocentrique. Pété comme un gyroscope fêlé. Quand vous le rencontrerez, vous aurez intérêt à planquer vos (bipouilles). On dit qu'il croque les bras et les jambes des bébés rien que pour le plaisir.

– Je vous remercie, fit Madison.

Il se dit que cela évoquait Rockecenter : mauvaise image de marque et tout le reste.

Ils volaient à une vitesse effrayante. Le désert qui se déroulait sur des centaines de kilomètres semblait le plus redoutable qu'il eût jamais contemplé. Le chauffeur, Flick, essayait d'allumer une cigarette bizarre avec un briquet qui crachait un faisceau laser au lieu d'une flamme. Mais l'aircar était secoué et il avait du mal à s'en tirer.

– C'est vous qui serez mon chauffeur appointé? risqua Madison.

– À moins que le chef ne vous jette là-bas, dit Flick en pointant le doigt sur leur droite.

À l'horizon, se dressait une énorme forteresse noire, au-dessus d'un camp qui devait abriter des milliers d'hommes vu ses dimensions.

– C'est Répulsos. Le camp, sur les cartes, porte le nom de Camp Endurance, mais on l'appelle en réalité le Camp des Macchabées. Quand l'Appareil en a marre de vous, on vous jette dans le gouffre. Deux cents mètres de profondeur. Et vous faites partie de l'Appareil, maintenant. À propos, c'est quoi, votre crime?

– Mais je n'ai commis aucun crime! protesta Madison.

– Oh, par l'espace qui pue! Si je dois vous conduire, on ferait mieux de tout se dire. J'étais l'un des voleurs les plus malins de Calabar jusqu'à ce que je me fasse piquer. J'ai été condamné à mort et l'Appareil m'a mis le grappin dessus. Je suis là, depuis. Vous devez bien avoir fait *quelque chose*, non?

Madison réfléchit rapidement. Il ne tenait pas à donner une mauvaise image de lui au chauffeur.

– Je n'ai pas achevé un travail, dit-il.

C'est à cet instant qu'il comprit que cette étrange planète le rendait trop nerveux : il venait de dire la vérité à quelqu'un. Il avait intérêt à se surveiller!

Le chauffeur rit.

– En tout cas, si vous ne leur tranchez pas la gorge dès que vous en avez l'occasion, c'est eux qui vous auront, tôt ou tard. Je crois qu'on va très bien s'entendre, tous les deux.

Seigneur, l'autre l'avait catalogué comme meurtrier! Madison changea en hâte de sujet.

– Ces montagnes, là-bas à droite, c'est quoi? Je n'arrive même pas à distinguer les sommets.

– Ce sont les Monts Blike. Dix-huit mille mètres de haut. Impossible de les franchir. Enfin, pas avec ce tas de ferraille. Notre objectif est juste là.

Il pointa le doigt.

RIEN!

Rien qu'une espèce de brume verdâtre.

Ils plongeaient à présent droit sur cette brume, et tellement vite que Madison fut certain qu'ils allaient s'écraser! Faire tout ce voyage et même pas d'oraison funèbre : *Madison a trouvé la mort et...*

Et soudain, il eut la nausée. Et il éprouva une sensation bizarre. C'était donc comme ça quand on mourait. En fait, le choc du crash avait été sans doute tellement violent qu'il se retrouvait directement au paradis...

Mais non, ils franchissaient une porte!

Il entrevit des bâtiments ronds et luisants, de part et d'autre, baignés d'une lueur verte. Quelles structures insolites! Entièrement décorées de pierres précieuses, avec des escaliers en spirale. Et, de toutes parts, des terrains avec des statues gigantesques peintes de couleurs naturelles. Et tous ces géants étaient entourés de piscines circulaires et d'immenses parterres fleuris. Un panneau lumineux indiquait un cercle de verdure : *Appartements royaux*!

ET TOUT À COUP, IL VIT TEENIE!

Elle était vêtue d'une tenue informe, souillée de boue des pieds à la tête, la queue de cheval défaite.

Aussitôt, il comprit qu'elle s'était fait piéger. Elle était devenue une esclave. Deux vieillards chenus l'accompagnaient dans sa corvée et un garde de l'Appareil les surveillait, un fusil à la main.

Elle tenait un outil. L'aircar glissait tout près d'elle, à moins de deux mètres du gazon. Et Teenie se redressa, portant ses mains couvertes de glaise sur ses reins, à l'évidence douloureux. ET ELLE LE VIT!

Instantanément, il fut à ses côtés. Tel le preux chevalier. Elle avait dû commettre quelque faute abominable pour se retrouver ainsi assignée à cet ignoble labeur.

– Ne t'en fais pas, Teenie, lui souffla-t-il. Je te sauverai dès que je le pourrai!

Ils s'étaient arrêtés devant un immense bâtiment incrusté de joyaux, avec un escalier double qu'un régiment entier aurait gravi sans peine.

Deux officiers en tenue noire, l'air pas commode, surgirent.

– Je vous amène J. Walter Madison, déclara Flick.

– Par les sept Démons, s'exclama l'un des deux officiers, qu'est-ce que vous avez fichu? Le vieux (bip) s'arrache les ongles des pieds à vous attendre! Allez, montez! Gardes, gardes! Envoyez ce type au chef, et au pas de course!

De grosses mains agrippèrent Madison et il fut littéralement propulsé vers le haut des marches, puis dans un couloir, à toute allure.

Le moment fatal était arrivé. J. Walter Madison allait affronter Lombar Hisst.

Si j'ai insisté sur l'évocation de cet instant particulier, c'est parce qu'il devait avoir des répercussions importantes sur l'histoire de Voltar et l'existence de Jettero Heller. Et croyez-moi, cher lecteur, pour le bien ni de l'un ni de l'autre!

2

De tous côtés, les fastes d'un règne multimillénaire s'offraient au regard. Des tresses d'or se lovaient en courbes complexes autour de frises ornementées de joyaux qui décrivaient les batailles et les parades des âges passés. Des monstres aux yeux flamboyants semblaient menacer Madison tout au long du couloir cyclopéen. Il prenait conscience qu'il était à la merci de forces ancrées dans un passé formidablement plus ancien que l'homme, qui avaient existé avant que les humains, sur Terre, aient appris à se servir de la hache de pierre.

On le poussa enfin dans une immense salle circulaire, éblouissante de pierreries. Il était dans l'antichambre des appartements impériaux.

A l'autre extrémité, il y avait une table imposante, taillée dans un bloc d'onyx. Elle paraissait barrer le chemin de la porte. Tout autour, on avait dressé du matériel et des machines pour improviser un bureau.

Derrière était assis un homme massif, la peau luisante et plutôt basanée, vêtu d'un uniforme écarlate soutaché d'or. Il y avait dans ses yeux un éclat dément.

LOMBAR HISST!

Les gardes avaient laissé Madison au milieu de la pièce. Il n'était pas du genre à se laisser impressionner par l'apparat du pouvoir, et il rajusta son costume, épousseta un fil imaginaire de son revers et s'avança d'un pas décidé.

Sans préliminaire, Hisst lui demanda :

– Est-ce que Rockecenter va bien?

Madison évalua la situation. Il y avait du souci et de l'inquiétude dans la voix de Hisst, pas la moindre trace d'hostilité.

– Ma foi, fit-il, il allait bien la dernière fois que je l'ai vu.

– Vous étiez un de ses proches, donc?

Si Madison se sentait mal à l'aise, il ne le montrait pas. Il se demandait si le service de renseignements de Voltar était bon. Savaient-ils que Rockecenter avait mis sa tête à prix parce qu'il avait échoué dans sa mission et avait disparu? Il distingua au loin ce qui pouvait ressembler à un téléviseur. Les communications étaient-elles rapides entre ce monde et la Terre? Il décida qu'il fallait courir le risque et impressionner Hisst.

– Oh, oui, fit-il, en affectant un air blasé. Je faisais pas mal de choses délicates pour lui : comme dire au Premier ministre anglais ou au président des États-Unis ce qu'ils devaient penser. Ce genre de travail, quoi. Tout ça pour quelques millions de dollars par an.

– Ça c'est un salaire! fit Hisst. Il devait vous considérer comme un homme de valeur!

– Eh bien, il se plaisait à répéter qu'il y avait certaines choses que j'étais seul à pouvoir régler. J'étais son PR en chef, quoi.

Hisst fronça les sourcils. C'était bien ce que lui avaient rapporté ses enquêteurs, sans pouvoir lui donner plus de précisions.

– Qu'est-ce que c'est donc, cette chose que vous appelez PR?

– Eh bien, fit Madison, j'ai cru remarquer, en discutant un peu à droite à gauche, que vous n'aviez pas une très bonne image.

Hisst eut l'air furieux.

– Qu'est-ce qu'elle a, mon image? Je mesure 1,85 mètre, je pèse 135 kilos...

– Non, non! le coupa Madison. Je parle de ce que les gens pensent de vous. De *l'image* qu'ils ont de vous dans leur esprit.

– Bof! grommela Hisst avec dédain. Est-ce donc si important, ce que la racaille pense de moi?

– Voyez-vous, PR signifie « *public relations* », quoique ces deux lettres n'aient pas le même sens en voltarien. Les lords et la racaille constituent deux publics différents. Mais si votre image n'est pas bonne, ils peuvent se révolter et vous tuer.

Hisst se rembrunit. Il songeait que cela pouvait très bien lui arriver. Ils étaient tous contre lui.

Madison lut son expression.

– Vous savez, monsieur Hisst, j'étais effectivement très proche de Rockecenter. Je l'appelais « Rocky » et il me disait « Mad ». Souvent, tard dans la nuit, il se déchaussait, posait les pieds sur son bureau et, devant un petit whisky-soda, il se confiait à moi. Quand il avait vraiment besoin de quelque chose, il se fiait à moi. J'étais, pour ainsi dire, son homme de confiance le plus intime. Je crois que le moment est venu de parler franchement. Y a-t-il quelque chose au monde que vous désiriez par-dessus tout?

Le regard de Hisst se fit un peu plus fou encore. Et son visage plus luisant. Il se pencha en avant et sa voix devint un murmure :

– Ce n'est pas ce que je désire le plus. Mais c'est un ordre que j'ai reçu. Même si je ne suis qu'un roturier et que les lords me haïssent, je suis destiné à devenir Empereur.

L'intérêt de Madison fut instantanément éveillé. Voilà ce qu'il lui fallait. Il avait déjà entendu Rockecenter parler ainsi. Et il dit :

– Vous avez entendu un appel?...

Il laissa la question en suspens.

– Des anges, chuchota Hisst.

Madison sut alors qu'il avait touché juste.

– Savez-vous qu'ils ont appelé Rockecenter afin qu'il gouverne la Terre?

– NON!

– Mais si, c'est vrai. Je les ai entendus moi-même. C'est pour cela que je suis devenu un PR.

Hisst fronça les sourcils.

– Mais qu'est-ce que ça à voir là-dedans?

– Quand on ne dispose pas d'un bon PR, la racaille se révolte et vous tue. Mais, avec un *bon* PR, les lords, le public et même la racaille se dressent tous comme un seul homme pour vous proclamer Empereur.

Lombar cilla. Cette idée était toute nouvelle pour lui. D'ordinaire, il ne prenait pas la peine d'écouter les gens ou de leur répondre. Mais ce Terrien qui était assis devant lui avait été un proche de Rockecenter. Et Rockecenter, un homme du peuple, s'était hissé au pouvoir absolu sur Terre, ce qui suffisait à lui donner l'espoir qu'il pouvait lui aussi y parvenir. Il entrevoyait la possibilité que quelque technologie dont il avait tout ignoré jusqu'alors avait été employée pour cela. Il réfléchit. Ce qu'avait dit cet homme lui permettrait peut-être de se passer du cadavre de Cling le Hautain! Proclamé Empereur par le peuple! Quelle nouveauté! Mais sa nature suspicieuse réagit et il se dit que c'était trop beau pour être vrai. Ses épaules s'affaissèrent.

Madison s'en aperçut et lui demanda :

– Auriez-vous d'autres petits problèmes?

Lombar se raidit, immédiatement sur la défensive. Non, il ne pouvait révéler à qui que ce soit qu'il n'y avait plus d'Empereur dans cette chambre et que les attributs royaux avaient disparu. Et il se raccrocha à un autre problème.

– Ce (bipé) de Soltan Gris!

Madison, surpris, demanda :

– Soltan Gris? Est-ce qu'il est ICI?

– Vous le connaissez?

Madison avait perçu la colère de Hisst.

– Oui, ça on peut le dire. Sur Terre, il se faisait appeler Smith, Inkswitch ou Sultan Bey. Il était toujours en travers de ma route. Il ne connaissait RIEN aux PR. Il a tout gâché! Quel idiot!

– Il est à la Prison Royale et je ne peux pas parvenir jusqu'à lui pour le faire exécuter comme il le mérite!

– Eh bien, voilà encore un problème pour un PR, dit Madison. Il existe des moyens de le résoudre. Autre chose?

– Heller! Cet (enbipé) d'officier royal!

Cette fois, Madison eut le sentiment qu'on lui servait un gros gâteau sur un plateau d'argent. Toute la salle était soudain plus brillante. Mais il parvint à conserver un ton calme.

– Sur Terre, il se faisait appeler Wister.

Lombar, qui jamais ne s'était donné la peine de prêter l'oreille à qui que ce soit, happa l'information comme un bouledogue affamé! ENFIN, il tenait la dernière pièce du puzzle. ENFIN, il savait pourquoi sa stratégie avait échoué!

– Ah! Gris n'a pas suivi mon plan pour le certificat de naissance! Tout a échoué parce qu'il n'a pas obéi à mes instructions concernant Heller!

Les espoirs de Madison s'enflèrent jusqu'à monter au septième Paradis. Quelle superbe occasion s'offrait soudain! À lui la gloire et les applaudissements! Mais il continuait à rester serein.

– Disons que, là encore, le problème Heller-Wister peut être résolu par un PR. Si vous souhaitez que je règle ces choses, donnez-moi un acompte afin que je puisse me mettre au travail. Il me faut un bureau, un budget et...

– Pas si vite, Madison, l'interrompit Hisst. La situation est plutôt difficile. Et je connais rien à vos PR.

Les espoirs de Madison redescendaient en flèche. Mais il désigna l'écran du Circuit Vidéo planétaire.

– C'est la télé? Est-ce que je peux monter le son?

Lombar haussa les épaules. Madison trouva tout seul le bouton et monta le volume. C'était une séquence sur les combats de Calabar. Les troupes de l'Appareil tiraient en direction d'une gigantesque montagne couronnée de neige. Le commentateur disait que les partisans du prince Mortiiy allaient être balayés hors des grottes où ils s'étaient retranchés. Madison coupa le son.

– Un bon PR, fit-il, aurait fait en sorte que ce commentateur dise que les troupes de l'Appareil avaient déclenché ces tirs d'artillerie sur votre ordre et pour la sécurité de l'Empire. Et il se serait arrangé pour vous montrer montant à l'assaut et les menant à la victoire même si vous n'y étiez pas.

Lombar plissa le front.
Madison déplia le journal que Slash lui avait donné. Il montra la première page à Lombar.
– Si vous aviez un bon PR, votre nom serait partout afin de conforter le public dans l'idée que c'est VOUS qui devez gouverner. Jour après jour, sans cesse, semaine après semaine, jusqu'à ce que le message soit évident pour tous : VOUS et VOUS SEUL devez être L'EMPEREUR !
– Mais jamais ils n'imprimeraient ça, protesta Lombar.
– Vous n'auriez qu'à leur ORDONNER de l'imprimer.
– Hmmm...
– Avec un bon PR, poursuivit Madison, non seulement le peuple, la racaille, mais aussi tous les lords de la planète se prosterneraient devant vous.
– Les lords ? Se prosterner devant MOI ? Ces (bips) qui ont l'air d'avoir une lance dans le (bip) ? Je ne suis qu'un roturier ! Ils préféreraient crever, oui !
– Mais si les lords, malgré tout, se prosternaient devant vous, insista Madison, et qu'on le montre tous les jours sur le Circuit, le peuple finirait par reconnaître que c'est VOUS le maître et que VOUS SEUL devez être proclamé Empereur !
Lombar secoua la tête.
– Madison, jamais les lords ne se prosterneront devant moi !
Madison continuait de se maîtriser, d'avoir l'air parfaitement calme alors qu'il ne l'était pas. L'enjeu était élevé. Il allait avoir un nouvelle chance avec Wister. S'il réussissait, Trapp devrait reconnaître qu'il avait fait son travail. S'il savait s'y prendre avec Hisst, il retournerait sur Terre sain et sauf. Il serait de nouveau le meilleur.
– Monsieur Hisst (et veuillez me pardonner si je vous considère déjà comme Votre Majesté), si j'obtiens des images de lords se prosternant devant vous à la télé – je veux dire sur le Circuit Vidéo planétaire –, m'engagerez-vous comme votre PR avec un budget illimité et carte blanche ?
Lombar émit un rire rauque.
– C'est un très gros contrat !
– Mais il ne vous coûtera pas trop cher pour commencer : quelques milliards de crédits. (Il se souvint tout à coup de Teenie et ajouta :) Et j'aurai aussi besoin de mon assistante, Teenie Whopper.
– Mais QUI est cette Teenie Whopper ?
– Une Terrienne qui est arrivée en même temps que moi.
Lombar se souvint de cette autre passagère.
– Eh bien, Madison, vous aurez cette Terrienne. Mais pour ce qui est de l'argent, non. Ce serait un gaspillage.

Madison était au bord du désespoir. Il n'aurait pas de fonds pour soudoyer, pour engager des acteurs, pour obliger les gens du Circuit Vidéo à passer ce qu'il voulait. La situation semblait plutôt sombre! Mais il devait se montrer brave.

– Si je réussis cette première phase, m'accorderez-vous le gros contrat ?

De sa vie, Lombar ne se rappelait pas avoir écouté qui que ce fût aussi longtemps. Pas étonnant, se dit-il : c'était épuisant.

– Il est impossible d'obliger les lords à se prosterner devant moi, dit-il. Je ne puis donc déférer à votre demande sans risque. Si vous arrivez à montrer ça sur le Circuit, parfait. Mais à présent, j'ai du travail qui m'attend. Au revoir. Gardes! Réconduisez ce Terrien!

Telles que les choses apparaissent à cet instant précis, cher lecteur, l'échec apparent de la démarche de Madison auprès de Lombar Hisst laisse toute liberté à Jettero Heller. Et l'on devrait découvrir avant peu que la chambre royale que garde Lombar est déserte, le cours de l'histoire de Voltar et de la Terre étant ainsi redressé. Car les chances de Madison, pour l'heure, semblent résolument *zilch*. Mais pour l'heure seulement, cher lecteur, juste pour un instant. Des forces terribles et diaboliques sont d'ores et déjà à l'œuvre dans les deux empires et elles ne vont pas tarder à peser violemment sur le cours des choses!

3

En redescendant le grand escalier, J. Walter Madison se sentait quelque peu abattu : sans relations ni contacts, sans argent ni carte de presse, sa situation de PR semblait plutôt désespérée.

Il adressa un geste amical aux deux gardes en noir qui se contentèrent de le regarder s'éloigner.

En montant dans l'aircar, il prit conscience qu'il n'avait nulle part où aller : il n'avait même pas de chez-lui. Flick lui déclara :

– Ça s'est pas si bien passé que ça, hein ? Mais vous devriez quand même remercier les Dieux d'être encore vivant.

Son humeur maussade était-elle à ce point visible ? s'inquiéta Madison. Mais c'est vrai qu'il se sentait déprimé. Il avait presque tenu une nouvelle chance de reprendre son travail avec

Wister-Heller, mais ses doigts avaient glissé à la dernière seconde. Voilà ce que c'était que de travailler avec des fous

– Qui dirige le Circuit Vidéo planétaire ? demanda-t-il.

– Le directeur, dit Flick. Son nom figure sur tous les programmes. J'en ai un là. Rien que pour savoir quand Hightee Heller passe.

– Heller ? Elle est de la famille de l'officier royal Jettero Heller ?

– C'est sa sœur. La plus belle femme de la Confédération et une sacrée chanteuse ! Elle a des milliards de fans !

D'accord, mais est-ce que ça changeait quelque chose pour lui ? se dit Madison. Il regarda le programme. Ah, ah ! Le Circuit Vidéo planétaire dépendait de la Division Intérieure et son directeur était un certain Lord Ronflon. Il devait se trouver ici même, dans la Cité du Palais !

Il se dit que oui, il pourrait peut-être en tirer quelque chose. Soudain excité, il demanda à Flick de le conduire à la résidence de Lord Ronflon.

Ils survolèrent d'innombrables parcs, d'innombrables bâtiments ronds. En vérité, il y en avait des milliers répartis sur quelques kilomètres carrés, tous de différentes couleurs, tous baignés de lumière verdâtre. Mais les lieux semblaient plutôt déserts. En fait, pensa Madison, il ne voyait surtout que des gardes de l'Appareil en uniforme moutarde, et les tanks de l'Appareil étaient plus nombreux que les véhicules privés.

– Mais où sont donc passés tous les gens ? demanda-t-il.

– Oh, d'habitude, il y avait foule à cette heure de la soirée. Des dames avec leur suite, des gardes du Palais partout, des concerts dans les parcs. Mais tout ça a changé. Depuis que Sa Majesté est tombée malade et qu'on a donné l'ordre de remplacer la Garde Royale par les hommes de l'Appareil. De nombreuses familles ont quitté la Cité pour se réfugier dans leurs résidences de province ou leur ville natale de crainte que l'Appareil ne les arrête. Dans tous ces immeubles, il y a des tas de domestiques, mais ils ne se montrent pas. Il ne reste que quelques centaines de milliers de résidents, à présent. Autrefois, il y en avait deux millions.

– Vous me paraissez très bien informé, dit Madison.

– Ah, ça ! dit Flick d'un ton sans joie. Quand on a passé toute une vie à cambrioler, on apprend à garder les yeux bien ouverts. Les appartements et les maisons vides sont notre cible préférée. Mais un meurtrier comme vous ne peut pas comprendre ça. Vous avez dû repérer déjà tous les endroits sombres, hein ? Tenez. On arrive.

Ils s'étaient posés devant un gigantesque bâtiment qui devait abriter autant de bureaux que d'appartements. Il était d'un jaune éclatant avec des jardins suspendus.

Madison gravit un escalier et une sentinelle de l'Appareil l'intercepta, puis appela un officier qui consulta son identoplaque.

– Fichtre, et c'est quoi un PR ? demanda-t-il.

– Un envoyé spécial, rétorqua Madison. Je désire voir Lord Ronflon.

– Même si vous étiez un envoyé du treizième Enfer, ça ne changerait rien. Et même si vous arriviez à pénétrer dans ses appartements, ça n'y ferait rien non plus. Il avait une épouse, mais elle est retournée auprès de sa famille. Il avait aussi un fils, qui est à présent à l'École des Pages.

– Qu'est-ce que la famille a à voir avec ma visite ? demanda Madison.

– Eh bien, c'est pourtant comme ça que ça se passe par ici. Quand on ne pouvait pas rencontrer le patron, on voyait un membre de sa famille et on arrivait à faire passer son message. Mais, franchement, je ne crois pas que ça soit encore possible aujourd'hui. Lord Ronflon ne quitte plus ses appartements. En fait, il y a des semaines qu'on ne l'a pas vu. Attendez une minute...

Il rentra dans le hall et ouvrit une porte qui portait la mention *chambellan.* Il revint bientôt.

– Je crois que vous pourrez avoir un rendez-vous pour dans un mois, ou bien la semaine prochaine, je ne sais pas, mais le chambellan me dit que les seules personnes qui réussissent à le voir sont les médecins qui lui apportent ses petits paquets.

– Ses petits quoi ?

– La poudre blanche ! Ne jouez pas à l'idiot. Vous savez aussi bien que moi ce que font tous ces lords. Si vous voulez quoi que ce soit dans la Division Intérieure, il faut voir la Cité du Gouvernement. Tout est dirigé de là-bas par les employés de bureau.

La poudre blanche, songea Madison. La drogue.

– Eh bien, je vous remercie. Vous m'avez été d'un grand secours.

– Si vous n'étiez pas de l'Appareil, je ne vous aurais même pas donné l'heure, lui jeta l'officier avant de s'éloigner.

Le désespoir s'insinua plus profondément encore en Madison. Ce n'était pas demain la veille qu'il discuterait avec des employés de bureau. Et les responsables, où étaient-ils donc ? Tout soudain, il savait pourquoi la cité était désertée par ses habitants. D'un instant à l'autre, se dit-il, il allait voir surgir un camion de l'I.G. Barben. Lombar Hisst avait instauré le règne de la drogue! Est-ce que cela expliquait l'intérêt évident qu'il portait à Rockecenter ? Et Rockecenter avait-il des relations avec cette base en Turquie ? Non, il doutait que Rockecenter ait vraiment connaissance de l'existence de ces gens. Mais eux, par contre, le connaissaient bien.

Madison ne jurait que rarement. Mais il en avait bien envie en cet instant. Pour ce qu'il avait en vue, il ne pouvait traiter qu'avec les hommes en place, et il devinait qu'avec un Empereur drogué, ici dans la Cité du Palais, il ne pouvait tomber que sur des camés. Et, du coup, il comprenait mieux qui était Lombar Hisst : ce (bip) devait marcher aux amphés! Au speed! Tous les signes de la persécution, de la mégalo, étaient là, évidents. D'accord, il ne se grattait pas encore, il ne perdait pas ses cheveux ni ses dents, mais ça ne tarderait pas. Et, de toute façon, il avait dû être dingue au départ.

Madison frissonna. Il avait vraiment intérêt à terminer son boulot avec Heller, de n'importe quelle façon, et à se tirer de cet endroit avant que Hisst n'en arrive à la paranoïa et commence à tuer tout le monde!

Ce qui lui laissait combien de temps ? Quelques mois au mieux ?

Il ne put retenir un gémissement. Il ne savait même pas par où commencer!

– Et maintenant, où on va ? lui demanda Flick. La journée est finie. je vous reconduis à la Cité du Gouvernement ou vous trouvez une pension ?

– Je n'ai pas d'argent.

– Ça, vous faites un sacré patron! J'en ai ma claque de dormir dans un aircar. Et puis, je suis certain que vous avez des cauchemars. Les tueurs font toujours des cauchemars.

– Dormir dans une voiture ? s'effraya Madison.

Les choses allaient en empirant. Il refusait de s'imaginer comme une épave pas rasée : impossible d'être crédible dans cet état.

– En tout cas, dit Flick, je n'ai pas l'intention de m'introduire dans un de ces palais. C'est le meilleur moyen de se retrouver au Camp des Macchabées, avec tous les gardes qui grouillent dans le coin. Je vais vous dire ce qu'on va faire : on va filer jusqu'à la Cité des Bas-Fonds et braquer un magasin. Vous descendrez le surveillant de nuit.

Madison aurait aimé que Flick ne se fixe pas sur cette image de lui, mais force lui était de constater qu'il lui montrait de moins en moins de respect.

– Je n'ai pas d'arme, fit-il.

– Nom d'un pétard! Regardez les missions qu'on me refile! Mon dernier patron s'est ruiné au jeu et a fini par se faire poignarder au cours d'une partie de dés. Et maintenant, je vais crever de faim.

– Mais vous n'avez pas de salaire? Pas d'appartement?

– Dans l'Appareil? Un chauffeur est censé recevoir tout ça de son patron. Et moi j'ai droit à un meurtrier qui n'a même pas de flingue, qui est fauché à mort et qui ne touche pas de salaire. Y a vraiment rien que vous puissiez faire?

Du coup, Madison se secoua. Oui, il y avait quelque chose qu'il pouvait faire. Se comporter en preux chevalier. Il pouvait voler au secours de Teenie. On le lui avait permis. Voilà ce qu'il allait faire sans tarder, même si l'idée de passer la nuit à trois dans l'aircar posait de nouveaux problèmes.

Il coiffa un casque emplumé imaginaire.

– Ramenez-moi devant le Palais Royal. Il faut que je sauve une fille.

4

Ils firent donc demi-tour pour retourner sur l'allée où il avait vu Teenie en arrivant. La clarté était faible : apparemment, ici il y avait quand même aussi la nuit et le jour, et ce devait être le crépuscule.

Le terrain, tout autour de la statue peinte, avait été bêché, mais il n'y avait plus personne. Flick arrêta l'aircar.

Soudain, un garde de l'Appareil surgit de dessous la cape violette de la statue d'un monarque mort depuis longtemps, le fusil braqué. Madison le reconnut et brandit en hâte son identoplaque par-dessus la glace baissée. En voyant la mention *Appareil*, le garde se détendit visiblement.

– Il y avait une fille qui travaillait ici, dit Madison.

– Oh, oui. Tout le monde est parti à cette heure. Vous n'auriez pas une petite fumette, dites?

– Donnez-lui-en une, dit Madison à Flick.

Flick s'exécuta, l'œil noir. Plus noir encore quand il dut allumer le joint du garde.

– Ils sont partis par là-bas, fit le garde. Entre ces deux bâtiments orange.

Flick démarra aussitôt.

– C'est de pis en pis, commenta-t-il.

Madison, en silence, ne put que l'approuver. S'il retrouvait Teenie, elle serait probablement couverte de boue et, dans cet aircar déjà passablement douteux, son costume serait fichu. Mais elle serait tellement heureuse de le voir et d'apprendre que, puisqu'elle était son assistante, elle était désormais libre.

Il y avait maintenant des piscines autour d'eux. Et une série de chutes d'eau circulaires, disposées en gradins. Sous les projecteurs, l'eau ruisselait en rideaux multicolores.

Ils allaient continuer lorsque Madison surprit un mouvement au loin.

TEENIE!

Elle courait au bord d'une piscine et plongea dans un éclaboussement violet. Elle nagea jusqu'à l'autre bord, puis sortit pour replonger aussitôt dans une piscine jaune d'or. Elle nagea jusqu'à la prochaine chute d'eau.

Un panneau bien en évidence annonçait :

BAIGNADE INTERDITE

Oh, Dieux, elle allait avoir de sérieux ennuis avant même qu'il ne la récupère!

Frénétiquement, il guida Flick vers l'endroit où elle émergerait probablement si elle replongeait.

Ce qu'elle fit. Le corps luisant sous le rideau de lumière. Et elle se mit à nager à grandes brasses.

Madison descendit et l'attendit sur le bord.

Teenie sortit de l'eau d'un bond agile. Elle était très mince, le ventre plat, les jambes fluettes. Sa peau scintillait tandis que l'eau s'écoulait en ruisselets brillants de ses épaules. Elle rejeta ses longs cheveux auburn en arrière et fixa le regard de ses grands yeux sur Madison.

– Teenie! cria-t-il. J'ai des nouvelles sensationnelles! On a une chance de retourner sur Terre. Et tu es mon assistante, maintenant! Tu n'es plus une esclave!

Elle haussa les épaules. Puis s'éloigna jusqu'à un banc sur lequel elle avait laissé son sac. Elle en sortit un peigne et le passa dans ses cheveux trempés.

Madison n'en croyait pas ses yeux. Elle ne paraissait même pas contente de le voir! Il s'approcha.

– Tu ne comprends donc pas? Je t'ai libérée! J'ai vu la façon abominable dont ils traitent les esclaves et tu devrais être heureuse!

Elle noua ses cheveux en queue de cheval et les maintint

avec un élastique. Elle alla récupérer près de la chute le vêtement informe qu'elle avait porté. Elle le plia et le jeta sur son épaule. Puis elle prit son sac et fit mine de s'éloigner.

Elle semblait vraiment en colère.

Madison essayait désespérément de trouver pourquoi. Ce n'était quand même pas lui qui l'avait fichue dans ce bourbier. C'était Gris.

Il la suivit. Et Flick aussi, au volant de l'aircar, à petite vitesse. La bizarre procession qu'ils formaient descendit une promenade qui dessinait une courbe en direction de deux autres bâtiments. Ils s'approchaient d'une structure dorée très ornementée et visiblement ancienne. Des plantes grimpantes avaient gagné plusieurs étages et envahi les balcons. L'escalier principal était si vaste que Teenie avait l'air d'une poupée naine dans un décor de géant.

Madison la suivait toujours. Flick arrêta l'aircar au bas des marches.

Teenie franchit une double porte d'or par lequel un Boeing serait facilement passé.

Madison entra à son tour.

Ils étaient dans une salle aux proportions titanesques, festonnée de galons d'or qui formaient des motifs complexes au milieu desquels des anges peints en relief volaient dans un ciel d'un blanc immaculé. Le sol était décoré de nuages. Des centaines de fauteuils sertis de pierreries étaient disposés au long des murs. Cela pouvait être une sorte de salon d'apparat.

Des coussins de soie étaient empilés au centre de la formidable salle. Teenie s'y laissa tomber et, très vite, les coussins furent tout trempés.

Madison s'avança, le bruit de ses pas éveillant des échos sonores.

– Teenie, lui dit-il d'un ton apaisant, je sais que la plupart de ces palais sont déserts et que leurs propriétaires sont partis. Mais tu cours à la catastrophe. D'abord, tu nages dans des piscines interdites et maintenant te voilà dans ce palais désert en train d'abîmer ces coussins. Allons, viens avec moi. Je t'emmène. Des gardes peuvent arriver à tout moment pour éteindre la lumière ou je ne sais quoi.

Sans rien dire, elle s'empara sur une table basse d'une nappe de soie qui devait être d'une valeur inestimable et commença à se sécher comme avec une serviette de bain! Comment l'arrêter avant le désastre?

– Ne te mets pas en colère, supplia Madison. Je suis ton ami!

Elle eut un rire bref, rauque.

– Ah, tu peux le dire! Tu n'as pas levé le petit doigt pour moi dans ce cargo. Tu ne t'es même pas porté volontaire pour tenir mes livres de compte! Tu aurais aussi pu te charger de la publicité, mettre des écriteaux du genre « Chochotte est le meilleur! » Même comme PR, tu es nul!

– Ah non, pas ça! Pas question que je me mêle d'un truc aussi répugnant! Tu as fait de ce pauvre garçon une prostituée! Tu as ruiné son existence! Tu l'as même fait fumer. Tu n'as pas de conscience! Pas le moindre sens moral!

– Ah, tu peux parler, toi qui couches avec ta mère!

– J'ai été élevé comme ça!

– Et moi aussi, j'ai été élevée « comme ça »! glapit Teenie. Tu as du fric?

– Eh bien non, à vrai dire.

– Et je suppose que tu étais venu pour me taper?

Pour Madison, le coup était dur. Il s'était effectivement demandé si elle avait réussi à garder son argent.

– Je suis arrivée avec 1 000 crédits, fit-elle. Je les ai planqués. Je vais te filer 10 crédits, c'est tout. Ensuite, tu peux aller te faire voir.

Dix crédits? Il ignorait le prix des choses ici, mais sa fierté valait certainement plus que ça.

– Je ne me salirai pas les mains avec de l'argent gagné sur le dos de ce pauvre garçon!

– Sur son *dos*! Ce « pauvre garçon », comme tu dis, c'est un giton que ce (bip) de Gris a collé entre les bras de Lord Endow. Lord Endow est le chef de la Division Extérieure, c'est lui qui domine tout l'Appareil quand il n'est pas dans les vapes. J'ai appris à ce « pauvre garçon » quelques petits trucs, et quand il est revenu ici, Lord Endow en est devenu vraiment dingue. Ce vieux chnoque de (bipard) délire sur Chochotte.

– Une minute, fit Madison en voltarien. Tu viens de changer de langue. En parlant d'Endow, tu t'es exprimée en voltarien.

– Bien sûr. Et en voltarien *de cour*. Toi, tu viens de parler en voltarien *populaire*.

– Mais comment...

– Lord Endow ferait n'importe quoi pour Chochotte. Il irait lui décrocher toutes ces lunes qu'ils ont ici s'il lui demandait. Et on m'a expédiée tout droit à l'École des Pages. J'ai été hypnoformée pour parler, lire et écrire le voltarien de cour en cinq jours. Entre-temps, Chochotte avait raconté quel merveilleux voyage il avait fait aux autres mignons et je peux te dire qu'ils l'enviaient drôlement! Se faire (bipuler) pendant six semaines par tout un équipage! C'était un vrai héros! Il m'a demandé d'apprendre aux autres la même chose, et même aux pages!

– Une minute! protesta Madison. Tu mens sûrement, Teenie. Je t'ai vue de mes yeux travailler comme une esclave!

– Nom d'un petit Jésus, Maddie! Tu es vraiment encore plus crétin que je croyais! C'est donc pour ça que t'arrêtais pas de radoter que j'étais une esclave? Écoute-moi, mon vieux : je n'avais qu'un stock limité de graines de marijuana et ces abrutis de jardiniers les auraient gaspillées. D'accord, ils ont un catalyseur de croissance qui fait mûrir les plants en une semaine, mais ces vieux (bipeux) ont plus de 160 balais, est-ce que tu le croirais? Et ils sont là à se traîner et à radoter au lieu de piocher et de semer. J'ai donc fait retourner tous les parterres de fleurs du coin pour tout replanter avec de la marie-jeanne.

– Oh, mes Dieux! s'exclama Madison. Encore d'autres ennuis! Ils nous tueront. Tu es mon assistante, à présent. Je t'en prie : fiche le camp de ce palais avant qu'ils nous tirent dessus!

– Mais (bip de bip), Maddie! Personne ne va nous tirer dessus! Chochotte a raconté à Lord Endow que j'étais une reine du ciné sur la Terre. Et ce vieux (bipard) radotant m'a filé ce palais. Deux cent trente pièces! Une reine l'a abandonné il y a cent ou peut-être mille ans, je ne sais pas au juste. Elle est morte de vieillesse ou bien empoisonnée. En tout cas, toutes ses affaires sont encore là. Elle s'appelait la reine Hora, d'après ce que j'ai pu lire sur les plateaux d'argent. Mais j'ai froid!

Elle claqua les doigts d'une façon particulière et deux hommes âgés en livrée d'argent ornementée, qui avaient dû veiller dans l'un des innombrables corridors, se précipitèrent vers elle. Ils jetèrent un peignoir de soie diaphane sur ses épaules. Ainsi, elle semblait deux fois plus dénudée. Ils prirent la nappe de soie dont elle s'était servie comme d'une serviette et disparurent.

Teenie claqua encore des doigts d'une autre façon. Cette fois, ce furent deux vieilles femmes qui accoururent. Elles étaient en jupe d'argent. L'une portait un plateau de cristal sur lequel étaient disposés une cruche de cristal pleine d'eau pétillante et des verres de cristal. L'autre lui présentait un plateau d'argent chargé d'environ cinq kilos de pains sucrés multicolores dont chacun était surmonté d'un nom : *Reine Teenie.*

Madison comprit soudain.

Teenie avait vraiment de l'INFLUENCE!

Et l'espoir résonna en lui comme un coup de tambour. Il lui semblait d'ailleurs entendre déjà les trompettes. Car l'influence était une chose qu'il savait utiliser!

Les deux vieilles femmes, à présent, s'agenouillaient devant Teenie. Elle tenait un verre d'eau pétillante d'une main et, de l'autre, essayait d'enfourner un énorme pain dans sa bouche pourtant grande.

Les deux femmes tournèrent la tête, attendant apparemment que Teenie leur dise d'offrir quelque chose à Madison.

Elle secoua la tête.

– Ne vous occupez pas de lui, dit-elle. Ce n'est pas un ami.

Les deux servantes, alors, se retirèrent en s'inclinant.

Ce n'est pas à cause de la faim que Madison les suivit du regard. Il avait conscience de sa situation. Il était paumé. Nulle part.

L'espoir qu'il avait eu d'en finir avec Heller était en train de fondre.

5

Une notice nécrologique vint à l'esprit de Madison :

DÉCOUVERTE D'UN TERRIEN MORT

Un corps émacié a été découvert la nuit dernière dans la Cité des Bas-Fonds. L'identoplaque portait le nom de J. Walter Madison. Il n'avait ni parents ni amis sur Voltar.

Teenie était là, à se gaver de pains sucrés et à s'emplir d'eau pétillante. Madison songea que, peut-être, si le fauve était rassasié, il se montrerait plus amical.

Il attendit que son expression se détende quelque peu avant de risquer :

– Teenie, au nom de la simple humanité, tu dois me venir en aide.

Elle haussa les épaules.

– Pourquoi? Est-ce que tu m'as aidée sur le yacht? Non. Tu n'as même pas tenté de persuader ce (bip) de Gris de demeurer à bord! Tu t'es même tiré avec lui!

Ah, c'était donc pour ça qu'elle avait une dent contre lui. Bon, inutile d'aller plus loin. Il allait tenter une autre approche, honnête et sincère. Et même franche!

– Teenie! Il faut que je réussisse comme PR sur ce monde.

Autrement, on ne voudra plus de moi sur Terre. Est-ce que tu as déjà entendu parler de Wister?

– Super Wister? Oh, oui, j'ai lu des trucs sur lui. Et cet (enbipé) de Gris, un jour, n'arrêtait pas de râler contre lui.

– Eh bien, Teenie, ce Super Wister était en réalité Jettero Heller, un officier royal de Voltar. Je suis dans la (bip). Parce que je n'ai pas fini le boulot qu'on m'avait confié et qui le concernait.

– Ça, c'est ton problème, mon mignon. Pas le mien.

Madison commençait à désespérer. La notice nécrologique glissait vers la dernière page, juste après les petites annonces.

– Teenie, il faut que je fasse monter Hisst sur le trône.

– Et alors, qu'est-ce que ça peut me faire? Il se (bipe) de ce qui peut se passer dans la Cité du Palais. Il ne parle même pas aux lords, et ce qui est sûr, c'est qu'ils ne lui adresseront pas la parole, quel que soit le titre qu'il se donne. Ce n'est qu'un rat sorti de la Cité des Bas-Fonds. Pour gouverner, il doit encore passer par le Grand Conseil. D'accord, il en a fait des drogués, mais malgré tout il peut pas aller trop loin. On rit de lui dans son dos. Même s'il arrivait à monter sur le trône, il ne durerait pas longtemps. Je sais de quoi je parle, parce que je sors de l'École des Pages et qu'eux ils savent tout sur tout! Donc, le mieux que j'ai à faire, c'est de rester bien avec mes mignons, de faire pousser un bon paquet de marie-jeanne et de passer du bon temps ici, dans mon palais, comme une reine. Et voilà!

La notice nécrologique de Madison n'avait même plus de commentaire. Le désespoir le submergea. Il se laissa tomber à genoux.

– Teenie, je t'en supplie! Aide-moi!

Elle le regarda en riant. Puis elle claqua les doigts d'une façon encore différente et deux jeunes garçons d'une douzaine d'années surgirent dans le hall et vinrent s'incliner devant elle.

– Maintenant, Madison, fit-elle, si tu veux bien m'excuser, j'ai un cours qui m'attend.

Toutes sortes d'arguments se bousculaient dans la tête de Madison. Il évaluait rapidement la situation de Teenie telle qu'elle la décrivait pour voir s'il ne pouvait pas y percer un ou deux trous. Il avait travaillé avec Rockecenter et savait bien que les déments comme Hisst ne pouvaient être aussi aisément évincés. Mais la seule conclusion à laquelle il revenait, c'est que Teenie avait de L'INFLUENCE et qu'il en avait désespérément besoin.

Et soudain, il prit conscience de ce qu'elle faisait. Et il y avait de quoi être absolument horrifié, et pour bien des raisons.

Grands Dieux, elle allait se déshonorer et ne serait même plus en mesure de l'aider même si elle le voulait. Elle était devenue complètement folle!

Car, obéissant à un signe, les deux garçons lui avaient adressé un sourire complice avant de commencer à se déshabiller!

– Non, non! cria-t-il. Pas ici! C'est une salle de réception publique!

Teenie sourit.

– Je sais. Et le public sera bientôt là, d'ailleurs. Bye bye, Madison. Et si jamais tu retournes sur la Terre, dis bonjour pour moi à Broadway.

Et Madison restait là, à genoux, torturé. Il refusait de se retirer. Il se disait qu'il arriverait bien à trouver un moyen de se faire entendre, mais pour l'heure Teenie paraissait bien déterminée à détruire totalement son image publique. Les portes n'étaient même pas fermées!

Le premier garçon s'était avancé, souriant.

Teenie tendit la main.

Madison, horrifié, s'écria :

– Teenie! Que fais-tu? Tu ne vas quand même pas faire de ce gamin un anormal? Et sors ça de ta bouche!

Elle se pencha en arrière et lui jeta un regard de dédain.

– Mais je ne compte pas faire d'eux des anormaux, imbécile. Quand j'en aurai fini, ce seront des gitons de première classe. Il est encore tôt et je m'amuse juste un peu en attendant le public. Tu devrais voir comment ça se passe à partir de là!

Il apercevait des gens en livrée qui l'observaient depuis divers couloirs. Elle allait vraiment se détruire avant même de lui être de quelque utilité! Il jeta vivement en anglais :

– Teenie, ne te livre pas à des actes sexuels en public! Socialement, ce que tu as fait ici est inadmissible! Même dans ces circonstances! Que vont penser les serviteurs?

Elle le regarda, irritée, et lui répondit en anglais :

– Ce qu'ils vont penser? Écoute, mon gros, ils sont tellement heureux d'avoir quelqu'un de vivant ici qu'ils accepteront tout. Dans ce palais, on n'est pas payé tant qu'on ne sert pas une personne royale. Tu devrais entendre ce qu'ils racontent sur cette reine Hora. Au temps de leurs grands-pères, elle avait un amant différent chaque nuit! Je ne suis pas là depuis longtemps mais ils disent déjà que le bon temps est revenu. Ce qu'ils pensent, c'est ça! (Elle était déchaînée et hurla, toujours en anglais :) Vas-y, engeule-moi, et tu verras ce que les serviteurs pensent de moi! Ils vont te massacrer, oui!

Madison se sentit glacé. Une main venait de s'abattre sur son épaule. Il jeta un regard de côté, effrayé. Un personnage en livrée argentée le dévisageait avec une expression féroce!

Une autre main broya son épaule gauche. Il tourna la tête de ce côté. Une autre brute était là. Et, comme son copain, elle tenait une hache de forme étrange, apparemment bien affûtée!

– Votre Majesté, déclara le premier à Teenie, cet homme vous a insultée dans votre propre palais. Voulez-vous qu'on le juge et l'exécute maintenant ou bien préférez-vous que l'on attende après les cérémonies de ce soir?

Teenie réfléchit. Puis elle prit sa montre Mickey dans son sac et s'exclama en voltarien :

– Queues de comètes! Je vais être en retard! (Elle se tourna vers les deux brutes.) Je n'ai pas le temps de m'occuper de lui. Sergents, collez-le dans ce siège, là-bas, et ligotez-le. (Elle prit son sac et lança à l'adresse de tous les serviteurs :) Vite, qu'on prépare la salle!

Et elle se rua vers un escalier d'or.

Les deux sergents poussèrent Madison jusqu'au fond de la salle et le projetèrent dans un solide fauteuil métallique. Des entraves se rabattirent sur ses chevilles et ses poignets. On tira violemment et inutilement sur les chaînes qui maintenaient le tout.

– Tu dois être vraiment cinglé pour insulter comme ça notre reine. C'est la personne la plus merveilleuse que nous ayons eue ici depuis des siècles et tu viens de te faire un tas d'ennemis. Alors reste là bien sagement! On veut plus t'entendre. (La première brute se tourna vers son camarade :) Hammer, tu ferais bien de rester près de lui pour éviter que quelqu'un ne se glisse dans le coin pour lui trancher la gorge. (Il regarda de nouveau Madison.) Insulter comme ça notre reine Teenie!

Et il lui cracha au visage!

Madison s'effondra. Il n'avait pas cru tomber aussi bas. Le crachat coulait sur sa joue et il récrivit sa notice nécrologique. Il y ajouta une ligne : *Le cadavre a été jeté à la décharge publique.*

6

La salle résonnait des bruits de pas précipités des serviteurs qui se hâtaient de préparer les lieux pour le public. On délimita avec des cordes bleues et rouges deux vastes zones. Un espace libre fut ménagé au-devant. Il devait faire quelque 200 mètres carrés et brillait doucement sous la lumière moins vive. En fait, tout le plafond s'était changé en brume bleue, comme par une belle journée d'été.

Deux laquais en livrée entrèrent en courant, poussant un grand tableau monté sur roues. Deux autres, dans un claquement de tonnerre, installèrent un trône d'or géant recouvert de joyaux scintillants. Il se dressait à plus de trois mètres du sol et on y accédait par des degrés écarlates. Il était sur le devant de l'espace dégagé, de l'autre côté des cordes de couleur.

Un grondement sourd monta. À droite du trône géant, à plus de trois mètres de hauteur, toute une section de la paroi s'était avancée, dégageant ainsi une loge. Huit musiciens avec des instruments bizarres y avaient déjà pris place. Ils étaient costumés de jaune chatoyant mais, à chacun de leurs gestes, ils lançaient des éclats de couleurs variées.

Une douzaine de personnages en tenue argent, armés de haches à long manche, s'avancèrent alors d'une fière démarche et prirent position aux extrémités des zones délimitées par les cordes de couleur, ainsi que de part et d'autre du trône.

Dès leur apparition, les serviteurs s'étaient éclipsés, ne laissant que les musiciens silencieux et les gardes. Après tout ce tohu-bohu, le silence retombait comme un poids matériel.

C'est alors qu'un bruit de pas pressés et des murmures s'élevèrent du haut de l'escalier d'entrée.

Madison essaya en vain de pêcher un mouchoir dans sa poche pour s'essuyer le visage, incapable de supporter à la fois les larmes et le crachat.

– On ne bouge pas! gronda Hammer en bloquant son mouvement avec sa hache.

Madison se figea instantanément : il venait de s'apercevoir que de minces rubans d'étincelles couraient sur le fil de la hache, dégageant une senteur aigrelette d'ozone. Il se dit, apeuré, que ce n'était pas seulement une hache d'apparat ainsi qu'il l'avait cru, mais une redoutable arme électrique. Les Dieux seuls savaient ce que cette brute pouvait faire avec ça! Est-ce que les étincelles giclaient sur vous ? Il pria pour que la hache n'effleure pas ses chaînes ou ses entraves : il risquait à tout instant d'être électrocuté! Il laissa donc le crachat ruisseler sur sa joue, mêlé à ses larmes. Oui, *à ses larmes*, car il avait conscience de vraiment pleurer, à présent. Dans toute sa carrière de PR, jamais il ne s'était senti aussi déprimé – sauf, peut-être, lorsqu'il avait accidentellement provoqué la ruine de la Patagonie, ou encore ce triste après-midi où le président d'une des compagnies aériennes internationales de Rockecenter l'avait congédié d'un ton glacé, ou encore ce jour atroce où Trapp lui avait brutalement appris que le candidat à la présidence qu'il devait porter au pouvoir était devenu dément. Tous ces échecs incompréhensibles avaient empoisonné son existence. Il priait avec ferveur pour ne pas échouer avec Heller : c'était désormais son unique espoir. Et encore, lui restait-il encore quelque espoir, là, assis dans cette salle écrasante, soumis aux caprices d'une jeune délinquante de New York ? Est-ce que cette menteuse pathologique, cette petite pervertie allait réellement le faire passer en jugement et condamner à mort ? Oui, elle en était bien capable. Et s'il menaçait de révéler qui elle était vraiment et de dire à tous ces Voltariens ce que « reine du ciné » signifiait sur Terre ?... Que ce n'était qu'une expression qui n'avait rien à voir avec le statut de reine... Mais non! On le tuerait s'il se montrait seulement critique. Teenie avait pris ses précautions de ce côté! Il ne voyait vraiment aucun moyen de la contrer. Et à cause de ça, il pleurait pour de bon.

Il prit conscience que de petits groupes de jeunes garçons étaient entrés par l'immense porte. Ils étaient accueillis par deux sénéchaux et ensuite des huissiers serviles les précédaient vers les rangs délimités par les cordes de couleur. Tous ces garçons étaient magnifiquement vêtus, de façon plus ou moins voyante. Dans l'ensemble, nota Madison, ils étaient beaux, ou plutôt jolis, certains étaient même maquillés et poudrés. Ils arboraient tous une ceinture avec une grosse boucle de métal sur laquelle était gravé en voltarien le mot *page*. Ils semblaient avoir de huit à douze ans mais, pensa Madison, avec la longévité de ces gens, on ne pouvait pas savoir. Ils devaient maintenant être au moins deux cents et des traînards arrivaient encore en courant.

Enfin, un sénéchal apparut avec un parchemin. À son signal, on ferma les immenses portes. Un autre inspecta les deux secteurs de la salle. Pour la plupart, les garçons s'étaient rangés derrière les cordes rouges, les moins nombreux étant dans le secteur bleu.

Un huissier adressa un signe à l'un des sénéchaux qui pressa un bouton de sa livrée.

Un projecteur s'alluma, braqué sur le sommet de l'escalier d'or que Teenie avait emprunté pour sortir.

Quatre hérauts prirent place au bas de la rampe et levèrent ce qui semblait être des trompes de guerre. Une longue note résonna dans la salle.

Et, sous le projecteur, Teenie fit son apparition en haut des marches dorées!

Elle portait une couronne d'or d'où sortait sa queue de cheval. Elle était vêtue d'un manteau militaire rouge soutaché d'or qui lui tombait jusqu'aux chevilles, avec un haut col serré. Elle était chaussée de cuissardes noires et, dans sa main, elle serrait un cylindre d'or orné de joyaux : son sceptre.

Une cape dorée et translucide, pareille à quelque voile tombé des cieux, lui couvrait les épaules. Et les deux garçons que Madison avait vus étaient là, en livrée d'or.

Teenie fit un pas en avant pour descendre la première marche.

Un coup de cymbale claqua! Puis s'éleva une marche majestueuse. Les deux garçons avaient pris la longue traîne de Teenie qui, au rythme de l'orchestre, descendait à présent l'escalier d'or.

Et tous les regards convergeaient sur elle, extatiques.

Suivie par le projecteur, elle traversa la salle et, avec une dignité absolument solennelle, elle gravit les degrés rouges qui conduisaient au grand trône. Telle une reine, elle s'y installa, et les deux garçons replièrent sa traîne d'un grand geste artistique. Puis ils croisèrent les bras et se tinrent comme deux statues à ses pieds. Alors, la musique se tut.

Le sénéchal vint jusqu'au pied du trône et s'inclina en une profonde révérence. Il mit un genou au sol et, les yeux baissés, déclara :

– Votre Majesté, j'ai le grand honneur de vous annoncer humblement que la cour est rassemblée. De plus, on m'a appris qu'il se trouvait parmi nous plusieurs garçons vierges. Vos courtisans attendent votre bon plaisir. Ils vous prient humblement de bien vouloir caresser leurs oreilles avec la céleste beauté de votre voix. Ils attendent avec ferveur. Longue Vie à Votre Majesté. Puis-je me retirer ?

Teenie lui fit signe de son sceptre et il battit en retraite. Elle promena son regard sur tous les visages levés vers elle.

Le projecteur se posa sur elle.

Elle sourit.

Un soupir de ravissement passa comme une brise dans la salle.

Teenie se mit à parler, d'une voix forte et impérieuse. Il devait y avoir un micro dans le trône. Et son accent voltarien était différent : elle s'exprimait avec les notes aiguës caractéristiques des discours royaux.

– Bienvenue, bienvenue à vous tous, chers et loyaux vassaux, gentils amis. Je vous offre tout mon amour et j'accepte que vous me baisiez les pieds. Que la bénédiction d'un millier de

Paradis pleuve sur vos lèvres avides. (Elle s'interrompit avec un sourire rusé.) Et entre vos cuisses tout aussi bien.

Les applaudissements crépitèrent et elle ajouta de façon plus carrée :

– Je vous remercie du fond de mon derrière.

Des vivats montèrent de la foule.

Les garçons lui envoyaient des baisers.

Teenie était rayonnante.

– Je vous aime, moi aussi ! proclama-t-elle.

Cette fois, ce fut un vrai tumulte de joie. Les gardes secouèrent les cordes pour prévenir ceux qui auraient pu vouloir les franchir pour courir vers le trône.

En riant, Teenie leva son sceptre pour les apaiser.

Les deux garçons vêtus d'or, obéissant à quelque signal, montèrent en courant jusqu'à elle. Elle les embrassa l'un et l'autre avant qu'ils ne détachent la chaînette qui maintenait sa cape et, exécutant une brève danse, la lui ôtent.

Teenie se dressa alors.

– Mais, mes chéris, il suffit de cette cérémonie. Je crains de devoir à présent aborder le côté ennuyeux et technique de la vie. Êtes-vous prêts à entendre ma conférence ?

– Oui, oui, Votre Majesté ! cria-t-on de toutes parts. S'il vous plaît !

Jamais nul professeur n'avait été invité avec autant d'enthousiasme à commencer son cours.

Madison se demanda de quoi diable elle allait pouvoir leur parler. Comme tout bon PR, il était expert en présentation et en mise en scène et, jusque-là, il n'avait pu qu'être admiratif devant les résultats du séjour de Teenie à l'École des Pages. Elle avait dû certainement travailler avec les meilleurs spécialistes du Palais. Et voilà qu'elle annonçait une « conférence » après cette brillante démonstration de maîtrise ? Elle se laissait certainement aller et elle risquait de tout gâcher. Quelle idiote ! Grands Dieux, elle avait vraiment besoin de lui ! Tout comme lui avait désespérément besoin de son aide afin d'en finir avec Heller !

7

Revêtue de son manteau militaire écarlate, avec sa couronne scintillante, Teenie se dirigea vers le grand tableau monté sur roues. D'où il se trouvait, Madison ne pouvait pas voir ce qu'il y avait dessus. Mais il était heureux qu'elle ait eu suffisamment de bon sens pour ne pas se montrer nue devant tous ces garçons : ils étaient bien trop jeunes pour avoir la révélation de la nudité féminine, même sous l'apparence d'une fille immature comme Teenie.

Le silence régnait dans l'immense salle. Teenie leva son sceptre, s'en servant comme d'une règle. Il devait comporter un micro car la voix de Teenie, forte, claire et autoritaire, était maintenant diffusée par des haut-parleurs que Madison n'arrivait pas à repérer.

– Mes étudiants adorés, commença-t-elle, nous avons ici la représentation graphique d'un corps mâle nu. (Elle leva son sceptre en un geste large.) Vue de devant, vue de profil droit, vue de profil gauche et vue de dos. Je dois reconnaître que l'artiste a fait le (bip) bien trop large pour mon goût personnel. (Elle adressa un généreux sourire à l'assistance et des rires répondirent à sa plaisanterie.) Mais, si on tourne autour de ce point (autres rires) vous constaterez que j'ai moi-même inscrit des *x* en divers endroits. Maintenant, écoutez-moi bien et plus de rires, car c'est une question sérieuse et je vous ai laissé les idées bien claires pour cette partie du programme afin que ces informations pénètrent bien dans votre tête et s'y collent bien. Sur ces quatre représentations du corps, il y a en tout 172 de ces *x*. Est-ce que chacun de vous peut les voir ?

Un concert de « oui » lui répondit.

– On les appelle les *zones érogènes*. En les touchant, en les manipulant, on peut provoquer la stimulation sexuelle, la prolonger ou l'apaiser.

Elle les désigna à coups de sceptre tout en donnant leurs noms. Puis elle se tourna vers l'assistance, le souffle court, et sourit.

– Je sais que ça semble beaucoup, mais il faut que vous les connaissiez tous et que vous sachiez comment vous en servir. Vous reverrez ces tableaux dans les prochains cours du soir.

L'artiste du Palais, qui est vraiment formidable, malgré son idée un peu exagérée des (bips)... (Elle s'interrompit pour laisser passer les rires)... m'a proposé d'exécuter des copies à votre intention, mais ces informations sont secrètes. Ces planches seront donc rangées au sous-sol. Vous pourrez vous y glisser à votre gré pour les étudier. Faites-le, car chacun de vous sera interrogé sur chaque zone. Compris ?

Les deux groupes acquiescèrent vivement. Leur intérêt était intense.

– À présent, reprit Teenie, je vais avoir besoin d'un volontaire pour la démonstration de ce soir.

Aussitôt, cinquante mains se levèrent.

Teenie pointa son sceptre.

– C'est toi que je prends !

Un garçon qui ne devait pas avoir plus de quinze ans se glissa sous la corde rouge sans perdre une seconde. Il était plutôt joli, la peau très blanche.

On avança alors une plate-forme haute de deux mètres, avec des marches pour y accéder. Les deux garçons en tenue dorée escortèrent le volontaire. En quelques gestes experts, ils le déshabillèrent et il fut bientôt complètement nu. Ils se retirèrent et Teenie monta à son tour sur la plate-forme.

– À présent, regardez bien ! lança-t-elle.

Elle pointa son sceptre sur le tableau, puis, de l'extrémité d'un doigt, elle toucha le garçon, tout près de la colonne vertébrale.

LA RÉPONSE FUT INSTANTANÉE !

Un souffle de surprise monta de l'assistance.

Teenie montra de nouveau les planches et, cette fois, elle toucha un point précis, à l'extérieur de la cuisse droite du garçon.

LA RÉPONSE SE DÉGONFLA !

Des gémissements montèrent de l'assistance.

Teenie montra de nouveau le tableau et posa un doigt au milieu de la lèvre inférieure du garçon.

RÉPONSE INSTANTANÉE !

Montrant le point correspondant sur le tableau, elle posa le doigt sur le cou du garçon.

LA RÉPONSE GROSSIT ET RESTA BIEN DROITE !

Teenie répéta les mêmes gestes. Cette fois, elle toucha le centre inférieur des poils pubiens du garçon. Il roula des yeux, leva le menton et poussa un petit gémissement.

ET IL (BIPULA) !

Des cris étouffés lui répondirent. Puis des exclamations de surprise que suivirent des applaudissements frénétiques.

Mais Teenie ne comptait pas s'arrêter là. Elle posa un doigt juste à la base de son cou. Il se redressa.

UNE AUTRE RÉPONSE!

L'assistance manifesta sa stupéfaction.

Teenie, alors, se pencha et, du bout de la langue, effleura l'oreille du garçon.

UNE AUTRE (BIPULATION)!

La foule était déchaînée!

Les gardes à l'air sévère secouèrent violemment les cordes pour prévenir tout débordement.

– Nous pourrions continuer comme ça toute la nuit, dit Teenie, ce qui me plairait assez, mais nous devons avancer dans le programme. (Elle se tourna vers le garçon.) Tu as été très bien. Et tu es très joli également. (Elle donna une petite caresse à son (bip) et la réponse fut immédiate.) Merci d'être venu.

Bien qu'elle lui eût donné congé, il tomba à genoux et agrippa le bas de son manteau rouge qu'il embrassa passionnément.

– Oh, Teenie! Reine Teenie, je remercie les Dieux que vous soyez ici. Je suis à jamais votre vassal.

Elle lui tapota la tête en souriant.

– Pour cela, mon gentil ami, mes deux valets vont t'accompagner jusqu'à cette salle, là-bas, et en un rien de temps tu auras oublié ta virginité.

Nombreux étaient ceux qui s'étaient agenouillés en même temps que le garçon. Un cri puissant : « Longue Vie à Sa Majesté! » monta de deux cent cinquante bouches. C'était plus une prière qu'un salut.

Madison était déchiré entre le dégoût et l'admiration. Il y avait ce qu'elle avait fait mais aussi ce pouvoir qu'elle exerçait sur ces jeunes dévoyés. Ô, Seigneurs! pria-t-il, si seulement il parvenait à canaliser cette fantastique INFLUENCE pour pouvoir manipuler Heller!

8

Mais Teenie n'avait pas jeté un seul regard à Madison. Manifestement, elle l'avait oublié.

On emportait à présent le tableau et la plate-forme.

– Je vous remercie de votre patience, ma cour bien-aimée, déclara Teenie. Après ces discours aussi techniques qu'ardus, je vous invite à un moment de détente avant que nous poursuivions.

Madison tiqua. Ça, on pouvait dire que son cours n'avait rien d'orthodoxe! Qu'est-ce qu'elle pouvait faire de plus après ces DEUX (bipulations)? Il savait une chose: on pouvait la prendre en main et lui apprendre à soigner sa présentation. Elle avait eu droit à un « Longue Vie à Sa Majesté! » Pas possible d'aller plus loin. Et puis il se dit qu'il réagissait comme s'il tenait vraiment à être jugé et exécuté, sans doute. Il fallait absolument qu'il trouve le moyen de s'en sortir!

Teenie venait de claquer dans ses mains et des serviteurs passaient maintenant entre les rangs du public avec des boîtes d'argent dont ils tiraient des joints qu'ils offraient à un garçon sur quatre et allumaient.

La fumée de la marijuana ne tarda pas à emplir la salle en volutes bleues et odorantes. Il était évident que les garçons avaient reçu des cours dans ce domaine car ils tiraient lentement leurs bouffées et gardaient la fumée dans les poumons comme il convenait avant de faire tourner le joint. L'euphorie se lisait déjà sur les visages.

Teenie s'était approchée des musiciens. Le chef venait de s'agenouiller devant elle et elle lui parlait calmement. Il embrassa alors le bas de son manteau avant de retourner sur l'estrade.

Un accord prolongé résonna dans la salle. Madison ne put en croire ses oreilles.

DU ROCK AND ROLL!

Par tous les Cieux, comment ces musiciens avaient-ils pu apprendre ça? C'était un vieux morceau des Beatles! Le son des guitares électriques était presque le même, juste un rien bizarre, mais le rythme frénétique montait jusqu'aux anges du plafond. C'est en voyant les garçons commencer à se trémousser sous le voile de fumée qu'il se souvint que Teenie avait une énorme collection de cassettes dans ses bagages. Quelqu'un avait dû s'y intéresser et les musiciens avaient commencé à imiter ce qu'ils entendaient. Il s'attendait presque à voir surgir Harrison ou McCartney!

Mais ce n'était qu'un interlude. Teenie avait regagné son trône et elle marquait le tempo avec son sceptre, le manteau reboutonné jusqu'au col. Un serviteur s'agenouilla devant elle et lui présenta un *bhong* doré. Elle ne prit qu'un petit taffe, par esprit de participation, avant de le congédier.

Le jeune volontaire était de retour, visiblement ravi et rayonnant. Il murmura quelques mots à l'oreille de ses compagnons, puis ils se serrèrent la main et s'embrassèrent. Les regards, un instant, se concentrèrent sur eux.

Les deux garçons revinrent auprès de Teenie après avoir rajusté leurs vêtements et tiré une bouffée sur un joint au passage. L'un d'eux ferma le pouce et le majeur en anneau pour signaler à sa reine que la séance s'était bien passée. Elle avait dû lui apprendre ce geste et lui répondit d'un clin d'œil en souriant avant de reprendre sa posture de reine, les bras croisés, immobile comme une statue.

Le morceau des Beatles s'acheva et un chanteur s'avança, un micro au poing. Il portait une chemise militaire de tissu chatoyant. L'orchestre attaqua un rock et l'assistance se remit à se balancer en rythme. Le chanteur tordit les lèvres, grimaça et se mit à balancer des hanches comme Elvis Presley! Madison était sidéré, à tel point qu'un instant il crut se retrouver dans un night-club, sur Terre, des dizaines d'années auparavant. Il n'eut pas tout de suite conscience que ce n'était PAS une chanson de Presley qu'il entendait! La rythmique était bien là, mais pas les paroles.

La vie militaire (les choeurs : bop-bop-doo-wop!)
C'est pour les garçons, (bop-bop-doo-wop!)
Quand ça barde par-devant, (bop-bop-doo-wop!)
Ça barbe aussi derrière! (bop-bop-doo-wop!)
Mon bijou, (oo-oo-oo-oo!)
Sois mon mignon! (oo-oo-oo-oo!)
Si tu veux bien de moi, (doo-wop!)
J'ai un canon d'enfer, (doo-wop!)
Prête-moi ton chou!
Comme dit l'général, (bop-bop-doo-wop!)
L'ennemi on s'en fout, (bop-bop-doo-wop!)
C'qu'il faut pour le moral, (bop-bop-doo-wop!)
C'est des tas d'copains! (bop-bop-doo-wop!)
Mon bijou, (oo-oo-oo-oo!)
Garde-moi ton trou! (oo-oo-oo-oo!)
Ce soir entre tes bras, (doo-wop!)
Je vais y aller bon train, (doo-wop)
Et pas d'faux col!
Dans tous les dortoirs, (bop-bop-doo-wop!)
C'est la sarabande : (bop-bop-doo-wop!)
Surtout pas de quartiers, (bop-bop-doo-wop!)
Quand c'est l'heure d'y aller, (bop-bop-doo-wop!)
Mon bijou, (oo-oo-oo-oo!)
Comme elle est grande! (oo-oo-oo-oo!)

Comme disait l'lieutenant, (doo-wop!)
Quand je t'ai trompé: (doo-wop!)
C'est l'garde-à-vous... *

Mais ce n'était pas terminé. Teenie n'avait pas cessé de balancer son sceptre en cadence en regardant les garçons se balancer. À son signal, la musique se fit plus forte encore, faisant vibrer la salle.

Un spot bleuté se posa sur elle.

Elle porta la main à son col et tira d'un geste sec.

Le manteau militaire tomba!

Elle avait encore sa couronne. Elle portait une veste rouge tellement courte qu'elle ne lui couvrait qu'à peine les épaules, révélant son corps nu de la gorge au pubis. Sur les hanches, elle n'avait qu'un simple bandeau écarlate, minuscule, comme un bikini, avec une plaque d'or sur le devant. Et ce que Madison avait pris tout d'abord pour des bottes étaient de simples semelles lacées de rouge jusqu'aux chevilles.

TOUT LE CORPS DE TENNIE ÉTAIT PEINT DE SYMBOLES PHALLIQUES!

Un concert de gémissements extatiques monta de l'assistance, dominant un instant la musique.

Le chanteur reprit le micro.

Et, entre ses deux valets dorés, Teenie se mit à danser sur place. Elle ne bougeait pas seulement ses membres, mais tous ses muscles!

En rythme, elle faisait vibrer et tressauter toute sa chair, point par point, frénétiquement mais avec une totale maîtrise. Et le spot se mit à changer de couleur sur le même tempo.

Elle descendit une marche, puis une autre, dansant de tous ses muscles, de toute sa peau, provocante, fascinante. Et les symboles phalliques bougeaient et se déformaient tandis qu'elle descendait vers la salle.

Elle en avait appris long avec la prostituée de Hong Kong! se dit Madison. Elle tendait les bras et les jambes au rythme précis du rock et ses muscles ondulaient et se convulsaient comme s'ils étaient réglés sur la batterie.

Elle était maintenant au pied du trône, dans l'espace découvert, et ses talons claquaient sur le sol.

Elle s'avança le long des cordes, devant l'assistance, et se mit à rouler des hanches.

Tous les yeux des garçons étaient fixés sur elle, brûlants

* Sur l'air, nous l'espérons, de *Don't be cruel.* (*N.d.T*)

d'admiration, de passion et d'adoration. Tous avaient la bouche ouverte et le souffle court.

Teenie, alors, leur tourna le dos et s'éloigna, ses fesses se balançant en cadence.

Le chanteur achevait pour la troisième fois sa chanson. Teenie, alors, se mit à faire tourner son sceptre au-dessus de sa tête. Et soudain, elle le glissa entre ses cuisses par-derrière puis elle leva les bras.

Un claquement de cymbales dans les éclairs des projecteurs!

DES HURLEMENTS D'EXTASE MONTÈRENT DE L'ASSISTANCE!

Les deux petits valets se précipitèrent pour couvrir leur reine d'une cape d'or. Se retournant alors, dans un grand tournoiement doré, elle lança des baisers sonores à la foule.

Grands Dieux, pensa Madison, elle a vraiment mis le paquet! Il ignorait jusqu'alors qu'elle savait jouer comme ça avec ses muscles, même s'il l'avait si souvent entendue parler de ses cours avec la prostituée de Hong Kong.

Tous ces garçons qui étaient là lui mangeaient dans la main. Tous les regards n'exprimaient qu'une adoration fervente. Si seulement il pouvait lui faire entendre raison. Il y avait là une véritable pile nucléaire d'influence dont l'énergie ne demandait qu'à être canalisée!

Mais elle aurait bientôt fini son spectacle. À tout instant, elle pouvait crier : « Coupez-lui la tête! » et jamais il ne pourrait en finir avec le programme Heller.

Il songea amèrement que la vie était bien cruelle et une larme roula sur sa joue. Le fruit de son travail était presque à portée de sa main, et pourtant il était là, mourant de faim.

C'est alors qu'il se redressa, stupéfait. Il y avait une suite au programme! Mais non, se dit-il, c'était impossible, après un tel sommet!

9

Sur un geste de Teenie, des serviteurs arrivèrent avec des chariots chargés de montagnes de pains sucrés et d'eau pétillante, le tout parfumé à l'huile de haschich. Les garçons se jetèrent dessus : ils avaient les mâchoires raidies et la gorge sèche après tous ces joints.

On avança alors un autre tableau géant et, quand le tumulte

cessa et que tous les garçons furent occupés à boire et à mâcher, Teenie s'avança et leva son sceptre pour rétablir le silence complet.

– Je me réjouis de voir que vous aimez danser, fit-elle, mais il s'agissait avant tout de vous en apprendre plus – il faut toujours améliorer notre éducation. Je voulais seulement vous faire une démonstration de contrôle musculaire. Car le contrôle musculaire est TOUT!

Elle captait leur attention émerveillée.

– À présent, je voudrais qu'un autre volontaire vierge se présente.

Ils furent plusieurs à faire un pas en avant mais elle désigna un grand garçon brun qui devait avoir dans les seize ans. Les gardes le laissèrent passer sous la corde bleue. Il était très beau, la démarche assurée et noble, et dans sa tenue jouaient toutes les teintes de l'arc-en-ciel.

Un héraut fit son apparition derrière Teenie, lui chuchota quelques paroles et se retira.

– Ah, ah! lança Teenie. Nous avons un autre noble parmi nous : le fils de Ronflon, l'héritier du Lord de l'Intérieur! Avancez, milord, si vous êtes venu dans l'intention de prêter serment d'allégeance à votre reine!

Le garçon se précipita soudain pour s'agenouiller à ses pieds. Il se saisit du bas de sa cape d'or et la pressa contre ses lèvres.

– Je me reconnais comme votre vassal, ô reine Teenie! Et je suis prêt à accéder à vos moindres volontés!

Madison, soudain excité, s'était roidi. Car Lord Ronflon contrôlait le Circuit planétaire et ce garçon était l'une des deux seules personnes à pouvoir l'approcher. Oh, Dieu, gémit-il en lui-même, quel trésor! Mais Teenie et son influence semblaient hors de sa portée, à des années-lumière de distance. Seigneur, il fallait absolument qu'il trouve le moyen de la faire coopérer et qu'elle abandonne son idée de l'exécuter. Elle ne connaissait même pas la valeur de ce petit lord agenouillé devant elle.

Elle l'effleura de son sceptre.

– J'accepte ta féauté. Relève-toi, mon vassal, et donne l'embrassade à ta reine.

Le garçon lui obéit et ils s'enlacèrent dans une parfaite étreinte, salués par des gémissements d'envie. Puis le jeune lord recula, et, se retournant, regarda l'assistance avec effronterie.

Dans un nouveau grondement, les serviteurs revinrent avec la plate-forme sur laquelle, maintenant, était disposée une table matelassée.

Obéissant à un signe de Teenie, Chochotte passa sous la

corde pour courir vers sa reine, salué par des applaudissements et des cris de « Sacré veinard de Chochotte! »

L'orchestre se remit à jouer, moins fort, mais sur un rythme de rock sexy.

Les deux pages dorés escortèrent Chochotte et le fils de Lord Ronflon jusqu'au piédestal, suivant le rythme de la batterie. Arrivés en haut, ils se retournèrent.

L'orchestre attaquait maintenant un rock lourd et puissant, accompagné du jeu des projecteurs multicolores.

Teenie assura sa couronne sur sa queue de cheval et alla jusqu'au nouveau tableau. Elle pointa son sceptre. Un spot blanc se posa sur le point qu'elle désignait.

– L'artiste a exécuté un très beau dessin et je suis certaine que vous serez d'accord avec moi. Regardez! (Elle agita son sceptre.) Ceci est le muscle appelé sphincter! Ainsi que vous pouvez le voir, il est situé immédiatement à l'intérieur de l'anus. C'est un muscle en forme d'anneau qui, normalement, maintient fermé cet orifice de notre corps et qui a la capacité de se relaxer ou de se contracter.

Elle se retourna pour contempler la foule. Les projecteurs pulsaient en rythme.

– Mais si ce muscle n'était PAS soumis à notre contrôle, ce serait un désastre, n'est-ce pas ?

– Oui! répondit la foule d'une seule voix.

– C'EST LE MUSCLE DE LA VIE ET DE LA MORT! cria Teenie.

Tous les regards étaient fixés sur elle, fascinés.

– Et quand les gens meurent, ce muscle se relâche!

Un souffle horrifié parcourut la salle.

– Donc, poursuivit Teenie, un sphincter actif est un signe de vie! (Elle se redressa d'un air sévère et demanda :) Est-ce que le vôtre est actif ?

La foule des gitons et des jeunes initiés lui répondit par un « Oui! » immense.

– Alors, cria Teenie, vous êtes VIVANTS!

Des vivats éclatèrent, dominant le rock.

– Bon, assez de technologie, dit Teenie. Vous avez le pouvoir de *contrôler* votre sphincter. Oh, je sais que vous vous dites : non, non, ce n'est pas possible. Eh bien, jeunes gens, je dois vous apprendre que non seulement c'est possible, mais que vous pouvez le faire tourner!

– Non! Impossible! cria-t-on.

– Mais si. Vous pouvez apprendre à le contrôler, et durant nos cours futurs, dans les chambres du sous-sol, je vous procurerai une sonde. C'est un exercice simple, pas plus difficile que de détecter les zones érogènes ou apprendre à remuer les oreilles, par exemple. Mais je devine que vous ne me croyez pas. C'est donc pour cela, mes jeunes courtisans, que j'ai préparé une démonstration à votre intention!

Elle monta sur la plate-forme, toujours accompagnée par la musique. Le spot la suivit et se posa sur les deux garçons qui attendaient.

Elle posa la main sur l'épaule de Chochotte.

– Ce charmant expert a reçu l'éducation qui convient et est particulièrement habile.

Chochotte fixa sur elle un regard d'adoration. Ses yeux étincelaient dans son visage maquillé. Il était évident que le privilège d'être touché par Teenie était pour lui un bonheur quasi insoutenable.

Sur un geste de Teenie, les deux pages entreprirent alors de dévêtir Chochotte et le fils de Lord Ronflon.

Madison comprit abruptement ce qui allait se produire, en se rappelant ce qui s'était passé sur le *Blixo*.

– Non! hurla-t-il d'un ton perçant. Non, Teenie, non!

Immédiatement, le garde se dressa devant lui et brandit son énorme hache électrique.

– Silence! proféra-t-il.

Madison leva un regard suppliant. Teenie continuait :

– Cher Chochotte, baisse-toi. Et maintenant, valets, maintenez le jeune lord ici présent bien droit et ne le laissez pas faire un mouvement. Qu'il ne bouge pas un muscle!

L'orchestre jouait toujours avec ferveur.

Et les projecteurs se croisaient en faisceaux multicolores sur l'assistance d'où monta un concert de gémissements d'intérêt.

– Chochotte, commence! lança Teenie.

Madison n'arrivait pas à voir à cause de la hache.

Il se déplaça imperceptiblement. Il y avait un trou dans le fer de la hache. Il ne parvenait à distinguer que le visage du jeune Lord Ronflon, marqué par l'extase.

– Ne le laissez surtout pas bouger! fit Teenie.

Le chef d'orchestre leva les bras et le ton monta.

Derrière les cordes, les jeunes garçons béaient de stupéfaction.

La musique s'enfla encore et les rideaux frissonnèrent en rythme.

Madison essayait désespérément de voir.

– Je n'arrive pas à le croire! lança une voix passionnée, quelque part dans l'assistance.

– Les valets le maintiennent immobile comme une statue!

Quant à Chochotte, la tête inclinée en avant, il arborait un sourire entendu.

Tous les regards étaient fixés sur eux. Des halètements montaient.

Madison tressaillit en entendant le cri de jouissance du fils de Lord Ronflon.

Des gémissements lui répondirent, venus de la foule, chargés de désir sexuel, un désir aussi intense que la musique.

Teenie sauta de la plate-forme et escalada les marches du trône. Le spot la suivit. Elle leva les bras. La musique s'enfla encore. Teenie se mit à se balancer en rythme, brandissant son sceptre, sa couronne lançant des éclairs dans la lumière.

Elle laissa tomber sa cape dorée. Les symboles phalliques dansaient sur sa peau nue.

– Vassaux et courtisans! cria-t-elle. Oyez mon royal commandement! ENFILEZ-VOUS!

Des cris de reconnaissance montèrent de toutes parts. Derrière les cordes, les garçons se jetaient les uns sur les autres tels des loups en rut. La musique, la marijuana et les jeux de lumière les avaient rendus fous de désir et ils ne pouvaient plus se contenir.

Les vestes, les pantalons et les autres vêtements jaillissaient dans les airs.

C'est alors que le sol, derrière les cordes, commença à s'enfoncer en même temps que l'orchestre s'éclipsait, que les lumières s'estompaient et disparaissaient avec les pains sucrés, l'eau pétillante, le tout accompagné par les cris de jouissance.

Un deuxième plancher glissa et il ne resta plus personne.

10

Madison sut alors que le moment était venu.

Les serviteurs emportaient la plate-forme sur roulettes. Chochotte et le jeune lord avaient détalé pour rejoindre l'orgie au-delà des cordes. Le grand tableau disparut à son tour, puis le trône.

Plus d'estrade d'orchestre. Du sous-sol, de faibles échos de musique enregistrée montaient.

La lumière normale revint et les ventilateurs, peu à peu,

venaient à bout de la nappe de fumée de marijuana. Un parfum à la fraîcheur de violette la remplaçait.

Madison restait recroquevillé sur son siège sous l'œil vigilant de Hammer. Il regardait crépiter les étincelles sur le tranchant de la hache et s'écartait au maximum pour éviter que ses chaînes ne touchent le fer électrifié.

De nouveaux serviteurs avaient fait leur apparition. Des hommes et des femmes : cuisiniers, femmes de chambres, techniciens. Les musiciens de l'orchestre eux-mêmes étaient de retour. Il y avait déjà au moins cent personnes rassemblées dans la salle, y compris les sénéchaux, les gardes et les hérauts. Puis ce fut le tour des vieux jardiniers qui arrivaient de l'extérieur avec un gigantesque bouquet de fleurs.

Madison se demanda si tous ces gens venaient pour assister à son procès. Il se sentait de plus en plus inquiet. Ils se régalaient peut-être de la vue du sang!

Teenie, depuis un moment, conversait avec un personnage à l'allure d'artiste et ils se mirent à rire. On avait emporté la cape d'or et Teenie avait revêtu une cape rouge.

Elle s'engagea dans l'escalier qui accédait à l'étage supérieur et Madison sentit l'espoir refluer en lui : elle paraissait l'avoir complètement oublié. Avec un peu de chance, il vivrait au moins un jour de plus. Il essaya de se faire encore plus petit.

Les serviteurs s'étaient disposés sur deux rangs et Madison crut comprendre qu'ils n'étaient pas là pour le voir exécuter. Il devait s'agir d'une sorte de rituel nocturne. Les grands lords avaient droit à leur soirée et eux faisaient peut-être ensuite leur petite réunion, simplement pour souhaiter bonne nuit à leur reine à l'instant où elle se retirait.

Un personnage majestueux, en tenue soutachée d'or comme un officier, et qui était sans doute le majordome des lieux, s'avança à la rencontre de Teenie qui passait entre les deux rangs de serviteurs. Il s'arrêta et mit un genou en terre, aussitôt imité par tous les autres. Teenie s'arrêta. Il pressa le bas de sa cape contre ses lèvres et, la tête baissée, dit :

– Votre Majesté, vos gens souhaitent vous remercier de leur donner la joie d'accomplir chacun leur tâche.

Teenie regarda autour d'elle, heureuse, rayonnante, et répondit :

– Oh, mes chers et dévoués amis! C'est tellement bon de vous avoir autour de moi. Je vous remercie.

Et elle se mit à nommer les différents corps de domestiques, les remerciant l'un après l'autre. Puis elle termina en criant :

– Je vous aime tous!

Et eux la fixaient avec adoration. Le majordome s'apprêtait à reprendre la parole quand une querelle éclata. Six femmes qui, à en juger par leur tenue, devaient être des chambrières, s'étaient mises à glapir et à crier.

Une femme plus âgée, l'air digne et magnifiquement habillée, se précipita vers elles et les tança sèchement, bientôt rejointe par le majordome.

Il apparut qu'elles se disputaient pour savoir lesquelles d'entre elles prendraient le tour de nuit et accompagneraient Teenie jusqu'à son lit. Le ton était plutôt âpre. Apparemment, certaines avaient échangé leurs tours. Le majordome trancha avec autorité en en désignant deux d'office. Elles se redressèrent immédiatement avec une expression d'intense fierté. Puis elles tirèrent la langue à l'adresse des quatre autres et partirent en courant vers l'étage afin de préparer le bain de leur maîtresse. Et celles qui avaient essayé de tricher s'agenouillèrent craintivement devant leur reine. Mais Teenie leur sourit en soupirant et elles lui répondirent. Elle dut trouver cela drôle et leur envoya un baiser avant d'éclater de rire. Et tous l'imitèrent avant de clamer :

– Longue Vie à Votre Majesté!

Teenie ouvrait la bouche pour leur répondre lorsque le capitaine des gardes, dans son uniforme d'argent flamboyant, attira son attention et lui désigna Madison, toujours recroquevillé près du mur.

Sale (bip)! se dit Madison. Il était évident que Teenie l'avait oublié, car à présent elle fronçait les sourcils et le considérait comme un insecte gênant. Tous les serviteurs tournèrent la tête avec un regard furieux : il était clair que tous avaient entendu parler de celui qui avait provoqué la reine Teenie dans son propre palais. La rumeur avait circulé.

Le capitaine et Teenie chuchotaient. Puis, escortée de deux gardes, Teenie suivit le capitaine qui se dirigeait vers Madison. Elle l'apostropha en anglais :

– Ils viennent juste de me rappeler que j'ai plusieurs essayages ce matin et que cet après-midi je dois visiter les jardins. Ils n'auront pas le temps de préparer le procès. Par conséquent, il faut le faire maintenant. Coupable ou non coupable?

– Mais de quoi? geignit Madison.

– Dans l'enceinte du palais, à moins d'avoir affaire à une personne d'un rang supérieur, déclara Teenie, tout noble a pouvoir de vie et de mort sur quiconque offense sa personne ou ces lieux.

– Mais je ne t'ai pas offensée! J'essayais seulement d'obtenir ton aide! Tu as BESOIN DE MOI!

Elle se tourna vers le capitaine de la garde et lui dit en voltarien :

– Il plaide coupable selon l'accusation. Portez cela sur les registres du Palais.

– TEENIE! hurla Madison. Il FAUT que tu m'écoutes et que...

– Je n'ai pas à t'écouter, fit-elle en anglais. Tu es coupable et tu le sais. Tu n'as pas fait un geste pour arrêter ce (bip) de Gris. Si tu es dans ce pétrin, c'est parce que tu n'as pas joué mon jeu. (Elle enchaîna en voltarien :) Je déclare donc le prisonnier coupable. La sentence devra être exécutée sans délai.

Le capitaine opina.

– Mais tu n'as même pas dit quelle est la sentence! protesta Madison.

Elle lui répondit en anglais :

– Eh bien, vois-tu, ça m'a tout excitée, ces cours. Quelquefois, j'en (bipe) presque et c'est pénible. Et puis, j'ai toujours eu envie de casser cette fixation que tu fais sur ta mère. La sentence est donc que tu dois m'accompagner jusque dans ma chambre et que tu me (bipes) jusqu'à ce que je n'en puisse plus.

– Oh, NON! (Il recula dans un bruit de chaîne. Puis son esprit se remit à fonctionner à toute allure et, après quelques flashes bleus, il eut l'inspiration.) Écoute, là, juste en dessous, il y a au moins deux cent cinquante garçons! J'entends encore la musique! N'importe lequel d'entre eux...

– Maddie, tu déjantes complètement! Si jamais je me mettais à (biper) avec un de ces pages, les autres seraient tellement jaloux qu'ils le massacreraient! Et puis, j'en ai fait des parfaits gitons et je veux pas ruiner leur éducation!

– Mais il y a des hommes parmi tous tes serviteurs!

– Ce sont des roturiers et, si on les découvrait partageant la couche royale, ils seraient exécutés sur l'heure, expliqua Teenie en anglais. Je les apprécie trop pour prendre ce risque. La reine Hora se servait des officiers nobles. Elle en avait un régiment complet. Mais il n'y en a pas ici. Arrête donc de tergiverser, Maddie. Tu es bon pour un tour, petit rigolo!

Madison frissonnait jusqu'au tréfonds de son âme.

– Non! fit-il. La réponse est non!

Teenie sourit et il en frémit. Il comprenait qu'elle n'avait pas tout dit.

– Très bien. (Elle regarda sa montre Mickey.) Si tu veux, reste là à réfléchir. Si tu ne te présentes pas dans ma chambre cette nuit avant 6 heures du matin très exactement, le capitaine des gardes a reçu l'ordre de te conduire jusqu'aux oubliettes et de t'exécuter à la hache électrique. Si jamais tu changes d'idée, l'homme qui te garde a pour instruction de t'accompagner jusqu'à moi, à tout moment.

Et, lui adressant un petit signe moqueur, elle prit congé. Les serviteurs insistèrent pour qu'elle prenne place sur un siège en argent muni de poignées : elle devait être trop lasse après cette longue soirée pour monter l'escalier, et on la porta jusqu'en haut des degrés d'or.

11

Durant un long moment, Madison resta immobile à ruminer de sombres pensées. Le siège était froid, les chaînes glacées, et la vision de la hache électrique avec ses étincelles le réfrigérait encore plus.

La salle était sombre à présent. La musique rock n'était plus qu'une sourde vibration, pareille au grondement de quelque bête affamée.

Les anges peints semblaient l'observer. Il doutait de pouvoir rallier très vite le royaume des vrais anges pour passer le reste de l'éternité avec une harpe dont il ne savait même pas jouer.

Finalement, il parvint à s'arracher à son état d'hébétude, suffisamment du moins pour penser à ce terrible conflit : s'il montait, il mourrait. S'il ne montait pas, il mourrait aussi.

Il avait été bien élevé : il devait rester fidèle à sa mère, fût-ce au prix de sa vie. Depuis qu'il était bébé, on lui avait répété que les enfants qui ne dormaient pas avec leur mère étaient des anormaux et il en avait même reçu la preuve à l'école, où la parole de Freud était cinq fois plus sainte que celle de Dieu. Si l'on ne manifestait pas un vrai complexe d'Œdipe, si l'on n'exprimait pas une attirance libidineuse à l'égard de sa mère, on ne pouvait espérer devenir un génie dans sa profession. Renoncer serait nier sa propre raison. Selon l'enseignement freudien, sans cette lumière pour le guider il sombrerait dans la médiocrité absolue, il ne serait plus qu'un tâcheron, un forçat. Car, disaient les psychologues, il n'existait pas de génie qui ne fût névropathe. Sans son génie – dont Madison n'avait jamais douté – il mourrait professionnellement. Comme tous les *public relations*, il devait avant tout s'assurer de croire en lui-même s'il voulait être cru des autres.

Mais sa mère avait renforcé cette règle en lui rappelant continuellement à quel point elle était indulgente avec lui. Après le départ de son père, elle ne lui avait pas infligé un remplaçant qu'il ne pourrait que haïr : combien de mères auraient su à ce point ménager leur fils? Et sa mère était une créature tellement délicieuse et encore fort jolie à quarante-neuf ans. Avec tous les sacrifices qu'elle avait faits pour lui, renonçant à tout autre homme, il lui devait bien la réciproque et le moins qu'il puisse faire c'était de renoncer à toutes les femmes. Mais il allait plus loin : mis à part les instructions freudiennes de son psycho-pédiatre, rendues d'autant plus précises par de légers électrochocs, il aimait vraiment sa mère. Elle l'avait constamment mis en garde contre les dangers que représentaient les autres femmes, et le fait de se heurter dans la vie à des créatures sans cœur telles que Teenie ne pouvait que le conforter dans cette conviction. S'il avait des rapports sexuels avec Teenie, non seulement ce serait pour lui un désastre mental, mais il briserait le cœur de sa mère. Elle se suiciderait probablement, ce qu'elle avait quelquefois tenté, et il savait que si cela arrivait, il la suivrait très vite.

Non, s'il grimpait ces marches et rejoignait Teenie dans son lit, ce serait la fin de tout. Impossible! Hors de question. Mieux valait mourir à l'aube. Bien mieux.

Ses pensées se portèrent vers Heller. La victoire avait été à sa portée à l'instant où tout s'était effrité de façon inexplicable. Il avait eu en tête des titres si mirobolants! Il se souvenait avec fierté des articles à propos de Toots Switch, de Maizie Tooh et de Dolores Pubiano de Còpula. Des chefs-d'œuvre absolus, qui porteraient à jamais, dans la conscience du public, la marque indélébile de Wister. Au fil des procès, Wister serait peu à peu devenu le plus grand amant hors-la-loi de l'histoire. Et tous les plans qu'il avait conçus pour embellir encore ce côté hors-la-loi et lui donner du panache! Wister attaquant la Réserve Fédérale avait été son ultime projection de PR. Il aurait pu mener cela encore plus loin, plus haut. Il aurait lancé tous les services de police du monde à ses trousses, tous, des nazis d'Interpol au plus minable flic, tous se seraient battus pour lui mettre la main dessus! Et ça se serait terminé par la plus grande exécution en public qu'on ait connue. Wister, ainsi, serait devenu IMMORTEL!

C'est alors qu'il retrouva le moral. Avec de la chance, il pouvait très bien faire la même chose ici. Le fait que Wister s'appelait en réalité Heller ne changeait en rien ses plans. Obstiné comme il l'était, il pouvait laisser tomber l'autre travail pour recommencer. Ici, ils avaient une Police Domestique. Une Division de l'Armée. Et même si les gens de la Flotte semblaient plutôt tièdes a priori, il comptait bien les échauffer. Oui, s'il s'y prenait bien, il aurait tout l'Appareil derrière lui.

Il se prit à rêver dans l'immense salle vide plongée dans la pénombre. Des titres défilaient dans son esprit : Heller avait cambriolé les résidences des lords et avait donné tout son butin aux pauvres. En corps 48 gras : Heller vole des vaisseaux spatiaux.. Heller kidnappe la fille d'un duc. Elle le supplie de la violer... Et ainsi de suite ... Oh, le public adorerait ça ! Heller braquait toutes les banques de toutes les planètes de la Confédération. À chaque fois, une nouvelle astuce, de nouveaux meurtres, et des milliards déversés entre les mains des pauvres ! Quel héros il ferait d'Heller ! Heller, le hors-la-loi le plus recherché depuis 125 000 ans ! Depuis le début de l'histoire de Voltar ! MAGNIFIQUE !

Une nouvelle idée lui vint : il pourrait avoir recours au trait d'union et Heller deviendrait Heller-Wister. Alors, il reprendrait toutes les campagnes précédentes et les étendrait à l'ensemble de la Confédération ! Non seulement son œuvre précédente n'était pas perdue mais il allait encore l'amplifier !

Il tenait le bon bout. Et il pouvait enfin entrevoir le rêve des rêves. Madison rendant visite à Trapp, comme ça, avec désinvolture : « À propos, monsieur Trapp, j'ai enfin fini ce boulot que vous m'aviez confié. Heller-Wister est immortel. » Trapp, alors, lui prenait les mains, des larmes de gratitude brillaient dans ses yeux et, d'une voix chargée d'émotion, il lui disait : « Madison, vous rentrez en grâce. Je vous en prie, acceptez la présidence de FFBO et pardonnez-moi d'avoir pu douter de vous ne serait-ce qu'une seconde. Jamais plus je ne lâcherai les tanks de l'armée sur vous ! »

Et puis le merveilleux tableau s'effaça. Un vent glacé balaya la salle. La réalité était que, à supposer qu'il retourne sur Terre, dès que Trapp poserait les yeux sur lui, on le collerait contre un mur pour le fusiller. S'il échouait avec Heller-Wister, c'était la mort. La mort sans même l'ultime réconfort d'une cigarette ou d'un bandeau sur les yeux. À ce propos, c'était une excellente chose qu'il ne fume pas.

Un instant, le rythme sourd du rock se fit plus net. Cela évoquait tellement la Terre que les pensées de Madison s'interrompirent. Il commençait à éprouver un sentiment de panique :

Trapp avait quelque chose de surnaturel. Peut-être qu'il pouvait le rattraper jusqu'ici. Pensant à de possibles liens entre Rockecenter et Lombar, il se mit à frissonner. Cela renforçait sa certitude : s'il ne réussissait pas avec le plan Heller-Wister, c'était la mort certaine!

Le garde bougea à cet instant et une bouffée d'ozone monta du fer de la hache, ce qui ramena les pensées de Madison à Teenie.

Jusqu'alors, il avait pensé que s'il montait la rejoindre dans son lit, elle finirait bien par l'aider. Mais il réalisait qu'il n'avait pas la moindre garantie à ce propos. Tout ce qu'elle lui avait promis, c'est que s'il montait et couchait avec elle, il ne serait pas exécuté à l'aube!

Son problème était : valait-il mieux mourir à cause de sa mère ou à cause de Trapp? Monter rejoindre Teenie ne changerait rien.

À l'évidence, il lui fallait absolument une autre solution!

Il excellait d'habitude à trouver de nouvelles idées. À cause de son complexe d'Œdipe – dont il était fier –, il était un génie dans son domaine. Mais ce soir, son esprit semblait vidé.

Il consulta sa montre. Il y avait deux heures qu'il était assis là! Et il n'avait même pas sorti la moindre idée constructive! Il fit appel à toutes ses ressources. Après tout, il était un vrai pro, un grand PR!

Il fallait procéder par ordre. Il repassa dans son esprit tout ce que Teenie lui avait dit depuis qu'il l'avait retrouvée près de la piscine. Il ne lui fallut pas longtemps. Il recommença.

Et soudain, il se raidit sur son siège de métal.

IL AVAIT TROUVÉ!

Si ça ne marchait pas, il mourrait de toute façon.

MAIS SI ÇA MARCHAIT, IL EN FINIRAIT ENFIN AVEC CE JOB POUR HELLER-WISTER!

Il leva les yeux vers le garde. Calmement, s'efforçant de mettre dans sa voix un accent de lassitude afin que l'autre soit persuadé qu'il s'avouait vaincu, il lui dit :

– Conduisez-moi à votre maîtresse.

OH, SEIGNEUR, IL FALLAIT ABSOLUMENT QUE ÇA MARCHE!

SOIXANTE-TREIZIÈME PARTIE

1

Le garde lança quelques mots d'un ton sifflant dans un bouton de cuivre de son uniforme.

Aussitôt, un sergent surgit dans la salle. Il jeta un regard interrogateur au garde, qui montra l'escalier du pouce. Le sergent hocha la tête.

On ôta à grand bruit les chaînes de Madison et il put enfin se lever et masser son cou et ses poignets.

Ils l'entraînèrent jusqu'à une salle de bains où ils le déshabillèrent et lui donnèrent un bain. Puis ils l'inspectèrent. Très intimement.

– Il ne semble avoir ni poux ni microbes, dit le garde scrutant Madison d'un regard critique. Mais il n'est pas très bien monté. Je ne vois pas comment il pourrait lui donner du plaisir.

– Écoute, toi, fit le sergent en apostrophant Madison et en sortant un couteau de sa veste argentée, si tu ne te comportes pas bien et si tu ne la fais pas (biper), je me servirai de ça personnellement pour te couper les (bipouilles). Vu?

Madison déglutit avec peine, protégea instinctivement ses (bips) des deux mains et battit en retraite.

On lui jeta sur les épaules un peignoir de soie blanc sur lequel étaient encore brodés la couronne royale et une inscription : *Propriété de la reine Hora. Ne pas utiliser ce vêtement pour des funérailles. Le retourner au palais en bon état.*

– Et maintenant, qu'est-ce qu'indique le protocole? demanda le garde au sergent. De ma vie, je ne me souviens pas que mon grand-père m'ait dit s'il fallait introduire l'homme avec des galons dorés ou bien avec des entraves aux chevilles.

– Ce n'est ni l'un ni l'autre. Il faut qu'il porte un collier d'or avec une chaîne pour le tenir. D'ailleurs, j'en vois un sur cette étagère. (Il s'en empara et l'examina.) Pas possible! Il n'y a pas de pointes sur le collier. C'est ma grand-mère qui a dû inventer ça. (Il montra le collier au garde.) C'est électrique. Et là, tu vois, il y a un interrupteur au bout de la chaîne. Ah, non, alors! La pile est morte. Pas d'étincelles!

Le gardien se pencha sur le logement de la pile, dans un des maillons, et s'exclama :

– Ça, on a de la chance! C'est le genre de pile qu'on met dans nos bottes. Attendez, je vais retirer ma botte gauche.

Il en ôta la pile, la mit en place sur la chaîne et pressa l'interrupteur. Cette fois, des étincelles crépitèrent sur le collier.

Ils le passèrent au cou de Madison.

– À présent, dit le sergent, si j'ai tout compris, selon le protocole, tu l'amènes, tu t'inclines, et dès que la reine tend la main, tu lui donnes la chaîne et je crois que tu dois dire alors : « Votre Majesté, voici celui que vous avez fait demander : s'il n'a point de grâce à vos yeux, je serai au-dehors, devant la porte, avec un fouet électrique. »

– Mais on n'a pas de fouet électrique, remarqua le garde.

– On ne peut pas changer le protocole, fit le sergent. Répète très exactement les mots. Tels quels. Et si ce (bipard) ne fait pas ce qu'on lui dit de faire, sers-toi de ton cingleur.

Le garde s'assura que son cingleur était bien en place dans sa botte. Il allait acquiescer lorsque le sergent l'interrompit :

– Je te l'ai toujours dit : sois prudent avec tes armes. Les serviteurs te tueraient à mains nues si quoi que ce soit advenait à Sa Majesté.

Il venait d'extirper le cingleur de la botte de l'autre.

L'arme mesurait plus de trente centimètres. Le sergent en serra la poignée et l'extrémité devint luisante.

Il brandit le cingleur et en fouetta brièvement le haut de la cuisse de Madison.

OUILLE! C'était comme la morsure d'un insecte géant! Madison ouvrit le peignoir et examina sa cuisse avec inquiétude.

– Oh, j'ai mis la force minimale, dit le sergent. Tu ne crois quand même pas que je te marquerais avant que tu donnes du plaisir à Sa Majesté, non? (Il se tourna vers le garde.) Ce type est un crétin. Quand tu l'auras introduit, garde une oreille contre la porte, et si jamais tu entends des cris ou des protestations, ou si tu n'entends pas de gémissements ou de soupirs de plaisir, tu entres sans hésiter et tu le fouettes jusqu'à ce qu'il fasse son boulot! Compris?

Le garde acquiesça.

– Je dois dire que ça fait plaisir que tout reprenne comme avant.

– Ça c'est vrai. Mais fais en sorte que Sa Majesté n'ait pas à bouger le doigt pour appuyer sur le bouton de ce collier. Cette adorable chérie a le droit à tout le plaisir que ce type peut lui donner.

– Et qu'est-ce que je fais quand elle en aura fini avec lui?

– Oh, tu auras probablement été relevé entre-temps, et moi je serai toujours dans les parages. Mais si toutefois ça se produisait pendant ton tour de garde et qu'elle ne t'ait pas donné d'autres instructions, écoute bien pour t'assurer que tout est tranquille depuis un moment, et ensuite préviens une de ses femmes de chambre – de préférence celle qui est de veille au pied de son lit – avant d'entrer discrètement. C'est là que ça devient plus délicat : sers-toi d'une lampe à ultra-violet et de lunettes pour ne pas risquer de réveiller Sa Majesté et observe bien l'expression de son visage. Si elle a le front plissé et le sommeil agité, conduis le type droit à la salle des exécutions. Mais si elle dort tranquillement avec un bon sourire, renvois-le à son régiment en ayant soin de ne pas la déranger, je le répète.

– Mais je ne dépends d'aucun régiment, dit Madison.

Ils parurent interloqués.

– C'est exact, convint le sergent. Ces vêtements ne correspondent à aucun uniforme que je connaisse. Attends une minute. Peut-être qu'on s'est trompés. Tu es sûr d'être noble?

Madison réfléchit à vive allure. En dépit de tout cet affreux cérémonial auquel il comptait bien échapper, il devait monter cet escalier s'il voulait avoir une chance de présenter sa géniale idée à Teenie. Il se redressa avec dignité et dit :

– Je suis l'un des *Chevaliers de Colomb*!

– Ça veut dire que tu es vraiment noble? Parce que, vois-tu, si jamais un roturier mâle met la main sur elle, le protocole prévoit qu'il doit être exécuté dans la minute. Donc, n'essaie pas de jouer au plus fin avec nous.

– Dans la langue natale de la reine, leur expliqua Madison, un *chevalier* signifie un gentilhomme-soldat. Quelqu'un qui a été élevé à la noblesse par son souverain. Je suis arrivé ici en tant que *preux chevalier*.

– Bon, admettons, déclara le sergent au garde. Mais je vais te dire ce qu'il faut faire : quand il sera sorti du lit, tu le boucleras dans une oubliette et on tirera l'affaire au clair dès le matin. S'il est prouvé qu'il n'est pas vraiment noble, on aura le plaisir de l'exécuter. Parce que je dois dire que je n'ai pas beaucoup aimé la façon dont il a braillé après elle ce soir. Ça n'a rien de noble, ce genre de conduite! S'il remet ça dans la chambre, sors-le en vitesse! Je ne veux surtout pas que notre reine s'irrite et qu'elle finisse par nous quitter.

Le garde tira sur la chaîne et Madison, surpris, recula.

Le garde, aussitôt, appuya sur le bouton.

Madison eut l'impression qu'on lui sciait le cou! Le choc électrique s'accompagnait d'une atroce sensation de déchirement! C'était intenable!

– Viens, dit le garde. Sa Majesté attend.

Madison posa le pied sur les dalles froides.

– Vous ne m'avez même pas donné de pantoufles! Laissez-moi au moins remettre mes chaussures!

– Pieds nus, c'est parfait, grommela le garde, et il appuya encore une fois sur le bouton.

Madison porta les mains à sa tête pour l'empêcher de tomber.

Et il suivit le garde.

Son sort dépendait des minutes qui allaient suivre. Il serait un héros ou il serait mort!

Son idée devait ABSOLUMENT MARCHER!

2

On ne le dirigea pas vers l'escalier d'or, mais vers une série de marches dissimulées à l'intérieur de la muraille et qui montaient en une longue spirale. Il faisait particulièrement sombre et l'air stagnant que respirait Madison lui faisait soupçonner que nul n'était passé par là depuis longtemps. Tout à coup, un portail hérissé de pointes leur barra la route. Il discerna de minuscules étincelles qui couraient sur le métal. Les pointes étaient comme autant de poignards prêts à transpercer le premier intrus. Pas étonnant, se dit-il, que Flick ait exclu toute idée de cambrioler ces palais. Car, en fait, c'étaient de véritables forteresses!

Le garde fit quelques gestes sur le côté et, avec un grincement profond qui confirmait qu'il n'avait pas servi depuis longtemps, le portail glissa sur le côté.

Ils se trouvaient à présent dans ce qui semblait être une boîte noire, avec une autre porte devant eux. Le garde se saisit d'un vieux micro poussiéreux et prononça quelques mots – il était apparemment en communication avec un poste de contrôle et venait en fait de débiter un code. Puis il poussa Madison en face de ce qui devait être une caméra de surveillance.

– Jinto, dit une voix sépulcrale, montre-nous que tu n'agis pas sous contrainte.

Le garde referma la main sur la chaîne de Madison et la même sensation de déchirure traversa son cou. Une secousse, et il perdit l'équilibre.

Apparemment, celui qui se trouvait dans le poste de sécurité fut satisfait de la démonstration. À travers la brume de la douleur persistante, Madison entendit coulisser puis claquer des verrous contrôlés à distance.

La porte glissa en silence et on le poussa en avant.

Une musique plaintive caressa ses oreilles.

Une bouffée de parfum féminin flatta ses narines.

Peureusement, il ouvrit les yeux.

Il était dans une chambre aux dimensions impressionnantes, baignée d'une lumière douce. Des vagues lentes de couleurs pastel glissaient sur les murs, formant des figures pastel, apaisantes et quasi hypnotiques. Au plafond, il crut d'abord voir le ciel ouvert, puis il s'aperçut que les étoiles dansaient doucement autour d'une lune qui, pour aussi réaliste qu'elle parût, ne pouvait pas, selon les lois de la nature, être colorée de vagues changeantes comme les murs. Il regardait une illusion qui devait varier à volonté, selon le jour et l'heure.

Mais le sol, soudain, l'effraya. Il paraissait fait d'une sorte de brume épaisse. Ce n'était pas un tapis, en tout cas, et il s'y enfonçait jusqu'aux chevilles. Mais il se rassura en constatant que c'était cette matière qui, apparemment, le maintenait debout.

Les meubles alentour, aux formes rondes et raffinées, bureaux, sièges et tables, ne semblaient pas avoir de pieds : ils flottaient, immobiles.

Le premier sentiment qu'il avait éprouvé en découvrant cet endroit – qui ne ressemblait à rien qu'il avait vu ni même imaginé sur la Terre – s'estompait maintenant. Il retrouvait sa détermination. Où était donc Teenie ?

Et puis, à nouveau, il se sentit déstabilisé. Le garde, pas plus que lui, ne paraissait avancer. Pourtant, ils se déplaçaient ! Très lentement, doucement, sans même créer de vagues, l'étrange sol les portait vers le mur. Et ce qu'il avait cru être le dessus de quelque énorme bureau était en fait le haut d'un lit !

Il regarda.
L'endroit était plus sombre. Et des gémissements de plaisir s'en élevaient.
Le sol le porta un peu plus en avant.
La main de Teenie se dessinait dans une flaque de lumière. Elle geignit et ses doigts se tendirent en tremblant.
La musique plaintive inondait toujours la chambre, de même que le parfum.
Le garde fit cliqueter la chaîne pour attirer l'attention.
Deux visages de femmes se dressèrent brusquement. Apercevant Madison, elles le dévisagèrent avec dépit.
Teenie tourna lentement la tête et son regard troublé par le plaisir se fixa peu à peu sur Madison. Puis elle referma sa bouche trop grande et un sourire étira doucement ses lèvres.
En anglais, d'une voix paresseuse, elle dit :
– Tu as tellement attendu que j'ai fini par me dire que tu ne viendrais pas. Et je les ai laissées faire. Ça leur déchire le cœur de me voir danser et rester sur ma faim. (Elle revenait à elle peu à peu et sa voix perdait sa qualité musicale. Son sourire rêveur devint un rictus.) Eh bien, Maddie, on dirait que tu t'es enfin décidé à me donner une chance de briser cette fixation que tu fais sur ta mère.
Elle gloussa d'un rire ravi.
Le garde, Jinto, s'agenouilla soudain, baissa la tête et, d'un geste plein de courtoisie, posa la poignée de la chaîne dans la main tendue de Teenie. Il dit, comme il s'adressait au sol brumeux :
– Votre Majesté, voici celui que vous avez fait mander : s'il n'a point grâce à vos yeux, je serai au-dehors, devant la porte, avec un fouet électrique.
Teenie vit le bouton et appuya.
Madison crut que le collier lui avait arraché la tête. Il poussa un cri! Et l'agrippa des deux mains. Le regard de Teenie alla de lui au bouton. Le courant s'était arrêté et Madison bougea la tête pour voir si elle était encore vraiment en place. Teenie se mit tout à coup à rire.
– Oh, Maddie, je crois qu'on va bien se marrer! Je ne veux pas te faire de mal. Je veux au contraire que tu passes un moment merveilleux. Tu vas donc être un gentil garçon, faire tout ce que je te dirai et je ne toucherai plus à ce bouton.
Madison n'était pas pour autant rassuré. Déjà que cette chambre bizarre n'arrêtait pas d'être balayée par des vagues... Sous l'effet de la souffrance, elle lui semblait maintenant tournoyer. Et cette plainte, était-ce la musique ou bien lui?

À travers le brouillard, il vit que les deux femmes de chambre riaient avec leur maîtresse, avec en plus une note de cruauté qu'il n'avait pas perçue chez Teenie. Il n'avait que trop conscience d'être impopulaire auprès des serviteurs. Quant à Teenie, elle n'avait rien d'une amie non plus ! C'est ce qu'elle avait dit ! Il essayait de retrouver sa résolution. Le garde, après un dernier regard menaçant, s'était retiré dans le couloir.

Teenie, sans cesser de rire, donna ses instructions.

Une des servantes se leva en se drapant dans un peignoir. À l'aide d'un mouchoir de soie, elle se mit en devoir de rafraîchir le maquillage de Teenie.

L'autre, une femme mature et assez belle, s'essuya le visage avec le bas de ses dessous, puis s'approcha de Madison.

Il tenta de reculer, mais elle l'aspergeait déjà d'une poudre au parfum masculin.

Elle tendit la main vers un pot de crème.

Madison l'observait. Il tressaillit.

La femme se tourna vers Teenie et lui dit :

– Votre Majesté, je pense qu'il y a du mou dans l'arbre généalogique de ce noble monsieur.

Ce qui fit beaucoup rire Teenie. Elle était à présent allongée sur le flanc et regardait Madison.

– Eh bien, on va redresser le tronc ! s'exclama-t-elle.

Madison, pris de panique, se cramponna à son peignoir.

L'autre servante pouffa de rire.

Madison fut obligé de lever les mains pour tenter de repousser la femme qui s'approchait de lui.

Teenie n'en pouvait plus de rire. Haletante, elle lui dit :

– Oh, Maddie, tu me tues ! Ta mère ne t'a donc rien appris ?

Elle roula sur le lit, hurlant de rire.

Le regard de Madison était vitreux.

En riant, les deux servantes s'agenouillèrent devant lui.

Il voulut reculer.

La femme brandissait le pot de crème.

L'autre était occupée à doser de l'huile de haschich.

– Non, non ! cria Madison.

Teenie était convulsée de rire.

– Oh, Maddie, quel clown tu fais ! Cette fois, je vais te guérir de ta mère ! (Elle s'assit.) Après moi, tu t'occuperas de ces deux-là.

– NON !

L'une des servantes essaya de l'attraper.

Madison fit un pas en arrière. C'est alors seulement qu'il vit que Teenie ne tenait plus la chaîne. Qui tomba brusquement du lit.

La servante s'en saisit aussitôt et il regarda désespérément autour de lui.

Teenie s'étranglait presque de rire.

Derrière Madison, il y avait un grand bureau.

La servante se penchait pour l'embrasser.

Il lança le poing et la cogna à la mâchoire.

Elle s'écroula à grand fracas.

Avec l'agilité d'un singe, il bondit au bureau en s'appuyant aux poignées. Il tira sur la chaîne pour qu'elles ne puissent s'en emparer. Il était à plus de trois mètres du sol. Même si le garde intervenait, il n'arriverait pas à l'atteindre avec son cingleur.

Il les avait toutes surprises. Il ignorait encore si elles allaient réagir en riant ou bien appeler le garde à l'aide.

IL TENAIT SA CHANCE!

Dans le silence, il cria :

– Teenie! Écoute-moi! Il y a quelque chose que tu ne sais pas!

L'instant était venu de mettre à l'épreuve sa magnifique idée. Il était à un tournant de son destin, au bord de la falaise. Allait-elle l'écouter?

Pour l'instant elle regardait la servante. Elle s'agenouilla auprès d'elle pour voir si elle n'était pas blessée. Si jamais elle trouvait la moindre égratignure, elle deviendrait enragée.

– Teenie! cria-t-il. Soltan Gris est ici!

Elle redressa brusquement la tête et le fixa.

– Il est ici!

Il y avait effectivement un peu de sang au coin des lèvres de la femme. Il fallait ABSOLUMENT qu'il capte l'attention de Teenie.

Il fallait qu'il balance son idée!

– IL EST ICI, SUR VOLTAR! cria-t-il du haut de son refuge.

Teenie ne le quittait pas des yeux. La porte s'était ouverte et le garde, qui avait entendu, était sur le seuil, prêt à intervenir.

– Sur cette planète? demanda Teenie, abasourdie.

– Oui, c'est vrai! Soltan Gris a trouvé refuge dans la Prison Royale! Une vraie forteresse! Personne ne peut l'atteindre. Il est parfaitement en sécurité! Et ils n'ont même pas l'intention de le juger!

– QUOI? fit Teenie, toujours agenouillée, mais la tête dressée vers lui.

– Il est tout à fait en sûreté! cria Madison. Il se moque de tout le monde! Personne ne peut rien contre lui!

– CE SALE (BIP)! fit-elle, furieuse.
– Si personne n'agit, il va être libéré et on lui donnera même une médaille!
– FILS DE (BIPASSE)! cria Teenie en se levant d'un bond. Tu veux dire qu'après tout ce qu'il a fait, ils lui ont donné asile?
– Exactement!
Teenie se mit à trépigner de rage.
– Bon Dieu, qu'on le (bipe)!
– Teenie, avec ton aide, je peux le faire PENDRE! Tu me connais et tu sais ce dont je suis capable si on me laisse libre! Écoute, si tu me soutiens, dès qu'il pointera son museau, je te garantis que je m'arrangerai pour que ça soit toi qui lui passe la corde au cou!
Elle fixait sur lui un regard qui était un abîme de haine et de vengeance.
– Marché conclu! glapit-elle. Dis-moi seulement ce que tu veux que je fasse!
Il lui avait assuré qu'il avait des plans. Il l'avait laissée arpenter la chambre de long en large en se cognant la paume du poing, jurant affreusement en anglais, prenant le ciel à témoin que c'était bien la dernière chose à faire que de mettre Gris à l'abri en prison!
Puis elle avait donné l'ordre au garde de libérer Madison et de l'admettre dans l'enceinte du palais à son gré.
Il avait récupéré ses effets dans la salle de bains du sous-sol, tremblant de soulagement.
Quelque temps plus tôt, assis dans la grande salle, repensant à tout ce que Teenie avait dit, un vers d'une pièce de Shakespeare lui était revenu : « L'enfer déchaîné n'est rien devant la fureur d'une femme offensée. » Et cela lui avait donné cette idée SPLENDIDE, qui avait réussi.
Cette nuit, *par trois fois*, il avait échappé à la mort!
Avec l'influence de Teenie, s'il réalisait habilement son plan, point par point, il pourrait retrouver son job.
Heller, se dit-il, j'arrive!
Jamais plus l'univers ne connaîtrait un PR aussi brillant et talentueux!
Il devrait jouer serré, avec prudence, avancer sur la pointe des pieds. MAIS IL Y ARRIVERAIT!
Son talent de PR était l'arme absolue contre laquelle il n'existait aucune parade. Oh, certes, il rencontrerait des obstacles. Mais c'est le cœur empli de confiance et de joie que Madison s'éloignait dans la nuit de Voltar.

3

Dans une autre nuit, à plus de 22 années-lumière de là, Heller, dans son bureau de New York, était en conversation par vidéophone avec Prahd, qui se trouvait à l'hôpital d'Afyon, en Turquie. On ne risquait pas de surprendre leurs propos : le système fonctionnait en décalage temporel au plus haut niveau des fréquences d'énergie, et la Terre était encore loin d'avoir atteint ce stade technologique.

Il était d'ailleurs question de temps.

– Il ne faut pas précipiter ce genre de chose, monsieur, disait Prahd. Je vous l'ai déjà dit.

– Mais il a PARLÉ! rétorqua Heller. Lorsque je suis entré dans sa chambre, au palais, et dès qu'il a eu conscience de ma présence, il a ouvert les yeux et il a PARLÉ. Il a même reconnu qui j'étais.

– À votre arrivée, il devait être encore sous l'influence des amphétamines. C'est ce qui le maintenait à l'état conscient. Antérieurement à cela, les doses de speed qu'il a dû absorber l'ont précipité vers l'hémorragie cérébrale dont il est actuellement victime. Le speed détruit le système nerveux central et il a eu sa dose.

– Vous voulez dire qu'il ne recouvrera pas sa conscience? s'inquiéta Heller.

– Écoutez : je fais tout ce que je peux pour conserver mon nouveau poste de médecin personnel de l'Empereur. Je tente tout ce qui est possible pour reconstruire son système nerveux, mais vous n'avez pas l'air de comprendre. Nous avons affaire au système nerveux central! Il faut des mois pour ça!

– Si longtemps?

– Et je suis optimiste. Est-ce que vous savez que, pour chaque journée sous amphétamines, il faut une journée de thérapie? J'ignore combien de temps ils l'ont tenu comme ça. Peut-être depuis des années!

– Vous êtes en train de me dire qu'il n'est pas près de se réveiller?

– Je pense que je me suis enfin fait comprendre, monsieur. Bien entendu, je pourrais le ramener à l'état d'éveil en lui administrant une dose d'amphétamines, mais ça reviendrait à le tuer.

– Ce n'est surtout pas ce que nous voulons! protesta Heller. Mis à part le fait que nous avons le devoir de le protéger, ce serait vraiment inepte de faire ça uniquement pour obtenir un ordre signé afin de sauver nos têtes. N'y pensez plus. Nous allons courir notre chance.

– En fait, je n'ai jamais considéré cela comme une bonne solution, remarqua Prahd.

– En tout cas, oubliez cette idée. Vous et moi, on peut nous sacrifier. Pas lui. Alors, contentez-vous de continuer comme ça. Est-ce que vous pouvez me passer ma petite dame?

Le visage de la comtesse Krak apparut sur l'écran. Elle adressa un baiser à Heller et lui dit :

– Bonjour, chéri. C'est exactement comme l'a dit Prahd. Il flotte dans le fluide, il se reconstitue. Mais rien ne se passe.

– Je sais.

– Je leur ai dit de construire un dispositif de défense.

Heller haussa les épaules.

– Oui, d'accord. Mais je ne crois pas qu'ils vont se montrer. Cette grosse face de goule ignore que nous sommes venus ici. J'y ai pensé et je trouve plutôt drôle qu'il lui vienne à l'idée de lancer un mandat d'arrêt contre moi : ce genre d'ordre est contesté dès qu'il s'agit d'un officier royal. En fait, les cours les rejettent généralement. Il faudrait un mandat royal et il est bien évident qu'il lui est impossible d'en lancer un. Il devrait porter la signature de la personne qui est là, inconsciente. En fait, Face de Goule doit piquer sa crise. Il n'a pas été question de Sa Majesté dans le bulletin d'information et je pense que Hisst refusera d'admettre que l'Empereur a disparu. Car ce serait le chaos dans la Confédération. Il n'a pas d'héritier; les autres princes de sang sont tous morts et la succession est interdite à Mortiiy depuis qu'il a déclenché sa révolte. Le Grand Conseil doit exiger de voir le corps avant de proclamer le décès de Cling le Hautain. Par conséquent, tout ce que Lombar Hisst peut faire, c'est de fouiller partout pour essayer de me retrouver. Il ne dispose que de l'Appareil, qui est une force mineure. La Flotte et l'Armée ne coopéreront pas sur la seule base d'un mandat d'arrêt général contre moi. La Flotte va lui rire au nez. L' « ivrogne » est dans le pétrin. S'il n'ose pas admettre publiquement que c'est moi qui détiens l'Empereur, je ne vois pas ce qu'il peut dire ou faire pour dresser le peuple contre moi. Il n'a que l'Appareil et je ne crains pas les « ivrognes ». Donc, je ne me fais pas de souci.

– Chéri, est-ce que tu n'es pas trop calme? demanda la comtesse.

– C'est ma profession. Rester calme.
– Je t'ai souvent vu en faire un peu trop.
– Ce qui est trop pour le moment, dit Heller, c'est le fait que nous soyons séparés. C'est stupide de te savoir là-bas en train de veiller sur une cuve de fluide vital pendant que je prends du bon temps. Mais j'ai TELLEMENT de choses à faire pour tout redresser et je ne peux pas m'absenter. J'ai demandé à Trapp de contacter l'Air Force et ils vont t'envoyer un de leurs nouveaux Boeing mach 3 d'interception. Ils décollent et se posent à la verticale, et Afyon ne sera pas un problème.
– QUI? s'exclama la comtesse.
– Un Boeing, dit Heller. Toutes les compagnies aériennes essaient de redevenir opérationnelles et les listes d'attente sont épouvantables. Tu n'auras que trois heures de vol. Je t'attendrai à La Guardia.
– Je parlais de TRAPP! fit la comtesse, qui restait sous l'effet du choc.
– Ah, oui! Il travaille pour nous, désormais. J'ai oublié de te le dire. Mais je voudrais que tu rencontres quelqu'un d'autre. Elle te plaira.
– « ELLE »?
– Mais oui. Nous avons besoin de sa permission pour nous fiancer.
– COMMENT?
– Écoute-moi : tu as laissé tes vêtements à l'appartement, donc ne prends pas grand-chose. À présent que je suis certain qu'il n'y a plus aucune raison pour que tu restes là-bas, je vais donner l'ordre de décollage du Boeing. Il se posera chez toi vers 2 heures de l'après-midi, heure locale. La Silver Spirit sera là pour t'emmener jusqu'à l'appartement et tu auras juste le temps de te poudrer le nez et de prendre un bon déjeuner.
– Une minute, Jettero. Tu me fais tourner la tête.
– Il vaut mieux pas, sinon nous allons faire traduire toute l'Air Force en cour martiale. Prends ton plus beau sourire. Je t'expliquerai tout quand on se verra. Je t'aime. Bye bye!
– Jettero, gémit la comtesse Krak, est-ce que tu crois vraiment que tu as bien estimé la situation?
Mais il avait raccroché et l'écran était vide.

4

La comtesse Krak avait eu la surprise de recevoir des salutations des deux hémisphères. Elle s'était posée à La Guardia où ordre avait été donné de « libérer toutes les pistes », n'avait même pas passé la douane ou le service d'immigration, et s'était retrouvée fonçant vers l'appartement avec une escorte de six motards de la police new-yorkaise, toutes sirènes hurlantes.

Elle était parvenue à échapper à un Balmor absolument radieux et, malgré les pleurs et les sanglots de sa femme de chambre submergée par la joie, elle avait réussi à se changer et à se remaquiller.

Dès qu'elle pénétra dans le salon, elle fut accablée de baisers et d'embrassades par un Jettero impeccable dans son uniforme.

Les fleurs avaient englouti la pièce et les tables croulaient sous les victuailles tandis que les chandeliers vibraient aux accords d'une musique triomphale.

Izzy, Bang-Bang et Junior lui prirent tour à tour les mains et s'inclinèrent, les yeux brillants d'adoration.

Une pile de cartes de crédit haute de trente centimètres était posée sur la table, et dès qu'elle fit mine de s'asseoir, les cartes s'abattirent en cascade sur ses genoux avant de tomber sur le sol. Il y en avait des centaines! Elles étaient de toutes les banques et sociétés de crédit imaginables et toutes portaient le nom de « Joy Divine Krackett ». Celle de Bonbuck's Teller était enveloppée dans un corsage bleu orchidée. Elle s'apprêtait à l'essayer lorsque Balmor et deux valets firent leur apparition avec un énorme cadre doré.

Il n'était pas pour elle.

Ils l'installèrent sur un chevalet. C'était une espèce de parchemin qui avait apparemment été spécialement imprimé. On y lisait le titre du journal, *New York Cradpress*, suivi d'une unique information :

PAS DE DÉCLARATION !
LE PRÉSIDENT NOUS A SAUVÉS
AU BORD DE LA GUERRE!

Les quatre hommes explosèrent de rire!

Mais la comtesse Krak n'arrivait vraiment pas à comprendre pourquoi.

D'un ton quelque peu irrité, dès qu'elle put se faire entendre, elle demanda :

– Vous pourriez au moins me dire ce qui vous fait tellement rire !

– C'est pour le bureau de Jet, déclara Bang-Bang. On l'a fait spécialement réimprimer et encadrer.

Elle n'était pas plus éclairée avec ça. Et elle se tourna alors vers Jettero.

– Ce n'est pas gentil de m'avoir laissée en haleine avec cette histoire à propos de Trapp et de je ne sais quelle femme.

Il rit de nouveau.

– En tout cas, ça t'a fait sauter dans l'avion, non ? Tu n'as même pas essayé de me raconter qu'il fallait absolument que tu restes en Turquie.

Elle fit écho à son rire.

– Oh, Jettero ! La vie avec toi, c'est quelque chose ! On ne s'ennuie pas. Maintenant, tu vas quand même me dire ce qui se passe. *Je t'en prie!*

A présent, ils s'étaient tous assis et grignotaient des langoustines, et Jettero entreprit de lui raconter ce qui s'était passé à New York et à Pokantickle, tout en laissant dans l'ombre, à l'évidence, les moyens qu'il avait employés pour accomplir tel ou tel exploit. Ce qui fait que les autres l'interrompaient régulièrement pour compléter et, bien avant qu'il ait achevé son récit, la comtesse se sentit terrifiée à l'idée des risques qu'il avait pris. Elle se maîtrisa pour ne pas blêmir et dit enfin :

– Ainsi, Rockecenter est mort.

– Oh, non, il n'est pas mort, dit Jettero. Il est là, devant toi. (Il désigna Junior, puis Izzy.) A eux deux ils possèdent toute la planète. Et alors, les gars, qu'est-ce que vous comptez en faire ?

– Elever des cochons, repartit Junior.

– Pour ça, dit Jettero en se tournant vers la comtesse, pas de problème. Ils ont tout préparé.

– Oh, Jet, sois sérieux ! Je suis certaine que vous avez mis sur pied des plans, ou un programme.

– Oui, ma p'tite dame ! Vous venez juste de mettre votre joli doigt dessus, fit Jettero. C'est vrai. A 4 heures cet après-midi, nous avons rendez-vous à Bayonne. Et il est particulièrement important que tu sois très bien habillée, bien propre et bien maquillée parce que, si on t'accepte, nous pourrons enfin nous fiancer.

– QUI doit m'accepter ? lança-t-elle d'un ton plaintif.

– Eh bien, je ne peux pas encore l'appeler par son titre puisqu'elle ne sera pas investie avant samedi. Voilà d'ailleurs ce que je dois voir aussi avec elle : le couronnement. Il faut que nous fixions la date des fiançailles, mais je pense que ce devrait être dans la semaine suivante.

– Jettero, je crois que je suis en train de devenir folle!

– C'est à cause du temps lourd, pas de moi.

Balmor entra alors et s'adressa à Izzy.

– J'ai M. Trapp au bout du fil, monsieur. Il désire seulement savoir si M. Junior sera disponible demain pour prononcer une allocution dans le cadre de la conférence Swillberger qui se tiendra à la Maison Blanche dans l'après-midi. Il a ajouté qu'il était désolé de vous déranger et qu'il avait rédigé le texte du discours. Il tenait seulement à s'assurer de la présence de M. Junior.

– Je crois que je ferais mieux de m'occuper de mes cochons, dit Junior.

– Dites à M. Trapp qu'il sera présent, fit Izzy, et pendant que vous le tenez, dites-lui aussi d'évacuer les bureaux de Rockecenter jusqu'à ce que je m'y installe personnellement.

Le chat, depuis un instant, essayait de capter l'attention de la comtesse et elle ne fut que trop heureuse de cette interruption.

Le déjeuner passa en un éclair et elle se retrouva en compagnie de Jettero dans la Silver Spirit, avec deux tanks d'escorte, inquiète d'avoir l'air affreuse.

Il y avait des choses qu'elle voulait dire à Jettero, des choses pressantes, mais il avait baissé la glace de son côté et il était difficile de parler avec le grondement des monstres qui les accompagnaient.

– Ils sont là pour quoi? demanda-t-elle enfin.

– Je n'ai pas eu le temps de me faire détacher du service.

– Mais ils escortent toujours les officiers de réserve avec des tanks? s'étonna la comtesse.

– Ma foi non. Ils ont sans doute peur que je ne rende pas mes armes. J'ai signé un reçu, tu sais.

– Jettero, par tous les Cieux, sois sérieux! La situation sur Voltar me rend malade d'inquiétude!

– Si tu t'inquiètes de tout constamment, c'est inquiétant.

– Il faut toujours s'inquiéter un peu.

– Alors tu ne seras jamais ingénieur de combat.

– Mais je ne veux pas être ingénieur de combat. Je veux seulement être ta femme!

– Parfait, dit-il. Excellente chose que tu penses enfin à ça. Car voici le test crucial. Nous sommes arrivés.

Ils venaient de s'arrêter devant un gratte-ciel qui se dressait, grandiose, au-dessus d'un parc.

Deux minces Siciliens au teint basané, armés de mitraillettes, observaient les tanks avec une expression de méfiance. Et puis l'un d'eux risqua un regard à l'intérieur de la Silver Spirit et se détendit aussitôt.

– Oh, c'est toi, môme! s'écria-t-il. Tu ferais bien de monter vite. Ça a bardé ici toute la journée!

L'autre cria dans le hall d'entrée :

– Hé! On se redresse! C'est le môme avec sa nana!

Ils se frayaient un chemin au travers d'une foule d'hommes en costume noir. Des visages bruns aux yeux curieux se penchaient de tous côtés sur la comtesse. Elle avait l'impression de marcher de travers ou de se tenir mal.

C'est alors qu'elle entendit des paroles chuchotées :

– Seigneur Dieu, où est-ce que tu l'as trouvée? Bon sang, mais c'est une star de ciné ou quoi?

Du coup, elle se sentit rassérénée, mais alors qu'elle se trouvait juste en bas de l'ascenseur, une voix tonna :

– J'en ai rien à (biper), espèce de (bipard)! Dites à ces (enbipés) de Chicago de balancer leur (bip) de (boupre) de drogue dans le lac Michigan et de se remettre au rhum sinon je fiche une centaine d'hommes au (bup)! Et maintenant, fichez-moi le camp! Je crois que je viens d'entendre mon môme!

Un Italien d'un âge certain, superbement vêtu, avec un bagage à la main, surgit soudain et faillit entrer en collision avec Jettero. Il le dévisagea d'un air prudent et lui dit :

– Surtout restez calme. Elle est déchaînée!

Un vieux Sicilien en veste blanche se précipita sur Jettero et lui donna une tape rassurante avant de les faire entrer dans un salon d'une élégance telle que la comtesse, un instant, crut être de retour sur Voltar.

Une femme d'âge moyen, très blonde, était assise sur un sofa, dans une attitude élégante et stylée. Elle portait une robe à sequins d'or et feuilletait nonchalamment un magazine de mode. Elle leva les yeux à leur entrée, sourit d'un air poli et dit, d'une voix modulée et distinguée :

– Ah, Jerome. Comme c'est gentil de passer me voir!

Elle tendit la main et il la baisa.

– Madame Corleone, dit-il avec toute la courtoisie d'un officier de la Flotte, puis-je vous présenter ma fiancée?

Languide, la femme se mit sur pied. Elle était haute de 1,90 mètre et dominait la comtesse Krak de plus de quinze centimètres.

– Ah! (Elle tendit la main.) Vous êtes la comtesse, je présume.

Krak en eut un éblouissement. Mais qu'est-ce qui se passait? Comment cette femme pouvait-elle savoir qu'elle était la comtesse Krak? Personne sur Terre n'était censé la connaître!

La géante la toisait comme si elle était une espèce de cheval de course. Et puis, apparemment, elle ne put contenir plus longtemps sa réserve et, mettant ses bras autour des épaules de Krak, elle la serra brièvement contre elle, la repoussa, la dévisagea, et l'étreignit à nouveau.

– Que Dieu me (bipe), Jerome, mais c'est la plus belle femme que j'aie vu de ma vie! (Elle dévisagea la comtesse.) Ça, (bip) de (bip), vous êtes encore plus superbe qu'une fille du *Roxy*. Avec vous, le show serait fichu! (Elle la serra encore une fois contre elle.) Oh, Jerome, (bip) que oui! Épousez-la et vite!

Après un instant, la géante conduisit délicatement la comtesse jusqu'à un fauteuil, comme si elle était en porcelaine fine. Puis, sans quitter son expression admirative, elle lui présenta des cigarettes russes dans un coffret d'argent – Krak n'en fumait pas, bien sûr – et demanda que l'on apporte des gâteaux et du lait pour Jerome.

Ensuite, elle se mit à discuter avec Jettero des détails de la réception de fiançailles. Elle avait décidé que cela se passerait au Madison Square Garden, une semaine après le couronnement. La liste des invités présentait quelques problèmes car Babe Corleone n'avait pas encore décidé de ce qu'il convenait de faire de la femme du maire. D'un côté, elle aurait voulu qu'elle soit présente, de l'autre elle s'y refusait, et cette question resta donc en suspens.

On les reconduisit enfin. Sur le seuil, Mme Corleone se tourna vers Jettero et lui dit :

– Pas étonnant que vous n'ayez jamais touché une de ces filles du *Gracious Palms*!

Elle les embrassa l'un et l'autre sur les deux joues. En remontant dans la Silver Spirit, la comtesse avait la tête qui lui tournait : de *quelles* filles parlait-elle?

Par-dessus le ferraillement des tanks et le staccato de l'hélicoptère de leur escorte, Jettero réussit à la faire rire en lui faisant le récit de ses cours de combat à mains nues durant son séjour à « l'hôtel favori » des Nations Unies. Il se montrait spirituel et charmeur et elle lui pardonna. Mais, au cours du dîner, elle n'eut pas la moindre occasion de lui parler de Voltar. Certes, ils étaient dans un restaurant ultra-chic de la 52e Rue Est, le *Quatre Raisons*, certes Jettero lui avait promis un dîner intime, mais il avait néanmoins insisté pour que les officiers des tanks et leur équipage, ainsi que deux capitaines de police plus leur chauffeur personnel participent à la soirée. Bien sûr, ils étaient à d'autres tables et prenaient bien soin de laisser Jettero et sa dame seul à seul à la clarté des chandelles, mais des gens ne cessaient de défiler pour leur dire des choses aimables. Et tous voulaient leur être présentés, du directeur du restaurant au manager du pétrole du Sud-Yémen.

Ensuite, ils se rendirent à un match de lutte comptant pour le titre mondial. Toute une rangée avait été réservée aux officiels de la police, aux équipages des tanks, aux divers présidents de banques, y compris une star de la pop qui venait de se joindre au cortège.

La comtesse ne parvint pas à savoir qui avait gagné le tournoi ni pourquoi, vu qu'elle ne comprenait déjà pas pour quel motif les combattants ne frappaient jamais lorsque l'adversaire avait baissé sa garde et ne se servaient jamais de leurs pieds.

Quant au dîner qui suivit, il fut au moins aussi intime que l'heure de pointe de Manhattan : ils avaient à présent hérité des directeurs de deux réseaux de TV ainsi que de leurs invités et le personnel de chez *Sardine's* faillit devenir fou à les servir. La comtesse, jusqu'alors, n'avait pas réalisé que Jettero connaissait autant de gens. Il l'assura que ce n'était nullement vrai, mais le patron du restaurant lui-même prit le micro et fit se tordre l'assistance en racontant comment l'inspecteur de police Grafferty avait reçu tout un plat de spaghetti en pleine figure des mains d'une « certaine célébrité » qu'il se refusait à nommer tout en regardant ostensiblement Jettero *.

Ils étaient couchés depuis deux heures lorsque la comtesse Krak décida qu'il était assez calme pour l'écouter.

– Jettero, je suis désolée de devoir te parler de ça. Mais je t'en prie, sois sérieux. Nous courons un grave danger et cela m'inquiète. Au vidéophone, tu n'as fait qu'effleurer le sujet et je dois te dire que je ne suis pas du tout d'accord avec tes estimations.

Il se cala la tête sur l'oreiller et elle sut alors qu'elle avait enfin réussi à capter son attention.

– Tu ne connais pas Lombar Hisst, reprit-elle. Moi si. Car pendant trois ans, j'ai été à ses ordres. Il est totalement fou. Il est vraiment capable de faire sauter cette planète pour se venger s'il sent qu'on lui résiste.

Jettero bâilla.

---

* Voir Tome 2, *La Forteresse du mal*

– Je ne crois pas que tu te fasses une idée exacte du travail énorme que cela représente de faire sauter une planète. Je doute même que ça soit possible. Même balayer l'atmosphère d'une planète, crois-moi, c'est un sacré boulot pour un ingénieur.

– Mais on peut l'attaquer, insista-t-elle. On peut décimer les populations.

– Écoute, cesse de tourmenter ta jolie petite tête. Avant tout, cette planète dispose de quelques dispositifs de défense qui risqueraient quand même de gêner un peu l'envahisseur. Et même si la population était éliminée, ça ne se ferait pas sans un grand nombre de morts. Il faudrait compter au moins un million d'hommes pour liquider ce monde. Et, en termes de vaisseaux, ça représenterait l'ensemble des forces de l'Appareil. Pour conquérir la Terre, Lombar Hisst devrait sortir toutes ses troupes et tous ses vaisseaux des hangars et des casernes de toute la Confédération. Et ils ont aussi pas mal d'autres choses à faire, comme réprimer la révolte de Mortiiy sur Calabar, par exemple. Non, Lombar se disperserait et serait affaibli. Il ne peut pas raconter à tout le monde que nous détenons l'Empereur. Et s'il insiste pour qu'on me pourchasse partout, la Flotte et l'Armée vont lui rire au nez. Ils ne l'aideront certainement pas à envahir la Terre. Ils penseront qu'il est dingue.

La comtesse se redressa sur un coude tout en rejetant une mèche de cheveux de ses yeux.

– Chéri, je sais que tu as une excellente réputation dans la Flotte et dans l'Armée et qu'elle est justifiée. Mais j'éprouve un sentiment affreux. Tu as oublié ce qui s'est passé ici, sur Terre : ce PR a semé une abominable pagaille. Toute cette publicité atroce. Toutes ces femmes et leurs mensonges. Tu n'as pas oublié Madison, non?

– Oui, il est vrai qu'on ne fait pas ce genre de chose sur Voltar, dit Jettero. Cette ridicule technique y est inconnue. Mais pour ce qui est de Madison, il a terminé dans l'Hudson, non?

– Écoute, tu peux appeler ça de l'intuition féminine, mais j'ai un très mauvais pressentiment. Est-ce que tu ne voudrais pas t'en préoccuper juste un peu?

– Mon cœur, il y a dans toute existence un nombre précis de minutes. C'est ce qui se passe en cet instant qui compte. J'ai vu des hommes qui savaient qu'ils allaient mourir dans la demi-heure suivante apprécier infiniment mieux un dernier verre de tup. Alors que d'autres se torturaient jusqu'à la dernière seconde. Pour mourir tout aussi bien, mais sans savourer leur tup.

– Tu es vraiment incroyable!

Il consulta sa montre et dit :

– Tu viens de gaspiller une minute de ta vie. Ne gaspille pas la suivante. Embrasse-moi.

– Oh, Jettero, si seulement tu connaissais Lombar comme moi!

– Mon cœur, laisse-moi te dire que tu es maintenant en bien meilleure compagnie. Viens.

Il la couvrit de baisers et, bien que le cours de ses pensées dérivât très vite vers d'autres préoccupations, jamais, cette nuit-là ni les suivantes, il ne parvint à apaiser ses craintes. Elle SAVAIT que tout cela était bien plus dangereux qu'il ne le disait. Mais il se refusait à l'écouter!

5

Hagard sous l'étreinte du danger, trois jours plus tard, Madison était de retour dans l'antichambre des appartements royaux, escortant Lombar Hisst.

Tendu au point d'avoir l'impression que ses entrailles allaient se déchirer, il saurait, dans quelques minutes seulement, s'il allait marcher vers la victoire ou bien finir dans le ruisseau, épave humaine perdue sur Voltar, méprisée, rejetée. Un poil d'erreur dans ses calculs et ce serait la mort pour lui et peut-être même pour tous.

Il avait travaillé d'arrache-pied pendant ces trois jours, sachant bien que la plus infime erreur dans cet enchaînement compliqué qu'il avait mis au point signifierait l'échec. Il serait condamné à rester pour toujours sur ce monde lointain, perdant ainsi toute chance d'en finir avec Heller.

Le problème essentiel avait été de prouver à Hisst que lui, Madison, était un PR magicien capable d'amener les lords à s'incliner devant Hisst – chose que Lombar, roturier, considérait comme totalement impossible – et de le montrer à toute la Confédération grâce au Circuit Vidéo planétaire.

Chacun des problèmes mineurs qui s'étaient ensuivis avait été effroyable.

Il avait d'abord frôlé la dépression lorsque le fils de Lord Ronflon s'était révélé incapable de réveiller son père assez longtemps pour qu'il estampille et atteste un ordre en blanc donnant à Madison la direction du Circuit Vidéo. Finalement, Teenie avait persuadé le garçon de revenir à la charge en l'absence des docteurs et des infirmières, hors de vue des scanners de la sécurité, de dérober le tampon de la Division Intérieure dans le bureau de Lord Ronflon, et d'estampiller lui-même le document.

Il avait risqué la dépression une deuxième fois lorsque le directeur du Circuit Vidéo, aux studios de la Cité de la Joie, avait refusé de croire que Lord Ronflon ait pu signer un tel ordre et qu'il avait tenté d'appeler la Cité du Palais pour vérification. Ne réussissant pas à joindre Lord Ronflon, il s'était vengé – à l'évidence, il n'aimait pas l'Appareil – en fournissant à Madison une équipe d'incapables. Pas de réalisateur, une bande de conducteurs et de techniciens misérables et, pis encore, un cameraman qui venait juste d'être plaqué par sa femme et qui n'avait pas dessaoulé depuis cinq jours. Le directeur lui avait déclaré : « Un ordre pourri de cette pourriture d'Appareil pour faire un coup pourri ne mérite qu'une équipe pourrie », sans avoir conscience que la vie de Madison était en jeu. L'eût-il su qu'il aurait applaudi. Et il avait ajouté : « Ça va être diffusé pendant " L'heure de la Famille ", alors faites court parce qu'on ne va pas refaire tous les programmes rien que pour un clip pourri. » Madison l'avait laissé avec une question : que Diables pouvait être un PR ? En tout cas, il lui fallait bien se contenter de ce qu'il avait eu. Terrifiant!

Ensuite, il avait fallu envoyer un page se glisser dans une réunion du Grand Conseil. Il n'y avait que cinq lords présents et tous étaient sous amphétamines. Le page avait glissé la résolution préécrite sous la main tremblotante de la Couronne qui tamponnait des documents avant de la faire enregistrer par un clerc trop sourd pour entendre la lecture des actes. Madison, lui, était resté dehors, frissonnant de peur, jusqu'à ce que le page réapparaisse et tapote sa veste pour lui confirmer qu'il était en possession d'un ordre légal du Maître de la Cité du Palais pour que l'on change les noms des bâtiments.

Il avait dépensé jusqu'au dernier crédit que Teenie avait pu racler pour soudoyer le Maître afin qu'il donne le nom voulu et prenne les dispositions pour la cérémonie qui devait avoir lieu à une heure très précise de la journée. S'il ne parvenait pas à ce dernier résultat, qu'il attendait encore, alors Teenie en aurait de nouveau à sa peau.

Et puis, il y avait eu le grand assaut des pages et des fils de lords pour que la noblesse se montre assez indulgente avec ses enfants pour accepter d'honorer la cérémonie de sa présence et, plus remarquable encore comme exploit, que les lords s'habillent vraiment et quittent leurs demeures.

Et tout au long, Madison avait été trop occupé à guider Lombar Hisst pour garder l'œil sur l'équipe de vidéo. Ç'avait été ÉPUISANT de garder un maintien digne tout en résistant au désir pressant de surveiller ce (bip) de cameraman pour voir s'il était là et si son cadrage était *précis*. À supposer que Madison y soit parvenu, il serait apparu en gros plan, penché sur l'objectif, l'air plutôt niais. Pour toutes ces raisons, tandis qu'il traversait l'antichambre en direction du bureau du chef de l'Appareil, il ignorait encore au juste ce qu'il y avait en boîte.

Lombar se traîna jusqu'à son fauteuil, devant la porte verrouillée de la chambre impériale, et s'y laissa tomber. Impossible de dire jusqu'alors quelle était sa réaction : il était demeuré absolument silencieux.

Madison s'approcha de l'écran vidéo, tripatouilla les boutons et parvint à l'allumer. Il ne savait pas comment calculer l'heure d'émission vu que le signal avait été émis de la Cité du Palais avec un décalage temporel de 13 minutes dans le futur, qu'il avait été relayé par le centre de diffusion planétaire de la Cité de la Joie et renvoyé par relais temporels afin d'être réaligné sur l'heure de la Cité du Palais. Il n'arrivait donc pas à effectuer les réglages afin d'être certain d'être au début de la bande enregistrée. Il en avait les mains moites et tremblantes.

Oh, Seigneur! Il était sur le point d'accomplir un exploit dont jamais nul PR n'avait osé rêver : montrer à un client un programme TV que lui, le PR, n'avait même pas encore visionné. Avec un cameraman ivrogne, qui pouvait savoir ce que les images allaient montrer, à supposer qu'elles ne tremblent pas au point d'être irregardables? En ce cas, ce serait sa mort.

Il n'insista pas dans ses calculs de temps et fit avancer la bande au jugé en espérant qu'il était avant le début.

Une image : une femme berçait un enfant en chantonnant pendant que le commentateur vantait le bonheur de la maternité : oui, c'était bien « L'Heure de la Famille ».

Madison jeta un bref regard à Hisst, mais le chef de l'Appareil était immobile, les yeux rivés sur l'écran et il ne pouvait deviner sa réaction.

Le commentateur expliquait qu'on ne devait alimenter un enfant qu'avec le seul lait de sa mère, afin que « cette douce nourriture porte en son goût délicieux le flux doux et vibrant de la famille et de l'amour ».

Madison aurait tellement aimé savoir comment avancer la bande en accéléré. Il épia de nouveau les réactions de Hisst. Mais les yeux jaunes, si l'on exceptait leur habituel éclat de folie, restaient insondables.

Sur l'écran, on voyait à présent d'étranges bestiaux vautrés dans la crasse et le commentateur jeta l'imprécation sur le lait animal qui ne pouvait apporter que le goût de la luxure et de la gourmandise avant de terminer sur une dernière phrase emphatique.

Suivit une série d'images de bâtiments anciens. DES ÉCOLES! Dieu merci, c'était le début de leur séquence.

Le commentateur, avec un accent très nasillard, dressait un historique des écoles tandis qu'on montrait à l'image celles qui portaient les noms de membres de la famille royale et même de certains empereurs.

Une nouvelle fois, Madison coula un regard en direction de Hisst. Assis là, dans son uniforme écarlate et chamarré de général de l'Appareil, il ressemblait plus à un démon bestial qu'à un homme. Et il était impossible de deviner à quoi il pouvait penser.

Et soudain, ce fut la séquence que Madison attendait.

– ... mais les temps ont changé et sur la scène de l'histoire, la parade du pouvoir peut encore briller en atteignant de nouveaux sommets. Hier, il a été décidé par Lord Ronflon, Lord de l'Intérieur, par l'entremise du Maître de la Cité du Palais, de célébrer notre attachement à la qualité et à l'honnêteté des nobles et courtisans de demain tout en célébrant également le dévouement et l'honneur de notre magnifique et infatigable protecteur du royaume, Lombar Hisst, porte-parole de l'Empereur...

Madison se fit la réflexion que le texte était vraiment excellent : après tout, il l'avait rédigé lui-même. Mais il appréciait moins la fanfare de trompettes qui sonnait un peu ringard. Il observa avec anxiété Lombar Hisst pour voir comment il prenait la chose, mais il ne manifestait pas la moindre réaction!

– ... en donnant à l'École Royale des Pages le nom d'École Royale Hisst.

Mon Dieu, se dit Madison, il ne sourcille même pas! Est-ce qu'il n'a pas saisi l'association de noms qui fait que les gens le considéreront comme quelqu'un de « royal »? Mais non.

On montrait l'école telle qu'elle avait été, puis telle qu'elle était aujourd'hui. (Bip)! Elle avait l'air plutôt défraîchie! Elle évoquait une grosse boîte à pilules. Au centre, elle cachait un terrain de sport, plutôt vaste, mais il y avait des trous dans le pavage bleu et rouge et une fenêtre était brisée!

Le cameraman, cependant, même s'il avait du mal à garder son objectif stable, avait élargi le champ et on voyait maintenant les lords qui attendaient sur deux rangs!

Une musique martiale éclata!

Et Hisst s'avança entre les deux rangs. Chacun des lords était accompagné soit par son fils soit par un page. Ils étaient tous passablement camés mais, à cette distance, ça pouvait passer.

Et maintenant venait l'instant le plus difficile! Si le cameraman avait commis la moindre erreur de cadrage, Madison était mort, mort, définitivement mort!

Hisst s'avançait.

LES PREMIERS LORDS S'INCLINÈRENT DEVANT LUI!

Tous suivirent et s'inclinèrent à son passage. Pages et fils les tiraient par la manche et, l'un après l'autre, ils s'inclinaient tous très bas.

Madison s'en arrachait presque les yeux. Un simple dérapage de l'objectif et il serait exécuté! Par la faute d'un cameraman saoul!

Hisst atteignit l'extrémité des rangs. Mais ce n'était pas encore terminé. Il allait rebrousser chemin, au plus grand péril de Madison.

Sur l'écran, Hisst venait de s'avancer dans le champ du projecteur d'illusions. Un technicien le déclencha et un Hisst haut de six mètres se dressa soudain tel un démon rouge et géant et parut tapoter familièrement le toit de l'école. Sa voix résonna dans tous les haut-parleurs : il bénissait l'école.

Des vivats retentirent. Des voix de garçons, et uniquement de garçons, aiguës et perçantes. Est-ce que ce n'étaient pas plutôt des cris d'animaux?

Toujours impossible de savoir ce que pensait Hisst. Aucune réaction du client! se dit Madison. Est-ce qu'il avait pu voir quelque chose qui lui avait échappé, à lui, Madison? Oh, que Dieu le protège!

A présent, Hisst revenait sur ses pas. La musique martiale reprit. Et il s'avança une seconde fois entre les deux rangs de lords.

Allaient-ils s'incliner à nouveau?

Le cameraman garderait-il son cadrage?

Ah, les deux premiers lords s'inclinaient, puis les seconds et les suivants... Madison fixait l'écran avec un regard de faucon – ou plutôt de poulet qui s'attend à ce qu'on lui tranche le cou d'une seconde à l'autre.

Mais tous les lords s'inclinaient, les uns après les autres!

Hisst remonta dans le véhicule qui l'avait amené.

L'intérieur d'une cathédrale apparut à l'image et le commentateur lança :

– Nous nous retrouvons à présent dans la cathédrale de Casterly pour les vêpres.

C'était fini.

Madison savait que son épreuve n'était pas terminée pour autant. Le client pouvait très bien s'être aperçu d'un détail qui lui avait échappé. Seule la réaction du client comptait!

Lombar s'ébroua. Il désigna l'écran et dit :

– Repassez-moi ça!

Était-il en colère? satisfait? Avait-il des soupçons?

Madison souffrit l'agonie du damné tandis que la séquence repassait.

Puis Hisst émit un soupir vibrant et dit :

– Ils se sont inclinés devant moi.

Il se tut et resta immobile un instant avant de répéter :

– Ils se sont inclinés devant moi, Lombar Hisst, un roturier.

Il secoua la tête et ajouta :

– Si je n'avais pas été là-bas, je ne l'aurais jamais admis!

Il tourna la tête, cligna des yeux et dit :

– Des lords! Et ils se sont inclinés devant un roturier! Jamais ça ne s'est vu en 125 000 ans d'histoire voltarienne! (Il cligna nerveusement des cils, plusieurs fois.) Ça ne peut signifier qu'une chose! Ils sont au courant pour les anges!

– Je ne crois pas qu'ils s'inclinent tout le temps, dit Madison. Après tout, il faut que nous préparions les esprits à vous accepter éventuellement comme Empereur.

– Oui, fit Hisst. Oui, il faut préparer le peuple.

Et il s'abîma dans quelque rêve éveillé, s'envola dans un recoin perdu de l'univers.

Madison le laissa planer un moment puis, finalement, il se dit que c'était un client, après tout, et qu'il fallait conclure.

– Par conséquent, vous pouvez maintenant honorer la promesse que vous m'avez faite. Un budget illimité et les coudées franches.

Cela suffit à arracher Lombar à sa rêverie. Il fixa sur Madison un regard perçant. La lumière jaune mettait dans ses yeux jaunes un éclat d'un jaune étrange.

– Vous ne pouvez pas avoir de budget. Seuls les départements ou les sections ont droit à un budget. Il faudrait un ordre royal pour en créer un.

Il se domina. Il ne devait absolument pas courir le risque de devoir avouer qu'il n'y avait plus d'Empereur, que le sceau avait disparu avec les instruments du pouvoir, qu'il n'y avait plus rien derrière la porte.

– Sa Majesté est trop malade, ajouta-t-il.

– Mais vous m'avez promis des fonds illimités! protesta Madison. Vous m'avez dit que si les lords s'inclinaient...

Lombar secouait la tête, irrité.

– Pourquoi m'obligez-vous à vous écouter? Je n'ai à écouter personne.

– C'est parce que le peuple doit écouter. Afin de CROIRE que vous devriez être l'Empereur, ils doivent écouter et c'est à moi de faire en sorte qu'ils écoutent ce qu'il faut écouter, de les stimuler. Pour créer un climat favorable, il faut les PR et cela prendra du temps. Car les PR COÛTENT DE L'ARGENT!

– De l'argent, rumina Lombar. Je ne peux qu'autoriser un salaire. C'est pour ça que personne ne touche beaucoup dans l'Appareil. Je ne peux ouvrir des budgets pour des départements qui n'existent pas!

– En ce cas, puisque vous êtes un homme de parole, digne de devenir Empereur, autorisez-moi un salaire illimité.

– QUOI?

– Vous avez vu les lords s'incliner.

Lombar sourcilla et acquiesça, comme s'il s'inclinait, en fait. Madison glissa son identoplaque sur le bureau. Dans une corbeille de formulaires, il prit un feuillet marqué *Modification de statut de salaire*. Il inscrivit « ILLIMITÉ » et le poussa devant Lombar.

Le chef de l'Appareil le considéra une seconde, puis le remplit, l'estampilla d'abord avec l'identoplaque de Madison, puis trouva la sienne et tamponna l'ordre une seconde fois.

Madison tenait déjà prêt un deuxième ordre qu'il présenta sous l'identoplaque de Lombar. L'ordre disait :

J. Walter Madison, pour tout ce qui concerne les PR, doit avoir libre accès au matériel et à l'équipement et pouvoir disposer librement du personnel sans autre autorisation.

Lombar Hisst, chef de l'Appareil et porte-parole de Sa Majesté, Cling le Hautain.

Lombar semblait soudain avoir tout oublié. Il alla jusqu'à l'écran de vidéo et rembobina la bande. Puis il se jucha sur un tabouret, mit le menton dans le creux de ses mains et regarda une troisième fois.

Madison sut alors qu'il était bien accroché, et à plusieurs hameçons. Il était temps de s'éclipser avec son butin.

Il sortit dans le couloir et, quand il fut hors de vue, il s'appuya contre une porte car il avait l'impression que ses genoux allaient se dérober sous lui.

C'était une sacrée bonne chose que Hisst n'écoute personne. Mais, de toute façon, qui pourrait lui raconter la vérité? Car qui était au courant de l'arnaque? Tous ceux qui pouvaient regarder l'émission penseraient que Hisst avait été prévenu.

Le cameraman avait réussi! Il n'avait pas commis la moindre erreur de cadrage.

Car derrière Hisst, en habit d'or de page, Teenie avait surgi de la foule!

Durant l'aller et retour de Hisst, elle était restée constamment derrière lui, mais hors du cadrage!

Tous les lords avaient été pressés par leurs pages de venir s'incliner devant la reine Teenie, pas devant Lombar Hisst!

Madison sentit que ses genoux avaient cessé de trembler.

Il serra son trésor contre lui et quitta le palais en courant.

La victoire était encore loin, mais elle était en vue, pourtant, tout au bout de l'horizon.

IL TENAIT SA CHANCE D'EN FINIR AVEC HELLER!

Il croyait enfin que tout ça était réel et une exultation fiévreuse se répandit en lui!

IL ÉTAIT MAINTENANT LE TSAR ABSOLU DES PR SUR VOLTAR!

SOIXANTE-QUATORZIÈME PARTIE

1

Teenie l'attendait à la porte de son palais. Elle portait encore le costume de page avec lequel elle avait suivi Lombar. Enthousiaste, il lui apprit les bonnes nouvelles mais elle les accueillit d'un air plutôt sévère. Elle ne jeta qu'un coup d'œil sur les ordres de Lombar avant de les rendre à Madison.

– D'accord, Madison, d'accord. On a déjà ça. Mais tu as intérêt à commencer à accoucher. Pas question que tu traînes ici à faire ce que tu veux. Je veux la tête de Gris, et vite – et pourrie, de préférence. Alors, remonte tes manches et magne-toi le (bip)!

Le regard qu'elle lui adressa était si significatif et son bubblegum explosa si fort qu'il déguerpit à toute allure : elle risquait de soupçonner qu'il jouait double jeu. Car, en fait, ce n'était pas après Gris qu'il en avait : sa cible était Heller-Wister. Il devait absolument donner satisfaction à M. Trapp. Lorsqu'il aurait réglé la question Heller-Wister ici, sur Voltar, alors seulement il pourrait retourner sur Terre en héros conquérant et non comme un déserteur qu'on collerait contre un poteau.

Il espérait que Teenie avait conscience que le travail d'un PR était compliqué, difficile, et qu'il ne se faisait pas en une minute. Ce qu'il fallait avant tout, c'était de la minutie – et DES TITRES DANS LA PRESSE!

Madison connaissait l'image qu'il devait édifier : celle d'un héros populaire du genre Jessie James, et il avait fait suffisamment de recherches à ce sujet – à bord du yacht, il avait passé son temps à étudier les grands hors-la-loi. Il brûlait d'impatience d'appliquer ce qu'il avait appris.

Il savait comment parvenir au résultat : Confiance, Communication et Controverse.

Mais ici, sur Voltar, il lui manquait un autre C important, dont il avait toujours disposé sur Terre : les Contacts.

Bon, il fallait procéder par ordre. Et s'organiser. Il n'avait même pas de secrétaire, encore moins des éditeurs ou des rédacteurs sous la main. Donc, il fallait commencer par là.

En grimpant dans l'aircar, il demanda à Flick :

– Comment faire changer mon identoplaque? Où faut-il aller pour ça?

– Parce que vous allez être PAYÉ? Alors, asseyez-vous bien tranquillement, relaxez-vous, et je vais vous conduire au Département des Finances de la Cité du Gouvernement aussi vite que le pourra ce tas de boue!

Ils décollèrent en un éclair. Ils passèrent les portes de la Cité du Palais à une vitesse telle, en fait, que Madison ne ressentit même pas la nausée provoquée par le déphasage temporel.

Tandis qu'ils survolaient le Grand Désert, Flick déclara :

– C'est que j'en ai marre de bouffer des pains sucrés moisis ramassés dans les poubelles! Et vous me devez aussi un paquet de fumettes. Je connais une pension où les chambres ne sont pas chères. Vous êtes bien? Ça va? Vous voulez un peu de musique?

Madison ne l'écoutait que vaguement. Il essayait de réfléchir à une tactique à adopter sur ce terrain étranger. Puis des titres défilèrent devant ses yeux. En corps 36 gras : UN OFFICIER DE LA FLOTTE EN FUITE. Mais il les rejeta. Tout ça était faible et manquait de punch. Il réalisait qu'il lui faudrait pas mal de préparation pour faire du bon travail. Il n'avait pas de troupes de soutien, pas de branchements, et le fait que les gens de Voltar n'entendaient rien aux PR était à la fois un avantage et un inconvénient. Toutes les astuces du métier leur apparaîtraient comme neuves mais, d'un autre côté, il n'existait pas de support traditionnel. Il était un peu dans la position du type qui s'approche d'une fille vierge et qui se demande : est-ce qu'elle a envie d'être violée?

Le cours de ses pensées fut interrompu par Flick. Ils venaient de se poser et Flick lui ouvrait la portière tout en lui recommandant de faire attention à ne pas trébucher sur la rampe. Madison fut surpris de voir que le soir était déjà venu. Ils étaient devant le Département des Finances.

Emboîtant le pas à Flick, il se faufila dans la foule pressée et se retrouva bientôt devant un comptoir. Une plaque indiquait : *Changements d'identoplaque.*

Un employé à l'air las, enveloppé dans un treillis destiné à protéger son costume, acheva de diminuer le salaire d'un professeur qui avait été muté dans une école de classe inférieure avant de se tourner vers Madison. Il examina ses ordres sans intérêt notable. Il leva la main vers sa machine à modifier les plaques puis soudain relut les ordres.

– UN SALAIRE ILLIMITÉ? s'exclama-t-il, les yeux ronds.

Il appuya frénétiquement sur une série de boutons et Madison se retrouva presque instantanément cerné par tous les membres de la Police de Sécurité du Département des Finances.

Un officier se saisit de l'ordre de modification de salaire et partit dans un bureau tandis que ses collègues toisaient Madison. Il vit du coin de l'œil que l'officier appuyait sur d'autres boutons tout en allumant des lampes, vraisemblablement destinées à vérifier les codes secrets des identoplaques.

Lorsqu'il revint, il resta un instant immobile et silencieux, le document entre les mains. Ce qui rendit Madison très nerveux.

Peu après, un vieil homme qui portait l'insigne de cadre des Finances fit son apparition au comptoir et l'officier lui tendit l'ordre.

– Je n'arrive pas à comprendre, dit-il, mais il est authentique.

– C'est impossible! dit le cadre. Un statut de salaire illimité? Il pourrait acheter la planète!

– En tout cas, c'est votre boulot, dit l'officier.

Et, à son signal, tous les hommes de la Sécurité se retirèrent. Mais la nouvelle avait couru dans toute la salle, et derrière les comptoirs on chuchotait ferme et tous les yeux étaient fixés sur Madison.

Un deuxième cadre surgit et son collègue lui tendit le document en disant :

– Regarde ça, Cipho. Ce Hisst devient de plus en plus dingue tous les jours! Cet ordre est légal. La question est de savoir ce qu'on va faire.

– Comment l'imputer? Montre-moi tous les papiers.

Ils les examinèrent minutieusement. Puis conversèrent à voix basse. Madison, de plus en plus inquiet, demanda :

– Quelque chose ne va pas?

Le premier cadre le dévisagea.

– Nous ne parvenons pas à déterminer de quel budget ça dépend. Vous avez le grade de PR, quoi que cela signifie, et vous appartenez à l'Appareil. Votre statut initial dit : *Pas de salaire*. Ce qui implique que vous êtes rattaché à la Cité du Palais. Ces ordres ont été signés par Hisst non seulement au titre de chef de l'Appareil mais aussi de porte-parole de Sa Majesté, ce qui leur confère une valeur royale. Nous ne savons pas quelle lettre faire figurer sur votre plaque après votre nouveau statut de salaire. Je crains que vous ne soyez obligé de revenir.

Madison sentit son estomac se crisper. Il pensa à l'image qu'il allait donner de lui à Flick. Et se souvint du regard lourd de Teenie. Et puis, il fallait absolument qu'il se mette à la tâche.

– Il n'y a aucun moyen de faire ça tout de suite?

– Ma foi, c'est assez dangereux, dit Cipho. Vous pourriez mettre certains budgets à découvert. Vous pourriez décider d'acheter la Cité de l'Industrie ou quelque chose de ce genre et ça bloquerait tous nos ordinateurs.

– Mais quelle est la monnaie d'échange pour tous ces budgets? demanda Madison, à bout d'arguments.

Ils passèrent sans répondre dans une autre pièce, puis revinrent.

Cipho lui dit :

– A cause de la révolte sur Calabar, l'Appareil est presque à découvert. La Cité du Palais est pratiquement vide et son allocation a donc été diminuée de 50 %. Les frais royaux ne représentent presque plus rien.

– L'argent, insista Madison d'un ton suppliant. Il y a combien d'argent disponible?

– Il y a un milliard à la Cité du Palais qui ne sera pas utilisé, plus environ quatre milliards sur le budget royal.

Du coup, une vague d'espoir emporta Madison.

– Écoutez, dans ce cas accordez-moi un statut sur les trois budgets.

– Hmmm, fit Cipho.

Madison prit son air le plus honnête et le plus sincère.

– Voyons, je suis un homme raisonnable. Si je vous garantis que dès que j'aurai l'intention de retirer plus d'un milliard, je vous en aviserai au préalable, pouvez-vous me donner ce triple statut de salaire? Comme ça, les débits ne se feront que sur des fonds existants.

– Il faut coucher cela par écrit, dit Cipho, dont le visage s'était soudain éclairé.

– Ainsi, les ordinateurs ne se bloqueront pas, renchérit son collègue. Qu'on lui donne du papier.

Ils signèrent, apposèrent leur tampon et inscrivirent sur son identoplaque : *Illimité.*

Madison la prit avec dignité. Jamais au grand jamais dans sa carrière il n'avait disposé d'un compte ouvert d'un milliard de dollars! Il allait en faire des choses avec ça!

Ils avaient l'air satisfait, comme s'ils l'avaient roulé. Mais ce fut d'une démarche très solennelle qu'il s'éloigna.

IL AVAIT UN COMPTE D'UN MILLIARD DE DOLLARS!

2

Avant de sortir, Madison utilisa sa nouvelle identoplaque pour la première fois. Il y avait une jolie fille au comptoir de retrait. Elle jeta un regard sur son identoplaque en roulant de grands yeux.

– Salaire illimité? souffla-t-elle. Comb... combien d'argent désirez-vous?

Madison jeta le premier chiffre qui lui vint à l'esprit.

– Oh... disons 50 000 dans l'immédiat.

Elle gratta sa jolie tête.

– Ça va faire une liasse énorme. Ça déformerait votre costume. Attendez. Je vais aller voir si nous n'avons pas de coupures de 1 000.

Elle revint bientôt avec un petit paquet. Tandis qu'elle tamponnait divers papiers, Madison examina les billets. C'était la première fois depuis son arrivée sur Voltar qu'il avait l'occasion d'en voir de près. Le papier était doré, très beau, et étincelait dans la lumière. Il tapota la liasse. Oui, très joli.

– Vous n'auriez pas un moment de libre cette nuit, non? roucoula la fille avec un regard plein d'espoir.

Madison s'enfuit.

Il remonta dans l'aircar et Flick claqua la portière.

– On a un peu d'argent? demanda-t-il aussitôt.

Madison tapota sa poche et Flick s'installa aux commandes et décolla prestement.

– JE CRÈVE DE FAIM! lança Flick en s'infiltrant dans les couloirs de circulation de la Cité du Gouvernement. On va se poser dans une rue marchande et acheter du secoueur-CHAUD et des pains sucrés FRAIS. Et n'oubliez pas les fumettes. J'en ai donné une à ce garde, vous vous rappelez?

Il posa l'aircar dans un parking, non loin d'une rue bruyante et bondée de passants. Il héla un personnage à la peau sombre qui poussait un chariot chargé de victuailles et diverses autres choses.

– Deux secoueurs, quatre pains, et un paquet de fumettes!

Le marchand le servit rapidement et tendit la main.

– Payez-le, dit Flick.

Madison sortit un billet de mille crédits.

– Ah, je peux pas prendre ça! protesta le vieux marchand. J'aurais pas la monnaie même si je faisais toute la rue. Vous ne me devez qu'un dixième de crédit. Vous n'avez pas une pièce?

– Hé, une minute, fit Madison. Deux cafés, quatre pains sucrés et un paquet de cigarettes : 10 cents? Vous devez vous tromper.

– Je reconnais que les prix ont augmenté ces derniers temps. Et puis, il faut bien que je vive, non?

– Non, non, dit Madison. Je ne cherche pas à marchander. J'essaie seulement de calculer la valeur du crédit. Tenez : combien coûte une paire de belles chaussures?

– Oh, dans les un crédit et demi. C'est assez cher, les belles chaussures.

Madison effectua un calcul rapide. Il avait pensé en dollars. En calculant grosso modo, un crédit devait valoir au moins 20 dollars!

Il se rassit sous le choc. Ce n'était pas 1 milliard qu'il avait sur son compte, mais *20 milliards!*

Une voix perça son trouble.

– Il faut le payer, disait Flick. Il a des reçus en blanc. Tamponnez-en un. Ça ira.

Madison avait du mal à se remettre. Flick lui glissa le billet de mille crédits dans la poche, palpa sa veste et trouva enfin l'identoplaque. Le vieux marchand se penchait en tendant son reçu et Flick appuya sur le bouton de la plaque pour composer le bon chiffre.

Soudain, son geste se figea.

Il fixait l'identoplaque de Madison, fasciné.

Et il s'écria tout à coup :

– Statut de salaire ILLIMITÉ!

Il regarda Madison. Dans le visage ovale de Madison, la bouche s'ouvrit sans formuler le moindre son, puis se referma.

Flick appuya sur le bouton de l'identoplaque et fit ainsi apparaître la photo de Madison. Il l'examina, puis dévisagea à nouveau Madison. Ensuite, il revint au statut de salaire.

Il se rassit enfin, les yeux écarquillés.

Le vieux agita son papier.
– S'il vous plaît, tamponnez ça pour un dixième de crédit.
La vision de Flick redevint nette et il se réveilla. Il griffonna rapidement sur le reçu, l'estampilla et dit :
– JETEZ TOUT LE CHARIOT LÀ-DEDANS!
Le vieux examina le papier, abasourdi. Puis il se mit en devoir de lancer des choses par la glace. Il eut à peine le temps de passer un dernier plateau avant que Flick ne décolle.
– SAINTS DIABLES! brailla-t-il en lançant l'aircar à pleine vitesse. JE NE RÊVE PLUS : C'EST VRAI!

3

L'accélération était telle et Flick prit un virage si brusque que Madison roula au milieu des paquets, des boîtes, des bidons et des capsules de claque-bulle. Il crut une seconde que le monde était devenu vermillon avant de réaliser qu'il regardait à travers un parapluie jetable de cette couleur qui s'était ouvert sous l'effet des secousses.
– Mais qu'est-ce que vous faites, bon sang? cria-t-il.
– Cramponnez-vous. On va y arriver dans une minute!
– Mais je ne vous ai pas donné l'ordre d'aller où que ce soit! hurla Madison, la tête coincée entre des cartons de fumettes.
– Vous ne connaissez pas le coin comme moi. Ne vous en faites pas. On n'est pas perdus. Je sais exactement où on va!
L'aircar fit un plongeon périlleux. Mais la minute promise par Flick en devint dix. Madison commençait à peine à se remettre quand (BLAM!) ils se posèrent!
Flick sauta littéralement de l'aircar. Madison, tout en écartant un pain sucré, l'entendit glousser de joie.
– Il est là. Oh, mes Dieux, quelle splendeur! Tout ce que j'ai toujours voulu avoir!
Tant bien que mal, Madison parvint à s'extraire du véhicule et s'épousseta le visage. À l'évidence, ils s'étaient posés directement à l'intérieur d'un immense hall de présentation. Il lut l'inscription de la vitrine qui lui apparaissait à l'envers :

Atelier de construction Zippety-Zip, Cité Commerciale

Flick levait vers le plafond un regard extatique.
Un personnage plutôt avenant, en costume vert vif, s'appro-

cha d'eux, apparemment quelque peu irrité par leur irruption pour le moins peu orthodoxe.

– Mon nom est Chalber. Puis-je faire quelque chose pour vous, messieurs?

– Ça! fit Flick en pointant le doigt.

Madison était enfin parvenu à ôter les miettes de pains sucrés de ses yeux. Autour d'eux étaient alignés des aircars et des airbus de toutes formes et de toutes couleurs. Mais Flick n'en désignait qu'un seul et unique, qui était au plafond.

Là, sur une plaque transparente suspendue à des câbles, il y avait un véhicule. Il devait être parfaitement visible du ciel à travers les hautes baies ou le dôme de verre qui couronnait le bâtiment. Il était d'une taille impressionnante. Des anges aux ailes déployées, aux couleurs vives, saillaient aux quatre angles. Le véhicule semblait en or massif.

– Oui, ça! répéta Flick. Ça, ça, ça! Il y a des années que je veux ça!

– Je suis désolé, dit Chalber, mais il s'agit du Modèle 99. Il n'y en a eu que six de construits. On s'en servait pour les parades et les tournois d'élégance. C'est en quelque sorte le symbole qui nous permet de montrer au public ce que peut faire Zippety-Zip. Mais il n'est pas à vendre.

– Mais si, par tous les Dieux, qu'il est à vendre! Regardez ce qui est marqué sur votre vitrine : « Nous vendons tout ce qui vole. »

– C'est une figure de style, dit Chalber.

– Justement, du style, c'est ce que je veux. JE VEUX CET AIRCAR!

– En fait, dit Chalber, ce que vous devez comprendre, c'est que lorsque nous avons construit ces Modèle 99, nous n'avions nullement l'intention de les commercialiser. Nous voulions simplement chercher à prouver que nous pouvions faire mieux que n'importe quel autre constructeur. Nous en avons offert un ou deux à la noblesse en guise d'hommage. Mais vous, messieurs, n'appartenez nullement à la noblesse.

– Vous cherchez la bagarre? s'exclama Flick en serrant les poings.

– Écoutez, Flick, intervint Madison, je ne crois pas que ce soit utile de faire un esclandre...

– C'est à vous de m'écouter! Ce 99 est équipé d'un bar, de toilettes, et d'un lavabo avec une robinetterie incrustée de joyaux. Il y a un orgue à couleurs et des écrans et visionneurs de tous les modèles. Les sièges arrière sont transformables. Quand ils sont déployés, ils vous massent. Le revêtement est en fourrure de léprodonte. La vitesse de pointe est de plus de 1 000 kilomètres/heure et le 99 peut rallier n'importe quel point de cette planète sans escale. Il est entièrement automatique. Et complètement insonorisé et pressurisé pour des altitudes supérieures à 500 000 mètres. Quand on se pose, une partie de l'arrière se détache pour former un véhicule. Comme ça, pas besoin de marcher. Et le Modèle 99 a des tas de rangements. On peut même cacher une fille sous le siège. (Il brandit le poing à l'adresse de Chalber.) J'ai rêvé toute ma vie d'en conduire un et de baiser tous les autres, et je n'ai vraiment pas l'intention qu'on m'en empêche!

– Montrez-vous raisonnable, fit Chalber. Le prix est dix fois celui d'une limousine de luxe. Si vous le voulez bien, messieurs, je peux vous montrer de très beaux véhicules qui...

– Combien? trancha Flick.

Chalber redressa le menton d'un air dédaigneux.

– Ce Modèle 99, sur nos relevés, est à 30 000 crédits. Je suis persuadé...

Flick avait encore sur lui l'identoplaque de Madison. Il l'agita sous les yeux de Chalber et demanda :

– Ça ira?

Chalber examina la plaque. Et prit une expression stupéfaite.

– Un statut de salaire ILLIMITE?

– C'est lui, fit Flick en désignant Madison. Appareil-Cité du Palais Royal. Et maintenant, faites-moi descendre cette merveille! Préparez-la! Et en vitesse!

Chalber hocha vaguement la tête. Et Flick leva les mains vers l'aircar en criant :

– Oh, mon amour! Viens vite vers ton papa!

4

Quand Flick eut fini sa litanie de « Ooh! » et de « Aah! » sur le Modèle 99 que l'on venait de descendre et que des mécaniciens dépoussiéraient avant de le ravitailler en barres de carburant, il se rua vers une cabine de communication et se lança dans une vive conversation.

Madison, qui était un passionné de voitures, commençait à trouver l'aircar plus sympathique. En tout cas, il en jetait! Les anges qui décoraient les quatre angles affichaient une sorte de rictus, comme s'ils défiaient le monde. Un instant, il eut une pensée émue pour sa malheureuse Excalibur, qui était sans doute au fond de l'Hudson, à New York, si loin, si loin, puis oublia *. Cet engin ressemblait plus à un jet qu'à une voiture, mais il n'avait pas d'ailes. Et ses chromes étaient de l'or! Et il y avait une pierre précieuse sertie dans chaque bouton de commande. Il essaya un siège et eut l'impression de s'asseoir sur un nuage. Il ne pensait plus à l'Excalibur. Cette machine détrônait tous les véhicules dignes d'un PR!

Chalber avait une épaisse liasse de papiers à estampiller et lui montra comment faire avec beaucoup de respect. Flick était de retour afin de s'assurer que tout était en ordre.

– Gardez ce tas de boue. C'est à l'Appareil, dit-il à Chalber. Je vous appellerai pour vous dire quoi en faire. Et mettez-moi deux ou trois autocars aériens de côté au cas où j'en aurais besoin. J'en ai toujours eu envie.

Et il retourna à la cabine, laissant Chalber sidéré.

Il en ressortit précipitamment, en agitant les bras en tous sens.

– Je l'ai! Oh, bon sang, j'en ai tellement rêvé! Incroyable ! Il est à moi!

Il courait autour du Modèle 99 et Madison ne parvenait pas à attirer son attention.

Flick entassa tout ce qu'il avait acheté au vendeur ambulant dans les placards et poussa Madison à l'intérieur comme un vulgaire bagage.

Madison se sentit un tantinet vexé. Après tout, c'était *à lui* qu'appartenait cet aircar. C'était lui le patron!

– Écoutez, Flick, fit-il timidement tandis qu'ils décollaient. Je suis heureux que vous nous ayez trouvé ce bel aircar mais j'ai autre chose à faire et à penser. Je suis un PR et j'ai du travail, voyez-vous. Et il serait temps que je me trouve des contacts.

– Regardez-moi ça! s'exclama Flick, transporté. Est-ce que ça n'est pas merveilleux? Pas un bruit. On n'entend même pas les moteurs. Ça répond exactement comme je m'y attendais.

En vérité, l'aircar fonçait en douceur et en souplesse, comme une plume dans le vent. Madison, en se penchant, fut surpris de voir défiler le sol à toute allure, tout près : ils devaient frôler la vitesse du son. Ils avaient quitté la Cité Commerciale et le paysage verdoyant n'était qu'un tapis flou sur lequel il ne parvenait pas à distinguer les fermes des parcs.

– Flick, observa-t-il, je suis convaincu que c'est un vrai plai-

---

* Voir Tome 7, *Destination vengeance.*

sir de piloter cet engin et je reconnais qu'il est fantastique. Mais je vois qu'il est déjà très tard et je ne tiens pas à perdre ma journée.

– Ne vous en faites pas. Et ne soyez pas aussi nerveux. Je sais que vous êtes nouveau ici. Terrien, n'est-ce pas? J'ignorais qu'on avait une telle planète, mais je dois dire que je ne les connais pas toutes. Alors, laissez-moi m'occuper de tout. Comme ça, vous ne vous perdrez pas.

Ils survolaient à présent de nouveaux immeubles et l'aircar ralentissait. Madison distinguait des parcs et des night-clubs dont les enseignes brillaient même dans la clarté du soleil. Durant un bref instant d'espoir, il pensa que Flick l'avait conduit jusqu'à la Vidéo planétaire car ce nom scintillait au sommet d'un dôme gigantesque.

– On y est presque, annonça Flick. C'est la Cité de la Joie. On va là-bas, juste derrière cette grande enseigne : *Porno Club*. Saisissant, non?

– Je dois dire que c'est effectivement assez saisissant comme enseigne, cette fille avec sa casquette militaire chevauchant des canons. Mais je pense vraiment qu'il vaudrait mieux que j'aille aux studios du Circuit Vidéo...

– On va pas au *Porno Club.* C'est réservé aux officiers de l'Armée et on n'en est pas. Non, non : regardez ce grand immeuble tout éclairé.

Madison écarquilla les yeux. Mais il ne voyait qu'un rectangle de métal qui devait bien faire quatre-vingts étages et qui s'étendait sur une superficie équivalant à plusieurs blocs new-yorkais.

– C'est là! s'exclama Flick, en tournant au-dessus du trafic. Les appartements du général Loop occupaient les cinq derniers étages de ce building.

– Tout ça?

– Ouais, il était vraiment très riche. Il est mort il y a deux ans et c'est trop grand pour être habitable. Les résidences chics sont du côté de Pausch Hills et les gens friqués ne veulent pas habiter la Cité de la Joie : il n'y a que des boîtes, des hôtels, des parcs d'attraction, toute l'industrie du plaisir. Il a donc été fermé. Ça doit être bourré d'antiquités et d'objets de valeur. Avant de se retirer, le général Loop était responsable du dispositif de sécurité électronique de toute la Confédération. Depuis que j'ai appris que personne n'habitait plus là, j'ai essayé des tas de fois de m'y introduire, mais vous ne pouvez pas imaginer tous les trucs électroniques de surveillance qu'il y a là-dedans! Un véritable défi : j'ai passé des nuits blanches à essayer de dresser des plans pour entrer et tout rafler. Et je crois que j'ai trouvé. Je vais leur raconter qu'on voudrait bien acheter les cinq étages. Comme ça, ils me montreront tout le système de sécurité! Ensuite, on reviendra et on cambriolera les appartements en douceur. Pas bête, non?

Madison sourcilla. Mais, avant même qu'il ait pu protester, un voyant vert clignota sur le tableau de commande et Flick lança l'aircar droit sur le toit métallique qui était vaste comme plusieurs terrains de football. Il se dirigea vers une silhouette encore lointaine, qui évoquait une minuscule marionnette dans cette étendue intimidante. Le personnage leur faisait signe d'approcher et Flick se posa.

Le vieil homme qui s'avança portait un uniforme de vigile. Il tenait une petite boîte.

– Alors c'est vous le type qui veut acheter la résidence? dit-il à Flick.

– Exactement, cher monsieur! lança Flick d'un ton emphatique. Encore un de mes rêves qui va se réaliser.

– Pourquoi personne n'a jamais acheté ça? demanda Madison, pas du tout heureux de se trouver mêlé à cette affaire.

Il avait besoin de bureaux, mais tout ce que Flick projetait, c'était un cambriolage. On ne cessait de le détourner de son objectif et le regard éloquent de Teenie lui revint à la mémoire.

– Oui, je sais qu'ils sont sûrement fous, expliqua le vigile, mais les gens pensent que les lieux sont hantés.

Bravo! Exactement ce dont Madison avait besoin pour réussir: le cambriolage d'une résidence hantée. Ça, c'était un titre!

Il essaya de trouver quelque chose pour refroidir l'enthousiasme de Flick.

Mais le vieux vigile poursuivait :

– On ne peut pas entrer là-dedans sans assistance.

Et il monta à bord.

– Je sais, dit Flick.

– C'est pour ça que j'ai pensé qu'il valait mieux que je vienne moi-même avec la boîte. Ils vous attendent, en bas. Vous allez donc faire avancer votre aircar jusqu'à ce point blanc que vous voyez là-bas. Et on entrera.

Flick, vibrant d'impatience, suivit ces instructions et le vieil homme appuya alors sur un côté de la boîte.

SWOUP!

Des portes jusqu'alors invisibles s'étaient ouvertes et l'aircar se trouvait soudain au milieu d'un living-room majestueux!

Madison tourna la tête. Il n'y avait plus de porte visible.

Trois hommes élégamment vêtus étaient assis autour d'un bureau.

Flick sauta de l'aircar et promena son regard autour de lui. Les murs étaient décorés de fresques et il y avait des vases sur des piédestaux. Il se frotta les mains.

Puis se précipita jusqu'au bureau. Sans même saluer les trois personnages, il lança :

– Montrez-moi le reste des appartements!

Un homme aux cheveux grisonnants lui répondit :

– Il faut que nous soyons certains qu'il s'agit d'une offre sérieuse. Nous sommes venus tout spécialement de la banque au cas où quelqu'un aurait réellement l'intention d'acheter.

– Mais il faut que nous visitions tout.

Les trois hommes d'affaires ainsi que le vigile semblaient réticents, mais Flick, tel un magicien, produisit l'identoplaque de Madison.

– Un statut de salaire ILLIMITÉ?

L'homme aux cheveux gris en restait bouche bée.

Flick profita de l'émoi des banquiers pour lancer un clin d'œil appuyé à Madison. Madison, lui, avait la gorge nouée. Ça n'avait rien d'un bon travail de PR! Voilà qu'on se servait de son identoplaque pour pénétrer par effraction dans des appartements et les cambrioler! Il se voyait jeté en prison d'un moment à l'autre.

Les banquiers se précipitèrent pour leur montrer le reste de la résidence. Il aurait fallu plus d'une journée pour tout visiter. Cinq niveaux d'une telle surface, c'était plus que leurs jambes n'en pouvaient supporter.

Les pièces se succédaient, innombrables, souvent très luxueuses. Certaines étaient vastes comme les cabines de luxe d'un paquebot, d'autres évoquaient l'intérieur d'un vaisseau spatial, d'autres encore ressemblaient à des cabanes de chasse.

Il y avait aussi des bars aménagés comme des tavernes, et les mobiliers et les décors représentaient les styles de multiples planètes.

Les cuisines étaient autant de labyrinthes électroniques où des appareils distribuaient des mets divers qui apparaissaient comme par magie sur les tables des grandes salles à manger.

Dans certaines pièces, il y avait des écrans de vidéo en tel nombre qu'on avait le sentiment de capter les émissions de toutes les planètes.

Ils parvinrent à un auditorium qui pouvait contenir deux cents personnes au moins, avec une scène mobile dont le décor changeait, pivotait ou s'éclipsait à la commande.

Madison avait le sentiment croissant qu'ils ne voyaient pas tout ce qu'il y avait à voir dans ces lieux. Il y avait là quelque chose d'inhabituel, d'étrange, d'inquiétant, de surnaturel. C'était peut-être à cause de toutes ces fenêtres peintes en noir.

Le vieux vigile ne semblait guère intéressé par la visite. Flick courait devant et lui se contentait d'appuyer sur tel ou tel bouton de sa boîte pour ouvrir les portes. Flick entrait et buvait du regard les tentures et les tableaux d'inestimable valeur avant de continuer.

– Vous avez bien conscience, dit tout à coup le vigile, que si je ne savais pas me servir de cette boîte, non seulement nous ne pourrions pas suivre les couloirs, avec toutes ces barrières invisibles que j'ai ouvertes, mais des tas de pièges se déclencheraient dans le sol tout aussi bien. Cette boîte est destinée aux vigiles, mais certaines pièces du maître ne peuvent s'ouvrir que si elles sont accordées sur la voix du nouveau propriétaire.

Flick murmura quelques mots à l'oreille de Madison d'un ton excité.

– Ce qu'il y a là représente un demi-million de crédits. Ce serait le casse du siècle.

Sur ce, il continua au pas de course son exploration.

Le banquier grisonnant déclara à Madison :

– Bien entendu, les appartements disposent d'issues normales sur la rue avec des ascenseurs. Mais tous n'accèdent qu'à l'étage inférieur. Pour gagner les quatre autres, il faut emprunter une entrée spéciale. Le général Loop était très préoccupé par la sécurité, je le crains.

– Finalement, le vigile et les trois banquiers, épuisés, s'arrêtèrent, tout simplement.

– Accepteriez-vous que nous regagnions le hangar-salon? demanda le banquier grisonnant. Si vous êtes encore intéressé...

– Oh, mais oui, que nous sommes intéressés! se hâta de dire Flick en adressant un autre clin d'œil à Madison.

Et il retourna de bonne grâce jusqu'à l'aircar.

Arrivé là, il tendit la main et demanda au vigile :

– Est-ce que je peux voir cette boîte?

Le vigile secoua la tête.

Les trois banquiers s'étaient laissés tomber d'un air las dans leurs fauteuils. Ces deux heures de marche les avaient vidés. Madison lui-même était éreinté.

– Si vous souhaitez que nous parlions prix, commença le banquier grisonnant, nous sommes ouverts à toute offre sérieuse. Nous savons que ces appartements sont grands, trop grands. Et il est impossible d'obtenir une licence hôtelière. Quant au reste de l'immeuble, c'est-à-dire les soixante-quinze autres étages, ils appartiennent séparément à des familles qui y habitent, directeurs de clubs et autres, et ils sont nettement plus petits. Cette prétendue résidence est sous acte notarié unique et indivisible et ne peut par conséquent être vendue en parcelles ni louée. Maintenant, je vais être franc avec vous. Les héritiers du général souhaitent s'en défaire. Ce ne serait pas honnête de notre part de vous le cacher. Quelle offre pouvez-vous nous faire?

Madison était convaincu que Flick saurait bien trouver une excuse. Son principal problème était : comment décourager Flick de commettre un cambriolage?

Flick ne quittait pas des yeux la boîte que le vigile, à l'évidence, n'avait pas l'intention de lui confier. Flick soupira lourdement. Madison, pour sa part, se voyait déjà arrêté pour complicité et traîné devant un tribunal. Non, il n'y avait qu'un seul moyen de se tirer de cette mauvaise passe. Un PR tel que lui savait comment manœuvrer. Il allait proposer un prix très bas. Ensuite, ils pourraient prendre congé et il userait de son autorité pour ramener Flick à la raison. Il pourrait même le soudoyer.

– Eh bien, fit-il en s'adressant au banquier, je crains de ne pouvoir aller au-delà de 20 000 crédits.

– Vendu! lança l'autre sans même consulter ses partenaires. Les héritiers vont être très contents. Les documents sont déjà prêts. Je vais inscrire le montant et vous pourrez apposer votre visa.

Madison sursauta. Et calcula qu'il venait de proposer en fait 400 000 dollars!

IL AVAIT ACHETÉ UNE RÉSIDENCE HANTÉE!

5

– Queues de comète! Ça on peut dire que vous êtes malin, vous! gloussa Flick quand ils décollèrent du toit. Maintenant, on va pouvoir tranquillement ratisser la résidence sans que le moindre gardien vienne pointer son nez!

– Flick, elle est À NOUS!

– Ça ne change rien. Je vais réaliser mon rêve! Regardez : j'ai la boîte et un manuel d'instructions haut comme ça. Waouh! Ça, ça va être le casse en douceur!

– Flick...

– Oh, laissez-moi. C'est mon truc! protesta Flick. Je dois

reconnaître que vous êtes malin. C'est vrai. Je me trompais : un assassin n'a pas seulement des cauchemars mais aussi des idées de temps en temps. C'était un coup de maître! Ça, mon vieux! Dire que j'ai planché là-dessus depuis des mois!

– Flick, le soleil se couche et je pense que nous en avons fini pour aujourd'hui. Il faut que je me lève tôt demain matin pour me mettre au travail!

– Hé, ça prouve justement que vous devriez me laisser m'occuper de tout ça! Le crime, ça se passe la nuit, vous devriez le savoir!

Ils avaient grimpé haut dans le ciel et les files de véhicules se perdaient derrière eux, pareilles à des cortèges de lucioles dans le soir qui venait.

– Flick, il semble que nous soyons en train de nous éloigner des villes. Où allons-nous?

– Ne vous cassez pas la tête. C'est pas parce que vous avez eu une idée brillante que ça prouve que vous pouvez tout régler. Détendez-vous.

– Flick, je pense que...

– Vous voulez bien me passer un pain sucré? Ils sont dans le compartiment, là, sur le côté. Servez-vous.

Sur leur gauche s'étendait une vaste mer. Ils survolaient à vive allure le littoral. Dans la pénombre, des lames vertes laissaient des franges d'écume blanche sur le sable. Loin vers l'ouest, de grands nuages se teintaient de pourpre dans les ultimes rayons du soleil.

Et puis, comme le jour déclinait peu à peu, aux plages succédèrent des falaises et des montagnes noires se dessinèrent sur les premières étoiles. Soudain, Flick décéléra et pointa le doigt. Une masse noire comme l'ébène se dressait devant eux au sommet des falaises qui dominaient la mer de quelque 500 mètres. Des créneaux se silhouettaient, noirs sur l'encre du ciel nocturne.

– La Prison Domestique de la Confédération, commenta Flick. À 350 kilomètres de la Cité du Gouvernement et à cinq kilomètres d'Enfer Neuf. Mon frère s'est tapé vingt ans là-dedans et il m'a raconté. Dans le temps, c'était un fort de l'Armée qui pouvait abriter un million d'hommes. Avec d'énormes bunkers souterrains. Il a été en partie détruit par un séisme qui a emporté tout un pan de falaise. C'est pour ça qu'on l'a donné aux « bouteilles bleues ». On y boucle ceux qui sont condamnés à vingt ans et plus. C'est une prison à haute sécurité et c'est pour cette raison qu'on y enferme les pires délinquants de la Confédération. Il y a environ deux cent mille prisonniers. Ils ne voient jamais le jour.

D'un geste vif, il glissa l'identoplaque de Madison dans une fente.

– Vous voulez dire que nous allons nous retrouver parmi des meurtriers? s'inquiéta Madison.

– Oh, vraiment, chef, vous me tuez. Toujours en train de rigoler. Mais ça ne marche pas avec moi. Je suis votre chauffeur, non? (Il prit un air méprisant.) Un officier de l'Appareil qui piaille comme une gamine parce qu'il va se retrouver avec des criminels! Un meurtrier. (Il se mit à rire, puis se calma.) Voilà leur réponse. Maintenant, vous me laissez parler, hein?

Un projecteur s'alluma sur un créneau, puis s'éteignit. Une cour apparut dans la clarté sinistre de quatre luminaires bleus.

Flick se posa sans perdre un instant et ils débarquèrent. Deux « bouteilles bleues » s'approchèrent. En haut d'un mirador, le museau d'un fusil était pointé sur eux. Flick présenta la plaque de Madison et Madison fut ébloui par le faisceau d'une torche soudain braquée sur son visage. On comparait les portraits. Il perçut le boum du ressac et la plainte du vent.

– Conduisez-nous au gardien-chef, dit Flick.

Ils traversèrent le terrain, franchirent une poterne rouillée et, bientôt, pénétrèrent dans une salle aux murs de pierre. Un vieil homme aux traits durs était en train d'enfiler précipitamment une veste.

– Qu'y a-t-il de tellement urgent pour que vous vous présentiez en pleine nuit? les apostropha-t-il d'un air hostile.

Flick lui présenta l'identoplaque de Madison.

– Un PR? C'est quoi au juste? fit le gardien-chef.

– Un officier de tutelle, répondit Flick. Un officier de tutelle de l'Appareil.

Il esquissa un geste en direction des deux « bouteilles bleues » qui les avaient suivis et le gardien-chef leur fit signe de se retirer.

Flick prit dans la poche de Madison deux billets de 1 000 crédits qu'il fourra dans la main du gardien-chef. Ce qui représentait une année de paye.

– Oh, mais oui, fit le gardien-chef. Un officier de tutelle. Je peux quelque chose pour vous?

– Conduisez-nous jusqu'à vos consoles d'ordinateur, dit Flick.

Le gardien-chef les précéda dans un couloir de pierre qui accédait à une salle, déserte à cette heure, où se trouvaient plusieurs consoles. Sans un mot, il les invita à faire comme chez eux, et se retira en refermant la porte.

Flick ôta sa tunique couleur moutarde, remonta ses manches et s'installa devant un écran.

– Flick, l'interpella Madison, il FAUT que vous me disiez MAINTENANT ce que vous mijotez!

Flick se tourna vers la porte pour s'assurer qu'elle était bien fermée avant de lui répondre.

– Eh bien, quand on monte un coup, on a besoin d'un gang.

– Mais, Flick, vous n'avez pas besoin d'un gang.

– J'ai toujours rêvé d'avoir mon gang à moi. Mais je n'en ai jamais eu les moyens. Alors vous n'allez pas me casser mon coup. Parce qu'il faut faire très attention avec les rêves : ils sont fragiles. (Il se pencha sur un bloc-notes avec un large sourire sur sa face ovale.) Grands Dieux, je vais te monter un de ces gangs! Il faut que je dresse la liste de tous les membres essentiels, alors ne m'interrompez pas!

Il se mit à écrire. Madison, penché sur son épaule, lut :

Le gang idéal

- 1 femelle dans l'aircar pour me distraire et me détendre pendant les longues planques.

- 3 chauffeurs d'appoint pour les cavales et aussi pour piller les bus au cas où je serais trop fatigué.

- 3 cuisiniers pour faire la bouffe 24 heures sur 24 au cas où j'aurais faim n'importe quand.

- 1 grimpeur pour escalader les murs, ouvrir les fenêtres et les trappes de toit là ou je risquerais d'avoir le vertige ou de me rompre les os.

- 1 pickpocket pour récupérer les clés des maisons et les plaques de code afin d'éviter de faire du bruit en fracturant les serrures.

- 1 expert en systèmes de sécurité électroniques capable de tous les neutraliser.

- 1 vendeur pour fourguer les butins et qui prenne le risque de se faire piquer à ma place.

- 1 jolie fille pour s'occuper de ma chambre car j'ai horreur de faire mon lit. Ah, ah, ah!

- 6 putains pour coucher avec moi et faire la cuisine pour tout le gang afin qu'on me foute la paix.

Il mâchonna un instant son stylo, puis dit :

– Non, c'est bien comme ça. Le gang dont j'ai toujours rêvé, je crois bien. Maintenant, je vais sélectionner dix candidats sur ordinateur pour chaque emploi, puis je demanderai au gardien-chef d'aller me les chercher dans les vieux bunkers pour que je les voie et que je prenne les meilleurs. Ça c'est la perfection absolue!

Il se tourna vers la console et, en quelques secondes, des numéros, des noms, des fiches et des portraits défilèrent sur l'écran. Flick les sélectionnait par catégories et entrait les données dans un ordinateur portable. Il y en avait des milliers.

Madison l'observait d'un regard morne.

Il se demandait comment il allait arrêter le processus.

Flick n'était quand même pas un professionnel des ordinateurs et il finit par appuyer sur une mauvaise touche. Ce qui emmêla tout : des catégories inattendues défilèrent sur l'écran pendant qu'il se débattait pour revenir en arrière.

– Une minute ! s'exclama Madison, brusquement arraché à ses préoccupations. Qu'est-ce que c'est que cette catégorie qui passe ? Revenez dessus.

Flick obtempéra.

– Des filles de cirque ? Qu'est-ce qu'on peut bien faire avec des filles de cirque ? Tout ce qu'elles savent faire, c'est se pavaner en costumes. Et regardez leurs crimes : perpétuité pour vol sur la personne d'un ivrogne. Ce genre de délit n'a vraiment rien d'honorable. On ne vole pas les ivrognes. On nous *surnomme* comme ça. Nous, on est dans le braquage d'appart.

– Hé, attendez, ne changez pas encore ! Je vois que certains noms portent le symbole « cultivée ». Est-ce qu'il est précisé si certaines ont été des mannequins ?

– Des « mannequins » ? Qu'est-ce que c'est ?

– Sortez-moi cette liste en imprimante et faites défiler les candidates avec les autres.

Flick marmonna et frappa encore une mauvaise touche.

– Eh ! fit Madison. Un ex-cameraman du Circuit Vidéo condamné à vie pour vol de matériel !

Flick prit un air écœuré.

– Écoutez, si vous êtes en train de monter un *autre* gang, allez sur une autre console. Vous me gênez.

Madison fit ce que Flick lui disait, trouva très vite comment opérer et se mit au travail.

6

Deux heures plus tard, Madison avait dépassé le simple malaise. Il se tenait dans la cour de la prison, sous la clarté bleuâtre des luminaires, appuyé d'une main sur l'aircar, et luttant pour ne pas vomir. Son naturel délicat l'avait prévenu depuis des semaines contre cette atroce puanteur.

Le gardien-chef, fidèle à sa parole, faisait défiler les candidats par dix dans un bunker bruyant et la tâche revenait à Flick et Madison de les interroger l'un après l'autre. À eux deux, ils avaient déjà vu quatre cent quatre-vingts détenus pour en sélectionner quarante-huit. Et se faire insulter abominablement par les quatre cent trente-deux malchanceux.

Et les heureux élus arrivaient enfin, après avoir émargé sur les registres de la prison, poussés par les gardiens armés de cingleurs. Des « bouteilles bleues » suivaient, l'éclateur braqué.

La nuit était opaque et il faisait un froid glacial dans la cour balayée par le vent du large. Les haillons des prisonniers claquaient comme des drapeaux sur leurs membres ignoblement crasseux. Et une atroce puanteur se dégageait de ce lot : ils étaient tous décharnés, les cheveux collés par la crasse. Ces quatorze femmes et ces trente-quatre hommes auraient dû se montrer humbles et abattus. Mais non.

Ils s'arrêtèrent dans le halo d'un projecteur soudain braqué sur le mur. Certains d'entre eux n'étaient pas sortis depuis des années. Ils jetaient autour d'eux des regards ardents. Deux d'entre eux lancèrent des rires rauques et moqueurs à l'adresse des gardiens. Flick et Madison, à l'évidence, n'avaient pas choisi les détenus repentis.

Le gardien-chef, qui traversait à cet instant les pavés noirs de la cour, venant vers Madison, entendit les rires et se retourna, l'air furibond. Puis il reporta son attention sur Madison et posa une liasse de documents à estampiller sur une planchette qu'il lui tendit.

– J'espère, dit-il, que vous savez ce que vous faites. Ceux que vous avez choisis sont très exactement ceux que je n'aurais *jamais* libérés sur parole. Vous avez laissé de côté pas mal de zigues qui mériteraient d'être réformés. Et certains de ceux que vous avez choisis sont sans doute des tueurs dont on ne tirera jamais rien de bon. Quant aux femmes... c'est un sacré ramassis. Elles sont capables de n'importe quoi. Je pense qu'elles vous ont fait de l'œil. Mais les types de l'Appareil ont toujours été un peu fêlés. Notre boulot, c'est de les gauler, et vous, vous les libérez. En fait, le gouvernement nous paie pour empêcher les crimes et vous, il vous paie pour les commettre. Quel monde !

Madison lui rendit les documents estampillés.

– Vous avez là quarante-huit tueurs, ajouta le gardien-chef. Ne leur tournez jamais le dos. Bonne chance.

Il fit quelques pas en direction des portes, puis changea

apparemment d'idée et se tourna face au groupe crasseux, loqueteux et ricanant, sous le vent froid et la clarté bleue. Et, d'une voix haute et dure, il lança :

– Écoutez, bande de chiures. Si jamais un seul d'entre vous repointe sa sale gueule ici, je le fous dans une boîte de fer au fond d'un trou, comme ça on n'aura plus à se casser quand il crèvera. Vous êtes en liberté aussi longtemps que cet officier de l'Appareil est vivant. Sur vos papiers, il est mentionné que vous devez être rapatrié ici dès qu'il le dira. Si vous vous évadez, un mandat sera automatiquement lancé et vous vous retrouverez ici. Dites-vous bien que vous crèchez aux Enfers et pas à l'air libre. (Il désigna Madison d'un geste spectaculaire.) Vous allez obéir à cet homme, tas de (bipards), sinon vous allez crever!

Madison regarda le gardien-chef s'éloigner en se disant qu'il avait mérité son fric : il venait de mater ces forçats alors qu'il avait toutes raisons de soupçonner Madison d'en faire à nouveau des criminels.

Quelque temps auparavant, de la prison, Flick avait appelé Chalber. Et trois autocars aériens venaient de surgir dans la nuit ainsi qu'un airbus destiné à reconduire les chauffeurs de Zippety-Zip. Ils s'étaient matérialisés sous le projecteur, élégants et luisants. Flambant neufs.

Un chauffeur sauta de l'airbus de Zippety-Zip, repéra à la seconde Madison et brandit des papiers à viser. Il attendit ensuite, tout en scrutant le groupe de prisonniers libérés.

Flick s'était mis en devoir de les trier et de les diriger vers différents véhicules. Les gens de l'airbus étaient en train de montrer les commandes aux chauffeurs-taulards.

– Psschh! fit le voisin de Madison. Quelle bande infernale! Et vous les entassez dans des autocars tout neufs et tout propres! (Il observa plus attentivement.) Ouais, rien qu'une bande d'assassins! (Il haussa les épaules et récupéra les documents.) Bon! En tout cas, ce sont vos véhicules. Vous pouvez emmener qui vous plaît. Ouais!

Madison se précipita vers son groupe à l'instant où l'airbus-navette décollait précipitamment.

Il scruta tous les visages et vérifia sa liste :

- 1 ex-réalisateur du Circuit Vidéo. Faisait des pornos en heures supplémentaires.

- 2 cameramen pris en flagrant délit de revente de matériel appartenant au gouvernement.

- 3 décorateurs qui ont vendu les portants des décors qui se sont écroulés, tuant les acteurs.

- 1 scénariste spécialiste de l'horreur qui a effrayé des auditoires d'enfants jusqu'à provoquer des convulsions mortelles.
- 5 reporters pris en flagrant délit de corruption pour omission de noms et autres crimes similaires.
- 1 secrétaire de production du studio qui a accepté des pots-de-vin pour supprimer des noms et autres crimes.
- 2 acteurs qui ont fait des heures supplémentaires pour jouer des officiers de rangs divers afin de faire chanter des gens.
- 5 filles de cirque, cultivées et belles qui, toutes, à leur manière, ont passé des années au trou pour avoir volé des ivrognes, extorqué du fric et branché des tueurs sur des coups.
- 6 manœuvres condamnés plusieurs fois pour attaque à main armée et viol, entre autres.
- 2 chauffeurs aguerris capables de conduire des véhicules lourds et tirant chacun trente ans pour avoir pillé leurs propres camions.
- 2 cuisiniers ayant l'expérience de la logistique d'équipe, enfermés pour vol de denrées alimentaires.

Madison vérifia sa liste et, malgré la puanteur, un sentiment d'exultation monta en lui.

Ils avaient une chose en commun. Il était un expert dans l'art des tests rapides qu'il avait utilisés. Si ces types le voulaient, ils pouvaient rejeter l'empreinte du tueur et se montrer absolument honnêtes et sincères. Et s'ils parvenaient à se concentrer, ils pourraient même se montrer convaincants. Bien sûr, ça demanderait du travail et de la pratique. Mais c'était normal, se dit Madison : il était un maître dans sa discipline et il pourrait leur apprendre bien des choses.

Quelle chance!

La volonté monta en lui comme un flux ardent, excitant.

IL AVAIT UNE ÉQUIPE!

Les gens qu'il lui fallait exactement pour ce qu'il avait à faire!

Il était maintenant certain qu'il pourrait atteindre à des sommets inespérés!

Heller avait vraiment une chance inouïe de l'avoir comme *public relation*!

Désormais, il ne devait plus se laisser arrêter par quoi que ce soit!

7

Au moment du départ, il y eut un contretemps.

Tous les détenus avaient embarqué. Les chauffeurs étaient aux commandes des autocars aériens. Mais pas de Flick.

Madison explora du regard la cour noirâtre, remarquant au passage qu'une mitrailleuse montée sur tourelle était toujours braquée sur eux. Il était impatient de ficher le camp avant qu'un incident fâcheux ne se produise. Et pour cette raison, il n'osait pas appeler Flick.

Une lueur attira son regard vers le Modèle 99. Il s'y précipita.

Flick était là, penché sur un des écrans, contemplant des cartes colorées, passant d'une image à l'autre. Toutes étaient en relief et montraient des régions montagneuses.

– Vous nous faites attendre, dit Madison, agacé. Partons. Au nom de la *Terre*! Qu'est-ce que vous fichez?

– Je cherche un endroit où mettre tout ce gang. Il y a bien des montagnes, mais nous ne sommes quand même pas sur Calabar. Ici, sur Voltar, je n'arrive pas à trouver de grottes.

– Et pourquoi voulez-vous des grottes?

– Pour les entraîner! Un gang, ça s'entraîne! Il ne faut pas qu'ils se plantent dans leur boulot. Tout doit être réglé comme une horloge. Tic, tac, tic, tac! Il y a bien ces vieilles ruines de l'autre côté des Monts Blike – une ville qui a été rasée au cours d'une révolte, il y a 10 000 ans, à ce qu'on raconte. Ça irait, mais il n'y a que cet aircar qui puisse franchir les sommets. Ces gros autocars ne peuvent pas dépasser 15 000 mètres. ET C'EST UN PROBLÈME!

– Je ne vois pas pourquoi nous n'allons pas à la résidence de la Cité de la Joie.

– Oh, non! Ça serait tricher!

– D'accord. Vous faites ce que vous voulez, mais MOI, j'emmène MON équipe là-bas.

– – VOTRE équipe? MON gang? Mais qu'est-ce que ça veut dire? On se sépare? Par tous les Enfers, ça va être la guerre des gangs!

– Oh, il faut tout faire pour l'éviter, le calma Madison. Écoutez, on va passer un compromis. Le soixante-seizième étage est absolument ordinaire. C'est dans les étages supérieurs que se trouve le butin. Je promets solennellement de ne laisser personne monter aux étages supérieurs.

Flick fronça les sourcils et réfléchit un moment. Puis il dit :

– D'accord. Personne ne montera là-haut jusqu'à ce qu'on soit prêts pour le cambriolage. La question est réglée. On va au soixante-seizième étage.

Madison s'éloignait déjà pour donner l'ordre de décoller.

– Une minute! jeta Flick. Ça va paraître suspect de débouler dans ce quartier chic avec toute une bande de prisonniers loqueteux. La police va nous tomber dessus. Il faut d'abord qu'on braque un entrepôt de fringues.

– NON!

– Si! J'ai accepté votre compromis pour le soixante-seizième. Maintenant, c'est à vous de m'accorder ça. Je connais un endroit où on trouve les fringues pour hommes et pour femmes les plus chics que vous puissiez imaginer. C'est IMMENSE. Même les magasins qui vendent à la noblesse s'y fournissent. Et puis, il faut que je pique un uniforme pour ma fille-laquais. Elle a des seins énormes et il va falloir quelque chose à sa taille. Comme ça, du même coup on va habiller tout le gang.

Madison le fixa éberlué.

– Ça s'appelle Classy Fringues. C'est dans les faubourgs de la Cité Commerciale. À cette heure de la nuit, le coin est désert. Je me suis rencardé. Il n'y a qu'un gardien et il est vieux.

Devant la détermination de Flick, Madison se sentit impuissant.

– Je crains de devoir attendre dehors, dit-il.

– Parfait. C'est vous qui resterez en planque!

Flick courut jusqu'aux autocars et donna l'ordre aux chauffeurs de le suivre, avant de leur expliquer à voix basse qu'ils allaient faire leur premier boulot pour se procurer des vêtements.

Peu après, ils décollèrent de la prison et filèrent en cortège au long de la côte. Une des lunes venait de se lever, baignant le paysage d'une douce clarté verte. La masse sombre de la Prison Domestique avait disparu de même que les montagnes.

Flick exultait.

– Bon sang, on va faire notre premier casse!

Madison observait le sol, les longues franges claires des vagues sous la lune.

Puis il se retourna.

LES AUTOCARS AÉRIENS AVAIENT DISPARU!
– HALTE! hurla-t-il. On va trop vite!
– QUOI? dit Flick. Les autocars ont disparu? Mais je ne faisais que du 500. Ils peuvent atteindre facilement 700 kilomètres/heure! Ils se sont tirés, oui!
Il fit virer le Modèle 99 et brancha les scanners.
PAS LE MOINDRE ÉCHO DANS TOUT LE CIEL!
Pas le moindre signe des autocars sur les écrans.
– Sales (bips)! ragea Flick. Aucune reconnaissance! (Ces bipards) vont braquer pour eux-mêmes!
– Revenons en arrière, proposa Madison. Ils se sont peut-être écrasés. Est-ce que nous avons un appareil qui permette d'explorer le terrain?
Flick appuya sur diverses touches et activa un détecteur de masses métalliques.
Ils survolaient la plage baignée de lune. Les pics montagneux réapparurent bientôt à l'horizon du nord.
C'est alors qu'ils reçurent un écho.
TWIT! TWIT! TWIT!
Les trois autocars étaient là en bas, posés sur le sable.
Redoutant le pire, ils firent un rapide passage à basse altitude.
LES AUTOCARS ÉTAIENT VIDES!
– Par tous les Dieux! rugit Flick. Ils ont fichu le camp vers l'intérieur des terres! On ne les retrouvera jamais dans ces broussailles. Par les Enfers, où est donc le bouton du détecteur de chaleur organique?
– Pas besoin, fit Madison en pointant l'index.
Les forçats n'étaient pas dans l'intérieur mais dans les vagues. Est-ce qu'ils se battaient?
Le Modèle 99 descendit et se posa avec un bruit mat sur le sable humide. Madison bondit au-dehors.
Les autres couraient de tous les côtés en poussant des cris aigus.
Il agrippa le bras d'une femme entièrement nue qui passait près de lui. Mais elle lui échappa et continua en glapissant.
Il repéra un homme qui s'était arrêté pour reprendre haleine. C'était un des cuisiniers destinés au ravitaillement.
– Qu'est-ce qui se passe? lui demanda-t-il.
L'autre était complètement nu, comme la femme. Il retrouva son souffle et répondit :
– Je crains que tout ça soit de ma faute, chef. Votre lieutenant, Flick, nous a dit qu'on allait avoir d'autres vêtements cette nuit. Alors moi j'ai dit : « Balançons ces guenilles! » Et je

pense que ma proposition a été accueillie avec un certain enthousiasme.

– Ce n'est pas formidable? (C'était le réalisateur, nu comme un ver.) Si mon cameraman avait sa caméra, on mettrait tout ça dans la boîte. On passerait ça avec un titre : « Rituel de la Déesse de la Mer. » Enfers, je crois que je vais quand même le faire sans caméra. EH, TOI, LÀ-BAS! PRENDS-MOI CETTE FEMME ET BALANCE-LA SUR LES ROCHERS!

Madison regagna en courant le Modèle 99. Il était équipé de tous les avertisseurs possibles et imaginables : sirènes, klaxons, générateurs de cris et d'explosions. Il les déclencha tous. Un épouvantable vacarme éclata sur la plage, dominant le bruit du ressac. Les forçats nus sortirent tous de l'eau et foncèrent vers les dunes pour voir ce qui se passait.

Il alluma un projecteur et une lumière aveuglante inonda la scène.

Il était cerné par une horde de corps nus et ruisselants. Il les compta rapidement. Le dernier accourait : ils étaient quarante-huit.

– Bon sang! pesta Flick. Comment on va faire notre boulot sans fringues?

– Mais vous avez dit qu'on allait justement piquer des vêtements!

– Oui, c'est vrai! insista une autre voix.

Une femme intervint :

– Vous pouvez toujours nous cogner dessus : on remettra pas ces saletés!

Madison sentit qu'il y avait de la mutinerie dans l'air. Il fit signe à Flick de se taire.

– Vous avez bien fait! lança-t-il. Assurez-vous seulement de ne pas laisser ça derrière vous. Les gens pourraient croire que vous vous êtes enfuis. Alors ramassez toutes ces guenilles et ensuite on repartira.

Ils se dispersèrent.

Bientôt, les vêtements en loques s'entassèrent à la limite des vagues. On alla prendre un brûleur à laser dans un des autocars et on mit le feu au tout.

Tout se serait terminé ainsi si quelqu'un n'avait eu l'idée de jeter quelques morceaux de bois flotté dans les flammes, aussitôt imité par d'autres, jusqu'à ce qu'un grand feu monte dans la nuit. Ils se prirent tous par la main et formèrent deux cercles en dansant autour.

Puis, mystérieusement, de l'eau pétillante et des pains sucrés sortirent des placards du Modèle 99 et furent distribués à la ronde. Ils avaient pillé l'aircar!

Et ils se retrouvèrent tous assis autour du feu, à faire griller des pains enfilés sur des branches et à se gargariser d'eau pétillante.

Quelqu'un se mit à chanter :

Buvons, buvons, buvons un coup
Pour nos gentils matons en bleu!
Buvons un coup, buvons-en deux
À la santé de tous les taulards
Qui devaient tous les soirs leur astiquer le dard!
Suçons, suçons, suçons les matons.
Jusqu'à leur faire péter les noix!
Et vive le crime : c'est pour ça qu'on boit!

Flick écumait de rage.

– Vous parlez d'un gang qu'on a là! Volez-leur dans les plumes, chef! Foutez-leur votre pied au (bip) pour leur mettre un peu de plomb dans la tête! Ils ont un boulot à faire cette nuit!

– C'est *vous* qui allez leur voler dans les plumes et leur donner des coups de pied au (bip), dit Madison.

– Mais vous êtes le patron. Ils doivent vous respecter.

– Et *vous*, vous êtes mon lieutenant et c'est à *vous* de leur apprendre à me respecter.

– Je suis écœuré, rétorqua Flick. Je vais aller me coucher dans l'aircar.

Les derniers pains sucrés avaient disparu. Et les bidons d'eau pétillante étaient vides. Il ne restait plus une goutte de secoueur-chaud et tout le monde tirait sur sa fumette.

Madison se leva. Et il cria, suffisamment fort pour se faire entendre par-dessus le ressac :

– Bon. Allez. Il se fait tard. On va y aller!

– Dès qu'on aura nettoyé tout ce sable! cria quelqu'un.

Ils se ruèrent tous ensemble dans les vagues et s'aspergèrent en riant.

Une fille sculpturale, le corps luisant sous la lune, sortit de l'eau et vint jusqu'à Madison. Trois autres couraient sur ses talons. Madison pensa qu'elles poursuivaient la première jusqu'à ce qu'elle arrive sur lui et l'empoigne en criant. Les autres l'imitèrent.

– Allez, venez!

Elles le déshabillèrent si vite et si habilement qu'il n'eut pas le temps d'en avoir conscience. Fichtre, ces filles de cirque étaient des expertes!

Elles le portèrent jusqu'à la mer et le lancèrent dans une grande vague déferlante. Il se retrouva gargouillant et crachant.

On le poussa d'en bas. Il n'eut pas le temps de retrouver son souffle qu'il était de nouveau porté à bout de bras jusqu'à la plage; par les quatres filles.

Toussotant, éternuant, il lutta pour inspirer.

Il était presque à deux mètres du sol, à l'horizontale.

Il discerna vaguement des visages.

Ils allaient le tuer!

Il chercha anxieusement autour de lui.

Des yeux luisaient comme des braises dans le projecteur et la clarté du feu. Des yeux de loups?

Soudain, ils crièrent en rythme : « Hop, hop, hop! » Était-ce le cri de marche des forçats ou celui des garde-chiourmes?

Ils le portaient vers le feu. Ils allaient le jeter dans les flammes?

Ils se mirent à tourner autour en une sorte de danse sauvage.

– Hop! Hop! Hop!

On aurait dit des Indiens, ou encore des animaux sauvages!

Et puis, soudain, ils s'arrêtèrent. Une voix mâle – celle du réalisateur? – entonna un chant. À chaque question qu'il posait, la horde répondait.

– Qui est le gang?

– C'EST NOUS LE GANG!

– Qui c'est les truands?

– C'EST NOUS LES TRUANDS!

– Qui c'est le chef?

– C'EST LUI LE CHEF!

Et d'un seul élan, ils jetèrent Madison à l'eau!

Il en ressortit en crachotant.

On ne lui prêtait plus la moindre attention. Ils s'étaient tous précipités vers les autocars aériens.

Il ignorait quoi penser de tout cela, mais il était certain d'une chose : ce n'était pas du tout le genre de respect ni d'image de lui-même qu'il aurait souhaité.

Il retourna en trottant vers ses vêtements abandonnés sur le sable et se rhabilla.

Il regarda alentour pour voir si quelque chose n'était pas tombé de ses poches. Il ne vit rien. Il tapota sa veste. Son identoplaque était bien là. Mais il ne sentit pas la forme de son portefeuille.

Il tapota une deuxième fois.

SON PORTEFEUILLE S'ÉTAIT ENVOLÉ AVEC SES 48 000 CRÉDITS!

Il se sentit blêmir.

Il se tourna vers les autocars qui attendaient sous le clair de lune, prêts à décoller.

L'idée d'affronter à nouveau la horde ne le séduisait guère.

Ça réglait la question. Il fallait avant tout qu'il travaille à améliorer son image. Il retourna vers l'aircar.

– Tu parles d'un gang, marmonna Flick. Rien qu'un tas de (bipards) de plage en goguette, oui !

Madison s'installa à l'arrière. Il n'était pas d'accord. Ces truands étaient tous des criminels. Mais il n'avait pas l'intention de dire à Flick qu'ils lui avaient subtilisé son portefeuille – inutile de détériorer encore un peu plus son image.

8

Quand ils atteignirent la périphérie de la Cité Commerciale, il faisait noir comme dans un sac à charbon. Une colline occultait la lune et la plaine où se situait leur objectif était dans une ombre impénétrable.

Ce qui faisait l'affaire de Madison. Un cambriolage avec un Modèle 99, tellement reconnaissable, c'était de la folie pure. Le domaine du crime ne lui était pas absolument étranger – étant donné que, souvent, il allait de pair avec le métier de tout PR expert – et il savait que l'usage était de voler des voitures et, après le casse, de les abandonner sans laisser d'empreintes.

Un vaste complexe industriel s'étendait sur cent cinquante hectares au moins, plongé dans l'obscurité. L'ensemble appartenait apparemment à une société unique : Classy Fringues. Dans la journée, il devait y avoir là des centaines de milliers d'employés et un réseau monorail reliait le complexe à la cité. Les voies se déployaient sur toute la plaine et jusqu'aux contreforts de la montagne et desservait, au-delà, un ensemble de grands immeubles qui constituait une véritable ville.

Sur les écrans du Modèle 99, réglés sur la fréquence nocturne, le paysage apparaissait comme en plein jour, avec toutes ses couleurs. Lorsqu'on se penchait vers l'extérieur, on ne pouvait qu'être déconcerté par les ombres et la nuit d'encre.

Flick, lui, examinait un à un les immeubles. Il délaissait les bâtiments les plus hauts et couronnés par des cheminées où étaient fabriqués les modèles des tissus et des vêtements et repéra bientôt des constructions plus basses et allongées, avec de multiples fenêtres, chacune dans un parc individuel, où s'abritaient les services de dessin et d'assemblage.

– Je croyais que vous vous étiez rencardé sur ce coup, dit Madison.

– Exactement. J'ai vu tout ça sur le Circuit Vidéo. C'est ici qu'on produit 0,7 % de la garde-robe de la noblesse et de son personnel.

– Ça n'a rien d'énorme.

– Mais c'est la qualité que nous recherchons, c'est-à-dire ces 0,7 %. A moins qu'il ne s'agisse de 7 %. J'ai jamais su calculer. Vous savez, pour moi ça ne veut rien dire, les chiffres. Mais je tiens à vous convaincre : les tissus qu'on fabrique ici sont ceux que Hightee Heller elle-même porte sur scène. Alors, est-ce que ça n'est pas une preuve de qualité?

Hightee Heller? songea Madison. Oui...Il avait déjà entendu prononcer ce nom : c'était la sœur de Jettero Heller.

– Mais c'est la star du Circuit Vidéo, dit-il.

– Une star? répéta Flick, vexé. Vous voulez dire une *déesse*, oui! N'essayez pas de dire du mal de la fille de mes rêves. Tiens, nous y voilà. C'est l'entrepôt! Pas de fenêtres. Vous voyez, là-bas, dans cette boucle de monorail? On y va!

Ils piquèrent droit sur une route qui courait sous le monorail et se posèrent. Ils étaient dans un parc, non loin de l'entrepôt, à moins de trente mètres des portes. Les trois autocars aériens se posèrent à leur tour sur la route.

Un frisson parcourut Madison. Il était là, au milieu de la nuit, dans un véhicule particulièrement voyant, avec trois engins de transport bourrés de forçats complètement nus. Du regard, il chercha peureusement des gardiens.

Il n'y avait plus de clair de lune. La nuit était d'encre. Mais là-bas, oui, c'était le bureau d'un gardien, sous une enseigne bleue. Le bureau faisait partie de l'entrepôt et se trouvait à proximité de l'entrée principale.

Son attention fut alors attirée du côté des fenêtres. Il vit le grimpeur, le pickpocket et le spécialiste en sécurité électronique, toujours aussi nus.

L'électronicien dit à Flick :

– Tous les contrôles sont dans le bureau du gardien. Si on pose seulement la main sur la poignée de la porte à cette heure de la nuit, ça va être notre fête. On en a discuté en venant.

Il montrait une fenêtre. Madison se redressa et discerna effectivement le gardien qui se silhouettait sur la lumière de l'intérieur et qui se penchait pour regarder au-dehors.

– Vous voyez? reprit l'électronicien. Notre gang est incomplet. On n'a pas de flingueur pour s'occuper du gardien.

– Oh, mais si, dit Flick. On a le chef. C'est un tueur professionnel.

Madison gémit. Cette fois, il était convaincu d'avoir donné une très mauvaise image de lui.

– Ne nous retardez pas, chef, dit Flick. Allez nous descendre ce gardien.

Madison comprit que c'était son emprise sur le gang qui était en jeu. Mais de là à commettre un meurtre?...

– Quand vous serez dans la place, chef, intervint l'électronicien, vous verrez un grand tableau. Dès que vous aurez liquidé le gardien, prenez-lui la plaque de contrôle qu'il a à la ceinture et posez-la sur un point vert, sur le panneau. Comme ça, le système d'alarme sera neutralisé.

Madison rassembla son courage et descendit. Deux des hommes de main s'approchèrent, visiblement décidés à l'accompagner.

D'un ton ferme, il leur dit :

– Ne venez pas avec moi. Je ne veux aucun témoin pour voir la manière dont je travaille.

– Mais il est armé, remarqua Flick.

– Vous, les gars, vous ne bougez pas d'ici, insista Madison, intraitable.

Et ils le regardèrent s'éloigner seul dans le rectangle de clarté que projetait la fenêtre du gardien.

Ils le virent entrer dans le bureau. La silhouette du gardien disparut de la fenêtre. Ils entendirent ensuite un son assourdi, comme produit par la chute d'un corps. Un instant passa. Ils devinrent nerveux.

– Il a peut-être eu des problèmes avec la plaque de contrôle. Ces tableaux sont compliqués. Je ferais peut-être bien d'aller voir, suggéra l'électronicien.

– Vous ne bougez pas. Il l'a dit! gronda Flick. Vous avez suffisamment semé le (bip) pour cette nuit.

Au fil des minutes, la tension monta.

Puis ils entendirent un bruit de pas pressés.

C'était Madison

Il leur fit signe d'avancer.

Nerveusement, ils le suivirent.

Madison ouvrit la porte principale et, obéissant à son geste, les quarante-huit ex-détenus complètement nus se glissèrent en chuchotant à l'intérieur.

Flick risqua un regard dans le bureau du gardien.

– Non, n'entrez pas! lui intima Madison. Ça vous ferait vomir.

Sur ce, il referma la porte d'un geste sec et, après quelques tâtonnements, appuya sur une plaque.

L'intérieur de l'entrepôt s'illumina soudain.

Du sol au plafond, sur d'innombrables rayons, s'entassaient des bataillons de vêtements pour les deux sexes.

Les forçats laissèrent échapper des cris de ravissement et se ruèrent sur les rayons et autres étagères. Ils éventrèrent les boîtes à chaussures et firent main basse sur les manteaux, capes et chapeaux.

Obéissant à un ordre discret de Madison, Flick leur dit de reculer.

Ils s'exécutèrent à regret, sans lâcher leur butin.

Madison s'approcha alors d'un rayon où étaient rangés des ensembles pour femme blancs et chatoyants, sans aucun doute ultracoûteux. Il en arracha un d'un cintre. Et s'en servit pour s'essuyer les mains!

ELLES ÉTAIENT ROUGES!

D'un geste négligent, il laissa tomber la jupe à présent sanglante.

Tous les regards étaient braqués sur lui.

Il s'empara alors d'un livre posé sur un rayon, le consulta rapidement et dit :

– Oui, c'est bien ce que je pensais. C'est le registre de tout ce qui est là. Toutes les tailles sont disponibles. Bon, maintenant, ce que je veux, c'est que chacun de vous s'habille en fonction du rôle qu'il va jouer. Essayez tout, mais avec précaution.

– Oh, non! protesta Flick. Ça va prendre trop longtemps. Dans ce genre de casse, on embarque et on se tire!

– C'est ça, et on va travailler avec une bande de clodos? Non, prenez tout votre temps. Il nous reste quelques heures avant l'aube.

– Y a quelquefois des gardiens qui rôdent, aussi! grogna Flick.

Madison le toisa.

– Non, il n'y en a plus!

Le gang était tombé sur les rayons. Chacun consultait le registre et cherchait sa taille. Il régnait une activité fiévreuse.

Quant aux filles de cirque, elles prenaient des poses en essayant tour à tour divers costumes, cherchant les plus sexy. Jusqu'au moment où Madison intervint pour leur dire qu'elles devaient avoir un bon genre et qu'elles devaient tout recommencer à zéro.

Flick, lui, faisait essayer diverses tenues à sa femme-laquais dans un but unique : lui dégager les seins. Jusqu'à ce que Madison l'oblige à choisir une tenue pour lui et à l'accorder avec celle de la fille. Il dut intervenir à nouveau lorsque Flick mit la main sur un collant en peau de léprodonte qui couvrait tout le corps sauf la poitrine et le ventre.

– Mais, protesta Flick, j'en ai trouvé un pour moi et il est complètement assorti aux sièges de l'aircar!

Finalement, tant bien que mal, Madison parvint à les habiller en violet scintillant mais dut céder sur les collants en léprodonte : cette fois, c'était la fille qui protestait car elle les ADORAIT!

Les deux acteurs qui s'étaient déguisés en officiers virent leur grade réduit à celui d'aspirant : en fait, il fallut sérieusement élever la voix car ils avaient mis la main sur des uniformes de généraux et d'amiraux!

Le scénariste d'horreur n'avait rien trouvé de suffisamment horrifiant et Madison dut le pousser de force dans le rayon réservé aux intellectuels et hommes de lettres.

Le réalisateur, pour sa part, devenait enragé : il ne savait pas s'il serait mieux en lord ou en archevêque. Madison dut se montrer particulièrement ferme pour qu'il accepte finalement de s'habiller comme un cadre normal.

Mais ce qui était le plus éprouvant pour Madison, c'est qu'il ne connaissait pas vraiment tous ces styles d'habillement. Ce fut finalement une secrétaire de production vidéo qui le sauva en mettant la main sur de gigantesques planches qui montraient tous les vêtements à la mode.

Après, tout devint facile. Avec fermeté, Madison obligea chacun à s'habiller en domestique, en travailleur, en acteur, en cadre.

Ensuite seulement, il s'occupa de lui. Ce ne fut pas très difficile. Il trouva très vite les rayons réservés aux cadres supérieurs et choisit une garde-robe très classique et tout à fait au diapason de la mode.

Depuis le premier instant, il s'était dit qu'une odeur désagréable régnait dans l'entrepôt. Il renifla avec prudence quelques vêtements – car il était enclin aux allergies et éternuait assez facilement – avant de réaliser que le grand bain dans l'océan n'avait pas totalement lavé certains des forçats. Ils avaient encore sur eux l'odeur de la prison : dans leurs cheveux, leurs barbes et sur leur peau.

L'Appareil! C'était cette même odeur qu'il avait reniflée au Centre d'Éducation. Et dans leur vieil airbus. L'odeur de l'Appareil, c'était celle de tous ces ex-détenus!

Ils risquaient d'imprégner leurs nouveaux vêtements de cette puanteur, se dit-il, avant de hausser les épaules. Et il leur demanda à tous, avant de quitter les lieux, d'enfiler leur tenue de travail et non leurs vêtements de sortie.

– L'aube approche, dit Flick. On ferait bien de partir. Sinon, on risque de se retrouver à la Prison Domestique.

En quelques aller et retour, ils eurent bientôt entassé leur butin dans les autocars aériens. Madison donna un dernier ordre : essuyer toutes leurs empreintes.

Il attendit à la porte en fredonnant. Le réalisateur essaya d'entrer dans le bureau du gardien mais Madison lui bloqua la route.

– Ç'a dû être un sacré carton! dit l'autre. Avec des cadavres qui baignent dans le sang!

– Oui, mais je crois que votre estomac n'apprécierait pas, lui dit Madison. Je ne tiens pas à ce que ces vêtements tout neufs soient couverts de vomissure.

– Par tous les Dieux, marmonna un des forçats, on peut dire qu'il est cool. Liquider toute une équipe de gardes et rester là à fredonner.

Un autre s'approcha pour voir et Madison dut le virer à coups de pied.

– Mais vous avez fait ça comment? protesta l'autre. Vous n'aviez même pas d'arme!

– J'avais mes mains. J'adore la sensation que me procure le sang qui jaillit des artères déchirées. C'est doux, c'est visqueux, c'est bon. Et quel parfum... Vous devriez goûter ça un de ces jours!

Ils émirent un hoquet de dégoût. L'un d'eux vomit. Ils fixaient Madison.

Il les poussa vers les autocars et les suivit sans cesser de fredonner.

Flick lui-même le regardait avec des yeux blancs tout en s'installant aux commandes de l'aircar.

Tandis qu'ils décollaient, Madison continuait de fredonner. Il avait ses raisons.

Lorsqu'il était entré dans le bureau, trois gardiens avait braqué sur lui leurs fusils. Mais il avait fait comme s'il ne les voyait pas et avait désigné le vidéophone du bureau en demandant :

– Je veux parler au propriétaire, je vous prie. Le directeur de la société.

Il avait exhibé son identoplaque et ils s'étaient exécutés sans protester.

Le visage hébété du directeur de Classy Fringues, tiré de son lit, était apparu sur l'écran. Madison lui avait déclaré :

– Je suis un officier de l'Appareil. Je suis chargé d'habiller une équipe afin qu'on ne l'identifie pas. Nous allons donc prélever des vêtements dans votre entrepôt sans faire appel à vos employés. Dressez un inventaire dans la matinée et envoyez-moi la facture.

– Une minute! avait protesté l'autre. L'Appareil n'a pas les moyens de payer!

– Oh, mais tout ça est sur mon compte personnel.

Et Madison avait engagé sa plaque dans la fente du vidéophone.

– Un statut de salaire ILLIMITÉ! Par tous les Saints Brûlants! C'est bon! Vous pouvez embarquer tout le contenu de ce foutu entrepôt! ET VOUS, LES GARDIENS, DÉGAGEZ! NE TOUCHEZ PAS CE MONSIEUR!

Madison savoura rétrospectivement la touche finale : renverser sur ses mains la bouteille d'encre rouge qu'il avait trouvée sur le bureau du gardien.

Il se mit à rire doucement. Il avait en tout cas réussi à réparer son image.

Oui, pas de doute, car, en entendant son rire, Flick sentit le sang se geler dans ses veines.

À MAINS NUES! se dit Flick. Et il y avait visiblement pris plaisir. Par tous les Dieux, ils avaient intérêt à ne pas mettre le chef en colère. Ça, c'était un vrai meurtrier! Un PROFESSIONNEL!

– Nous nous dirigeons vers la Cité de la Joie, monsieur, annonça-t-il avec respect.

Madison perçut le tremblement dans sa voix, il lut la peur.

Il avait réussi.

Il avait cette équipe bien en main!

Rien de plus facile que d'utiliser les techniques des *publics relations* pour améliorer son image.

Et désormais, il allait pouvoir vraiment appliquer ses talents de PR à Heller-Wister!

SOIXANTE-QUINZIÈME PARTIE

1

En dépit des craintes de Flick, l'aube ne pointait pas encore. La première lune s'était couchée et une obscurité dense régnait en bas. Mais, loin devant eux, le ciel était illuminé. Avant peu, à cette vitesse, ils survoleraient la Cité de la Joie.

Madison se passa la main sur le visage.

– J'ai des problèmes avec mon nez, annonça-t-il à Flick.

– Essayez donc un claque-bulle, chef. Les taulards n'y ont pas touché. Ils sont dans le compartiment-bar. Prenez un jaune, un « soupir d'une fleur d'été ».

Madison examina un instant la petite bille. Il la fit rouler entre ses doigts, appuya dessus : dans la pénombre, il ne pouvait voir le tracé en pointillé qui indiquait l'ouverture. Il la mit entre ses paumes et serra très fort, comme pour écraser une noix de la Terre.

PLAF!

Au lieu de s'ouvrir comme prévu, le claque-bulle explosa et il reçut la charge en plein dans l'œil. La brume parfumée jaillit jusqu'à son front, puis au plafond de l'aircar.

Il se dit que « soupir d'une fleur d'été » était peut-être un parfum formidable – il en avait inspiré une petite bouffée au passage – mais c'était quand même l'enfer s'il devait y laisser un œil et peut-être toute la tête chaque fois qu'il tentait de lutter contre la puanteur de l'Appareil!

Quand il recouvra la vue, il s'aperçut qu'ils étaient au-dessus de la vaste étendue scintillante de la Cité de la Joie.

Ils n'avaient pas encore passé les grands clubs, les parcs d'attractions et les lacs, mais, comme ils arrivaient de la Cité Commerciale, ils survolaient le secteur du marché de la métropole de la jouissance. Là en bas, au centre d'un entrelacs de routes et de voies ferrées, Madison découvrait l'équivalent d'un centre commercial sur Terre. Et il en vit d'autres, disséminés à droite comme à gauche. Celui au-dessus duquel ils passaient semblait ne comporter que deux départements : *Fournitures pour restaurants* et *Produits de beauté.*

– C'est quoi? cria-t-il à Flick.

– Oh, si vous avez envie de vous envoyer en l'air, chef, y a pas de nanas dans ce machin. On y trouve tout ce qu'il faut pour réparer les dégâts de la nuit et ravaler les façades.

– Demi-tour, demi-tour! Et posez-vous! On a besoin de ravitaillement et je crois qu'on va trouver ce qu'il nous faut.

Flick vira tout en perdant de la vitesse, suivi par les autocars. Ils se posèrent tous devant les deux magasins.

Madison sauta de l'aircar et lança :

– Tous les cuisiniers, avancez-vous!

– Oui, chef!

Et les cinq cuisiniers jaillirent des autocars.

Madison les précéda parmi les quelques rares clients venus à cette heure matinale faire leurs provisions pour la journée. L'endroit était immense et, de tous côtés, il y avait des montagnes de victuailles.

Il leva la main.

– Prenez tout ce que vous voulez, dit-il aux cuisiniers.

Stupéfaits, ils le regardèrent, les yeux ronds.

– TOUT? s'écria le plus âgé. Mais c'est le plus grand marché de Voltar! ÇA C'EST UN CHEF!

Et ils se lancèrent à l'assaut. Madison déguerpit dans la direction opposée : même dans leurs vêtements tout neufs, les taulards puaient autant que les gens de l'Appareil.

Il courut jusqu'au magasin de produits de beauté et avisa trois vendeurs inoccupés.

– DU SAVON! clama-t-il. BEAUCOUP de savon!

L'un d'eux lui tendit un flacon.

– Non, non! J'en veux ÉNORMÉMENT!

– Mais une goutte par bain suffit!

– Non, non, non! Je veux absolument me débarrasser de cette ignoble odeur de l'Appareil!

– Ça, ce serait TRÈS bénéfique! s'exclama un autre vendeur. À vrai dire, j'aimerais que nous ayons un solvant qui nous débarrasse définitivement de tout l'Appareil!

Madison avait réussi à capter leur intérêt.

– J'ai là quatorze femmes et trente-quatre hommes. Ils ne se sont pas lavés, ni rasés ou coiffés depuis des années. Ils PUENT atrocement! (Il regarda autour de lui mais ne vit ni écriteaux ni étiquettes.) Il me faut de quoi leur couper les cheveux et leur tailler la barbe, et aussi de quoi les nettoyer et leur brosser les dents pour qu'ils aient l'apparence de gens de la haute classe. Il faut aussi qu'ils soient manucurés et qu'ils passent au bronzage – et plus question de claque-bulle!

– Des gens de la haute? Vous voulez que des voyous de l'Appareil ressemblent à des types bien? Monsieur, nous sommes de tout cœur avec vous. Mais vous avez un ÉNORME problème. Allez, les garçons, on va l'aider. Sortez tout ce qu'il lui faut!

– J'en veux des quantités IMMENSES! clama Madison.

Ce qui les fit exploser de rire avant qu'ils ne se précipitent sur les caddies pour y faire dégringoler des piles et des tas de tout et n'importe quoi.

Pour la plupart, Madison n'avait jamais entendu parler de tous ces articles. En fait, il ne voyait aucune étiquette, rien que des numéros. Peu à peu, il commençait à se dire que, bien qu'il n'ait vu que peu d'exemples de publicité jusqu'alors, le marketing, sur Voltar, était une discipline inconnue.

Ces gens-là disposaient d'une telle technologie, d'une économie tellement stable, d'une énergie à si bas prix, qu'ils ne pouvaient être obsédés par le lancement quotidien de telle ou telle invention. Leur existence n'était pas centrée sur la logistique, comme sur Terre. Le *public relations* qu'était Madison était un pur produit de la publicité, mais les habitants de Voltar, malgré l'état d'évolution de leur société, n'étaient pas parvenus au stade publicitaire. Et, par conséquent, ils n'avaient pas l'usage des PR. Du coup, il en éprouvait un sentiment de puissance. Il prenait soudainement conscience qu'il pouvait utiliser les astuces les plus vieilles, les plus pourries, sans le moindre risque d'être soupçonné.

Il essayait de se rappeler des trucs les plus éculés des PR, les plus ringards, ceux qu'on avait définitivement mis au placard. Il réalisa alors qu'ils pouvaient tous marcher ici, sur Voltar, qu'il pourrait même leur vendre le pont de Brooklyn. Et sous l'effet de l'exultation, il partit d'un grand rire.

L'un des vendeurs s'arrêta près de lui avec un caddy plein à ras bord.

– Je suis heureux de vous voir satisfait, monsieur. Je désirais savoir si vous n'aviez pas besoin de masques peints et de cotillons. D'articles de fête, quoi...

– Mais oui, fit Madison. On va faire une fête! On va même donner un bal!

– Très bien, alors nous allons ajouter ça, fit le vendeur avant de repartir en courant.

Finalement, tous les achats furent empilés dans l'aircar. Et Madison eut du mal à s'asseoir.

Les cinq cuisiniers chargeaient les victuailles à bord des autocars aériens qui débordaient déjà de vêtements. On attacha les caisses sur le dessus.

Madison dut ensuite estampiller les liasses de cartes que lui tendaient les vendeurs. Et enfin, le convoi put décoller, laissant un sillage de feuilles de légumes et de papiers d'emballage.

2

Les parcs et les lumières de la Cité de la Joie se déroulaient sous eux en une symphonie de formes et de couleurs scintillantes. Même à cette heure, les enseignes et les décorations brillaient comme autant de joyaux et de soleils, illuminant les 200 kilomètres carrés de cette ville dédiée à la gaieté et à l'amour. Toute l'industrie du plaisir de la Confédération était rassemblée là, dans ces superficies chatoyantes, ces immeubles immenses, ces dômes titanesques que dominait l'hémisphère d'argent, cerné de parcs et de gratte-ciel, qui abritait le Circuit Vidéo planétaire. Ils le survolaient à basse altitude et Madison était impressionné : la NBC, CBS et ABC toutes ensembles auraient largement tenu dans le plus modeste de ces bâtiments. Rien qu'en pensant à tout ce qu'il pourrait faire avec des moyens pareils, susceptibles de toucher 110 planètes, l'eau lui venait à la bouche. Comme un pianiste devant un instrument exceptionnel, il avait des fourmis dans les doigts. Oui... il y avait tellement d'airs qu'il pouvait leur jouer! Et dans sa poche, il avait un ordre de Lord Ronflon qui lui permettait d'opérer à sa guise!

A cet instant, il prit conscience que Flick dirigeait l'aircar vers le sol. Ils approchaient de la résidence du feu général Loop.

L'immeuble se dressait dans la lumière verdâtre des projecteurs, pareil à un bloc d'acier. Les quatre derniers étages, sans fenêtres, étaient opaques, à la différence des soixante-seize autres.

Son architecture stricte était étrange : tout était rectangulaire dans ce rectangle pur et énorme. Madison, jusqu'alors, s'était dit qu'il s'était exagéré ses proportions, mais là, en l'observant tandis qu'ils descendaient, il calcula qu'il aurait pu contenir deux blocs d'immeubles new-yorkais en largeur et bien trois en longueur! Cependant, comme ils descendaient un peu plus bas encore, il prit conscience que c'était loin d'être la plus importante construction du secteur : séparées par de grands parcs, se dressaient d'autres structures plus impressionnantes encore, à la fois plus hautes et plus élégantes, et qui se déployaient sur des superficies nettement plus vastes. En vérité, le bloc d'acier où se trouvait les appartements résidentiels du général Loop détonnait dans le cadre baroque de la Cité de la Joie. Il était dur, sinistre. Qu'est-ce que le général avait bien pu vouloir faire d'un pareil espace? Et pourquoi ses héritiers étaient-ils donc tellement pressés de s'en débarrasser à n'importe quel prix?

Flick contourna l'immeuble à hauteur du soixante-seizième étage, faisant plafonner l'aircar à une trentaine de mètres de la paroi. Il donna l'ordre aux autocars de se maintenir en ligne sur sa gauche. Dans sa main, il tenait une boîte.

– Dès que vous trouvez un point rouge, dit-il, visez droit dessus et immobiliscz-vous. Vous, Numéro 2, restez en ligne : si vous me bousillez cet autocar, j'aurai votre peau!

Madison se pencha par-dessus son épaule pour observer l'immeuble à travers le pare-brise. Puis il baissa les yeux : Aïe, aïe, aïe! Le sol semblait perdu à des centaines de mètres plus bas. Il porta son regard sur l'altitude affichée sur le panneau de l'aircar : ils se trouvaient précisément à 278 mètres au-dessus du parc! Il leva alors la tête et vit le sommet de l'immeuble, à plus de cinquante mètres au-dessus d'eux!

Une rafale de vent fit rouler l'aircar et une écharpe de nuage passa comme une main fantomatique entre eux et la paroi de l'immeuble. Bon sang! se dit Madison. Ce truc est aussi haut que l'Empire State! Il regarda alentour : non loin se dressaient d'autres tours encore plus gigantesques. D'une certaine façon, sans qu'il pût se l'expliquer, cela le rassura. Leur immeuble, tout bien mesuré, n'était pas vraiment aussi haut que l'Empire State, mais il couvrait au moins six fois la superficie du gratte-ciel new-yorkais! Et il était plus stable, surtout. Il se sentit rasséréné. C'est alors qu'un nouveau lambeau de nuage passa devant les phares de l'aircar, et cette fois il eut le sentiment qu'une main immatérielle refermait ses doigts sur eux. Du coup, son malaise revint.

– Pourquoi attendons-nous? demanda-t-il à Flick.
– Ces crétins de chauffeurs n'arrivent pas à trouver les repères rouges. Tout cet espace vide correspond aux crochets de parking. Vous voyez ce point bleu, là, droit devant nous?
Madison voyait le point bleu. Mais pas la moindre issue!
– Je ne peux rien faire aussi longtemps que ces abrutis à qui nous avons confié les autres véhicules n'auront pas trouvé leur point d'entrée. Ces primates sont bien capables d'y passer toute la nuit. Et si je les laisse s'engager dans une fente réservée aux passagers, avec les chargements qu'ils trimballent sur le dessus, ils s'écraseront.
Les voix, sur le circuit audio, se mêlaient en un bavardage fébrile.
– Aux Diables! s'exclama Flick. Je pense que ce bouton rouge, là, doit être un activateur. Je n'ai pas pensé à m'en servir.
Il appuya dessus, et aussitôt les autocars un, deux et trois répondirent. Ils venaient enfin de trouver leurs repères.
– Et alors, bon sang! brailla Flick. Foncez!
La clameur fut unanime.
– Sur ce mur d'acier?
Ils étaient convaincus qu'ils allaient s'écraser sur l'immeuble.
Flick tendit le micro à Madison.
– Parlez-leur!
Tout en se demandant s'il n'allait pas envoyer quarante-huit personnes à une mort certaine, il s'exécuta :
– C'est le chef qui vous parle. Allez-y!
Il entendit en réponse des marmonnements résignés.
Les trois autocars aériens s'avancèrent.
Des exclamations de surprise retentirent.
Les rayons tracteurs avaient pris en charge les véhicules et le mur d'acier s'ouvrait pour les avaler!
Flick, à son tour, lança l'aircar en avant. Les rayons se saisirent du Modèle 99. Madison avait craint qu'ils ne heurtent la paroi d'acier massif : mais non, il n'y avait rien devant eux.
Avec un bruit léger, ils se posèrent. Des lumières jaillirent de toutes parts. Ils se trouvaient dans l'un des hangars du soixante-seizième étage.
Flick était déjà dehors et interpellait le spécialiste en électronique :
– Tu vas me régler tous ces cars sur leurs propres rayons! Je ne suis pas votre bonne et je ne tiens pas à attendre ici toute la nuit! Et occupe-toi aussi de l'aircar, qu'on puisse circuler comme on veut!

Madison explora les lieux du regard. Ce n'était qu'un banal hangar, mais il découvrit diverses portes qui s'ouvraient sur autant de couloirs. Vingt ou même trente véhicules pouvaient facilement se garer là.

– Allez, on débarque! cria Flick. Trouvez-moi les cuisines et dépêchez-vous de stocker toute cette bouffe! Repérez un couloir qui accède aux salles de bains et déchargez-y tout ce qu'il y a dans l'aircar. Ensuite, procurez-vous des chambres et rangez-moi toutes ces fringues!

Toute l'équipe, qui s'était rassemblée autour de Flick, se dispersa à son ordre.

– Attendez! intervint Madison. On a ici suffisamment de savon et de produits de bain pour laver tout l'Appareil. J'exige que chacun de vous se lave à fond, je dis bien *à fond*, avant d'aller au lit. Compris?

Ils repartirent.

– Attendez! (Flick les arrêta dans leur élan.) Autre chose : que personne, et je dis bien PERSONNE, ne mette les pieds aux étages supérieurs. Vous devez tous rester ici, au soixante-seizième. Essayer de monter, ça serait tricher! On doit dresser des plans pour braquer tout ça, alors on ne marche pas plus vite que la musique, vu?

Oui, c'était vu. Juré. Du moins à ce qu'ils dirent.

Ils disparurent enfin et Madison s'éloigna.

Il avait l'impression de franchir des portes sans qu'elles s'ouvrent ni ne se ferment réellement. Il trouva ça très déconcertant puis se fit la réflexion qu'il s'y habituerait. Il s'engagea dans un couloir et s'aperçut que tous les vingt mètres environ, il rencontrait un orifice qui, à l'évidence, devait permettre de descendre jusqu'à la rue. Ce n'étaient que des puits rectangulaires aux parois lisses et il doutait d'être capable de sauter pour vérifier qu'il n'allait pas tomber comme une pierre depuis le soixante-seizième. Il trouva dans sa poche un flacon de savon liquide qu'il avait pris au magasin de produits de beauté et le lança dans un puits pour voir ce qui allait se passer.

Le flacon descendit à une vitesse inquiétante. Il guetta le bruit lointain de l'écrasement.

Tout à coup, le flacon réapparut et s'immobilisa devant lui, au centre du puits. Il avait dû arriver au niveau de la chaussée, n'était pas sorti comme prévu, et avait été automatiquement ramené à l'étage de départ.

Il se pencha pour récupérer le flacon-ludion et le remit dans sa poche en se demandant s'il aurait suffisamment de courage pour emprunter ce genre d'ascenseur. Il décida de s'en remettre plutôt aux aircars.

Il entreprit d'explorer les pièces. Les salons et les chambres correspondaient à ce que l'on pouvait attendre de la classe à la fois riche et conservatrice d'une telle société : tout était luxueux mais avec une nette touche militaire, proche de l'austérité. Cela évoquait un monastère meublé et décoré avec ce qu'il pouvait y avoir de plus coûteux. Sans rien de chaleureux ni de douillet. Néanmoins, Madison se dit qu'il pourrait tirer parti de tout ça à cause de la surabondance. La surface potentielle de bureaux était considérable. Il se trouva un appartement grandiose avec d'immenses fenêtres d'où l'on avait une vue absolument fantastique sur la Cité de la Joie et le complexe de la Vidéo planétaire.

En suivant le couloir où l'on avait empilé les produits de bain, il perçut des bruits d'eau et des cris joyeux.

Il entra dans une chambre et prit soudain conscience que quelqu'un se trouvait derrière lui. Il se retourna.

C'était l'une des filles de cirque, celle qui s'appelait Trotter. Elle était très grande, sculpturale, brune, très jolie. Elle avait revêtu une chemise de nuit ouverte sur le devant, de ses seins nus à ses pieds. Elle n'avait rien dessous, constata Madison.

Il tiqua.

– Trouvez-vous des vêtements!

– Mais vous nous avez donné l'ordre de nous procurer une tenue de travail! dit Trotter. Et c'est la mienne! Quelque chose ne va pas?

– Fichez le camp.

– Capitaine, j'étais venue pour vous dire de vous méfier des autres garces. Vous avez tendance à être insouciant et vous ne devriez pas leur faire autant confiance. Est-ce que vous savez que certaines sont de *vraies criminelles*?

Madison fit un pas en arrière. Toutes et tous étaient des criminels, y compris Trotter. Et celle-ci était d'un gabarit plutôt imposant. Il ne tenait pas à ce qu'elle lui tombe dessus!

– Mais moi, fit-elle en s'avançant vers lui d'une démarche provocante, je ne suis pas pareille. Et je peux vous le prouver.

Madison se dit qu'il ne pouvait plus reculer, à moins de passer par la fenêtre. Et Trotter continuait d'avancer. Elle sortait du bain et embaumait. Elle leva la main.

Il sentit quelque chose dans sa paume! Ce n'étaient pas les doigts de la fille!

Il regarda : SON PORTEFEUILLE!

Il resta bouche bée une seconde avant de l'ouvrir.

– Vous voyez? fit Trotter. Vous pouvez me faire confiance. Je ne voulais pas qu'on vous vole quoi que ce soit quand on vous a porté sur la plage, alors j'ai glissé votre portefeuille entre mes cuisses. Mais il n'y a pas que ça qu'on peut y glisser, n'est-ce pas?

Madison compta ses cartes de crédit : il n'en manquait pas une. Puis son argent : ses 48 000 crédits étaient bien là!

– M-m-merci, bredouilla-t-il.

Elle s'avançait lentement vers lui, elle était déjà bien trop près.

– Vous ne devriez pas laisser traîner vos petites affaires comme ça, avec une pareille bande. Moi, je peux m'en occuper, de vos petites affaires. Qu'est-ce que vous en dites? J'ai vu tout de suite qu'il fallait que je vous défende. Qu'est-ce que vous diriez si j'allais faire un peu le lit que vous voyez là-bas et qu'on y grimpe tous les deux? Mmm...?

Alerte rouge, se dit Madison. Déjà, les pointes de ses seins effleuraient sa veste et sa chemise de nuit s'ouvrait toute grande. Il réfléchit à toute allure.

– Trotter, dit-il enfin avec son expression la plus sincère et honnête, vous êtes d'une beauté tellement renversante que je vous ai remarquée dès le premier instant. Vous êtes grande, jolie, et vous avez une démarche si merveilleuse que vous pouvez faire vibrer le cœur des hommes les plus froids, les plus indifférents.

Le regard de Trotter brillait. Elle poussa un soupir de ravissement et ses seins s'enflèrent un peu plus.

– Pour toutes ces raisons, reprit Madison, tout en priant pour que son astuce marche, je vous ai réservé le rôle de la star dans le premier film porno que nous allons tourner.

– Vous voulez dire un vrai (bip) de (bip) de film?

– Exactement. Avec des types qui grimpent sur vous et qui vous mettent de tous les côtés. Toute une bande qui se battront pour vous avoir, pendant que vous resterez fière et pure et digne à les repousser à coups de pied, jusqu'à l'instant où, ôtant votre chemise dorée, vous révélant enfin absolument nue à la caméra, vous désignerez d'un doigt méprisant celui que vous choisissez. Et il vous possédera ensuite dans des draps de soie pendant que tous les autres s'écrouleront en larmes sur le plancher.

– Par tous les Saints Brûlants! s'exclama Trotter. Alors je suis vraiment une star? Oh, par toutes les queues des poissons-chauves-souris! Il faut que j'aille tout de suite dire ça aux filles!

Elle partit en courant, sa chemise flottant derrière elle. Madison vérifia sans perdre une seconde qu'il pouvait verrouiller la porte.

Son existence n'était pas exempte de risques. Mais il sentait sa confiance revenir. Elle avait gobé l'image qu'il lui avait présentée, elle s'était jetée dessus. Une fois encore, c'était le triomphe des PR. Mais cela ne le surprenait guère : après tout c'était son métier et il était un maître en la matière!

Mais dans les films qu'il comptait tourner, il n'y avait pas de rôle pour Trotter. Ils ne devaient servir qu'à un but unique : forger une image totalement neuve d'Heller, qui devrait s'imprimer à jamais dans les esprits, celle d'un parfait hors-la-loi! L'ennemi public numéro un, celui que tout le monde traquait! Célèbre dans tout l'univers!

Il se tourna vers la fenêtre. Et se demanda avec tristesse où pouvait bien se trouver Heller-Wister à l'heure qu'il était. Il était déjà l'objet d'un mandat d'arrêt général et il se terrait sans doute seul dans quelque sombre caverne, ignoré de tous, dépouillé de sa notoriété potentielle. Ma foi, se dit-il avec un sourire confiant, je peux remédier à ça. Avec une pareille équipe, j'arriverai à n'importe quoi!

Seigneur, M. Trapp serait fier de lui! Enfin l'heure du triomphe allait sonner pour le meilleur et le plus prestigieux des PR de la Terre! Il tenait là une occasion superbe de faire la preuve de ce qu'il pouvait accomplir!

3

Ils étaient tous au lit, à présent. Bien lavés et rassasiés. Peu importait à tous ces forçats l'heure qu'il était : dans la Prison Domestique de la Confédération, c'était toujours la nuit.

Le calme régnait donc dans tous les couloirs du soixante-seizième étage. Madison était étendu sur son lit aussi austère que vaste lorsque Flick, épuisé, se présenta au rapport.

– Ils dorment tous, chef. Visiblement, vous avez su les prendre en main et on a maintenant un vrai gang. Quand j'aurai pris un peu de repos, je me mettrai à l'œuvre et je dresserai un plan pour braquer les étages supérieurs. (Il acheva d'une voix étranglée par l'émotion :) Chef, vous ne pouvez pas savoir ce que c'est que d'être en passe de réaliser son rêve.

Madison se contenta de hocher la tête. Lui aussi avait son rêve. Il pouvait se montrer tolérant.

Flick le salua en croisant les bras et s'apprêta à se retirer.

Une plainte leur parvint de nulle part.

Elle se fit plus forte.

On criait un seul mot. Avec une panique qui culminait en un cri aigu de pure terreur!

Madison ignorait ce mot qu'il entendait maintenant répéter de toutes parts.

Des bruits de pas pressés. Un homme surgit dans la chambre et lança ce mot que Madison ne comprenait toujours pas avec une violence à crever les tympans!

– Hé, toi, le grimpeur! lui cria Flick. Reviens!

Mais l'autre avait déjà déguerpi, continuant sa course démente de chambre en chambre en hurlant!

C'ÉTAIT LE PANDÉMONIUM!

Toute l'équipe hurlait et courait derrière le grimpeur pour l'arrêter.

Quant à Flick, il avait disparu. Madison enfila en hâte son pantalon et se précipita derrière la horde déchaînée.

Ils avaient réussi à barrer la route au grimpeur et à le ramener. Madison intervint juste à temps pour voir deux costauds lui bondir dessus.

Tous roulaient des yeux hagards.

Le grimpeur continuait à glapir le même mot incompréhensible tout en gesticulant, l'écume aux lèvres.

– Mais qu'est-ce qu'il dit? fit Madison.

Le scénariste de films d'horreur, qui se trouvait de l'autre côté, hurla pour se faire entendre par-dessus le tumulte.

– Il vient de l'arrière-pays de Flisten, si j'en juge par la forme de ses yeux et la taille de ses ongles. Ces gens-là, c'est comme des singes.

– Mais qu'est-ce qu'il crie?

– Je ne parle pas le guaop! Mais je connais quand même ce mot. Il signifie « fantômes »!

Madison répéta les syllabes. Ça donnait quelque chose comme « glissetrouille ». Il se pencha et cria le mot à l'adresse du grimpeur.

L'autre le répéta plus fort et pointa un doigt tremblant vers le plafond.

– Le sale (bipeur)! jura Flick. Il est allé dans les étages supérieurs!

– Mais qu'est-ce qu'il entend par « fantômes »? demanda le réalisateur. (Il cria à son tour au grimpeur, dominant le brouhaha :) Ces fantômes, où est-ce que tu les as vus?

Le Flistenien se contenta de hurler plus fort encore et d'agiter plus violemment la main.

Le réalisateur se précipita alors dans le couloir vers l'endroit où le grimpeur avait surgi.

Et toute la bande se rua derrière lui. Madison et Flick restèrent seuls avec le grimpeur, essayant de le ramener au calme et de le faire parler. Très vite, il se mit à sangloter sans rien dire de cohérent et ils n'eurent plus qu'à essayer de retrouver les autres. Ils entendirent leurs cris tout au bout du couloir et coururent dans cette direction.

Ils arrivèrent juste à temps pour entrevoir une des filles qui disparaissait, dernière de la bande, sur une rampe qui accédait au soixante-dix-septième étage.

– Reviens! cria Flick. C'est de la triche!

Et il s'élança derrière elle, suivi de Madison.

Un claquement violent et ils se heurtèrent à ce qui semblait bien être une plaque de verre blindé qui venait de s'abattre devant eux comme une barricade.

Infranchissable.

Ils se mirent à tambouriner. Au-delà, trois couloirs s'amorçaient et ils virent les autres : ils s'étaient séparés en trois équipes et couraient dans toutes les pièces à la poursuite des fantômes!

Soudain, le groupe qui se trouvait dans le couloir de droite se figea sur place.

ET CE FUT L'ENFER!

En hurlant, ils tentèrent tous de battre en retraite.

LES « BOUTEILLES BLEUES »!

Toute une escouade de police, cingleur au poing, les chargeait!

– Mes Dieux! s'écria Flick. On nous a donnés! Revenez! VITE!

Le groupe qui se trouvait dans le couloir central se dispersa brusquement.

DES SOLDATS ATTAQUAIENT!

Un genou en terre, ils épaulaient leur arme avec un rictus impitoyable! Les flammes jaillirent en grondant!

Le groupe du couloir de gauche avait entendu et faisait demi-tour.

Trop tard!

DES ASSASSINS BRANDISSANT DES COUTEAUX ÉLECTRIQUES LEUR BARRAIENT LE PASSAGE!

Ils fuirent, terrifiés!

Madison et Flick revinrent anxieusement au couloir de droite.

QUI ÉTAIT VIDE!

Ils regardèrent celui du centre.

DÉSERT!

Et celui de gauche.

PERSONNE!

TOUTE L'ÉQUIPE S'ÉTAIT VOLATILISÉE!

C'est alors qu'une forme spectrale, brumeuse, flotta jusqu'à la paroi de verre ET LEUR RIT AU VISAGE!

Et ce rire était si abominable que Madison et Flick s'enfuirent en courant!

4

De retour dans la chambre de Flick, ils se regardèrent.

Tout était silencieux.

Ils étaient absolument morts de peur, mais ce n'était pas exactement ce qui dominait leurs pensées.

ILS AVAIENT PERDU TOUTE LEUR ÉQUIPE!

Flick parvint enfin à maîtriser ses halètements.

– Voyons que je réfléchisse... Où ont-ils bien pu aller? Ça y est, j'y suis! Le gardien m'a prévenu à propos de ces pièges. Ils ont dû y tomber. Je pense que les lumières se sont éteintes ou quelque chose comme ça, puisque nous n'avons vu personne tomber, mais c'est la seule explication. Ils doivent tous être quelque part là-haut. Il faut qu'on y retourne.

– Je n'ai pas d'arme, dit Madison.

– Mais vous avez vos mains. Et avec ça, vous pouvez tuer, je crois, non?

Madison savait qu'une fois encore il devait penser très vite. Et une fois encore, il y parvint.

– Et cette boîte qu'avait le gardien? Qu'est-ce que vous en avez fait?

– Elle est dans l'aircar.

– Et toutes ces instructions qu'on nous a données, cette grosse pile?

– Mais oui, dit Flick, saisissant soudain où il voulait en venir. Ça devrait nous dire où sont situés les pièges. Peut-être que tout notre gang est bouclé quelque part.

Peu après, ils étaient en possession du manuel d'informations et d'instructions haut d'un mètre qu'ils se mirent à feuilleter fébrilement. Mais ils n'en tirèrent pas grand-chose. Néanmoins, avec la boîte comme arme essentielle, ils regagnèrent la rampe d'accès aux étages.

Flick trouva le bouton adéquat. La barrière de verre était un des obstacles mentionnés par le gardien. Elle se leva.

Il trouva un autre bouton marqué *neutralisation générale*. Il appuya dessus et ils s'engagèrent dans le premier couloir du soixante-dix-septième étage.

Ils n'y trouvèrent rien. Un silence total régnait, qui n'était troublé que par leurs pas. Flick braqua une torche.

Pas de police.

Ils prirent le couloir du milieu, là même où ils avaient vu disparaître une partie de l'équipe.

Pas de soldats. Rien.

Ils enfilèrent alors le couloir de gauche, qui semblait continuer à l'infini devant eux et se perdre dans le noir, sans trouver trace du moindre assassin.

Madison était effondré. Non seulement ces appartements étaient hantés, mais ils dévoraient les gens. Toute leur équipe y était passée. Pas étonnant qu'aucun acheteur ne se fût présenté !

– Il y a peut-être d'autres trappes ailleurs, suggéra Flick.

Et il précéda Madison dans un couloir latéral.

Il leur sembla qu'ils se retrouvaient dans une pièce très vaste mais terriblement obscure. Flick promena le faisceau de sa lampe autour d'eux. On aurait dit une taverne. Des tables et des chaises étaient disposées sur le sol et il y avait un bar en bois naturel poli.

Flick s'en approcha et regarda dessous.

– Une trappe ! lança-t-il en pointant l'index.

Brusquement, la lumière jaillit.

En même temps, un brouhaha de conversations envahit la taverne.

À CHAQUE TABLE, DES OFFICIERS DE L'ARMÉE BUVAIENT DU TUP !

Ils riaient et bavardaient en bons camarades. À l'autre extrémité de la salle, un groupe avait entonné un chant militaire. Et tous arboraient des uniformes anciens et couverts de moisissure !

Un capitaine, assis à une table non loin de Madison et de Flick, se tourna vers eux et leur lança :

– Venez donc boire un coup !

Flick déguerpit comme s'il avait tous les démons des Enfers à ses trousses !

Puis il se rendit compte que c'était Madison qui courait derrière lui.

Il s'arrêta net et reprit son souffle.

– Par toutes les queues de toutes les comètes, cet endroit est abominable! Les fantômes de tous ces officiers morts depuis si longtemps, en train de faire la bringue dans une taverne! Il y a de quoi vous glacer le sang!

– Les gens de notre équipe sont peut-être dans une des pièces voisines, suggéra Madison.

– Oh, tout ça ne me plaît guère. Sur Calabar, on n'a pas ce genre de bizarrerie. Tout est normal, chez nous. Quand les gens sont morts, ils ont au moins la décence de le rester. La pesanteur est supérieure, vous comprenez. Comme ça, les cadavres restent mieux dans leurs tombes. (Bip) de Voltar! Écoutez mon conseil, chef : ici, si vous tuez quelqu'un, enterrez-le AVEC DU PLOMB AUX PIEDS!

Madison entra dans une pièce, Flick sur ses talons. Un lit, une table et une chaise se dessinèrent dans le faisceau de la torche. Puis une haute fenêtre, avec un fauteuil sur le côté, placé là comme une invitation à s'asseoir afin de contempler la vue. C'est alors que Madison découvrit une boîte noire contre la paroi, près de la porte. Il s'en approcha. Flick, lui, examinait le lit qui se révéla en fait n'être pas un lit mais un simple bloc de pierre.

– Chef! J'ai déjà vu un machin comme ça. C'était un autel sacrificiel, sur Mistin. Cet endroit me fiche la trouille.

Madison ouvrit la boîte noire et vit plusieurs boutons. Il appuya sur le plus gros.

UN TORRENT DE BRUIT!

La fenêtre fut illuminée par les flammes rouges de l'Enfer!

Là, dehors, les Démons attisaient un brasier!

Un long cri déchirant s'éleva quand deux autres Démons jetèrent une jeune fille dans le feu écarlate!

Flick était paralysé, fasciné par la scène.

Madison regarda dans la pièce.

TROIS DÉMONS ROUGES ÉTAIENT ASSIS LÀ!

Un homme démembré apparut sur l'autel sacrificiel, répandant son sang! Un nouveau Démon surgit et lui plongea un couteau dans le cœur! La victime poussa un hurlement!

Le Démon assis dans le fauteuil se tourna vers Flick :

– Ne t'éloigne pas. Ça va être ton tour!

Flick détala à toutes jambes, heurta Madison et ils s'effondrèrent tous les deux sur le seuil. Ils descendirent le couloir à quatre pattes.

Enfin, ils s'arrêtèrent, épuisés, haletants.

– Je déteste cet endroit, dit Flick.

Madison reprit le contrôle de ses nerfs.

– Écoutez, Flick, il faut que nous retrouvions notre équipe. Essayons encore ici.

Nerveusement, Flick promena le faisceau de sa lampe dans une nouvelle pièce. A l'évidence, il s'agissait d'un luxueux salon avec diverses alcôves. Le sol était aussi nu que les murs, comme si l'occupant avait à moitié déménagé.

Au centre était disposée une longue table-buffet et Flick ouvrit une porte, espérant probablement découvrir des vases ou des pièces de valeur. Mais c'était un autre panneau de contrôle.

– Surtout ne touchez pas le gros bouton, le prévint Madison. J'ignore ce qui pourrait arriver.

Flick promena le doigt sur une rangée de boutons et se décida enfin à en presser un.

La lumière jaillit.

Ils pouvaient maintenant voir que c'était vraiment une très belle pièce, même dans son actuel état de dénuement.

A l'autre extrémité, ils découvraient de hautes portes en verre. Flick appuya sur un autre bouton et des projecteurs s'allumèrent sur un délicieux jardin. Des oiseaux chantaient autour d'une fontaine.

Fasciné, Flick appuya sur un troisième bouton.

Et soudain, tout le salon fut richement décoré!

Il y avait maintenant un tapis sur le sol.

Des vases chargés de fleurs apparurent sur des consoles.

ET DES TABLEAUX SE MATÉRIALISÈRENT SUR LES MURS!

D'un geste vif, Flick éteignit, et les vases, les fleurs, le tapis et les tableaux s'évanouirent!

– OH, MES DIEUX! s'écria Flick. Tous ces objets d'art qu'on voulait voler. Ce n'étaient que des illusions électroniques!

Et Madison comprit soudain. Il avait vu de ses yeux Lombar Hisst en uniforme rouge parader devant un dispositif que le Maître de la Cité du Palais avait fait installer devant une école, et un Lombar Hisst haut de cinquante mètres, en chair et en os, avait donné sa bénédiction.

Oui, le général Loop était sans doute un vrai dingue avec ses mises en scène, ses officiers morts, ses Démons et tout le bazar. Mais, en ce qui concernait la sécurité, c'était un petit malin.

IL N'Y AVAIT ABSOLUMENT RIEN À VOLER!

Les larmes ruisselaient sur le visage de Flick. Il s'éloigna d'une démarche pesante. Et, la voix lourde de chagrin, il marmonna :

– Adieu mon rêve.

Il redescendit vers le soixante-seizième étage, laissant à Madison la tâche de retrouver seul l'équipe disparue.
Ce fut un instant de douleur et de désespoir.

5

Madison s'était acharné durant des heures afin de récupérer son équipe. Des bandes roulantes dissimulées sous les couloirs des étages supérieurs les avaient expédiés dans une « prison » au soixante-seizième, et là ils avaient attendu dans la crainte d'être renvoyés à la Prison Domestique dès que Madison les ferait sortir.

L'électronicien, passablement gêné, avait expliqué que lui aussi s'était laissé avoir, car, dit-il, ce système n'était utilisé que par les Services de Sécurité du gouvernement. Il récupéra une pièce détachée dans un magasin de stock d'électronique et, après l'avoir examinée, il leur montra la puce à peine grande comme la pointe d'un stylo-bille qui, placée sous un projecteur microscopique, produisait des images mobiles et sonores. Cette puce-là, heureusement pour eux, ne montrait pas des fantômes mais simplement un petit garçon en train de pisser. Le moral de l'équipe, du coup, remonta en flèche, même si les rires sonnaient encore un peu creux.

Le grimpeur, au terme de plusieurs crises de convulsions, avait dominé sa peur. Il avait maintenant conscience que les autres riaient de lui et il voulait à tout prix faire ses excuses.

Ils reconnurent tous que le général Loop avait détourné des appareils et des biens appartenant au gouvernement, ce qui faisait de lui un criminel, un confrère, et réglait au mieux les choses. Qu'il ait considéré cela comme un simple hobby ou qu'il ait réellement souhaité faire crever de trouille ses camarades officiers, ça n'était pas leur problème. Madison, lui, avait sa propre théorie : les fabricants, connaissant la réputation de demi-cinglé de Loop, avaient installé tous ces dispositifs dans l'espoir de gagner des contrats sur simple démonstration. Il avait noté différentes marques de fabrique sur les boîtiers de commande et il se disait que tout cela était encore inédit sur le marché et certainement pas connu du gouvernement. Il n'avait pas relevé un seul visa des Services de Sécurité. Et puis, si le gouvernement avait eu quelque droit sur tout ça, ou s'il en avait seulement connu l'existence, la place aurait été vidée de tout depuis longtemps. Cependant, il était d'accord avec l'équipe : ils avaient grand besoin de se détendre.

La crise était finie. Toute l'équipe avait pris du repos. Et Madison avait encore bien d'autres choses à faire.

Au soixante-seizième se trouvait une salle de réunion où le général avait sans doute eu l'habitude de rassembler son état-major les jours de briefing. Et Madison, ce jour-là, l'utilisait dans le même but.

Les membres de l'équipe semblaient nettement plus en forme : les hommes étaient rasés de frais, les cheveux coupés, les femmes étaient coiffées et maquillées. Certes, ils étaient encore tous assez maigres mais un bon petit régime pouvait y remédier. On devinait encore sur les visages la pâleur du cachot, mais quelques séjours sous des lampes à ultraviolets leur rendraient un teint plus naturel. Quant à leur odeur fétide, elle avait disparu !

Les cuisiniers s'étaient affalés près des portes tandis que les autres s'installaient sur les bancs et les chaises. Madison monta sur l'estrade. Tous les regards se fixèrent sur lui.

– Si je vous ai tous rassemblés cet après-midi, commença-t-il, c'est afin de vous expliquer clairement la raison de votre présence ici. Je suis certain que nombreux sont ceux d'entre vous qui se sont posés la question et l'essence même d'une équipe, c'est un but commun.

» Je sais aussi que certains sont curieux de savoir enfin ce qu'est réellement un PR. Je peux vous dire déjà que ça n'a rien à voir avec un officier de tutelle, mais j'ai dû leur raconter ça pour vous faire sortir.

L'équipe, tout à coup, était plus attentive. Ils se sentaient rassurés de n'être pas entre les mains d'un officier de l'Appareil mais devant quelqu'un qui semblait vouloir leur dire qu'il poursuivait des buts personnels, qui pouvait même être un criminel comme eux, utilisant l'Appareil à des fins tordues qui ne concernaient que lui. En quelques secondes, la popularité de Madison venait de grimper.

– PR, reprit-il, signifie très exactement PUBLIC RELATIONS. Relations avec le public, si vous voulez. Et ce sera désormais l'essentiel de votre activité.

Ils hochèrent la tête, mais ils paraissaient maintenant perplexes. C'était une chose dont ils n'avaient jamais entendu parler. Leurs seules relations avec le public avaient été d'assassin à victime.

– Comme ce sera désormais votre travail, reprit Madison, je ferais mieux de vous l'expliquer en détail.

Il se redressa, très raide, et son visage s'illumina. Car il aimait profondément le sujet qu'il allait aborder. Et c'est d'une voix ample qui eût convenu à un prêcheur dans une cathédrale qu'il commença :

– Le PR est l'un des plus nobles produits de la pensée humaine!

Le public était subjugué et des yeux ronds étaient rivés sur lui.

Il était lancé. Et le ton de sa voix était une caresse élégiaque.

– L'art des *public relations* transcende de loin la peinture et la poésie grossière.

Ils étaient bouche bée.

– C'est l'art magique qui consiste à dire aux gens ce qu'ils doivent penser et à les matraquer jusqu'à ce qu'ils changent d'idée.

Un homme de main lança :

– On aime mieux ça. Est-ce qu'il faudra cogner doux pour estourbir ou dur pour tuer?

Madison afficha son plus beau sourire.

– Il faut toujours frapper pour casser la baraque.

Une vague de murmures lui répondit. Ils acquiesçaient tous.

– Vu! clamèrent la plupart.

Et quelqu'un confia à un voisin, à voix haute :

– C'est bien ce que le lieutenant Flick a dit l'autre soir. C'est un tueur! L'un des plus célèbres meurtriers de tous les temps!

Et chacun d'applaudir, y compris les cuisiniers. Et de scander en chœur :

– Le chef! Le chef! Le chef!

Madison, expert dans la science des prestations scéniques et leur durée, sut qu'il devait mettre un terme à son speech. Il s'inclina.

Le tumulte s'apaisa et l'équipe commença à se disperser. C'est alors qu'il prit conscience que Flick n'était pas là.

Il demanda :

– Où est le lieutenant Flick?

La femme-pilote lui répondit :

– Il est au lit. Il ne m'a même pas touchée. Je ne peux pas faire mon travail. Je pense qu'il a le cafard. Je dirais même qu'il est suicidaire.

Madison, passablement inquiet, se dirigea rapidement vers l'appartement que Flick s'était approprié.

Flick était allongé, le visage tourné vers le mur. Il semblait totalement abattu. Madison dut le secouer par l'épaule avant qu'il réagisse.

– Qu'est-ce qu'il y a? lui demanda-t-il.
– La vie est finie pour moi, marmonna Flick.
– Comment ça?
– Il ne faut jamais voler ses rêves à un homme. Sinon c'est la mort pour lui.
Madison l'observa. Il était à l'évidence au stade de la léthargie. Il ne pouvait le laisser dans cet état. Il réfléchit rapidement.
– Vous n'avez pas d'autres rêves, Flick?
Flick geignit et se remit enfin sur le dos.
– Un seul, mais il est impossible. Je ne devrais même pas y songer.
– Parlez-m'en.
– Chaque fois que je le fais, je dois y renoncer. C'est de rencontrer Hightee Heller en personne. (Autre geignement.) Mais elle a des milliards de fans. Jamais je ne pourrais me frayer un chemin dans une foule pareille. Je n'ai même jamais réussi à acheter un billet pour un de ses concerts. Il vaut mieux ne plus en parler. Non, la vie du pauvre Flick est bien foutue.
Et il se retourna face au mur avec un ultime soupir frémissant.
Madison, pensif, alla jusqu'à la fenêtre. Le dôme géant de la Vidéo planétaire luisait dans le soleil de fin d'après-midi. Il y eut un déclic dans sa tête.
Lombar essayait de mettre la main sur Heller. Et Madison avait également besoin de savoir où il se terrait.
Les grandes lignes d'un plan commencèrent à s'esquisser sur le verre, là, sous ses yeux. En Century Old corps 12.

1. Il existait une faible chance pour que Hightee Heller sache où se trouvait Heller-Wister. Dans ce cas, Madison pourrait la faire parler.
2. Si elle l'ignorait, elle pourrait peut-être lui fournir des indices – à son insu, bien sûr, qui permettraient d'obtenir cette information par quelqu'un d'autre.
3. Il devait trouver un motif pour la revoir souvent afin de récupérer cette information lorsqu'elle l'aurait.

Et soudain, toute la page se forma et un titre apparut, une manchette en capitales corps 18 :

CONSTRUIRE L'IMAGE
AVANT DE LA COLLER SUR HELLER!

– Youpie! cria Madison.

Il fit un bond sur place, puis se mit à danser autour de la pièce. Maintenant, il savait TRÈS EXACTEMENT comment s'y prendre!

– Qu'est-ce qui se passe, par tous les Enfers? hurla Flick, effrayé soudain à l'idée que Madison était devenu fou.

Madison courut jusqu'au lit et posa sur Flick son regard le plus franc, le plus sincère.

– Flick, si je vous présente en personne à Hightee Heller, est-ce que vous cesserez de monter des cambriolages?

Flick répondit à son regard. Et vit que Madison était franc, sincère, et ne plaisantait pas.

– Il le faudra bien, dit-il. Si je rencontre Hightee Heller en personne, je serai incapable de faire d'autres cambriolages. Je serai devenu un autre homme!

– Bien. Marché conclu, alors. Si je m'arrange pour que vous la rencontriez, les seuls crimes que vous commettrez ensuite seront ceux que j'aurai ordonnés. Nous sommes d'accord?

Flick opina vaguement, sans grand espoir.

– Parfait, reprit Madison. Levez-vous et habillez-vous. Nous avons du travail!

Et il quitta l'appartement en courant, toujours sous l'extase du plan qu'il venait de concevoir.

Oui, il avait tout remis en route! Et il sentait presque déjà le parfum de la victoire! Cette fois, il allait VRAIMENT EN FINIR AVEC HELLER!

6

La première chose qu'il fit fut d'obtenir de Flick le nom d'un bijoutier fourgue.

Flick, avec sa fille de compagnie, s'installa aux commandes du Modèle 99 tandis que Madison prenait place à l'arrière.

Ils jaillirent du hangar et montèrent en flèche dans le ciel. La Cité des Bas-Fonds était comme une immense tache qui grandissait de seconde en seconde.

– Je connais personnellement le type, expliqua Flick. Il est de Calabar, comme moi. Il est riche, je suis pauvre. Je faisais des casses. Lui, il récupérait les trésors que lui apportaient les pilleurs de tombes. Tout le monde pense qu'il est parfaitement respectable et je sais ce qu'on pense de moi : je me suis fait prendre et j'ai terminé dans l'Appareil. Lui, il a épousé la fille d'un riche bijoutier et c'est maintenant « un honnête commerçant ».

L'instant d'après, il désigna à Madison un square qui était comme une île préservée au sein de l'océan du ghetto.

Ils se posèrent et, instantanément, le Modèle 99 rutilant attira une horde de gamins à l'air dur qui se mirent à les conspuer. Madison prit alors conscience que la fille de compagnie de Flick n'était pas là uniquement pour se faire peloter. Car elle venait de bondir au-dehors comme une tigresse. Elle brandissait un cingleur. Elle se rua sur le plus gros et le garçon reçut le cingleur en plein sur les dents, dans une giclée d'étincelles. Il ne put faire qu'un pas en arrière : elle l'avait déjà agrippé par le bras. Elle effectua une sorte de mouvement de rotation pour le soulever de terre et s'en servit comme d'une faux pour dégringoler tout le premier rang.

Les autres déguerpirent à toute allure. L'écho de leurs cris s'estompa au loin et la fille remit le cingleur dans la ceinture de son uniforme violet avant de revenir vers l'aircar. Elle ouvrit la portière avec une courte révérence.

– Faites attention, chef. C'est sale par ici.

S'il n'avait pas vu son regard de tueuse lorsqu'elle avait jailli de l'aircar ni entendu son grognement de fauve cruel quand elle avait frappé avec son cingleur, il aurait été totalement subjugué par son sourire aussi modeste qu'adorable. Quelle équipe! songea-t-il avec plaisir. Efficace avec une image aussi fausse que bonne!

Madison, impeccable, élégant, contourna les saletés – qui étaient en fait le corps inerte du voyou que la fille avait utilisé pour faucher les autres – et, suivi de Flick, il se dirigea vers la boutique du bijoutier.

La devanture donnait tout à fait le change : derrière les barreaux et la vitre blindée étaient disposés des colifichets bon marché.

Ils furent accueillis par un vieil homme coiffé d'une casquette noire avec une loupe lumineuse qui les précéda vers le fond de la boutique. Ils se retrouvèrent dans un bureau luxueux qui n'avait rien à voir avec le reste.

Un personnage ventru, graisseux, installé derrière une table de marbre, se leva à leur entrée. Sa tête était ovale et aplatie comme celle de Flick et Madison se demanda si c'était là l'effet de la forte pesanteur de Calabar.

– Flick, mon cousin! Je suis heureux de voir que tu n'es pas retourné en prison. Mais regardez-moi ce splendide uniforme violet! Tu fais partie de la garde du Palais ou quoi?

– Cousin Baub, dit Flick, je voulais te présenter mon nouveau supérieur : Madison. Nous sommes toujours dans l'Appareil mais avec un statut bien différent.

– Ma foi, cousin Flick, je me suis laissé dire que l'Appareil avait pris en charge la garde de la Cité du Palais. Mais ton ami est-il sûr?

– Je réponds personnellement de lui. C'est un criminel de première catégorie qui agit clandestinement.

– Eh bien, d'accord. Asseyez-vous, mes amis. Mais je dois vous prévenir : notre stock est saturé et si vous avez volé quoi que ce soit dans les palais, je ne pourrai vous en donner un bon prix.

– C'est une bonne nouvelle, déclara Madison en s'asseyant. Car voyez-vous, Baub, nous sommes acheteurs et non vendeurs.

– Ho, ho, cousin Flick! s'exclama Baub. Je constate effectivement que tu t'es fait une place dans le monde!

– *Monsieur* Baub, reprit Madison, je suis persuadé que, lorsque vous recevez des pierres volées, vous les retaillez et les remontez afin qu'on ne puisse pas les identifier rapidement.

– C'est exact, oui. Mais les pierres de grande valeur ont une taille telle que l'on connaît leur indice de réfraction, et en ce cas il faut être très prudent.

– *Monsieur* Baub, l'on me dit que vous êtes un homme discret. Je désire une pierre absolument éblouissante, montée de façon absolument éblouissante, dans un style jamais vu auparavant et que nul ne puisse reconnaître!

– Ah, ah! Vous voulez parler de « L'Œil de la Déesse »?

– Si elle a un nom, c'est qu'elle est connue.

– Pas du tout. Personne ne peut la connaître. Parce que je viens juste d'inventer ce nom.

Madison, ravi, éclata de rire. Voilà au moins quelqu'un avec qui je peux faire affaire, se dit-il. Il est presque de mon niveau.

– Il y a quelques années de ça, continua Baub, sur Calabar, où tout est très grand, il advint que quelques pillards s'introduisirent dans un tombeau ancien, prévoltarien. Jusqu'alors, l'existence de ce tombeau était demeurée inconnue, mais pas celle des pillards. Ils avaient la police à leurs trousses et furent repris. On inventoria le contenu du tombeau qui vint enrichir le Trésor National. Alors qu'on conduisait les pillards vers les bureaux afin de procéder à leur interrogatoire, leur airbus fut pris dans une trombe et alla s'écraser sur une chaîne de montagnes haute de 60 000 mètres – vous voyez que tout est terriblement grand sur Calabar – et ce fut fini pour eux. Mais un des pillards, lors de l'intervention de la police dans le tombeau, avait pu s'échapper. La police n'a jamais eu vent de son existence. (Baub regarda Madison droit dans les yeux.) Et ce pillard, c'était moi.

Il se rassit, avec une trace de nostalgie dans le regard.

– Oui, je regrette bien cette époque. Des pierres, j'en avais un plein sac. Jamais elles n'ont été enregistrées. Elles ne figurent sur aucune liste. Je les ai dépensées l'une après l'autre et j'ai vécu une jeunesse dorée magnifique... (Il soupira.) Mais je vous parle d'il y a soixante-dix ans...

Il se leva et passa dans une pièce annexe où d'innombrables coffres étaient disposés. Il en revint avec un petit sachet de soie qu'il posa sur le bureau avant de se rasseoir.

– Dans cette bourse, il y a une pierre dont je n'ai jamais pu me dessaisir. Je n'ai même jamais osé la montrer à qui que ce soit. Impossible de dire que je l'avais trouvée dans le ruisseau, puisqu'elle était déjà taillée. Et je dois également vous mettre en garde : dès qu'elle fera son apparition sur le marché, on posera des questions, car elle est par trop exceptionnelle. Si elle sert vos desseins, elle est à vous.

Il ouvrit la bourse en l'étirant par les côtés, et là, sur la soie, devant Madison, il y eut soudain un joyau scintillant gros comme un œuf de poule. Il se pencha sur lui, incrédule, clignant des yeux.

– J'ignore comment nos ancêtres ont pu réussir ça, dit Baub. Je ne sais même pas si cette pierre est naturelle ou artificielle. Mais ce que vous contemplez est une émeraude enfermée au cœur d'un diamant. L'émeraude est d'une eau parfaite et n'a qu'un unique crapaud. Quant au diamant, c'est un blanc-bleu sans défaut. J'ajouterai que je ne peux vous vendre cette pièce qu'à la seule condition que vous puissiez garantir absolument que son origine vous a été absolument expliquée.

– Ça, je veux vous le certifier, dit Madison. À combien se monterait votre prix?

– Cette pierre est trop grosse. Elle ne saurait être montée que sur une couronne ou en médaillon. Immédiatement après lui avoir donné un nom, il m'est venu à l'idée qu'on pourrait la monter dans un serti ovale, comme un œil, avec des paupières d'or et des cils faits d'infimes brins de diamants. Et le bijou se porterait sur une solide chaîne d'or, car il est lourd, vous savez. Tenez : soupesez-le.

Madison demanda :

– Serait-il possible de le poser sur une coiffe de résille d'or afin qu'il se place au milieu du front?

– Waouh! s'exclama Flick. Là, ça jetterait!

– Il vous faudrait combien de temps? ajouta Madison. J'en ai besoin très vite.
– Oh, mon vieil employé peut s'y mettre tout de suite. La résille d'or, c'est assez facile à tisser. Disons deux jours.
– Parfait. Et ce sera combien?
– Eh bien, fit Baub, le regard fuyant, disons que c'est un souvenir de jeunesse. Mettons... 100 000 crédits...
Madison évalua la somme en dollars. Il n'existait pas de pierre de 2 millions de dollars à sa connaissance. Il se souvenait que, sur Terre, un acteur du nom de Richard Burton avait offert à une actrice appelée Liz Taylor l'un des joyaux les plus extravagants qui fût. Il avait lu ça dans la presse mais il croyait se rappeler que cette pierre n'avait pas dépassé le million et demi. Et il n'avait pas l'intention de se servir de son identoplaque pour cette transaction. Trop risqué.
Mais ce fut Flick qui vint à son secours :
– Cousin Baub, je te considérais comme un ami. Tu sais très bien que tu ne pourras jamais te défaire de ce bijou. Je t'amène un acheteur et tu veux l'assassiner. Je ne te demande même pas de me donner mes 10 % comme d'habitude. On t'en donne 5 000 crédits, et c'est encore beaucoup.
– Hors de question, protesta Baub.
– Écoute, Baub. Nous sommes de la même famille. Tu ne l'as pas oublié, non?
Baub soupira.
– Trente cinq mille crédits. Dernier prix! Plus le montage et la coiffe.
– D'accord pour 35 000 avec le montage et la coiffe.
– Non!
– Vingt mille, alors.
– NON, NON, ET NON! Tu viens de m'en proposer 35 000!
– Vendu! dit Flick. Chef, donnez-lui l'argent!
Peu après, tandis qu'ils regagnaient l'aircar auprès duquel la fille montait fermement la garde, Madison déclara :
– J'ignorais que vous preniez 10 % sur tout ce que je dépense!
– Oui, et ça m'épuise à chaque fois de venir réclamer ma commission. Mais je viens de vous faire économiser 70 000 crédits et vous voyez que c'est justifié. Mais pour ce cadeau, je ne prends pas de commission. Pas question d'escroquerie quand il s'agit d'Hightee Heller. Elle est sacrée! « L'Œil de la Déesse »... Ça lui va parfaitement! Je commence vraiment à croire que je vais la rencontrer en chair et en os!

Madison s'installa en souriant. « L'Œil de la Déesse » n'était pas son seul et unique plan en ce qui concernait Hightee Heller.

7

Deux jours plus tard, Madison se rendit chez Hightee Heller. Flick avait pris un bain pendant des heures et s'était rasé. L'un des taulards déclara qu'il avait astiqué le Modèle 99 jusqu'à ce que les anges de ses enjoliveurs crient de douleur. Flick, inflexible, avait exigé que la fille de compagnie ne vienne pas avec eux. On aurait pu penser en le voyant qu'il vivait la grande passion de sa vie : il pétillait littéralement.

Madison espérait qu'il avait lui-même l'air aussi en forme. Il regrettait de ne pas porter un élégant costume de ville, son uniforme de combat par excellence. Il avait choisi une tunique gris acier avec un pantalon assorti, sans la moindre fantaisie, mais l'aspect satiné du tissu révélait qu'il valait une fortune. Les manches à patte, cependant, le gênaient : il risquait, d'un geste maladroit, de faire tomber des choses. De ce fait, il s'était obligé à s'entraîner pendant une demi-heure à saisir divers objets sans rien accrocher. Et il avait consacré une bonne heure à répéter son sourire le plus engageant et le plus ingénu devant une glace.

Mais ses préparatifs ne s'étaient pas limités à cela. Il avait fait suer le scénariste de films d'horreur pendant un jour et une nuit. Et l'un des reporters, jadis exclu de l'Académie Royale des Arts, avait écrit une petite poésie.

Les connaissances de Madison en matière musicale auraient dû normalement être appréciables. Il avait huit ans quand sa mère avait décidé qu'il serait pianiste concertiste. Il avait travaillé le piano avec d'innombrables professeurs jusqu'à l'âge de douze ans. Le dernier en date de ses maîtres s'était aperçu, comme ses prédécesseurs, que Madison, inévitablement, jouait un air de ragtime quand on lui demandait de répéter un concerto classique de la facture la plus austère. Ledit professeur lui avait donné le fouet. La mère de Madison n'avait pu supporter cela et l'homme avait été mis à la porte manu militari. Madison, quant à lui, avait terminé sa carrière de virtuose avec les fesses en feu. Il espérait se rappeler suffisamment toutes ses leçons pour ne pas faire de fausse note. Car il allait affronter une musicienne accomplie. Dans un coup aussi important, le moindre détail était essentiel.

Pour le rendez-vous, il y était allé sur la pointe des pieds. Lorsqu'il avait appelé sa maison de Pausch Hills, il avait eu un domestique au vidéophone. Il lui avait déclaré qu'il avait un message du frère de Hightee, Jettero Heller.

L'homme avait aussitôt répété ses paroles et une voix – hors champ – avait dit :

– Se peut-il qu'il sache où se trouve Jettero? J'aimerais bien le savoir.

Il avait instantanément compris, alors, que Hightee ignorait où Heller se terrait. Il était passé en douceur à la deuxième phase de son plan pour repérer Heller-Wister pour Lombar. Ensuite, il pourrait commencer à lui construire une image.

– Dites à votre maîtresse que je ne puis lui délivrer ce message par vidéophone : son frère me l'a personnellement ordonné. Je suis un officier de l'Appareil en mission commandée auprès de la Vidéo planétaire. Je me nomme J. Walter Madison.

Très vite, il avait obtenu un rendez-vous à une heure.

Et maintenant, sous un soleil étincelant, il s'apprêtait à se poser sur la terrasse de la résidence de Hightee Heller.

Il était très impressionné! La résidence semblait occuper des hectares, tout en haut d'une construction à la fois imposante et élégante. Il pouvait voir à des kilomètres à la ronde : rien ne bloquait son regard. Là-bas, il apercevait d'autres bâtiments somptueux. Un lieu pour les anges, flottant sur une bouffée de nuages! C'était en tout cas plus ou moins les paroles de la chanson que roucoulait Flick tout en posant le Modèle 99. Madison, cependant, fut très déçu de voir que seul un domestique était là pour les accueillir et non Hightee en personne ainsi qu'il avait espéré.

– Ma maîtresse vous attend dans l'orangerie, leur annonça l'homme. Je vais vous y conduire.

D'un ton sec, Madison ordonna à Flick de demeurer près du véhicule et suivit le domestique en costume noir au long d'un sentier sinueux. La première chose qui le frappa fut que les arbres grouillaient d'oiseaux qui chantaient sur des notes harmonieuses.

– Mais comment faites-vous pour tous les garder? demanda-t-il.

Au même instant, deux oiseaux au plumage splendide fondirent du haut des branches, parurent inspecter la mallette que tenait Madison et se mirent à voleter à hauteur de son visage en un manège accusateur.

– Le problème n'est pas de les GARDER, déclara le domestique, mais de les chasser. Il leur arrive d'entendre la musique de l'oratoire et ils arrivent depuis des kilomètres de distance pour chanter avec Hightee. Et ils l'accompagnent dans sa promenade en volant autour d'elle.

Une seconde constatation s'imposa à Madison : il n'y avait aucun garde en vue. Et il ne devinait aucune bosse suspecte sous la veste noire très ajustée du domestique. On ne lui avait pas demandé d'exhiber son identoplaque, ni avant l'atterrissage ni maintenant. Il pouvait être n'importe qui, même un assassin. Personne n'avait exigé d'inspecter sa mallette. Le laxisme le plus absolu régnait ici. Ce qui pourrait s'avérer très utile.

Néanmoins, il devait s'en assurer.

– Vous n'avez donc pas de gardes, de service de sécurité, ou quoi que ce soit?... demanda-t-il. Moi, ça m'inquiète pour elle.

Le domestique lui répondit d'un air hautain :

– Lady Hightee a quinze milliards de fans qui mettraient en pièces quiconque oserait l'agresser. Mais qui porterait la main sur la sœur du héros de la Flotte, Jettero Heller? Il faudrait d'ailleurs être fou pour vouloir du mal à Lady Hightee, et il est évident que tel n'est pas le cas pour vous.

Bien, se dit Madison. Confirmé : aucun dispositif de sécurité.

Ils arrivaient à l'orangerie : le soleil, à travers le treillage de lattes dorées, posait de douces flaques de lumière sur le sol.

Elle était là, installée devant une table avec quelques partitions, travaillant sans doute les paroles d'une nouvelle chanson. Elle s'avança jusqu'au seuil, les mains tendues pour accueillir Madison.

Et il ne put s'empêcher de vibrer devant une telle beauté. Elle portait un déshabillé d'un vert iridescent et ses cheveux, de la couleur de ceux d'Heller, étaient coiffés en un halo lumineux. Ses yeux étaient d'un bleu électrique et, sous leur regard, on se sentait bien. En vérité, par sa seule présence elle semblait rendre cette journée plus merveilleuse encore.

Madison s'arracha à son état de transe, prit la main qu'elle lui tendait, se pencha pour la baiser, mais le seul contact de sa peau faillit le paralyser. Oh oui, se dit-il, c'était bien Hightee Heller dans toute sa splendeur. Même le relief de la Vidéo planétaire ne pouvait rendre sa véritable image. L'espace d'un instant, il crut qu'il allait s'agenouiller malgré lui.

Toujours penché sur ses ongles dorés, il prépara son sourire le plus innocent et le plus éclatant. Tout en se félicitant de l'avoir répété avant son départ. Cette femme le laissait K.O., baba. À vrai dire, durant une fraction de seconde, sous le coup de l'admiration, il avait failli renoncer à ses plans. Mais il récupérait très vite.

Tout en revenant vers son siège pivotant, elle lui désigna d'un geste gracieux un fauteuil. Madison s'installa à califourchon sur un bras. Il aurait bien aimé qu'elle ne se tienne pas comme ça dans les flaques de soleil qui lui donnaient une radiance angélique. Ce qui ne lui facilitait pas la tâche.

Mais il s'accrochait à son sourire.

– Pardonnez-moi de me montrer tellement à l'aise, mais Jettero m'a si souvent parlé de vous que j'ai le sentiment de bien vous connaître.

Elle répondit à son sourire.

– Oh, Jettero et moi avons toujours été si proches l'un de l'autre. C'est un être tellement merveilleux.

– L'un des hommes les plus séduisants que j'aie rencontrés.

– Et sans doute le plus honnête qui soit, appuya Hightee.

– Oui, le prince des princes. Béni soit le jour où il m'a honoré de son amitié.

– Donc, vous le connaissez très bien?

– Je dirais intimement, fit Madison. Je dois avouer d'ailleurs que, souvent, j'éprouve de la gêne quand il me répète qu'il a confiance en moi. Mais quel réconfort, dans les périodes de malheur, lorsque tout est noir, de savoir que Jettero est votre ami. Sans lui, j'ignore ce que je ferais.

– C'est vrai, fit Hightee. J'ai toujours pensé que j'avais une chance immense d'avoir un frère tel que lui.

– Et un tel avenir!

– Il n'y a pas dans la Flotte un seul jeune officier qui ne suive son exemple.

– Oh, ça, oui, il ira jusqu'au sommet, dit Madison. Son triomphe est inévitable.

– Ses supérieurs ne jurent que par lui.

– Je suis convaincu que sa réputation sera universelle. À vrai dire, il mérite largement tout ce que l'on peut faire pour lui.

– C'est vrai. Toute petite fille, déjà, je me sentais plus à l'aise dans la vie à la seule idée qu'il était là. J'ai toujours vécu avec cette idée, que j'avais plus de chance que toutes les autres d'être sa sœur.

– Et moi que j'avais plus de chance que tous les autres types d'être son ami.

– Vous m'apportez vraiment un message de sa part? fit soudain Hightee, d'un ton avide.

– Plus que cela. En fait, il m'a fait donner ma parole d'honneur que je devais vous voir en privé pour vous remettre ce présent.

Il ouvrit sa mallette, en sortit l'écrin du bijoutier et ajouta :

– De la part de votre frère, avec tout son amour.

Et il lui tendit l'écrin en s'inclinant.

Elle l'ouvrit dans un rai de soleil, et le joyau renvoya la lumière en un millier d'étincelles de couleurs. Là, dans sa nouvelle monture, nichée dans la coiffe de résille d'or, la pierre était si splendide que Hightee en eut le souffle coupé. Jamais encore elle n'avait vu une telle merveille : une émeraude prisonnière d'un diamant parfait.

Lentement, elle posa la coiffe sur ses cheveux et la pierre, au milieu de son front, lança des traits de feu éblouissants dans toute l'orangerie. Elle prit un miroir à main et se regarda. Puis elle ôta la coiffe et l'examina. Madison observait son cou exquis : lentement, son pouls se calmait.

Elle leva les yeux sur lui.

– Mais comment a-t-il bien pu l'acheter? demanda-t-elle. Ça représente dix années de salaire!

– Oh, mais il ne l'a pas acheté. C'est une longue histoire. Ce joyau s'appelle « L'Œil de la Déesse ». Jettero est si valeureux, si téméraire, que ceci est un présent que l'Aga Khan lui a fait pour avoir sauvé la vie de son fils.

– Oh! Racontez-moi!

– Eh bien, Jettero est tellement modeste à ce propos qu'il ne m'a pas donné beaucoup de détails. Vous savez qu'il ne se vante jamais de ses exploits.

– Oui, c'est tout à fait lui.

– Mais il a eu droit à la une de tous les journaux. Voyez-vous : le fils de l'Aga Khan était à la chasse au tigre – une bête particulièrement dangereuse – et Jettero est arrivé du ciel pour arracher le fils de l'Aga Khan au fauve, avec ses seules mains.

– Mais c'est affreusement dangereux!

– Jettero est l'homme le plus courageux qui soit. Mais aussi le plus modeste, et je me demande même s'il voudra évoquer cet exploit lorsque vous vous retrouverez. Il se pourrait même qu'il en rie en disant que ça ne s'est jamais passé.

– Oui, c'est bien de lui. Mais poursuivez.

– Il répugne à accepter les hommages les plus mérités. Et quand l'Aga Khan lui a offert, en reconnaissance, ce bijou de famille, savez-vous que j'ai vu Jettero rougir? Je le jure. J'étais là et je l'ai vu de mes yeux. Il l'a glissé dans sa poche et il m'a chuchoté : « La seule raison pour laquelle je ne le lui rends pas, c'est que je pense que Hightee va l'aimer. »

– Comme c'est gentil.

– C'est lui, c'est tout, fit Madison. Et il a ajouté, après

m'avoir fait promettre de vous l'apporter dès que je serais revenu sur Voltar : « Dis-lui que je l'ai gagné en jouant aux dés, que ce n'est qu'une babiole et qu'elle n'a pas besoin de me remercier pour ça. » Mais je me suis senti incapable de vous mentir en vous l'apportant. Il fallait que je vous dise la vérité. Ne lui en parlez surtout pas. Il serait capable de me tuer à moitié!

– Mais, par tous les Cieux, il faut que je le remercie!

– J'ai songé à cela. Portez ce joyau lors de votre prochaine apparition à la Vidéo et sans révéler son origine, car cela ne ferait que le gêner et il saurait alors que je vous ai tout raconté. Dites simplement que ce bijou est un présent de votre frère Jettero à qui vous dédiez votre chanson ainsi qu'à tous ses amis officiers de la Flotte. Ensuite, choisissez une chanson qui parle de voyages lointains, de ceux que l'on aime qui sont restés au foyer. Puis dites que vous ne savez pas où est votre frère et que vous aimeriez tant le remercier de son cadeau. Et ses pairs officiers, en vous entendant, dans le but de vous aider, vous diront où il se trouve. Je suis persuadé que cela vous vaudra un torrent de lettres de fans. Et tous n'auront qu'un seul désir : apaiser votre inquiétude et vous faire savoir où est Jettero.

– Oh, mais c'est une très bonne idée. Mais vous qui l'avez vu de vos yeux, vous ne savez pas où il est?

– Hélas, dit Madison en secouant tristement la tête. L'un et l'autre, nous avons eu droit à une petite fête pour notre départ, car nous partions chacun de notre côté. Ce n'est qu'après le décollage de son vaisseau que j'ai pris conscience qu'il ne m'avait rien dit de sa destination. Mais que je le sache ou non, c'est peu important. Ce qui compte, c'est que vos craintes soient dissipées. J'ai donc écrit cette petite carte que vous pourrez citer pour savoir où il se trouve et le remercier en même temps.

Elle lut la carte et le petit poème.

– Mais c'est assez joli.

– Prévenez-moi aussi, ajouta Madison. Je m'inquiète à son sujet. Il est trop téméraire. Et il me manque à moi aussi.

Hightee se leva.

– En tout cas, je vous remercie d'être venu m'apporter ce cadeau.

Madison l'imita, mais dit aussitôt :

– Mais ce n'est pas tout ce que je vous ai apporté...

SOIXANTE-SEIZIÈME PARTIE

1

Hightee Heller dévisagea Madison, quelque peu décontenancée.

– Voulez-vous dire que, après ce magnifique cadeau de Jettero, vous auriez *quelque chose d'autre*? Ça, je dois dire que vous êtes un homme vraiment surprenant. Mais allez, venez, marchons un peu : depuis ce matin, je n'ai pas bougé.

Madison agrippa vivement sa mallette et lui emboîta le pas. Dès qu'ils sortirent de l'orangerie, des chants d'oiseaux s'élevèrent de toutes parts.

L'immense superficie de la terrasse était entièrement paysagée avec un art raffiné. Les sentiers sinueux ne cessaient de côtoyer les étangs, les cascades et de courir entre les rideaux d'arbres de telle façon que, quel que soit le parcours choisi, on abordait une nouvelle composition.

Hightee s'avançait d'une démarche légère, les mains dans les poches de sa blouse. Elle regarda Madison de côté.

– Alors, quelle est cette autre surprise?

– Votre prochaine comédie musicale! annonça-t-il. Je l'ai là, avec moi!

– C'est tout à fait inhabituel. Normalement, c'est moi qui donne l'argument et j'ai ma propre équipe pour le développer!

Madison ignorait cela : sur Terre, les artistes n'écrivaient pas leurs chansons, ils se contentaient de les chanter, de les interpréter dans les comédies musicales. Mais il fonça de l'avant :

– Je dois vous dire que c'est Lord Ronflon lui-même qui me

l'a commandée. C'est un de vos grands admirateurs, comme nous tous. Quand je lui ai fait entendre une des chansons, il s'est exclamé : « MAIS C'EST POUR HIGHTEE! »

– Vraiment? C'est bizarre. Il est sourd comme un pot.

– Pas si on lui met un bon tube dans la tête, fit précipitamment Madison. Parce qu'ils ont mis une sonde dans son tube, je veux dire qu'ils lui ont bombé la tête. Non : c'est le tube...

Hightee éclata de rire.

– Excusez-moi de vous troubler comme ça. Mais je veux bien croire que Lord Ronflon ait réussi à s'éveiller pour écouter la Vidéo planétaire. On a vu des choses encore plus étranges.

Madison fouillait dans sa mallette. Il avait vraiment beaucoup de mal à résister à l'impact de Hightee Heller. Mais il se dit qu'il était un vétéran des PR et il se domina.

– Le mieux, c'est de vous faire écouter une des chansons, non? Où pourrais-je trouver un *piano*?

– Un quoi?

– Un clavier. Je ne suis pas un pro, mais j'arrive quand même à taper quelques notes.

Hightee s'éloignait déjà. Il se précipita derrière elle. C'est alors qu'il s'aperçut que les murs couverts de vigne devant lesquels ils étaient passés étaient en fait les façades d'autres bâtiments. Hightee ouvrit ce qui lui parut d'abord être un portail de jardin mais, entrant à sa suite, il se retrouva dans ce qui était à l'évidence un atelier d'entretien d'instruments de musique. Un homme d'âge moyen était là, penché sur une table de travail littéralement couverte de composants électroniques et de pièces détachées d'instruments de musique hétéroclites. Levant la tête, il vit Hightee, lui fit un sourire radieux et posa l'instrument qu'il tenait.

– Jarp, fit-elle, as-tu déjà entendu parler d'un instrument appelé *piano*?

– Non. Ça ressemble à quoi?

– À une rangée de dents. La plupart sont blanc ivoire.

Le nommé Jarp se tourna vers Hightee.

– Ce qu'il me décrit, c'est un instrument à bouche primitif.

– Non, non! intervint Madison. C'est très sophistiqué au contraire. On en joue en frappant sur des touches avec les doigts et selon les accords. Est-ce que vous êtes en train de me dire que vous n'avez pas d'instruments à percussion? Oh, Seigneur!

– C'est quoi la gamme?

– Huit notes en majeur, treize en chromatique.

– Vous connaissez les notes?

Dès que Madison eut acquiescé, Jarp fouilla rapidement un peu partout et revint avec ce qui restait d'une *chorder-beat** à effleurement. Madison, après deux tentatives pitoyables, parvint à lui faire bourdonner les vibrations en ordre correct. Jarp brancha un enregistreur, et Madison, jouant prudemment des doigts, restant à la bonne distance dès qu'il avait trouvé la note exacte, parcourut toute la gamme chromatique.

– Toutes ces notes sur un seul instrument? s'étonna Hightee.

– Oui. Quatre-vingt-huit au total.

– Je comprends, fit Jarp. Il parle d'un *chorder-bar*. (Il se tourna vers Madison.) Quand vous posez le doigt sur une touche, ça vous donne une note. Si vous relâchez la pression, le volume diminue, si vous appuyez, il augmente. Mais vous parliez de clavier et de touches... A quoi ça ressemble exactement?

Madison se procura une feuille et se mit à griffonner, mais avec si peu de succès que Jarp la lui arracha, prit un long ruban de papier et, se servant de la largeur de la main de Madison pour chaque octave, il eut bientôt dessiné le clavier d'un piano. Il contempla son croquis en se grattant la tête.

– Je n'ai jamais rien vu de semblable. Ça doit fonctionner mécaniquement : on appuie sur une touche, à ce que vous dites, ce qui déclenche un marteau qui vient frapper une corde. Très primitif! C'est presque la réplique de ces harpes à bâtons qu'ils avaient jadis dans la cambrousse, sur Mistin. Ils en jouaient tout nus et tapaient dessus avant leur accouplement du matin.

– Eh bien, dit Hightee, vois ce que tu peux faire et apporte-le dans le salon de répétition quand ce sera fini.

Madison la suivit. Ils étaient à présent sur un sentier qui contournait une cascade. Les oiseaux leur faisaient escorte.

– Et quelle est l'histoire? demanda Hightee. Le livret de votre comédie? J'espère que ça ne concerne pas l'accouplement du matin.

Madison eut un rire léger et afficha son sourire le plus engageant.

– Non, vraiment pas. C'est, je crois, un support idéal pour votre superbe voix. Elle sera mise en valeur comme jamais auparavant. Il s'agit, voyez-vous, de cette planète mythique appelée *Terra*. C'est une œuvre de pur fantastique, vous comprenez.

– Oh, j'adore le fantastique. *Le Prince Caucalsia* a été un énorme succès. Mais poursuivez.

Madison aurait préféré lui donner le livret, là, tout de suite.

---

* Instrument électronique voltarien. La main gauche donne la mélodie et la droite le rythme.

Mais il était dans sa mallette et Hightee profitait de ce moment pour prendre un peu d'exercice. Avec le scénariste de films d'horreur, ils s'étaient donnés à fond mais il ne lui était pas venu à l'idée qu'il devrait expliquer l'histoire. Il ne pouvait qu'espérer en avoir gardé un souvenir suffisamment net.

– Eh bien voilà, commença-t-il, cette planète imaginaire, *Terra*, est dirigée par un énorme monstre vêtu de rouge, avec des cornes sur la tête et une queue.

– Vous êtes en train de me décrire un Démon Manco.

– Parfait, dit Madison qui n'en avait jamais entendu parler. Je suis heureux de voir que vous avez déjà compris ça. Donc, ce Démon Manco a le pouvoir sur le peuple. Et le peuple, lui, n'a pas d'argent et est affamé. Dans la première scène, nous découvrons tous ces gens qui vivent entassés dans la misère et dans la faim en priant, et le Démon surgit et leur donne de grands coups de pied.

– C'est affreux!

– Attendez. Le Démon a autour de lui une vaste cour d'autres Démons. L'un d'eux a perdu son enfant-démon et une vieille infirmière l'a remplacé par un enfant HUMAIN afin d'abuser le Démon, et le Démon élève donc l'enfant en pensant qu'il est le sien.

» La scène d'ouverture – où l'on voit le Démon en train de distribuer des coups de pied – a pour témoin cet enfant humain qui est à présent devenu un jeune homme. Il décide que ce qu'il voit n'est pas bien.

– Un bon point pour lui, fit Hightee.

– Mais tous les Démons de la cour considèrent que ce jeune homme est un des leurs. Ils le jugent comme un officier de confiance à la solide réputation. En réalité, il veut venir en aide aux gens du peuple. Et dès qu'il en a l'occasion, il se met un masque et attaque les *trains*.

– Les *trains*? Mais qu'est-ce donc qu'un *train*?

– Une invention fantastique, dit Madison.

– Oh...

– Parce que les Démons font voyager leurs biens et toutes leurs richesses sur ces *trains*.

– Ah, je vois : un *train* est une espèce de long-courrier interplanétaire.

– En quelque sorte. Et notre héros attaque donc les *trains*.

– Vous voulez dire qu'il devient un *criminel*?

– Oui, parce qu'il y est *obligé*.

– Je ne crois pas que ça serait bien reçu. Les gens méprisent les criminels.

– Mais ce n'est pas vraiment un criminel. Il agit pour la bonne cause. L'argent qu'il vole dans les trains, il le distribue aux pauvres afin qu'ils ne *meurent plus de faim*!

– Mais ce sont les gens qui fabriquent la nourriture. S'ils ne le faisaient pas, ils ne pourraient rien acheter avec cet argent que leur donne le héros.

– Mais les Démons ont fait main basse sur la nourriture et les gens du peuple doivent les soudoyer s'ils veulent manger. Et soudain les Démons découvrent *qui* est en réalité le bandit. Le propre fils d'un des leurs! Et ils le déclarent *hors-la-loi*! Après plusieurs combats, le hors-la-loi parvient à leur échapper.

– Hourra! s'exclama Hightee.

– Mais les Démons finissent par le capturer. Et ils le pendent. Haut et court. Et il est mort, très mort. Et tous les gens pleurent...

– Une minute, l'interrompit Hightee. Je ne vois pas où est mon rôle. Il n'y a pas la moindre fille.

– J'y viens. Vous êtes la sœur du héros.

– En ce cas, je suis une Démone, puisqu'il est un enfant humain volé.

– Non, non. Le Démon avait volé le frère *et la sœur*! J'avais oublié ce détail. Et dans la comédie, c'est la sœur du héros qui le prévient et le sauve sans cesse. Et c'est *elle* qui interprète tous les airs. Le hors-la-loi, lui, passe son temps à abattre des gens et, dans ses chansons, sa sœur raconte ses exploits. Et tout le peuple se met à chanter ses chansons.

– Alors il y a beaucoup de musique.

– Absolument! Et la plus grande scène, c'est celle de la fin, quand on pend le héros. Tous les gens sont là pour le voir rendre son dernier souffle sous la potence...

– C'est affreux!

– La sœur entre en scène et chante un grand hymne funèbre. C'est alors que les Démons comprennent que c'était elle qui prévenait toujours son frère et ils la pendent sur place!

– Non!

– Mais si. Là, à côté de son frère, à une deuxième potence. Puis deux tombes s'ouvrent et de grandes mains squelettiques en métal en surgissent pour saisir les deux corps. Tous les gens se lèvent et reprennent l'hymne car ils se souviendront à jamais du hors-la-loi!

Hightee le fixait, muette, les yeux ronds.

Madison retint son souffle. Est-ce que ça allait marcher?

Sous un arbre fleuri, une voix s'éleva alors d'une enceinte discrète et les interrompit :

– Hightee, l'instrument est prêt.

2

Madison, tout en suivant Hightee Heller vers le salon de répétition, se fit la réflexion qu'il allait avoir besoin de terriblement de chance, ou de talent, des deux en fait.

La pièce était surmontée d'un dôme, sans la moindre surface plane susceptible de réverbérer les sons. Elle était décorée de notes de musique voltariennes géantes, bleu pastel, disposées en des endroits précis, sans doute comme autant de déflecteurs de son. L'intérieur du dôme était jaune pâle. Jarp, au centre, accrochait quelque chose à des câbles. C'était le clavier dessiné par Madison, mais les touches étaient verticales et il était à 1,50 mètre du sol.

– Non, non, fit Madison. On s'assoit devant.

– Mais aucun musicien ne s'assoit jamais, protesta Jarp. Ça doit être une sacré musique de paresseux.

– Donne-lui ce qu'il demande, intervint Hightee. Quoique je sois incapable de deviner comment on peut tirer un son d'une chose pareille. En tapant sur des touches?

Sous la direction de Madison, Jarp fit apporter un tabouret par un assistant avant de placer le clavier à l'horizontale et de le stabiliser fermement.

Madison, quant à lui, ne parvenait pas à comprendre comment on pouvait en jouer. Les touches, noires et blanches, étaient simplement dessinées sur du papier. Et elles ne s'enfonçaient pas.

Il rassembla tout son courage. C'était ça ou rien. D'un doigt, il appuya sur une touche et obtint en réponse une sorte de mugissement.

– Oh, non! Un *piano* ne sonne pas du tout comme ça. Il vibre. Un peu comme une *harpe*.

– Voyons d'abord si les notes sont justes, dit Jarp.

Madison fit jouer ses phalanges tout en se disant qu'il aurait pu au moins jouer quelques notes en famille depuis l'âge de douze ans. Il parcourut toute la gamme. Oui, les notes étaient justes. Mais un piano n'était pas fait pour MUGIR!

– C'est la tonalité qui est fausse, dit-il. Le piano a une sonorité claire et brillante.

– Tiens donc! Bon, en tout cas, ça c'est l'outil de réglage et le panneau est là, à l'extrême droite. La première fente, c'est l'« attaque », la seconde c'est la « tenue ». Ensuite, nous avons les « harmoniques », et là, en bas, les « percussions ». Voyez ce que vous pouvez en tirer.

Tout en pressant une touche, Madison se mit à tripoter les contrôles. En quelques secondes, il se mit à transpirer. Il se débarrassa des mugissements et obtint pour la première fois des notes claires de percussion, mais ça ne sonnait toujours pas comme un piano. C'était bien trop sourd.

– C'est quoi, cette boîte, là, sous celle du dessus? demanda-t-il soudain.

– Écoutez : cette chose dont je vous ai collé l'image, là, c'est une barre de *chorder*. J'ai déplacé les points de contact qui se trouvent dessous afin qu'ils correspondent à vos croquis, quoique je n'arrive pas à imaginer comment on peut avoir besoin d'un croquis pour jouer d'un instrument. Il suffit d'appuyer au bon endroit, plus ou moins fort. Et vous n'avez pas besoin de la deuxième boîte. C'est pour les tambours, les cymbales et les clochettes.

– Ah, ah! fit Madison avant de se mettre au travail sur la seconde boîte avec l'outil de réglage.

Il découvrit une fente que Jarp ne lui avait pas signalé et qui commandait la « résonance ».

Il appuya plusieurs fois sur la même touche et se dit qu'il avait peut-être atteint son but.

Il s'essuya les mains, décontracta ses doigts et, sans grand espoir, plaqua un accord à titre expérimental. C'était tellement bizarre de jouer comme ça, sans que rien ne bouge sous ses doigts.

Mais, il le savait, tout dépendait de cet instant.

Il inspira à fond et commença à jouer « Beale Street Blues ».

Et dressa instantanément l'oreille. Car cette chose sortait des notes dignes du meilleur piano-bastringue qu'il ait jamais entendu.

En vérité, il mitraillait les faux accords et dérapait sur les notes.

Mais il y avait tant de choses accrochées à cet instant. Il était complètement déchaîné. Il s'interrompit et s'essuya une fois de plus les mains avant de secouer les doigts. Quel morceau aimait-il et qu'il eût joué plusieurs fois? La mémoire lui revint. Un morceau de Scott Joplin qui était le thème du film *L'Arnaque*. Il lui semblait tout à fait de circonstance.

Il se mit à jouer. Cet instrument avait un champ dynamique étendu, les doux étaient très doux et les forts TRÈS FORTS ! Il démarra sur une rythmique très marquée de ragtime.

Il coula un regard vers ses deux auditeurs. Mais leur expression ne lui apprit rien.

Il sentait cependant qu'il avait l'instrument bien en main à présent. Il pêcha un feuillet dans sa mallette.

– Voici un des airs de la comédie musicale, annonça-t-il.

Pour la musique, il n'avait eu aucun mal car il pouvait piller allégrement toutes les compositions de ragtime et de blues du monde. Il avait suffi ensuite d'ajouter des paroles. C'est ainsi qu'il avait emprunté « The Trickster Rag » à une comédie de Broadway, *The Con Man* *. L'ex-journaliste de l'Académie Royale s'était chargé des paroles.

– Si vous le voulez bien, reprit Madison, je vais vous jouer la mélodie et vous pourrez chanter. Le titre en est « Le Hors-la-loi ».

Hightee prit le feuillet et se mit à lire. Madison posa le premier accord et Hightee, alors, se mit à chanter.

On l'a chassé par ici,
On le chassera par là,
Car partout il se terre :
C'est le Hors-la-loi !
Et si dans votre petit boudoir
Vous entendez ronfler un soir,
Ne demandez pas qui c'est :
C'est le Hors-la-loi !
En visite à votre banque,
Vous êtes reçu par le canon d'un tank,
Ne demandez même pas ce qu'il manque :
C'est ce qu'a pris le Hors-la-loi !
S'il y a une ville à piller,
Des bijoutiers à casser,
Si la beauté vaut encore de l'or,
C'est que le Hors-la-loi est dehors !
Il prendra tout ce que vous avez,
Votre argent, tout, plus vos filles,
Il ne vous laissera pas même la dernière bille :
Le Hors-la-loi !
C'est bien lui le plus malin,
Pour prendre l'argent des crétins,

---

* Le bandit, le voleur...(*N.d.T.*)

Et le balancer aux miséreux :
Le Hors-la-loi, le valeureux !
Alors faites un petit effort,
Donnez-lui un peu de renfort,
Car bientôt tout sera à moi et à toi :
GRACE AU HORS-LA-LOI !

La voix scintillante de Hightee se tut.

– Bien sûr, dit Madison, lorsque vous chanterez cet air, vous porterez un short et des bottes noirs, vous serez coiffée d'un chapeau noir à bord large, vous aurez deux revolvers à la hanche que vous dégainerez pour les braquer sur le public juste à la fin de la chanson. C'est à ce moment que le hors-la-loi en personne se précipitera sur les gens et qu'il les détroussera pour tout aller distribuer aux pauvres. Ce sera follement spectaculaire !

Un personnage qui devait être le chef d'orchestre venait de faire son apparition.

– Cette rythmique est étonnante, lui dit Hightee. Qu'en pensez-vous, Tink ?

– Primitive, simplement. Ça doit venir du fond de la brousse, probablement d'une planète du genre Flisten. On a un peu retravaillé ça. Des tambours. On tape sur des souches avec des bâtons, vous voyez. Le temps fort, c'est probablement celui d'une charge contre un animal sauvage. Les danses tribales de chasse. Vous savez : bong, bong, BONG ! bong, bong, BONG !

– Vous avez tout à fait raison, dit Madison. À cela près que ça vient des Noirs d'Afrique qui ont transporté ça à La Nouvelle Orléans, et que ça a tout envahi. Ça s'appelle du jazz.

– En tout cas, dit Tink, vous tirez des notes dingues de ce *chorder*. Jarp, pourquoi tu ne le lui as pas accordé ?

– Mais c'est *lui* qui a voulu le faire, fit Jarp, sur la défensive.

– J'ai voulu que ça sonne comme un *piano de bastringue*, dit Madison. Pour jouer du *honky-tonk*.

– Mais pourquoi ces dessins ? insista Tink.

– Écoutez, intervint Hightee en jetant un coup d'œil à sa montre-médaillon, il faut que je parte. J'ai un show ce soir. Je vais vous raccompagner, Madison. Qu'on dise à ma femme de chambre de m'apporter une veste et à mon chauffeur de sortir un aircar.

Madison sortit sur ses talons. Il n'avait pas la moindre idée du résultat : avait-il gagné ou perdu ? Il y avait tant de choses qui dépendait de cette image qu'il devait construire afin qu'Heller y colle.

Hightee semblait quelque peu pensive. Elle s'arrêta soudain devant l'aire de parking.

– Un MODÈLE 99! Par tous les Cieux! Jamais je n'aurais pensé qu'ils réussiraient à en vendre un seul!

Madison avait complètement oublié Flick. Il décida brusquement qu'il fallait profiter de l'occasion pour prévenir toute autre tentative de cambriolage et dit à Hightee :

– Mon chauffeur serait vraiment ravi de vous en faire la démonstration.

Flick, le visage empourpré, paralysé au point de ne pouvoir s'agenouiller, resta là, pétrifié.

– Flick, fit Madison, n'ose pas vous dire à quel point il serait honoré si vous le laissiez vous conduire jusqu'à votre studio.

– Je veux bien m'y risquer. Je me suis laissé dire que c'est comme de voguer sur un nuage. (Sa femme de chambre accourait et elle se tourna vers elle.) Que Tink et les autres prennent mon aircar. Je vais faire un tour dans ce Modèle 99.

Flick parvint à dégeler suffisamment ses membres pour lui ouvrir la portière. Quand Madison se fut à son tour installé à côté de Hightee, Flick, le visage rouge brique, le souffle court, prit place aux commandes.

Ils mirent le cap sur la Cité de la Joie et Flick, pas une seconde, ne quitta des yeux le rétroviseur intérieur.

Il posa le Modèle 99 sur un repère marqué *Hightee* près du dôme géant. Des assistants se précipitèrent sur eux. Et l'un d'eux lança à ses collègues restés en arrière :

– Hé! C'est Hightee qui débarque d'un Modèle 99!

Après un combat aussi bref que confus avec les assistants, Flick réussit à ouvrir lui-même la portière. Il semblait avoir encore du mal à respirer, mais se tenait raide comme un piquet, prêt à s'incliner dès qu'elle sortirait.

Mais Hightee ne sortit pas tout de suite. Elle se tourna vers Madison.

– Madison, je dois vous dire que vous me plaisez bien. Mais c'est normal pour un ami de Jettero. Je suis absolument emballée par votre... comment l'appelez-vous déjà ? ... votre piano à rythme ? Dites à l'auteur d'écrire le reste du livret et j'accepte le show.

Dès qu'elle eut disparu dans le dôme, Flick s'exclama :

– Chef, vous êtes formidable. C'est moi, MOI, qui l'ai pilotée! Je suis un autre homme. Je suis complètement réformé!

Madison l'entendit à peine. Ils décollaient et un immense sourire lui fendait le visage d'une oreille à l'autre.

La star la plus célèbre de Voltar, la propre sœur de sa cible, allait créer une image de scène et, en se servant des autres médias, il n'aurait plus qu'à la coller sur Heller.

Avant peu, il aurait mis un terme à cette médiocre adulation du héros qui entourait Heller et il aurait inscrit son nom tout au sommet de la véritable immortalité.

Il s'applaudit. En prime, quand la comédie musicale serait diffusée et quand Hightee aurait retrouvé la trace d'Heller pour lui, il aurait une autre manchette. On lirait à la une de toute la presse voltarienne :

HELLER INCENDIE UN TEMPLE
ET TUE DES MILLIERS DE PRÊTRES
IL VOLE L'ŒIL INESTIMABLE
D'UNE IDOLE SACRÉE
POUR L'OFFRIR À SA SŒUR

Imparable! Elle aurait déjà donné la preuve des faits sur la Vidéo planétaire. Il pourrait balancer cet article un jour où il n'aurait rien de plus excitant à propos d'Heller.

Cette fois, il tenait le bon bout!

3

Ils étaient presque arrivés lorsque Flick tourna la tête et lui déclara :

– Chef, quelque chose vient de me revenir. Pendant que vous étiez avec Hightee Heller, vous avez reçu un appel vidéo de la reine Teenie.

Madison fut brutalement arraché à son euphorie. Toute son influence dépendait de Teenie Whopper, qui usurpait son titre de personne royale et ne maintenait sa position qu'en initiant les jeunes pages à la pédérastie. Mais, pour Madison, tout ordre de sa part équivalait à un commandement royal.

– Décollez et attendez! lança-t-il nerveusement. Si elle vous donne ses coordonnées, rappelez aussitôt!

Il était soudain très agité : apparemment, sans doute à cause du décalage temporel, il était difficile de passer un appel depuis la Cité du Palais. Est-ce que Teenie était en ville ?

C'est alors qu'une partie du revêtement de l'aircar se replia, révélant l'écran d'un vidéophone.

Le visage de Teenie apparut presque instantanément. Elle avait l'air irritée.

– J'attends dans le désert près de ce (bip) de centre de transmission depuis une heure! Mon teint va en prendre un coup!

– Oh, je suis désolé, Teenie!

– Pourquoi est-ce que tu n'as pas rappelé? gronda-t-elle.

– Mais j'allais le faire. J'étais coincé.

– Coincé avec Hightee Heller! Tu devais me faire un rapport sur Gris!

– Eh bien, à dire vrai, j'y travaille, fit Madison.

– Écoute, Madison. Tous ces trucs du genre « Je promets et je ne tiens pas », c'est du pur PR. Je m'y connais! Alors, tu vas te magner le (bip), andouille. Je reviendrai ici dans la soirée et si tu n'as pas de rapport à me faire sur Gris, je te jure que j'aurai ta tête de crétin!

Elle raccrocha violemment.

Ah, les femmes! Sa mère l'avait pourtant prévenu. Avec elles, on n'avait *que des ennuis*!

Il réfléchit rapidement. Il consulta sa montre et vit qu'il ne disposait plus que de deux heures avant la fin du jour. Il se mit à réfléchir à vitesse grand V. Et dit soudain :

– Conduisez-moi aux Cours et Prisons Royales, dans la Cité du Gouvernement!

– Hé, qu'est-ce qui se passe? Chef, vous vous sentez bien? Est-ce que Hightee vous aurait fait perdre la tête?

– Non, il s'agit d'une autre femme. Ou presque.

– Écoutez, chef, on a déjà de la chance d'être entrés et sortis de la Prison Domestique de la Confédération. Mais si vous vous approchez d'une Prison Royale, vous êtes cuit!

– Allez! dit Madison, inflexible.

Le Modèle 99 jaillit dans les couloirs de circulation en direction de la Cité du Gouvernement.

Très vite, Madison distingua les redoutables bâtiments, perchés au faîte d'une colline rocailleuse : une véritable forteresse détachée des problèmes prosaïques, à l'écart de tous les mondes.

Flick ne pouvait se poser dans la moindre cour : c'était réservé à l'Empereur seul. Il atterrit finalement sur une route en pente, à moins de 200 mètres des portes.

– Eh bien au revoir, chef. Ça a été un plaisir de vous connaître, même pour si peu de temps.

– Taisez-vous, dit Madison.

Il descendit et entreprit de gravir la pente. Ce qui était particulièrement pénible pour lui à cause de la gravité de Voltar.

Les piliers de la porte se dressaient au-dessus de lui. Il faisait encore jour et les gardes, raides comme des statues, étaient en poste, de part et d'autre de la lourde herse.

– Je désire voir quelqu'un, annonça Madison au garde le plus proche.

L'homme ne broncha pas. Madison aurait pu aussi bien être un moustique.

Il brandit son identoplaque. Le garde ne daigna même pas y jeter un coup d'œil.

Un officier s'approchait, le sabre électrique brinquebalant.

– Que signifie ce tapage inconvenant ?

– Il ne s'agit nullement d'un tapage, dit Madison. Il faut que je voie quelqu'un.

– Ma foi, voilà qui est très intéressant, rétorqua l'officier. Il me manque juste votre nom, votre fonction et quelque indication sur le complot auquel vous êtes mêlé afin de subvertir l'appareil de l'État.

– Écoutez, il s'agit qu'une question de vie ou de mort.

– Ici, ça ne manque pas, fit l'officier. Nous avons la vie et un bel assortiment de mort. Disparaissez !

– Je vous en prie ! C'est de ma vie dont je parle !

– Alors, allez en parler à quelqu'un d'autre ! De mémoire d'homme, personne n'a jamais eu le cran de grimper toute cette route pour demander à entrer...

Le garde, tout en restant roide, sans même paraître ouvrir les lèvres, le corrigea :

– Inexact, chef : Gris l'a fait.

– Oui, Gris ! s'écria Madison. C'est justement ça. Je suis son plus fidèle ami. Il faut que je le voie !

L'officier pencha alors la tête et dévisagea Madison entre les barreaux. Puis il repartit brusquement et Madison resta là à attendre, en tapotant nerveusement. Là-bas, dans la cour, l'officier parlait dans un boîtier de communication.

En revenant, il fit un signe bref et l'on entrebâilla juste assez la porte pour que Madison puisse se glisser à l'intérieur. Un autre signe et la porte se referma avec un claquement sonore et les deux gardes jusqu'alors immobiles comme des statues agrippèrent brutalement Madison par les bras, chacun d'un côté, et le propulsèrent en avant en criant de la même manière que les criminels qu'il avait recrutés. Est-ce qu'on l'arrêtait ?

L'officier les précédait. Ils franchirent l'entrée principale et suivirent de vastes couloirs ou résonnaient leurs pas. L'officier ouvrit une porte et ils traversèrent une salle d'audience. Enfin, il s'arrêta devant une dernière porte sur laquelle il apposa son identoplaque. Il entra, revint sur ses pas presque aussitôt et maintint le battant ouvert à l'intention de Madison.

Les deux gardes le catapultèrent dans la pièce. C'était une chambre aux murs de pierre dont le sol était revêtu d'un somptueux tapis. En face de lui, Madison découvrit un colossal bloc de pierre, pareil à un bureau, surmonté d'un dais aussi luxueux que le tapis. Un vieil homme tout de noir vêtu était installé dans un fauteuil et lui tournait le dos, contemplant l'extérieur par la fenêtre.

Il fit pivoter son fauteuil, se saisit de l'identoplaque que lui tendait Madison et l'examina. Puis il le dévisagea d'un regard glacé.

– Ainsi, vous seriez un ami de Soltan Gris. Bien, bien, bien... Je suis Lord Turn. Ici, vous pouvez parler en toute liberté.

Madison, une seconde, songea qu'ils étaient vraiment seuls, mais il entendit un claquement derrière lui et se retourna. L'officier était là, appuyé au mur, et ne le quittait pas de l'œil.

– Je désirais seulement m'assurer qu'il allait bien, dit Madison d'un ton humble. Je voudrais le voir.

– Avez-vous un ordre royal ?

– Non.

– En ce cas, comment avez-vous pu espérer voir un prisonnier ici ?

– Je suis un proche de Lombar Hisst, le porte-parole de Sa Majesté.

– Humm... Dites-moi... Madison, c'est cela ? ... Avez-vous connaissance des crimes dont Gris est inculpé ?

– Ma foi, monsieur, je ne suis pas venu ici pour témoigner. Il peut...

– Non, non. Vous n'êtes pas devant une cour. Et vous ne pourriez déposer que si une cour siégeait. Je repose ma question autrement. Connaissez-vous l'officier royal Jettero Heller ?

– Oui, Votre Honneur...

– Votre Seigneurie, corrigea l'officier, derrière son dos.

– Votre Seigneurie, fit Madison. Je connais effectivement Jettero Heller.

– Savez-vous où il se trouve ?

– Eh bien, non, Votre Honn... Votre Seigneurie.

– Ah, quelle peste ! lâcha Lord Turn.

– Je sais qu'un mandat général a été lancé contre lui, ajouta Madison. Et je suis heureux s'il...

– Un mandat général... Sottises ! Je détiens ce prisonnier. Et je suis convaincu que Jettero a d'excellentes raisons pour faire retenir ce Soltan Gris dans une geôle royale. Mais j'aurais tellement aimé que ce brave garçon m'adresse une note ou quoi que ce soit pour me dire exactement ce que Gris a FAIT!

Pour Madison, la conversation avait complètement déraillé. Il réalisait qu'il lui était impossible de dire que Gris était un supercriminel à faire oublier tous les autres puisqu'il avait déclaré que c'était un ami afin d'être admis comme visiteur. Il risquait d'être accusé d'outrage à magistrat ou de faux témoignage. L'ambiance glacée de ce haut lieu de la loi commençait à le gagner.

– J'ai cherché moi-même Heller un peu partout! fit-il dans un effort désespéré pour paraître coopératif.

– Et vous ne l'avez pas retrouvé?

– Non, Votre Seigneurie, mais j'ai quelques pistes.

Lord Turn le scruta un instant avant d'éclater d'un rire aussi bref que sec. Puis il pianota sur quelques touches et un clerc apparut aussitôt.

– Cet homme se nomme Madison, lui déclara Lord Turn. Je comprends maintenant ce que tout cela signifie. Ce n'est qu'une nouvelle et grossière tentative de Lombar Hisst pour transgresser toutes les procédures légales. Pour quelque raison que j'ignore encore, Hisst se refuse à produire un mandat royal ou même un laissez-passer. Et il a envoyé un autre personnage pour rencontrer Gris. (Il se tourna vers l'officier de la garde.) Est-ce que vous avez trouvé du poison sur ce Madison?

– Non, Votre Seigneurie.

– Dieu du ciel! fit Madison. Je n'ai jamais été envoyé par Hisst!

– Vous l'avez dit à l'instant, lui dit Turn.

– Je voulais juste m'assurer que mon ami Gris était en bonne santé! geignit-il.

Un gardien venait de surgir à l'appel de Turn. Il fit cliqueter ses plaques de cellules.

– Le prisonnier Gris se porte bien? lui demanda Lord Turn.

– Il frétille, Votre Seigneurie. Il ne bouge pas de sa table et dicte sa confession nuit et jour. Il en est à son troisième rouleau de vocodiscoscribe. Et il siffle comme un oiseau, Votre Seigneurie.

– Bien. Nous saurons peut-être un jour ce que tout cela signifie, dit Lord Turn. C'est tout, gardien. Maintenant, clerc, examinez cette identoplaque. Marquez-la quelque part. Et donnez l'ordre à la garde qu'on laisse entrer ce Madison s'il arrive à découvrir où se cache ce cher Jettero.

Prenant à tort cette dernière réflexion pour une marque d'affabilité, Madison demanda:

– Pourrais-je voir Gris, ne serait-ce qu'un instant ?

– Et, ajouta Lord Turn à l'adresse du clerc, rédigez un ordre afin que Gris ne soit pas autorisé à s'approcher des fenêtres, à quelque instant que ce soit. Je pense que Hisst cherche à le faire assassiner. (Il revint à Madison.) Quant à vous, si jamais je découvre que vous avez retrouvé Jettero Heller et ne m'en avez pas fait part, je vous ferai arrêter sur une simple commission de juge et jeter en cellule jusqu'à ce que vous me donniez vos informations. (Et, se tournant vers l'officier de la garde, il conclut :) Jetez-le dehors !

4

Madison se redressa péniblement : il aurait apprécié que les gardes ne prennent pas l'ordre de Lord Turn au pied de la lettre.

Flick resta hors de vue jusqu'à ce que la porte soit refermée, puis il jaillit à son aide et l'accompagna jusqu'à l'aircar en l'époussetant.

– Je vous avais bien dit de ne pas vous approcher de cet endroit.

Madison ne tenait pas à ce que son image soit dépréciée.

– Je n'aurais pas dû essayer de prendre son sabre au garde. J'aurais dû viser la carotide.

– Queues de comètes ! En tout cas, il vaut mieux qu'ils vous aient jeté dehors plutôt que dedans ! Même Sa Majesté prend ses précautions avec ces canailles.

En montant dans l'aircar, Madison constata que le soleil était presque couché. Flick monta jusqu'à quelques milliers de mètres. Madison réfléchit intensément et un plan se dessina dans son esprit.

Il réajusta ses vêtements, prit une expression sereine et appela Teenie.

Elle répondit instantanément.

– Voilà qui est mieux ! lui fit-elle. Je suis persuadée (il y avait une note menaçante dans sa voix) que tu as de bonnes nouvelles. Tu as vu ce (bipard) ?

– Oh, oui. Et, Teenie – je veux dire, Votre Majesté –, tu vas être folle de rage. Car lorsque je lui ai parlé de toi, il a éclaté du rire le plus insultant qu'il m'ait été donné d'entendre.

– QUOI ?

– Il était là, vautré, à grignoter des raisins – il est d'ailleurs gras comme un porc – et il m'a dit : « Madison, quand vous la reverrez, faites-lui mes amitiés : qu'elle se les mette dans le (bip) ! »

– Sale (bipard) !

– Oui, c'est ce que je me suis dit. Ils lui font écrire ses mémoires et il m'en a fait lire des extraits, les passages qu'il trouve les plus drôles et qui te concernent. Il s'en roulait par terre ! J'aurais bien voulu le tuer sur place, mais les gardiens étaient là et on m'avait confisqué mon couteau. Jamais je n'ai vu un tel cynisme !

Teenie était blanche comme un linge.

– Il se vante de t'avoir menée en bateau rien que pour le plaisir de te larguer, poursuivit Madison.

Elle grinçait des dents et glapit soudain :

– Comme ça, c'est réglé !

Immédiatement, cela éveilla l'inquiétude de Madison. Il était allé trop loin. Il n'avait jamais été dans son intention qu'elle agisse. Car son plan était simple : il s'arrangerait pour que la presse parle de Gris et que le sujet devienne tellement important que l'Empereur n'aurait d'autre choix que de signer un ordre de jugement. Ensuite, il se servirait de ce prétexte pour amener Gris à lancer toutes sortes d'accusations contre Heller. Les manchettes secoueraient alors l'univers tout entier.

Un plan excellent. Digne du meilleur des PR de la Terre. Mais un plan qui exigeait des efforts et du temps. Et qui ne pouvait supporter des interventions imprévues.

Teenie se taisait.

– Qu'est-ce qui est réglé ? demanda Madison.

– Ils n'ont pas l'intention de le traduire en jugement, n'est-ce pas ?

– Si je m'en occupe, ils le feront.

– Vraiment ? Madison, je veux te voir ici demain à l'aube. Mais, à ce que je vois derrière toi, tu t'es payé un nouvel air-car. Pense à faire le plein. On va faire un petit voyage.

Avant qu'il ait pu dire un mot, elle avait raccroché. Le laissant dans un embarras total.

C'était ça l'ennui avec les amateurs. Ils avaient des idées. Et si les idées des amateurs PR étaient la plupart du temps inutilisables, celles de Teenie pouvaient être catastrophiques.

Il se rappelait très bien la pagaille que Gris avait provoquée. Tout allait très bien jusqu'au moment où Gris avait voulu se lancer dans les PR. Et les amateurs ignoraient totalement les subtiles nuances de ce noble métier.

Il se fit un résumé de son plan. Il était classique et sans faille. Créer une tempête publique autour de Gris, utiliser les médias, et se servir ensuite du jugement pour provoquer le même genre de tempête autour d'Heller. Dès lors, même si Sa Majesté, qu'elle fût malade ou quoi, ne pouvait éditer un ordre royal, il suffirait de la pression de l'opinion publique pour que Lord Turn cesse de s'entêter. Oui, cela devait marcher.

Mais que diable mijotait Teenie? Elle risquait de tout bousiller! Tout ce qu'il avait voulu, c'était la maintenir sur le feu, et non la laisser se déchaîner pour on ne savait quelle absurde initiative!

Non, sous aucun prétexte, il ne devait laisser échapper cette juteuse victoire qui s'annonçait à l'horizon!

Il songea au triste sort d'Heller, qui se terrait sans doute, frissonnant, dans quelque repaire solitaire, attendant que Madison vienne à son secours pour le conduire vers l'immortalité. Quel gaspillage!

Pour un PR hors-classe, il était facile de savoir comment agir avec Gris et Heller. Mais avec une fille telle que Teenie, c'était une tout autre affaire! Elle représentait un obstacle virtuel!

– Corps 36, dit-il tout haut. Je cite : « Madison chemine au bord du gouffre. »

– Quoi? fit Flick.

– On rentre. Nous avons besoin de repos. Demain, la journée sera dure.

À cette même seconde, mais à vingt-deux années-lumière de là, l'objet des soucis de Madison, Jettero Heller, ne frissonnait pas dans un repaire solitaire. Il descendait la Cinquième Avenue, à New York, sur la Terre, dans le vacarme assourdissant de la parade qui célébrait l'élection des nouveaux responsables de la mairie, parade conduite par Babe Corleone qui avait été couronnée *capa di tutti capi* et que les gens commençaient à surnommer « la reine Babe ». Heller, resplendissant dans son uniforme de l'US Army, avait pris place à côté d'elle et souriait aux caméras, totalement inconscient de la tempête qui menaçait son avenir sur Voltar, tout autant que son renom et son existence sur Terre. Mais la comtesse Krak, elle, à l'autre bout du siège, ne souriait pas. Elle avait eu des prémonitions et fait des cauchemars.

5

Madison, ainsi qu'on le lui avait ordonné – pouvait-il faire autrement? – se retrouva devant l'entrée du palais de Teenie alors que pointait l'aube. Ses ongles avaient triste allure : il se les était rongés durant toute la nuit.

Un capitaine de la garde survint, le vit, et rentra aussitôt. Lorsqu'il resurgit, il avait ceint un sabre électrique sur sa tunique argentée et deux sergents armés de haches de bataille électriques lui emboîtaient le pas. Ils prirent position de part et d'autre des portières de l'aircar, attendant l'apparition de la reine Teenie.

Madison n'était pas mentalement en condition pour patienter. Le matin était déjà bien assez levé. Lorsque Flick s'était installé aux commandes, il avait un œil qui virait très rapidement au noir. Sa fille de compagnie affichait un air dédaigneux et, durant tout le trajet, elle avait totalement ignoré Flick. À certaines remarques voilées, Madison avait cru comprendre que Flick s'était imprudemment répandu en éloges délirants sur Hightee Heller et que sa femme de chambre et la fille de compagnie lui avaient administré une sérieuse raclée.

Les femmes! songea Madison encore une fois. Rien que des ennuis avec elles!

Et voilà que de nouveaux ennuis s'annonçaient : Teenie, dans une tenue noir de jais pailletée avec deux longs gants rouges, venait d'apparaître. Elle portait sa couronne inclinée sur le front et sa queue de cheval fouettait l'air comme celle d'un chat en colère.

Elle n'émit aucun commentaire sur le Modèle 99. Elle monta et s'installa à la meilleure place.

Le capitaine de sa garde ainsi que ses deux sergents la suivirent.

– Où diable est-ce que vous croyez aller? leur jeta Teenie.

– Nous ne faisons pas confiance à cet homme, dit le capitaine en désignant Madison.

– Vous ne manquez pas de bon sens, dit Teenie. C'est un PR et ces gens-là ne tiennent jamais parole, jamais.

Au même instant, le majordome dévala les marches, l'air majestueux, serrant des rouleaux de parchemin tout en essayant en même temps d'enfiler sa robe de cérémonie. Il sauta lui aussi dans l'aircar.

Madison n'avait plus guère de place et il dut s'asseoir sur un rebord, en face de Teenie.

– Où allons-nous? demanda-t-il.

Le majordome ignora sa question et, se penchant en avant, tendit un papier à Flick. Flick y jeta un bref coup d'œil, s'assura que les portières étaient fermées et décolla.

Se disant qu'ils devaient faire route vers la Cité du Gouvernement ou autre lieu important, Madison commença à s'alarmer. Ils avaient passé les portes avec l'habituelle sensation nauséeuse due au décalage temporel et Flick mit le cap au sud. Ils prenaient de l'altitude, et les démons tourbillonnants du sable se perdaient sous eux. Madison se pencha et tenta de déchiffrer la carte sur l'écran de Flick. Mais il était vide!

Son inquiétude devait se lire sur son visage car Teenie, fronçant les sourcils, lui décocha :

– Du calme!

Madison se tourna vers la console musicale, espérant apaiser la fureur féminine. Et Teenie lui dirait peut-être alors ce que tout cela signifiait.

Mais elle tendit la main et coupa le son.

– Je ne veux pas que quoi que ce soit me déconcentre, fit-elle. Je dois mettre sur pied toute une campagne militaire.

– Militaire? fit-il, bouche bée.

– Bien sûr! Maintenant que tu es (bip) et chemise avec Gris, je ne peux plus compter sur toi. Il faut prendre des mesures plus sévères, mon gros. Et ne compte pas me piquer mon plan de bataille. À ce que je crois savoir, tu n'es qu'un espion au service de Hisst. Les affaires et l'espionnage, ça va de pair.

Elle s'était exprimée en anglais et Madison lui répondit de même.

– Mais Teenie, je ne suis pas un espion. Je marche avec toi.

– Ça reste à prouver.

Ils volèrent en silence pendant un long moment, puis Teenie parut avoir parachevé ses plans car elle fit claquer une bulle de bubble gum comme pour célébrer la fin de sa longue réflexion et un mince sourire fleurit sur ses lèvres trop larges.

– Il faut que je sache où nous nous rendons, lui dit Madison. Après tout, j'ai le droit de savoir depuis où il faudra que je revienne à pied.

– Tu ne pourrais jamais revenir à pied. À moins que tu n'aies les godasses de Jésus. C'est une île, vois-tu, à près de 4 000 kilomètres au sud-ouest. Une île, toute seule au milieu de la mer.

– Tu es en train de t'enfuir ou quoi?

– Mon pauvre vieux, t'es complètement paumé. Peut-être que tu t'es levé trop tôt et que t'es encore dans le coltar. Cet endroit est *à moi*!

– Tu es propriétaire d'une *île*? s'étonna Madison.

– Absolument, mon pote. C'est là que la reine Hora est morte.

– Elle était en exil?

– Oh, bon sang, Madison, non! Elle en avait seulement assez de pêcher ses officiers dans la Cité du Palais. L'âge venant, elle a décidé de venir s'installer dans son île. Ça faisait partie du Traité de Flisten.

– Teenie, je ne te suis plus.

– Eh bien, tu devrais faire comme moi et t'occuper de ton boulot. J'ai transpiré des heures là-dessus avec mon majordome et tout est au point. Je suis sûre que tu te disais que j'étais une fausse reine, hein?

– Mais non, mentit Madison. Cette idée ne m'a jamais effleuré l'esprit, voyons!

– Mais si, mais si. Laisse-moi te dire les choses telles qu'elles sont, mon petit ami. Je suis cent pour cent authentique. Pas de combine, pas d'embrouille comme dans ta profession. Vois-tu, la reine Hora était ce qu'ils appellent une reine-otage. Il faut se tenir au courant des traités et de tout ce genre de choses. Et je peux te dire que je suis devenue une experte.

» Il y a 30 000 ans environ, Voltar a fait la conquête de la planète Flisten. Si Flisten a finalement capitulé, c'est parce que Voltar avait promis que la famille royale serait épargnée. Pour Voltar, c'était une bonne opération car cela lui permettait de garder une espèce d'épée de Damoclès sur Flisten. La famille royale fut donc installée en otage dans la Cité du Palais. C'est une pratique courante sur Voltar : il doit bien y avoir encore quatre ou cinq familles-otages dans la Cité du Palais.

» Quoi qu'il en soit, la lignée royale de Flisten s'est éteinte avec la reine Hora qui, malgré tout le temps qu'elle passait au lit, n'a jamais eu d'enfant. Et lorsqu'elle est morte sur l'Île Relax...

– C'est donc le nom de l'endroit où nous nous rendons, conclut Madison.

– Ne m'interromps pas, fit Teenie. J'essaie de faire ton éducation. Donc, quand la reine Hora s'est éteinte sur l'Île Relax, il y a près de cinquante ans, la Division Extérieure s'est trouvée dans une situation embarrassante. Parce que, vois-tu, le coût de la maintenance du palais royal de Flisten – *mon* palais – et de l'île de Flisten – *mon* île – était prélevé sur les impôts flisteniens. Les termes du traité avaient été appliqués par la Division Extérieure, même si cette planète dépend désormais de la Division Intérieure. La famille royale de Flisten est restée sous la responsabilité de la Division Extérieure...

– Tout ça me semble terriblement confus.

– Alors, enlève les bouchons de cire que tu as dans les oreilles et écoute mieux. Quand la reine Hora est morte, comme je te le disais, la Division Extérieure s'est retrouvée dans l'embarras. Le vieux Lord Endow et tous les autres faisaient leur gratte sur les impôts de Flisten. Ils ont essayé d'expliquer aux contribuables de Flisten qu'ils devaient continuer de payer l'impôt royal. Quand j'ai débarqué, Endow m'a immédiatement fait prendre la suite de la reine. L'ancien traité est encore valide, la Division Extérieure rafle toujours sa part et tout le monde baigne dans le bonheur. Bien sûr, je ne peux pas aller sur Flisten, parce que c'est une des conditions du traité, mais je suis quand même légalement la reine de la planète. En toute légalité : il y a une dizaine d'années, Sa Majesté Cling le Hautain a édicté un ordre à l'intention d'Endow pour qu'il mette un terme à une révolte fiscale sur Flisten en nommant une reine-otage de Flisten. Mais le vieux Endow n'avait trouvé personne n'appartenant pas à la Confédération et à qui on pouvait se fier pour fermer sa gueule à propos de leur racket. Et quand Chochotte est revenu et que Endow l'a retrouvé, ce vieux (bipard) a été tellement sous l'extase qu'il s'est rappelé de l'ordre royal. D'un coup de plume, entre deux autres avec Chochotte, il a signé l'ordre en blanc de Cling. Et voilà. Je ne suis pas une reine en toc. Mais une vraie! Une VRAIE REINE!

– Je suis très heureux de l'apprendre, dit Madison, mais quand j'aurai fini mon travail ici, tu sais que tu pourras retourner sur Terre.

– Et voilà! Je pense que tu n'as pas entendu un seul mot de ce que je t'ai dit à propos des reines-otages. Si Voltar se met en tête d'envahir la Terre, l'Appareil liquidera tous les rois et reines qui restent et Endow me nommera reine-otage de la Terre. Jamais je ne pourrai retourner sur Terre, mais Endow touchera sa part d'impôts...

– Teenie, c'est de la folie!

– Voilà que tu recommences! s'exclama Teenie, prenant soudain l'accent affecté de Park Avenue. J'essaie de t'enseigner l'art de la politique dans la Cité du Palais et tu m'insultes. Insultée par un roturier, moi, une personne royale!

Elle fit éclater une nouvelle bulle sous l'effet de l'outrage.

Ils avaient atteint le littoral et, à plus de mille à l'heure, ils survolaient à présent l'océan vert qui se déployait à l'infini. Pas étonnant que la carte de bord de Flick fût blanche : elle ne montrait que de l'eau.

Madison tapota sur l'épaule de la fille de compagnie.

– Dites-lui, murmura-t-il, de repérer un point appelée l'Île Relax.

– Je ne veux pas lui parler, chuchota-t-elle. Il dit qu'il est réformé, eh bien, s'il ne se re-réforme pas, je vais lui coller les deux yeux au beurre noir...

– Vous l'avez déjà suffisamment amoché.

– Oh, ça, c'est sa femme de chambre. Moi, je ne me suis pas encore occupée de lui.

Madison avait le sentiment de se trouver dans un asile de fous. Teenie avec son discours hystérique de Reine de la Terre l'avait déjà totalement perturbé. Et voilà que l'autre fille s'en mêlait. Oh, sa mère ne s'était pas trompée!

Il se dit que ses plans si minutieusement préparés allaient disparaître en fumée. Il eut une pensée attristée pour ce malheureux Heller-Wister tandis qu'ils continuaient de voler audessus de l'eau, de plus en plus loin, échappant à toute solution intelligente digne d'un PR. Mais bon sang! Qu'est-ce que Teenie voulait dire par « militaire »?

6

Flick, nerveux, promena les yeux jusqu'à l'horizon. Ils étaient à 3 000 mètres et il n'y avait pas la moindre terre en vue : rien que les flots verts.

Il appuya sur une touche et, sur l'écran placé à côté de la carte, Madison déchiffra :

L'ÎLE RELAX, connue des anciens sous le nom de Téon, place forte du Peuple de la mer disparu depuis. Réserve royale des anciens monarques abandonnée depuis 10 000 ans. Léguée à la famille royale de Flisten par le Traité de Flisten. Localisation : 18/103 dans la grille semi-tropicale, océan occidental, à 14 075 kilomètres du continent central. Superficie : 490 kilomètres/carrés. Littoral composé de falaises noires hautes de 600 à 1 800 mètres, sans plages ni port naturel. Point culmi-

nant : le Mont Téon, 2 760 mètres, à l'extrémité nord de l'île. Bien que couronné de neige durant les mois les plus froids, il barre la route aux tempêtes. L'île a été formée par un mouvement de surrection volcanique mais la cheminée initiale est depuis longtemps éteinte. Température moyenne : 24,5°. La meilleure vue : celles des nuages qui enserrent généralement le Mont Téon ou reflètent le ciel changeant. Avertissement aux bateaux de pêche et aux engins volants : ne pas aborder l'île ni s'y poser, sous aucun prétexte.

Madison en resta glacé. Quel endroit désolé et affreux ce devait être! Des falaises noires, pas de port, pas de plage, et interdiction d'aborder. Mais qu'est-ce qui avait pu donner à Teenie l'idée de venir se perdre ici?

Flick se pencha vers lui et lui murmura au creux de l'oreille :

– Je crois que je suis perdu. En principe, il suffit de pointer sur les grilles mais je crois que le Modèle 99 est aussi perdu que moi! J'ai oublié de consulter mon compteur de distance au sol quand nous avons quitté le continent. Cet océan est infesté de monstres pleins de crocs qui dépassent les vingt mètres. Et si on arrive à leur échapper, les raies volantes ne vous ratent pas. La visibilité diminue. Est-ce que vous pouvez lui demander l'autorisation de faire demi-tour?

Madison se retourna. Personne n'avait entendu Flick, mais le fait qu'il se soit détourné avait fait froncer les sourcils au capitaine des gardes de Teenie. Quant à Teenie, elle était plongée dans un abîme de réflexion, le front plissé.

– Pour l'amour du Ciel! fit Madison à Flick, il faut que vous trouviez cette île! Je n'ai plus envie de me colleter avec des femmes pour aujourd'hui!

– Moi non plus, dit Flick.

Et il se remit à épier l'océan, à droite et à gauche de l'aircar. Une nappe de brume flottait devant le soleil, atténuant la visibilité.

– Vous n'avez donc pas de radar? demanda Madison.

– Des rayons, vous voulez dire? Mais oui : les rayons.

En hâte, il se mit à tourner des boutons mais les écrans restèrent vides.

– Je n'ai pas l'habitude de piloter au-dessus de l'océan, se plaignit Flick. Si je m'écrase, je tiens à ce que quelqu'un repère l'épave. Jetez seulement un coup d'œil sur ce compteur. Nous avons déjà parcouru 3 380 kilomètres.

– Une minute! Vous ne sondez qu'en avant de notre route. Et si nous avions déjà dépassé l'île?

Aussitôt, Flick manipula d'autres commandes et émit un faisceau de sondage vers l'arrière.

ET LA MONTAGNE APPARUT!

Ils avaient presque frôlé le sommet, à moins de 50 mètres! Il était caché par les nuages du matin.

Madison laissa échapper un soupir de soulagement. Ils n'avaient dépassé leur objectif que d'une trentaine de kilomètres! Flick ralentit en manœuvrant et perdit rapidement de l'altitude.

Mais, au même instant, une voix tonna dans les haut-parleurs.

– Attention, attention, Modèle 99-3! Ici le Contrôle Satellite de la Défense Planétaire. Nous avons une ogive de représailles prête au larguage. NE TENTEZ PAS DE VOUS POSER SUR L'ÎLE RELAX!

Instantanément, Flick vira de bord, des gouttes de sueur perlant à son front. Il s'empara d'un micro.

– J'ai reçu l'ordre de me poser!

Il arracha son identoplaque à Madison et la poussa dans la fente de lecture.

– Désolé, mais ça ne nous suffit pas, dit la Défense Planétaire. Personne ne s'est posé sur l'Île Relax depuis cinquante ans, mais vous n'êtes pas le premier à essayer. Dégagez immédiatement!

Madison sentit brusquement qu'on le tirait par la manche. Le majordome lui tendait une identoplaque. Il la passa à Flick qui ôta celle de Madison de la fente pour la remplacer par l'autre, tant bien que mal, les doigts tremblants.

– C'est une ruse ou quoi? gronda la voix de la Défense Planétaire. Nous allons vérifier avec la Cité du Gouvernement. Ne bougez pas.

Madison et Flick échangèrent un regard de désarroi.

Le silence persista quelques secondes, puis :

– Votre Majesté voudra-t-elle accepter nos excuses? Nous ne faisions que notre devoir en exécutant les ordres de la Division Extérieure, qui enjoignent que nul ne se pose sur l'Île Relax sans la permission expresse de Votre Majesté. Nous nous inclinons avec révérence devant elle.

Le majordome se saisit du micro.

– Sa Majesté vous remercie gracieusement de votre diligence et de votre vigilance et apprécie que les ordres soient appliqués. Elle vous laisse à vos tâches.

– Nous baisons le bas de sa robe. Message terminé.

– Ouf! dit Flick. Une ogive de représailles! Chef, vous aviez raison en disant que la journée allait être dure.

Par-dessus son épaule, il rendit l'identoplaque de Teenie au majordome.

Madison était surexcité par ce qu'il venait d'entendre. Pour une fois, Teenie n'avait pas menti. La Cité du Gouvernement et la Défense Planétaire la considéraient comme une reine.

Quelques secondes après, il éprouva un autre choc. Ils étaient descendus en dessous de la couche de nuages et là, dans des flaques de soleil, il découvrait l'île.

Elle était IMMENSE! Il n'avait pas réalisé à quel point 490 kilomètres/carrés pouvaient faire grand. Même à l'altitude où ils se trouvaient, plus de 1 200 mètres, il ne parvenait pas à l'embrasser totalement du regard.

Il voyait de douces collines et des forêts à perte de vue. Des cascades et des rivières. Des prairies bordées de murs de pierre couronnés de verdure. Des troupeaux d'animaux qui paissaient. Des petits villages aux maisons blanches nichés çà et là dans l'opulente végétation des vallons. Et, comme ils descendaient encore, il découvrit que les taches de couleurs qu'il avait observées un peu partout étaient autant de vergers en fleurs et de jardins.

Il tenta de comparer toute cette beauté à une île de la Terre. Tahiti ? Non. C'était dix foix plus joli encore.

UN VRAI PARADIS!

– Où est-ce que je me pose ? couina Flick.

– En face du palais, dit le majordome en pointant le doigt.

Madison, alors seulement, vit le palais. Il se dressait en partie sur la pente du Mont Téon et il était à tel point enfoui dans les arbres en fleurs qu'il ne mesura ses vraies dimensions que lorsqu'ils furent au sol. Il lui apparut alors que le bâtiment, qui s'incurvait avec élégance au flanc de la montagne, devait mesurer plus de 300 mètres. Il n'était haut que de trois étages mais devait se prolonger au sein même de la montagne.

Au centre de l'aire d'atterrissage, le traditionnel cercle bleu avait presque été effacé par le temps. Des herbes folles avaient poussé sur les marches qui y accédaient.

Il inspecta les lieux de plus près encore. Tout autour du fronton du palais, ce qu'il avait pris pour autant de décorations en festons n'était que de la mousse qui pendait aux poutrelles de métal sur lesquelles ne subsistaient que de rares traces de dorures. Et, de toutes parts, des branches cassées par des orages oubliés jonchaient les marches incurvées et les terrasses.

Enfin, ils débarquèrent et purent contempler le palais de tous leurs yeux.

– Jésus ! souffla Teenie.

Une porte s'ouvrit au centre des deux énormes herses d'entrée.

Un vieillard à la barbe grise flottant au vent, un bâton dans la main, se précipita dans leur direction.

– Disparaissez! Disparaissez! hurla-t-il. (Puis il parut faire un effort pour se redresser, tapota les guenilles dont il était vêtu et cria :) Vous êtes sur un domaine privé! Ce territoire appartient à la planète Flisten! Redécollez sinon je préviens la garde!

Le majordome s'avança.

– Gouverneur Spurt, je suis bien certain que vous n'avez *pas un seul garde*! À genoux, idiot!

– C'est toi qui vas aller t'agenouiller dans les Enfers!

Le majordome se tourna vers eux.

– Majesté, ceci est une insulte impardonnable. Ce lieu est une infamie. Les promenades sont couvertes d'herbes, les fontaines ne coulent même plus. Faites la comparaison avec le merveilleux état de votre palais dans la Cité, rendez sur l'heure votre jugement et que son sang soit répandu et fertilise ces herbes. Tel est mon conseil. J'attends vos ordres.

Jusque-là, le vieil homme était demeuré bouche bée. Mais il se mit à trembler en entendant le majordome.

– Vous avez bien dit « Votre Majesté » ? demanda-t-il.

– Sa Majesté Teenie Ire! clama le majordome en déroulant son parchemin de la Division Extérieure devant les yeux exorbités du gouverneur Spurt.

– Oh, mes Dieux! s'écria le vieillard. Nous avons donc une REINE!

Des têtes surgirent aux fenêtres du palais.

Le gouverneur se précipita pour venir se prosterner aux pieds de Teenie. La face sur le pavé, balbutiant, il débita :

– Oh, pardonnez-moi, pardonnez-moi! Ayez pitié! Nous ignorions votre existence. Nous ne savions pas que vous alliez venir. Nul ne nous a prévenus. Il y a cinquante ans de cela, lorsque la reine Hora est morte, les gens de la Division Extérieure sont venus verrouiller tous les coffres. Nous n'avons plus eu le moindre argent pour la peinture et le matériel d'entretien. Personne n'est jamais venu nous rendre visite depuis le continent. Et nous ne pouvons quitter l'île. Nous vivons de nos cultures et de l'élevage ainsi que du produit de notre pêche. Mais nous n'avons pas oublié le protocole : nous répétons chaque semaine! Je vous en supplie, Votre Majesté, ne m'exécutez pas en ce jour qui, par votre retour, devient le plus beau de ma vie! (Il s'interrompit un instant et ajouta :) Non. Allez et faites-moi exécuter si cela peut vous procurer ne serait-ce qu'un instant de plaisir.

Le gouverneur Spurt prit alors le pied de Teenie et le posa sur son cou tout en le caressant.

– Je ne veux pas de ta vie, dit Teenie. Je veux que tu me conduises jusqu'à l'oubliette la plus profonde, la plus ignoble que tu connaisses.

– Oh, quel bonheur! Vous allez m'y faire jeter : c'est plus que je ne mérite.

Teenie leva les yeux. Les cris du vieillard avaient réveillé tout le palais. Deux cents personnes pour le moins étaient accourues, à demi nues ou vêtues de loques. Maintenant, elles étaient toutes prosternées sur la terrasse, sur les marches, sur l'aire d'atterrissage. Et toutes sanglotaient.

Teenie se tourna vers son majordome, tout en ôtant son pied du cou du gouverneur, toujours face contre terre.

– Voulez-vous dire à ce crétin de se relever et de me conduire jusqu'à cette oubliette ?

Madison frissonna. Était-ce donc pour ça qu'elle l'avait conduit jusqu'ici ? Pour le jeter dans une oubliette ?

– Votre Majesté, fit le majordome, si vous avez choisi de vous montrer clémente en dépit de la grave offense de cet homme, puis-je vous conseiller au moins de laisser ces gens nettoyer le plus gros des saletés qui jonchent les marches et de balayer les couloirs afin que vous ne vous souilliez point les pieds en entrant ?

Teenie esquissa un geste. Le gouverneur Spurt lui baisa aussitôt le pied et se retira à quatre pattes. Puis il se redressa et lança à l'adresse de la foule :

– AU TRAVAIL! NETTOYEZ-MOI LES LIEUX POUR NOTRE REINE!

On aurait pu croire, au volume de sa voix et à son ton féroce, que tous allaient battre en retraite, mais tel ne fut pas le cas. Ils se redressèrent, radieux, et, à la façon d'une vague, l'adoration se répandit sur tous les visages. Ils se mirent à lancer des baisers et reprirent en chœur le cri d'un grand gaillard, tout à l'arrière :

– LONGUE VIE À NOTRE REINE!

Le gouverneur Spurt réussit après quelque temps à les faire rentrer pour qu'ils se mettent à la tâche.

Teenie faisait les cent pas. Elle semblait préoccupée et ne prêtait guère attention à ce qui se passait autour d'elle. Mais, sans doute parce qu'elle avait besoin de bouger, elle descendit une allée envahie par les herbes folles mais festonnée de fleurs au parfum prenant, et s'arrêta à un endroit d'où elle pouvait contempler les vallées en contrebas.

Madison, quelque peu inquiet, courut derrière elle. Le panorama lui coupa le souffle.

– C'est splendide, fit-il en espérant la calmer un peu. Un vrai jardin comme jamais je n'en ai vu ! Et cette brise ! Douce comme un baiser ! Même le chant des oiseaux est comme une berceuse.

– Ferme-la, fit Teenie. (Elle regarda autour d'elle.) Oui, d'accord, c'est un endroit très mignon. Trop (bipement) mignon pour moi, si tu veux que je te dise ! D'après le bouquin, ça devait être uniquement de la rocaille et des falaises toutes noires.

Un sergent accourait avec un message du majordome.

– Votre Majesté, si vous désirez entrer, tout est nettoyé à présent. Mais faites attention, car certaines dalles sont disjointes.

Teenie tira sur ses gants rouges et remonta vivement l'allée. Elle escalada les marches jusqu'à la terrasse. Les immenses portes avaient été ouvertes et la domesticité en haillons faisait la haie, chacun tendant la main pour essayer de lui toucher le poignet.

Le gouverneur Spurt attendait, une torche brasillante au poing. Mais Teenie s'arrêta près de son majordome.

– Si vous arrivez à tirer quelque chose de ces gens, faites en sorte que mon régiment se rassemble devant moi.

Le majordome s'inclina et rebroussa chemin tandis que Teenie emboîtait le pas au vieux gouverneur.

Des hommes se rappelaient brusquement qu'ils étaient sergents à l'origine et des gardes apparaissaient, ouvrant au fur et à mesure les portes devant eux. Un personnage, qui avait probablement été sénéchal à en juger par les lambeaux de tenue qui lui restaient, brandissait des plaques d'ouverture.

– Mais que faites-vous avec cette vieille torche en bois ? demanda le capitaine des gardes de Teenie au gouverneur. Où sont donc les lumières ?

– Oh, monsieur, j'étais encore petit garçon quand nous sommes tombés à court de barres de carburant. Même cette torche de bois est un luxe. Il y avait ici tant de nobles et de gentilshommes ainsi que de techniciens de haut niveau que nul ne connaissait l'artisanat. Il nous a fallu trois ans après le décès de notre très chère reine Hora pour apprendre à tisser la toison des animaux à poil afin de confectionner des cordes. Et nous ne sommes jamais parvenus à retrouver l'art de confectionner des vêtements. Nous nous débrouillons pour tresser des paniers afin de porter les légumes et le poisson, mais c'est bien uniquement parce que certaines de nos femmes, quand elles étaient petites filles, savaient confectionner des guirlandes et des chapeaux avec des fleurs. Lorsqu'on est à un haut niveau de technologie, vous savez, c'est un choc terrible que de redescendre au stade primitif. Toutes les marches que l'on a gravies se sont effacées et c'est en vain que l'on essaie de les redescendre, puisque tout le monde a oublié comment faire.

– Je ne t'ai pas demandé une conférence, dit sévèrement le capitaine. Je veux simplement savoir où sont les lumières. Je constate que nous pénétrons dans des tunnels qui s'enfoncent dans la montagne et je n'ai pas l'intention de laisser Sa Majesté avancer plus loin sans lumière.

– Oh, fit vivement Spurt, je suis certain que les appareils électriques et électroniques sont en état de fonctionner. C'est seulement que nous n'avons plus de carburant...

L'officier le poussa sur le côté et s'avança. Explorant les parois du regard, il finit par repérer un panneau. Il gratta la mousse et la poussière, trouva la prise, l'ouvrit, prit une pile de rechange pour son sabre électrique et l'introduisit dans la fente.

Il ne se passa rien.

D'un air dégoûté, le capitaine récupéra sa pile, décocha un regard acide au gouverneur et déclara à Teenie :

– Votre Majesté, cet endroit est vraiment impossible. Je pense que ces tunnels pénètrent très profondément dans la montagne. Je dois vous demander de ne pas aller plus loin.

– Il me faut une oubliette, dit Teenie. La plus profonde, la plus noire et la plus atroce. La meilleure, quoi. Continuons!

Ils reprirent donc leur marche, la torche vacillante et grésillante faisant danser de façon sinistre leurs ombres sur les parois.

Finalement, très loin dans les profondeurs de la roche noire, ils atteignirent une série d'ouvertures. Ils pénétrèrent d'abord dans une salle de garde. Puis dans des lieux sur lesquels s'ouvraient des cellules aux portes rouillées, aux gonds gauchis. Enfin, ils entrèrent dans une vaste salle où se trouvaient les restes de ce qui avait dû être une forge ainsi que des fouets. Teenie tapota sur une plaque de pierre encroûtée de crasse ancienne, au centre.

Madison comprit qu'ils étaient dans la salle des tortures et, quand il discerna l'expression de Teenie à la clarté de la torche, il sentit ses cheveux se dresser sur sa tête.

Elle découvrit qu'il existait au-delà deux cellules qui n'étaient guère plus que deux trous de ténèbres. S'emparant de la torche, elle y jeta un coup d'œil et mit la main sur d'anciens fers.

– Ces cachots, commenta Spurt, datent de l'ancien Peuple de la mer de Téon. Je ne suis descendu jusqu'ici qu'une fois en soixante ans, parce qu'un noble avait perdu son mitoufle apprivoisé. Je dois dire que ces oubliettes me fichent une peur bleue. Puis-je demander à Votre Majesté d'avoir la clémence de nous permettre de nous retirer de cet affreux endroit ?

Teenie était occupée à essayer de faire jouer ce qui restait de la porte d'un des deux cachots.

– Il faudra la faire réparer, fit-elle.

– Oh, mais bien sûr, Votre Majesté, s'empressa de dire Spurt. Nous allons faire nettoyer tout ça.

– Non, non. Je veux que ça reste aussi abominable et crasseux que possible. Tout ce que je désire, c'est qu'on ne puisse pas s'en évader. Et fais-moi réparer également ces ustensiles de torture.

Madison n'en pouvait plus.

– Teenie, qu'est-ce que tu as derrière la tête ? lui demanda-t-il en anglais.

– Ça, c'est pour Gris, lui fit-elle.

– Gris ?

– Oui ! Dès que j'ai appris qu'il y avait encore des oubliettes ici, je me suis dit qu'il fallait que je vienne. Et il y a une salle de torture aussi. Parfait. Un vrai film d'horreur. Tout ça me convient tout à fait. Je vais jeter Gris dans ce trou, et chaque jour de ma vie, je vais le torturer et me délecter de ses cris et de ses suppliques. Oui, je vais m'en régaler pendant des années et des années, j'espère bien !

– Teenie, écoute-moi un peu. Tu ne le tiens pas encore. Il est détenu par les Cours et Prisons Royales !

Dans le faisceau de la torche, Teenie le regarda avec un sourire atroce.

– Mais c'est justement ça ma campagne militaire. La reine Hora a entretenu son régiment ici. Je vais le regrouper, le faire débarquer sur le continent et, une nuit, nous allons investir la Prison Royale et nous emparer de Gris !

– Teenie ! Teenie, écoute-moi : je peux arriver à faire traduire Gris devant un tribunal. Ça prendra du temps et ça représente pas mal d'efforts. Mais je peux faire pression sur les médias, sur la presse. Jusqu'à les forcer à le faire juger. Et (ajouta-t-il désespérément, car tout son plan à l'égard d'Heller dépendait de cela) je peux te garantir que le procès sera interminable et qu'il aura tout le temps de souffrir mentalement !

– Ce n'est pas le genre de souffrance que je veux qu'il endure. Je veux le tenir sous mon couteau le mieux aiguisé. Des années durant.

Madison se sentit gagné par un total désespoir. Déjà, il les voyait assassinés, Teenie et lui.

– Teenie, qu'est-ce que tu dirais si je parvenais à le faire condamner et confier à ta garde ?

– Ça me ferait attendre trop longtemps.

Et elle se tourna vers le gouverneur de l'île pour lui dicter des ordres très précis à propos du cachot, de la salle de torture et des divers ustensiles de détention. Ce qui lui prit un certain temps.

Une radio se mit à crépiter sur le ceinturon du capitaine de la garde. C'était le majordome qui appelait.

– Veuillez informer Sa Majesté que son régiment est en voie de rassemblement. Il a fallu passer le mot aux divers villages et fermes, mais ils devraient tous être prêts pour la revue quand vous serez de retour.

Madison n'avait pas eu conscience des profondeurs qu'ils avaient atteintes jusqu'à l'instant où il dut remonter. L'air vicié et fétide ne l'aidait guère à reprendre son souffle tandis qu'il peinait sur les rampes. Il leur fallut près d'une demi-heure pour réémerger dans les salles du haut.

Un sergent se précipita et s'agenouilla devant Teenie avec un mouchoir, prêt à lui essuyer les bottes, mais des servantes le repoussèrent de côté, brandissant des peaux d'animaux avec lesquelles elles nettoyèrent efficacement les taches de moisissure et de crasse de la tenue de Teenie, de ses bottes et de ses gants rouges.

Ensuite, Teenie s'engagea dans les couloirs, les salles et les salons en direction de la grande porte principale.

Elle s'avança sur la terrasse jusqu'en haut des marches.

Et se figea sur place.

Il y avait là près de cinq cents hommes impeccablement alignés. Ils étaient tous beaux et forts, avec des traits harmonieux. Sans aucun doute les descendants de nobles lignées, d'anciens officiers, tous élevés par des dames de la cour de la reine Hora. Tous jeunes, magnifiques sous leurs haillons.

Un vieil homme, qui était à l'évidence leur colonel, se dressait devant eux, roide comme une colonne. Dès qu'il vit Teenie, il s'agenouilla, imité aussitôt par tout le régiment.

– Votre Majesté! beugla-t-il, nous n'avons rien oublié du protocole. Nous sommes prêts à accomplir notre devoir.

Nous ne sommes que trop impatients de répondre aux vœux de Sa Majesté.

Et de cinq cents gorges un seul chant monta :

Oh, soyez la bienvenue,
Soyez la bienvenue,
Très chère petite reine,
Donnez-nous du plaisir,
Et laissez-nous jouir !

Puis, obéissant à un signal du colonel, ils se relevèrent.

Si Teenie était ainsi restée paralysée, c'était à cause des fleurs disposées en couronnes dans leurs cheveux. Ils n'avaient pas la moindre arme sur eux.

C'est alors qu'ils se mirent à former des cercles et à danser en se lançant des fleurs, des guirlandes, levant la jambe et faisant des pointes comme des filles.

Teenie se laissa tomber sur une marche.

Elle baissa la tête et se mit à pleurer.

Le régiment s'interrompit aussitôt, consterné. Le majordome fit un geste et ils s'égaillèrent tous comme des moineaux et disparurent.

Teenie était secouée de sanglots.

Madison s'agenouilla auprès d'elle.

– Ce ne sont pas des soldats, gémit Teenie. On ne les a entraînés que pour coucher. Oh, Maddie, mais qu'est-ce que je vais faire ?

Madison se garda de lui dire qu'il était en mesure de recruter cinq cents criminels qu'il se faisait fort de transformer en Bataillon de la Mort en une journée ! Oh, non ! Ça ne convenait nullement à ses plans. Il était trop malin pour ça. Il ne se risqua même pas à répéter ses arguments.

– Maddie, dit-elle enfin après un long moment de sanglots, est-ce que tu penses vraiment que tu pourrais faire condamner Gris et qu'on m'en confie la garde ?

– Écoute, Teenie, je t'aime beaucoup, et je suis absolument persuadé que je peux te rendre ce service.

– Alors, je t'aiderai dans ton plan pour la presse, dit-elle, visiblement soulagée, et quand on l'aura jugé et condamné, je m'occuperai de lui.

Une servante en loques tentait de lui sécher les yeux avec un bout de fourrure.

Teenie, soudain, regarda Madison. Et un éclat dur apparut dans ses yeux.

– Mais il y a une chose qu'il faut que tu comprennes bien, Madison. Si tu n'arrives pas à me faire confier la garde de Gris, c'est toi qui finiras dans ce cachot, là en bas!

Madison n'avait pas la moindre idée de la manière dont il devait s'y prendre pour réussir. En fait, il avait lancé cet argument comme ça, au hasard.

Il battit en retraite en inclinant plusieurs fois la tête.

– Teenie, tu peux compter sur moi.

Seigneur, il était vraiment dedans jusqu'au cou!

SOIXANTE-DIX-SEPTIÈME PARTIE

1

Dès que Madison eut rallié la résidence de la Cité de la Joie, il se mit à la tâche. Il avait le sentiment de s'avancer au rythme solennel des tambours et qu'une noble victoire l'attendait à chaque pas.

Comment pouvait-il donc échouer? Il était le plus habile des PR depuis Jules César, il n'y avait pas le moindre doute dans son esprit à cet égard. César, un antique roi de la Terre, était jadis venu en Gaule, et il avait vu et vaincu aussi. Il avait tout conquis. Madison comptait bien faire de même avec Voltar. Le manque de confiance ne faisait pas partie de ses tares. Messieurs les historiens, et vous cher lecteur, pourriez souhaiter que ce fût tout le contraire, car lorsqu'on met à jour tout ce complot, il apparaît à l'évidence que J. Walter Madison était d'ores et déjà lancé sur une trajectoire qui devait perturber non seulement l'histoire de Voltar mais également celle de la Terre. Un poète a dit jadis que la plume est plus redoutable que l'épée : dans le cas qui nous occupe, il s'agit de savoir si un *public relations* peut se révéler supérieur au bon sens des chefs de deux empires. En suivant les actes de Madison ainsi que de quelques autres, nous allons constater que tel est le cas. Ainsi donc, cher lecteur, poursuivez! Vous allez être sidéré!

Madison avait laissé Teenie à la Cité du Palais. Ayant retrouvé le moral, elle dressait déjà des plans pour recevoir Gris dans l'île, tout en admettant que son incarcération prendrait certainement quelque temps. Il était même allé jusqu'à évoquer avec elle divers moyens de détourner une partie des fonds d'entretien de l'île dispensés par Lord Endow pour l'achat d'un autobus aérien, de barres de carburants et de nouveaux instruments de torture. Elle avait décidé d'apprendre à Chochotte, redevenu le giton préféré d'Endow, une caresse nouvelle afin d'emporter l'affaire. Teenie, donc, ne constituait plus un obstacle, du moins pour un temps, mais il frissonnait toujours dès qu'il songeait à ce qui pourrait se passer s'il ne livrait pas Gris entre ses griffes.

Ses manœuvres lui avaient à présent dégagé un immense salon au soixante-seizième étage. Ils y avaient installé des tables et des sièges. Il envoya une équipe chercher des vocodiscoscribes, du papier, des stylos, ainsi que des exemplaires de tous les journaux publiés non seulement sur Voltar mais dans l'ensemble de la Confédération des 110 planètes.

Puis il convoqua ses reporters taulards et se dressa devant eux, inflexible, impérieux, dans l'aube radieuse qui pointait.

– A partir de maintenant, leur déclara-t-il, vous êtes des artistes créatifs. Oubliez la réalité, les corvées ingrates. Et laissez déferler votre imagination. Désormais, vous êtes des *public relations.* Et sans perdre un instant, vous allez me pondre de nouveaux échos sur les crimes commis par Soltan Gris, un officier de l'Appareil qui croupit dans la Prison Royale.

– Est-ce que nous pouvons avoir des détails à son propos? demanda le plus ancien des reporters.

– C'est une ignoble crapule, repartit Madison. C'est tout ce que vous devez savoir de lui. Il faut que nous le persécutions et que la presse le traite comme un coupable jusqu'à ce qu'il soit traduit devant un tribunal public. Cela fait, nous aurons un autre gibier en vue.

– Attendez un instant. Je ne pense pas que quiconque ait jamais fait ça sur Voltar. Les gens risquent de penser que ça n'est pas bien.

– C'est à vous que revient le travail de fabriquer des crimes tellement monstrueux que le public n'aura plus qu'une idée : demander sa peau. Si vous y arrivez, vous verrez : plus question de droits civiques. C'est le miracle des PR.

Un autre reporter intervint :

– Vous avez employé une expression bizarre : « Tribunal public ». Je n'en ai jamais entendu parler. Sur Voltar, les jugements sont rendus en privé et on ne connaît que le crime et la sentence.

– Ah! s'exclama Madison. Je vois : le huis-clos. Eh bien, nous allons nous attaquer à ça de front le moment venu. Pour l'heure, il va falloir nous activer pour imaginer toutes sortes de crimes à l'actif de Gris et que la presse s'en fasse l'écho.

Les quatre reporters tinrent conciliabule un instant avant que l'un d'eux demande à Madison :

– Nous connaissons bien des crimes car nous avons connu bien des criminels en prison. Mais pourriez-vous cependant nous donner quelques indications en ce qui concerne ce Gris?

– Des indications? fit Madison d'un ton dédaigneux. Vous voulez dire que c'est à moi de faire votre boulot? Non, non, mes petits amis. Faites donc travailler votre imagination, laissez couler l'encre de vos stylos. Après tout, maintenant, vous êtes des PR, non?

Ils acquiescèrent en silence et se mirent au travail.

Madison convoqua alors les manœuvres et leur fit monter un salon de musique. Il eut la joie de découvrir que l'équipe de Hightee lui avait fait envoyer le *chorder-bar* modifié accompagné d'une note lui disant qu'ils en avaient fait une réplique, mais sans les « dessins ». Madison s'installa aussitôt devant et se mit à jouer un *ragtime*. L'ex-reporter de l'Académie des Arts et le scénariste de films d'horreur écoutaient, surpris, et se mirent au travail. Madison les laissa se chamailler au sujet des danses – fallait-il que ce soient des squelettes ou des goules qui entrent en scène? – et passa à son projet suivant.

Il regroupa tout le monde autour du réalisateur dans ce qui avait dû être apparemment la salle d'exercice du général Loop. C'était en tout cas la plus vaste pièce du soixante-seizième étage.

– C'est à vous de jouer, dit Madison au réalisateur. Vous vous occupez de leur teint pâle de taulards et vous leur apprenez à s'habiller. À partir de maintenant, vous allez diriger une espèce de cours d'acteurs. Avant tout, je veux qu'ils sachent sourire avec sincérité et sans contrainte. Je tiens absolument à ce qu'ils perdent ce look de tueurs.

– Ça sera difficile, vu que ce sont des tueurs professionnels!

– Mais personne ne vous demande de les transformer. Le résultat final devrait en fait être plus meurtrier encore. Mais ça se fait d'une autre manière, avec les PR.

– Vu, fit le réalisateur.

Madison retourna voir les reporters. Ils travaillaient d'arrache-pied et levèrent la tête avec un large sourire.

- On tient le truc, dit le plus ancien. On a un bon papier : « Soltan Gris, officier de l'Appareil, a été repéré en train d'empoisonner les puits de la planète. Les ruminants tombent comme des mouches. »

Madison jeta un coup d'œil sur le papier. Il se dit que ces petits gars avaient certes bien ciblé leur truc mais qu'ils étaient encore un peu mous. Mais il s'était attendu à ça.

– Très bien, fit-il. Mais il faut mettre un peu de pep : « Le corps atrocement mutilé de notre informateur a été retrouvé il y a quelques heures, baignant dans son sang »... Vu?

– Ça, c'est génial! lança un des reporters avec un regard scintillant d'admiration.

– Non, non : simple boulot de PR, fit Madison. Vous vous y mettrez très vite. Bon, en tout cas, vous relisez ça tous les quatre, vous me tirez des copies et vous balancez le truc aux rédac'chefs de la ville.

– O.K., chef! clamèrent-ils d'une seule et même voix.

Madison s'éloigna en souriant. Oui, tout roulait. Comme dans le bon vieux temps. Et quand il tiendrait Gris sur le grill, il pourrait dire à ses avocats comment le tirer du pétrin : en accusant Heller, tout simplement. Avec des titres dans tous les journaux, la une partout! *Partout!*

J. Walter Madison avait retrouvé son élément!

2

Dans son élément, Madison y était vraiment quand vint l'heure du dîner. Il attendait que les reporters qu'il avait envoyé en expédition lui ramènent de bonnes nouvelles. Il avait confiance.

Il avait même arrangé un petit coup façon PR pour rétablir la paix et il dînait en compagnie de Flick, car Flick avait les meilleurs cuisiniers dans son équipe.

Par conséquent, Madison était dans la cuisine-salle-à-manger du soixante-seizième étage et Flick était installé en face de lui, à l'autre bout de la table. Flick était en triste état : il avait les deux yeux pochés à présent. Sa fille de compagnie avait tenu parole et, dès qu'il s'était remis à délirer sur Hightee Heller, elle lui était tombée dessus.

La « femme de chambre » de Flick était une grande brune élancée à la beauté trompeuse. Elle avait été condamnée à trente années de prison pour s'être fait passer pour une femme mariée et avoir fait chanter les hommes qu'elle séduisait en les menaçant d'un mari boxeur parfaitement imaginaire. Elle se nommait Twa et, pour l'heure, elle s'était installée sur le distributeur d'eau pétillante.

– Je n'arrive pas à croire ce que tu m'as dit, fit-elle d'un ton incrédule.

La fille de compagnie de Flick, Cunn, toujours en uniforme, était quant à elle appuyée contre la porte.

– Pourtant, je l'ai vu de mes yeux, répondit-elle.

Flick, distrait de ses pensées, leva les yeux de son assiette et dit :

– Votre place n'est pas ici. Est-ce que vous pourriez nous laisser dîner en paix, le chef et moi?

Madison masqua son sourire en buvant une gorgée. Flick, s'il continuait comme ça, allait se faire tailler en pièces par les deux filles et Madison avait prévu un autre scénario.

– Il est possible que tu l'aies vu, dit Twa à Cunn en ignorant totalement Flick, mais comment peux-tu avoir vraiment l'œil?

– Écoute, s'irrita Cunn. Avant qu'on me jette au trou pour mes sales coups, j'étais garde du corps de la plus riche des mères-maquerelles de Mistin. Alors tu peux me croire quand je te dis que j'ai vu ces cinq cents types à moitié nus, beaux comme des dieux, là-bas, devant le palais, qui ne demandaient qu'à (biper). Et j'ajoute aussi que j'en avais jamais vu d'aussi bien montés. Pourtant, je dois dire que j'en ai vu un paquet. D'accord, j'ai jamais fait la pute, mais je suis passée sous pas mal de types. Et je me considère comme *experte.*

Flick était très mal à l'aise et ne quittait pas son plat du regard. Ses yeux étaient tout gonflés et sans couleur.

– Ouais, fit Twa, mais tu te bases sur une observation en gros. T'en as remarqué un parmi tous?

– Oh, pour sur! Jeune et beau, avec des cheveux noirs et brillants comme de la soie, et des yeux tellement doux. Quand ils se sont dispersés, il a failli me renverser au passage. Pas par hasard. Il m'a murmuré, je l'entends encore : « Tu vois cet arbre en fleurs là-bas? Derrière, c'est tout doux et tout beau et moi j'ai quelque chose de bien dur qui ne demande qu'à ce que l'on s'en occupe. Y a tellement longtemps que j'ai pas fait ça et tu es si chouette! »

– NON! explosa Twa. C'EST VRAI?

– Absolument vrai, confirma Cunn. Il y en avait aussi un blond... Quel HOMME! Et tu sais, ce sont tous des aristos! En passant près de moi, il m'a dit : « Ma jolie, tu ne sais pas où je pourrais trouver une belle grande brune? »

– Oh, ça alors! s'excita Twa. (Elle se tourna vers Madison.) Chef, est-ce que Cunn et moi on peut aller faire une petite course pour vous jusqu'à l'île?

– LA FERME! brailla Flick.

– On peut laisser Flick ici, insista Cunn. Je saurai retrouver l'endroit.

– VOUS NE BOUGEZ PAS D'ICI! hurla Flick.

– Mais qu'est-ce que ça peut donc te faire? dit Twa. Tu ne t'intéresses plus à nous. Tu n'as qu'un nom à la bouche : Hightee Heller!

– ELLE EST D'UNE TROP GRANDE NOBLESSE POUR QUE VOUS PRONONCIEZ SON NOM! gronda Flick.

– Noble, c'est bien ça, fit Twa. Cinq cents nobles qui n'attendent qu'une occasion de pouvoir basculer les filles dans l'herbe. Cunn, on va faire préparer le vieux bus de l'Appareil. Je vais chercher ma veste. Je crois que le chef vient de nous approuver.

En un éclair, Flick lui barra la route. Il claqua violemment la porte et se dressa, menaçant.

– D'accord, d'accord, d'accord! fit-il. Dès que j'aurai fini mon dîner, j'irai vous retrouver dans la chambre. Déshabillez-vous et tenez-vous prêtes. Je me suis re-réformé.

– Et il ne sera plus question de Hightee Heller? demanda Cunn.

Flick semblait terrassé.

– Oui, c'est promis, dit-il enfin.

Madison était ravi, il rayonnait comme un dieu. Avec quelle habileté il avait manipulé les filles et rétabli l'ordre domestique. Faire régner la paix était une utilisation peu courante des talents d'un PR, mais il se disait qu'en conseillant seulement aux filles d'aller entretenir des PR avec le régiment, il avait transformé le comportement de Flick. Ce qui prouvait à quel point il était passé maître dans son art. Micro ou macrocosme, peu importait. De même qu'il s'agit de mal ou de bien. Ce qui comptait avant tout, c'était diriger le destin des êtres. L'Être Suprême, d'ailleurs, devait éprouver cette satisfaction de temps à autre lorsqu'il réglait le cours de l'univers. Certes, Madison aurait pu s'y prendre de tout autre façon, c'est-à-dire à l'envers et laisser Flick se faire tuer par les filles, mais il n'avait nullement besoin de l'utiliser pour une quelconque manchette.

3

Peu après minuit, Madison eut quelque difficulté à redescendre de ses hauteurs pour digérer de mauvaises nouvelles.

Les quatre reporters étaient autour de son lit, pitoyables comme des moutons qui auraient été à demi taillés en pièces par des bêtes féroces.

Le plus ancien montra les feuillets qui pendaient lamentablement entre ses doigts.

– Ils n'en veulent pas.

– *Quoi?* Un article aussi sensationnel?

– Ils n'ont jamais entendu parler d'« info flash ». On a essayé tous les rédacteurs qui ont bien voulu nous laisser entrer. Tous ils voulaient connaître la source de notre info et tous ont dit qu'ils allaient envoyer leurs propres reporters. À quoi bon insister?

– Vous avez essayé de leur proposer de l'argent?

– C'est à cause de ça que nous étions en taule. On s'est dit que ça ne vous ferait pas plaisir si on nous renvoyait au trou.

Madison les congédia en leur conseillant d'aller prendre un verre avant de se mettre au lit.

Il était certain de savoir où se situait le problème : ils étaient simplement inexpérimentés et ne savaient pas vendre. Il écrivit une note à l'intention du réalisateur pour qu'il leur apprennent à prendre une expression sincère et franche, puis retourna se coucher.

Il était bien évident qu'il allait devoir briser la glace le premier.

Il se retrouva donc très tôt sur pied et en forme au matin, choisit son costume le plus strict et le plus élégant, s'entraîna un instant à diverses expressions devant son miroir, prit un lot d'articles-poison et gagna le hangar.

Flick, très épuisé, demanda à sa fille de compagnie de piloter à sa place : il n'y voyait plus très bien et, apparemment, il avait maintenant des difficultés à tendre la main pour indiquer le cap. Le travail de PR de Madison avait porté ses fruits!

Madison avait décidé qu'il serait vain de commencer par le bas de l'échelle. En tant que top niveau de sa profession, il se devait de viser au sommet.

Les sous-fifres auxquels il eut affaire se laissèrent aisément impressionner par l'ordre en blanc signé de la main de Lord Ronflon, du Circuit Vidéo planétaire, et il fut très facilement mis en présence du directeur de *La Voix du Matin*, rien de moins, le quotidien qui avait le plus gros tirage de Voltar.

Le Très Noble Arthrite Stuffy le reçut dans son immense bureau qui dominait orgueilleusement la Cité Commerciale et ne l'invita pas à s'asseoir.

– J'ai cru comprendre que vous étiez porteur de quelque message de mon cousin, Lord Ronflon.

– En vérité, je viens vous trouver car j'ai là un papier sensationnel. De quoi faire la une. Le voici.

Arthrite Stuffy le lut rapidement et le lui rendit.

– Il est imprimé au format information. C'est censé être un article?

– Mais oui, bien sûr, insista Madison. Publiez-le et vos ventes vont monter en flèche.

– Nous vendons déjà bien au-delà de nos possibilités. Pourquoi voudrions-nous augmenter nos chiffres?

– Pour augmenter vos tarifs de publicité.

Arthrite Stuffy fronça les sourcils.

– La publicité? Mais nous ne passons pas de publicité. Je pense que vous nous confondez avec les distributeurs de cartes de réclame. Mais qui vous envoie? Montrez-moi donc votre identoplaque.

Madison l'exhiba, s'attendant aux inévitables questions sur les *public relations*, après quoi il emballerait facile ce directeur. Mais, au lieu de ça, Stuffy grommela sur un ton hostile :

– L'Appareil? Vous faites partie de l'Appareil? Eh bien, laissez-moi vous dire une chose, monsieur dont j'ignore le nom, ce n'est pas la première fois que l'Appareil essaie de faire pression sur l'information ou de nous obliger à passer un article. Je suppose que vous avez tout un Bataillon de la Mort qui attend derrière la porte ou quelque autre stupidité de ce genre. Je vais vous dire : je ne vous aime pas du tout.

Madison, lui, n'appréciait pas le ton sur lequel l'autre lui parlait. Il était habitué à voir les rédacteurs et directeurs se prosterner devant les PR du gouvernement.

– Je peux obtenir un édit royal qui vous obligera à publier tout ce que je vous apporterai!

– Faites-le! À l'instant même où je l'aurai entre les mains, je vous garantis une révolution. Il y a 70 000 ans, un des monarques de Voltar a voulu obliger la presse à publier des articles sur les réceptions de sa maîtresse. Tout ce qu'il a réussi, c'est à faire effacer son nom de l'histoire. Un édit royal! Là, je dois dire que je vais me faire un plaisir de raconter cela au déjeuner du club de la presse.

– Je peux lancer un autre quotidien et vous mettre sur la touche! le menaça Madison.

– Ah, voilà la meilleure! Il y a 15 000 ans qu'aucun nouveau quotidien n'a été lancé sur Voltar. Essayez donc, et toute la presse de cette planète achètera la totalité du stock de papier. Comme ça, vous n'aurez plus qu'à imprimer sur des pavés. Bon, à présent vous feriez mieux de disparaître avant que j'appelle quelqu'un pour vous ficher dehors!

Madison s'éclipsa et se rendit dans divers autres journaux. Où il eut droit au même traitement. Et il fit même une autre découverte décourageante : ces journaux faisaient tous partie de chaînes qui avaient autant d'éditions locales sur les diverses planètes de la Confédération voltarienne. Il avait cru tout d'abord qu'il y avait des dizaines de milliers de quotidiens édités dans l'ensemble des 110 planètes, mais en réalité, cela n'en faisait pas plus de soixante-quinze.

Il s'interdit de montrer ou de ressentir la moindre trace de découragement : après tout, il était un vétéran des PR et il avait au moins cet ordre en blanc de Lord Ronflon.

La soirée commençait quand il passa un appel depuis l'air-car.

– La Vidéo planétaire? demanda-t-il quand apparut le visage radieux de la standardiste. Passez-moi le service information.

– Le service information? Mais nous n'en avons pas, monsieur.

– Mais vous donnez bien des *informations*! protesta-t-il, incrédule.

– Oh, oui, bien sûr, monsieur. Je vais vous mettre en relation avec le salon de repos des annonceurs.

Un personnage au visage anguleux apparut : il sirotait du secoueur-chaud.

– Qui est votre meilleur commentateur d'infos? lui demanda Madison.

– Notre *quoi*?

– Vous n'avez pas une équipe d'infos?

– Pour quoi faire? Celui qui est à l'antenne n'a qu'à lire les articles des principaux journaux. On change de titre tous les jours en les citant. Mais je crois comprendre ce que vous voulez dire : vous faites allusion aux séquences image sur l'aristocratie et les célébrités, non? Vous voulez que je vous passe notre directeur des relations de la haute société?

– Non! gronda Madison avant de raccrocher.

Il rumina un moment tandis que Flick survolait les couloirs de circulation.

– Mais sacré nom d'un chien! se dit-il. Je ne peux quand même pas monter une campagne à coups d'affiches! Tiens, d'ailleurs, à ce propos, les seuls panneaux que j'aie vus jusque-là n'annonçaient que le nom du magasin.

– Ramenez-moi! lança-t-il à Flick.

Il prit un bain de pieds. C'était la première fois en dix ans qu'on lui claquait la porte au nez et il ne digérait pas ça.

Le dîner lui redonna des forces et lui fit retrouver une certaine décontraction. Pieds nus et en peignoir, il se rendit jusqu'au bureau des reporters et entreprit d'explorer les piles de journaux qu'ils avaient achetés. Il commençait à se dire que l'obstacle qu'il affrontait était ce vieil ennemi des PR : l'information *vraie*. Il y avait bien longtemps de cela, sur Terre, on en parlait à tous ceux qui préparaient un diplôme de journaliste. Mais depuis, le Prix Pulitzer était venu récompenser régulièrement le reportage le plus mensonger de l'année. Les Voltariens, avec toutes leurs considérations absurdes sur la source des informations et leur authenticité étaient dans la mauvaise voie : le canard le plus ringard de n'importe quel État plouc des USA aurait pu leur donner des leçons.

Madison épluchait les unes :

INAUGURATION
D'UN NOUVEAU MONUMENT

Et :

LE DISCOURS COMPLET
DE LADY PROMPTON
À SON ORPHELINAT

ÇA, DES UNES! Quelle abomination!

De la page 2 à la page 7, on dénombrait surtout des échos mondains :

L'ÉPOUSE DE LORD ELD
ORGANISE UNE SOIRÉE
À L'EAU PÉTILLANTE ROSE

DAME ALT OFFRE UNE RÉCEPTION
DANS SA RÉSIDENCE

L'ÉPOUSE DE NOTRE ÉDITEUR
REÇOIT TOUTES LES SEMAINES
À SON DOMICILE

Madison n'en pouvait plus! C'ÉTAIT NUL! Ces gens-là n'avaient même pas compris que le rôle des informations était de *distraire*!

Petit espoir : dans plusieurs journaux, en bas des pages intérieures, on trouvait des informations sur la révolte de Calabar et, à la dernière page d'un autre, cinq lignes annonçaient qu'un couple d'amoureux s'était suicidé en se jetant dans un fleuve. À défaut d'autre chose, ces maigres articles auraient pu faire la une!

QUELLE CIVILISATION RÉTROGRADE!

Il avait tout intérêt à réformer ça, et vite!

Sa détermination était d'acier, mais il avait besoin de plus que cela. Il lui fallait trouver une faille quelque part pour franchir la muraille des médias.

Il alla se coucher et fixa longtemps le plafond. Aucune idée ne lui vint. À la fin, il s'endormit.

En fait, cher lecteur, ce n'était pas seulement le destin d'Heller qui était en jeu dans cette chambre, mais celui de Voltar et de la Terre.

4

Au matin, les doigts dorés du soleil effleurèrent doucement ses paupières.

Il demeura étendu dans une semi-réalité, à moitié éveillé. Une pensée flottait dans sa conscience encore larvaire.

L'un des buts essentiels de la presse, disait cette pensée, c'est d'apporter au public des ennuis et des soucis. Par conséquent, on pouvait en déduire que l'intention première des médias de la Terre était de rendre les gens fous.

Il bougea. Quelque part, quelque chose allait se révéler. Il réalisa soudain que, sur Voltar, il n'avait jamais vu la moindre trace de psychiatre, ni même de psychologue.

Ah! Ah! La Confédération, en plus de ses médias lamentables, non seulement provoquait les maladies mentales mais ne les traitait même pas! Cette évidence s'imposait brusquement à lui.

Il s'arracha d'un bond à son lit et passa un peignoir avant de se précipiter dans la chambre de Flick.

Flick, dont les yeux étaient maintenant cernés de jaune, était allongé entre Cunn et Twa, aussi nues l'une que l'autre. Tous trois ronflaient paisiblement avec le même sourire léger aux lèvres.

– Flick, lança Madison, qu'est-ce qu'on fait des fous, sur Voltar?

– On leur lâche deux femelles dessus et on les tue, dit Flick, tout en se débattant pour libérer ses bras et s'asseoir.

– Non, sérieusement. Il est important que je le sache.

Flick rampa tant bien que mal jusqu'au pied du lit et parvint à s'asseoir, épuisé.

– Les fous? Voyons voir. Eh bien, quand on dit que quelqu'un est fou, ce n'est pas difficile à prouver. Les gens fous roulent des yeux, courent de tous les côtés ou tombent. Ils ne reconnaissent plus personne et, quand ils parlent, ils disent des choses insensées. Alors, on les expédie dans une grande prison, loin dans le nord, et voilà.

– Mais s'ils se remettent?

– S'ils se remettent? Quel drôle de terme. Vous voulez dire : s'ils retrouvent un esprit normal? Ma foi, on les surveille encore un peu et on les relâche.

– Vous voulez dire qu'on ne les traite pas à coups d'électrochocs et qu'on ne les opère pas du cerveau?

– Mais pourquoi donc, mes Dieux? Pour quelle raison quelqu'un souhaiterait-il les punir? On ne les touche pas, on ne leur fait rien. Un de mes cousins a été mis en camp de détention pour les fous, sur Calabar : il était aussi dingue qu'un gyro qui aurait perdu la moitié d'une roue. Il y est resté la moitié d'une année. Ils se sont contentés de le nourrir, et puis un jour il est sorti. Il était d'aplomb. Je suis bien content qu'on ne lui ai pas fait de mal : mes tantes se seraient déchaînées.

– Avez-vous déjà entendu parler de médecin dans le domaine des maladies mentales?

– Non. Je veux dire que je n'ai jamais entendu parler de médecin fou.

– Je parle de *psychiatre*, insista Madison.

– Écoutez, chef : je veux bien me montrer patient, mais j'ai vraiment mal dans tous les muscles, alors j'aimerais mieux qu'on arrête de prononcer des mots étrangers, du moins jusqu'à ce que j'aie pris mon petit déjeuner et que je sois vraiment réveillé, d'accord?

Leur conversation avait fini par réveiller les deux filles.

– Ce n'est pas encore l'heure du petit déjeuner, dit Twa en tendant les bras.

Madison prit congé. Une fois encore, il se sentait bloqué. Il regagna sa chambre et se mit à faire les cent pas.

L'idée qui lui était venue n'était pas vraiment de lui. Elle était considérée comme un jalon historique des *public relations*. Elle lui était revenue lorsqu'il avait pris conscience que le rôle essentiel des médias de la Terre était vraiment de rendre les gens fous. Ce qui l'avait amené à réfléchir à divers grands coups du métier durant le siècle écoulé.

Les membres de l'Association Psychiatrique Américaine, des dizaines d'années auparavant, avaient affronté un problème terrible avec les médias. À cette époque, il n'y avait pas la moindre personne saine d'esprit pour publier quoi que ce soit de sérieux à propos des psychiatres : cette race particulière était considérée comme une bande de charlatans et d'escrocs, qui se confondaient même avec des meurtriers si l'on tenait compte de l'usage qu'ils faisaient des électrochocs.

Mais les PR étaient intervenus. Il s'étaient ligués avec la Fédération Mondiale pour la Saleté Mentale – une organisation composée d'ex-nazis responsables du massacre de millions de juifs aussi bien que des personnes atteintes de « démence » en Allemagne et qui fuyaient les forces alliées – pour monter le coup le plus astucieux de l'époque.

Ils avaient fait un travail magnifique avec les médias, à tel point que, désormais, n'importe quel psychiatre pouvait commettre plusieurs meurtres par jour en toute impunité, y compris le dimanche, faire n'importe quoi, de l'exhibitionnisme devant les écoles primaires : les médias le porteraient en triomphe et clameraient très haut la vertu de la science psychiatrique et son absolue nécessité.

Oui, indéniablement, cette tactique PR avait réussi et continuait à fonctionner. Conséquence normale : la psychiatrie, de même que la psychologie, se plaçait maintenant au-dessus des lois et les gens les plus haut placés venaient lécher les bottes boueuses et sanglantes de ces patrouilleurs de la (bip) mentale.

Madison, riche de ses connaissances de vétéran PR, savait très précisément ce qui s'était passé jusqu'au plus infime détail.

Seulement, son plan comportait une légère faille : il n'avait pas le moindre psychiatre sous la main.

5

Madison, les traits marqués par une détermination farouche, s'habilla, prit un rapide breakfast et essaya d'entrer en contact vidéophonique avec Lombar Hisst. Mais Hisst n'était ni à son bureau en ville, ni dans la Cité du Palais. Il semblait s'être évaporé.

D'après ce qu'il connaissait de l'organisation de l'Appareil, il pouvait supposer qu'il avait sans doute un chef de bureau. Brandissant l'ordre en blanc de Hisst qui lui donnait pleins pouvoirs pour tout ce qui touchait aux PR, il réussit à franchir plusieurs barrages et se retrouva devant un personnage âgé à l'expression de granit.

– J'ai besoin d'une information, lui déclara-t-il.

– Peu importe l'autorité dont vous jouissez, mais je ne transmets rien par vidéophone. Dites à votre chauffeur de vous poser à Camp Endurance.

Et il coupa la communication.

Flick, enfin réveillé, devint plus sombre encore.

– Je savais que ça arriverait tôt ou tard : on vous envoie au Camp des Macchabées. Ils vont nous virer de l'aircar et nous jeter dans le gouffre. C'est comme ça qu'ils traitent les criminels que l'Appareil ne peut plus employer.

Et il aurait été prêt à dire adieu à toute l'équipe si Madison ne l'avait pas agrippé par le bras pour l'entraîner jusqu'au hangar.

Loin au-dessus des files de circulation, à 1 000 kilomètres à l'heure, ils survolèrent les montagnes, traversèrent le Grand Désert avec ses ballets de tourbillons de sable et, après une sommation menaçante, on les autorisa à se poser près du camp.

Des troupes défilaient un peu partout et ils restèrent un moment dans l'aircar, ignorés de tous.

– Ils rassemblent le peloton d'exécution, dit Flick à l'adresse de Cunn. Mais ils vont probablement te violer d'abord. Ensuite, ça sera la fin. J'ai juste le temps de me re-re-réformer afin de mourir en pensant une dernière fois à Hightee Heller.

Cunn lui donna un grand coup sur la tête.

Un jeune et élégant officier s'avançait vers eux, suivi d'une escouade. Il avait une allure très différente de tous les autres.

Les soldats s'arrêtèrent avec un ensemble impeccable. L'officier se pencha alors et déclara :

– Je suis le capitaine Snelz. (Par la grâce d'un changement de fonction, Madison réalisa qu'il avait devant lui l'homme qui avait été brièvement l'ami d'Heller et de la comtesse Krak.) Votre nom est bien Madison, n'est-ce pas?

Flick se fit tout petit pendant que Madison présentait son identoplaque. Snelz l'examina et pressa sur le bouton, au verso.

– Eh bien ça! fit-il. Statut de salaire illimité? Il se trouve que la cantine est sur notre chemin et je pense que vous ne refuserez pas de nous offrir un verre à tous avant que nous poursuivions. Je commande votre escorte que voici.

Madison descendit et reçut le souffle chaud du vent du désert en pleine face. Il leva les yeux vers la masse noire de la forteresse et sentit qu'on le poussait.

– Une minute, fit-il. Je suis censé rencontrer le chef de bureau de Lombar Hisst, et non participer à une revue militaire. Quel est cet endroit?

– Vous devez être drôlement nouveau dans l'Appareil pour ne pas connaître Répulsos. D'où venez-vous?

– De la Terre.

– La Terre? Vous voulez dire Blito-P3?

– C'est comme ça que vous l'appelez ici. Mais son vrai nom est « la Terre ».

– Humm, fit Snelz.

Ils atteignirent bientôt la cantine et Snelz commanda une tournée de tup. Après quelques lampées pour laver le sable de sa gorge, il demanda à Madison :

– Est-ce que par hasard vous auriez rencontré un officier du nom de Jettero Heller sur la Terre?

– Oh, oui. C'est un de mes meilleurs amis.

– Hon, hon... Et comment va-t-il ?

– Oh, il est dans une forme splendide, tout à fait splendide.

– Mais vous n'êtes pas revenu avec lui, n'est-ce pas ? insista Snelz.

– Non, je crains de n'avoir pas eu ce plaisir.

– Mais vous connaissez par conséquent sa compagne.

– Oh, bien sûr que oui, dit Madison. Une femme adorable.

– Mais à quoi ressemble-t-elle ? Je ne dis ça que pour m'assurer que nous parlons bien de la même personne.

– Oh, elle est adorable, vraiment adorable. Vraiment.

– En confidence, dit Snelz, vous ne pensez pas qu'elle est quand même un peu petite pour lui ? Je veux dire : voilà une fille qui ne dépasse pas 1,60 mètre alors qu'Heller fait dans les 1,90 mètre...

– Oh, je crois que c'est justement sa petite taille qui lui donne une bonne partie de son charme, dit Madison.

– Bien. Buvons, et ensuite je vous conduirai au chef de bureau de Hisst.

Sur ce, Snelz ne dit plus grand-chose, ce qui n'avait rien de bizarre puisqu'il avait compris que Madison n'était qu'un imposteur.

Madison régla la note et ils embarquèrent à bord d'un zipbus qui fonça à travers les tunnels. Quand ils en descendirent, ce fut pour s'engouffrer dans un ascenseur qui les emporta en haut de la tour où se trouvait le bureau principal de Hisst. Snelz y poussa Madison et se retira avec ses hommes pour attendre dans le corridor.

Le vieux forçat qui était le chef de bureau de Hisst fixa Madison, les sourcils froncés.

– Je sais que vous avez un ordre en blanc, lui dit-il. Et vous pensez sans doute qu'avec mon assentiment, vous pourrez voir le chef...

– Non, non. En fait, c'est *vous* que je désire voir. Je sais très bien que ce sont toujours les chefs de bureau qui contrôlent tout.

– Je dois dire que vous êtes bien le premier à reconnaître ça! Qu'est-ce que je peux faire pour vous ?

– Deux choses. Étant donné que l'Appareil est avant tout un organisme de renseignements, je suppose que vous disposez d'un tas d'informations sur les gens. En premier lieu, par conséquent, je veux savoir si vous disposez de renseignements sur les éditeurs et rédacteurs.

– Ah, vous voulez parler de chantage. Il est exact que nous disposons d'informateurs au sein de leurs locaux, de leurs bureaux, mais ça n'a rien donné. On a essayé d'en tirer quelque chose depuis des années mais on a eu que des ragots, des querelles domestiques. Des broutilles sans intérêt. Non, vous ne risquez pas de trouver là-dedans quoi que ce soit d'efficace.

– Néanmoins, j'aimerais avoir tout ce que vous possédez sur les éditeurs et leur entourage.

Le vieux chef de bureau haussa les épaules, appela un de ses employés et accompagna ensuite Madison jusqu'à la console centrale.

En quelques minutes, des torrents de papier se déversèrent de l'imprimante.

Le chef de bureau revint un instant plus tard.

– Vous me rappelez Gris. Un jour, il s'est pointé ici comme vous et il a épuisé tout le stock de papier de cette machine.

– C'est très important, dit Madison.

– Mais non, ça ne vaut pas un clou. (Il prit le coin d'un rouleau de papier et lut tout haut, d'un ton faussement aigu :) « Ce matin même, Lady Mithin a traité son époux de butor parce qu'il s'était plaint que le secoueur ne soit pas suffisamment chaud. » Oui, je vous imagine très bien en train d'essayer de faire chanter le Très Noble Mithin, éditeur du *Vigile de Voltar* avec ça!

Madison s'aperçut qu'il avait sous les yeux des rapports de divers informateurs, huissiers et autres qui avaient noté tous les appels qu'il avait passés avec différents éditeurs durant la journée. Oui, vraiment, l'Appareil avait tissé sa toile un peu partout. Eh bien, se dit-il, il allait tisser la sienne et se chargerait de pratiquer l'intox à haute dose.

Les rouleaux de papier formaient à présent une gigantesque meule : il avait fallu déjà les recharger par deux fois.

– J'espère que ce sera tout, dit le chef de bureau.

– Non, pas vraiment. Est-ce qu'il existe sur Voltar, ou quelque part dans la Confédération, un véritable et authentique *psychiatre* ?

L'autre secoua la tête.

– Alors un *psychologue ?*

Autre dénégation.

– Bon, disons un *psychanalyste*, hein? Vous voyez. Quelqu'un qui soigne les maladies mentales...

– Les *maladies* mentales? Quel drôle de terme. Mais ce qui est *mental* ne peut pas être atteint par des microbes, des virus, tout ça... Mais attendez : quelque chose me revient. Quel est le premier nom que vous avez employé ?

– *Psychiatre.*

– C'est ça, oui! Le Dr Crobe, ce dingue, quand il est revenu de Blito-P3, n'arrêtait pas de glapir qu'il pouvait guérir les *« maladies mentales »*. Il a même refusé de retourner dans son laboratoire parce qu'il était devenu... ce machin dont vous venez de dire le nom. À présent, il est au premier sous-sol.

– Crobe ? Est-ce qu'on peut m'en confier la garde?

– Oh, ça oui, avec plaisir, dit le chef de bureau en remplissant aussitôt un ordre.

6

Le Dr Crobe était étendu sur une table d'opération crasseuse, à l'évidence dans un état d'hébétude.

L'escouade de Snelz était restée à l'extérieur et montait la garde autour du chariot rempli de feuilles d'imprimante, mais deux soldats avaient accompagné Snelz qui précédait Madison de chambre en chambre.

Snelz toucha deux fois Crobe de son cingleur et le cytologiste remua et cligna des paupières.

L'odeur, pour Madison, était asphyxiante. Des flaques de sang séché et des lambeaux de chair putréfiée étaient collés au sol et au mobilier. Il fixa l'ignoble docteur et le reconnut soudain. Le nez était trop long, de même que les membres, bizarrement déformés. Oui, c'était bien le même homme que Smith avait envoyé à son bureau et qu'il avait fait expédier à l'hôpital psychiatrique Bellevue de New York! La chance revenait!

– Debout! fit Snelz. Vous allez être confié à la garde de cet homme.

– Non, je n'irai pas, protesta Crobe. J'ai du travail.

Madison, qui ne quittait pas du regard les yeux de Crobe, eut un soupçon soudain.

Un assistant difforme venait de pointer la tête. Madison l'apostropha :

– Qu'est-ce qui occupe à ce point le docteur?

L'assistant secoua la tête.

– On ne fabrique plus de monstres : le chef s'intéresse à autre chose. Il doit vouloir parler de ses bouteilles et de ses cornues. Il y a une semaine qu'il ne fait que ça, et hier il s'est écroulé tout d'un coup sur la table, tel que vous le voyez. C'est la première fois qu'il bouge.

– Montrez-moi, dit Madison avec un soudain élan d'espoir.

L'assistant lui ouvrit le chemin dans un dédale de pièces et s'arrêta enfin pour lui désigner une paillasse de laboratoire.

Un sourire d'exultation apparut sur le visage de Madison. C'était plus qu'il n'en avait espéré. Un tas de graines moisissantes. Un bac pour collecter la mousse. Des fioles et des tubes. Le Dr Crobe fabriquait de l'acide lysergique à partir duquel il synthétisait l'acide lysergique diéthylamide, le LSD!

C'était bien ça : il découvrit une bonbonne de cinq litres remplie de cristaux et, à proximité, trois autres pleines de liquide!

Il avait eu un soupçon dès qu'il avait examiné de près les yeux de Crobe. Nombreux étaient les psychiatres et psychologues qui arrondissaient leurs affaires en fabriquant du LSD dans leur cuisine. Crobe, lui, avait mis les bouchées doubles : il y avait là de quoi anéantir un milliard d'êtres vivants puisqu'il suffisait d'un cent-millième de milligramme pour induire un trip maxi.

– Emballez tout ça! ordonna Madison à l'assistant.

Il revint auprès de Crobe. Apparemment, le docteur avait achevé et arrosé l'événement en absorbant un échantillon de sa production!

– Ne vous en faites pas, dit Madison. On va emporter tout votre petit *barbecue* et votre stock de LSD.

– Vous connaissez ça? éructa Crobe, soudain intéressé.

– Oh, mais oui. Le LSD, c'est extra. Je ne sais pas ce que je ferais sans.

Ce qui était un mensonge éhonté : jamais il n'y avait touché de sa vie, pas plus qu'il n'en avait l'intention. Et c'était la même chose pour tous ses collaborateurs. Les puits empoisonnés qui avaient eu raison des Indiens d'Amérique n'étaient rien à côté de la production de Crobe : s'il déversait ça dans les conduites d'eau, toute la planète serait paralysée.

L'assistant revint, poussant un gros chariot sur lequel il avait entassé les bonbonnes et tout le matériel de fabrication.

– Par tous les Enfers, qu'est-ce que ça veut dire ? gronda Snelz. Vous comptez embarquer tout ce qu'il y a dans la forteresse ?

Madison lui brandit son ordre en blanc sous le nez. Puis l'assistant de Crobe franchit la porte avec le chariot.

Crobe s'était brusquement levé et il suivit.

Snelz observait la scène, éberlué. Il avait cru que les deux soldats ne seraient pas de trop pour forcer Crobe à partir. Il tenta une expérience. Il se mit à pousser le chariot lui-même. Crobe se mit à trottiner derrière.

– Des aimants, dit Snelz. Oui, ça doit être des aimants.

Ils se retrouvèrent devant le Modèle 99 et Madison frémit à l'idée que le répugnant Dr Crobe monte à bord : il avait du mal à supporter sa puanteur. Il se servit donc de son ordre en blanc pour réquisitionner un autocar aérien pour le seul Crobe.

– Je ferais bien de le faire accompagner par deux soldats, dit Snelz. Rien que pour être certain qu'il se retrouve là où vous devez l'emmener. Et aussi pour qu'on soit bien sûr de récupérer l'appareil.

Madison haussa les épaules. En quelques instants, le bazar à fabriquer la drogue, le stock de LSD et la pile de feuillets d'imprimante rejoignirent Crobe dans l'engin passablement délabré.

Snelz donna l'ordre à un caporal et à un soldat d'embarquer à leur tour.

– Eh bien, je vous remercie sincèrement, lui dit Madison.

– N'en parlons pas. Les amis d'Heller sont aussi les miens.

En décollant, Madison se demanda s'il n'avait pas décelé une trace de sarcasme dans sa voix. Bon, après tout, peu importait. Tout en retraversant le désert, dans le Modèle 99 flanqué de l'autocar aérien, il se laissa aller à un sentiment de triomphe.

Non seulement il avait les renseignements voulus mais il ramenait un vrai psychiatre formé à Bellevue. Plus, en prime, quelques dizaines de litres de LSD!

Impossible qu'il perde la partie désormais!

Il allait poursuivre l'arnaque de l'Association Psychiatrique Américaine ici même, sur Voltar. Inutile de rêver à quelque chose de mieux! Le coup avait fait ses preuves. Il continuait d'être une affaire juteuse sur la Terre. Juteuse et parfaite!

Peu à peu, il grimpait vers Heller! D'accord, tout cela ne se ferait pas très vite. Mais il avait la certitude qu'il réussirait.

Un sentiment de puissance montait en lui.

7

Dans les jours qui suivirent, Madison déploya une activité fébrile. Une partie de son projet débordait sur les autres et il était partout à la fois.

La première mesure qu'il prit fut de confier Crobe à ses six manœuvres : ils le baignèrent et le nettoyèrent plusieurs fois jusqu'à ce qu'il pue un peu moins. Une corvée épouvantable.

Puis il fit prendre ses mesures et lui fit confectionner une garde-robe professionnelle complète. Ensuite, le réalisateur, suant et jurant, se mit à la tâche pour lui faire retrouver sa forme.

Les quatre reporters, quant à eux, ne cessaient de découper et de collectionner les articles de vie sociale dans tous les journaux, développant un immense calendrier qui couvrait la plus grande paroi.

Il inspecta la garde-robe des cinq filles de cirque, l'enrichit abondamment et les confia au réalisateur.

A la grande joie de Chalber, le responsable de Zippety-Zip, il fit l'acquisition de quelques limousines aériennes.

Enfin, il rendit visite à Teenie et, les yeux dans les yeux, lui donna diverses instructions tout en l'assurant que Gris ne tarderait plus à être entre leurs mains. Elle céda de bonne grâce.

Ensuite, il s'occupa de la Section de Provocation de l'Appareil à laquelle il confisqua des identoplaques aussi fausses qu'apparemment valables.

Il expédia le spécialiste en électronique aux étages supérieurs.

Et il réussit même, juste pour entretenir sa bonne humeur, à faire passer un autre clip de Lombar Hisst sur la Vidéo planétaire. Cette fois, avec sa propre équipe, profitant d'un jour férié national, le Jour de Plaisir de la Confédération, il fit inaugurer par Lombar un nouveau cimetière pour les soldats tombés au combat durant la révolte de Calabar. C'était là une circonstance idéale, comme l'expliqua Madison au directeur du Circuit, ébahi, à cause des gros plans de Lombar, dans un camion, passant en revue les sépultures avec un sourire ravi. Lombar, quant à lui, trouva l'idée excellente quand Madison lui expliqua qu'il façonnait ainsi l'image d'un Lombar Hisst dans le style « On ne plaisante pas avec Hisst, l'homme le plus décidé et le plus impitoyable de la Confédération ».

Au bout de dix jours, comme tout semblait bien se passer, Madison eut envie d'aller rendre visite à Teenie, et il quitta la Cité de la Joie pour l'Île Relax. Flick avait ordonné à Cunn de ne pas les accompagner. Et ils avaient un laissez-passer estampillé par Teenie.

Cette fois, usant de leur expérience, ils ne se risquèrent pas au-dessus des sommets et ils firent une approche à faible altitude, ce qui leur valut de manquer de peu de se fracasser contre une falaise noire comme du charbon et haute de plus de 1 500 mètres, ce qui commotionna fortement Madison. Mais, dès qu'ils prirent à nouveau un peu d'altitude, ils furent récompensés par le panorama de vallées et de collines à couper le souffle.

C'est devant un palais fondamentalement transformé qu'ils se posèrent. A l'évidence, les nouvelles caresses de Chochotte avaient eu un effet magique sur Lord Endow. Toute la façade avait été nettoyée des mousses et brillait d'un éclat neuf, les allées avaient été sarclées, les arbustes et les haies taillés : pas une seule branche ne débordait sur la terrasse et le dallage, solidement cimenté, ne basculait plus sous les pas. L'équipe, sans doute avec l'aide de diverses sociétés de rénovation, avait fait des prodiges.

De part et d'autre de la porte, deux sentinelles en livrée d'argent montaient la garde. Un sénéchal en grande tenue apparut et s'inclina devant Madison avant de l'introduire.

– Sa Majesté se trouve dans le troisième salon, annonça-t-il. Veuillez me suivre.

Madison, dans cette ambiance, s'était attendu à retrouver une Teenie radoucie, charmée par la beauté et la douceur des lieux, et il fut donc assez surpris de la voir nue jusqu'à la taille, en pantalon bleu à rayures rouges et rien d'autre, avec un cingleur à la main.

– Madison, lui lâcha-t-elle sans préambule, tu n'imagines pas la (biperie) de ces types!

Madison n'avait pas la moindre idée de ce qu'elle voulait dire. Ils étaient seuls. Certes, d'innombrables miroirs leur renvoyaient leur image, projetant des centaines de Teenie et de Madison, mais ils étaient matériellement les seuls occupants de l'immense salon hyperdécoré.

– Regarde! le prévint Teenie. Hike!

Une femme très noblement vêtue fit son apparition par une porte dérobée. D'une démarche gracieuse et souple, elle se dirigea vers un piédestal qui devait faire office de scène. Madison la reconnut : c'était une des femmes de chambre de Teenie à laquelle il avait eu affaire au Palais.

– Libérez-le! cria Teenie à cet instant.

Instantanément, un homme en uniforme surgit dans la pièce, porta les yeux sur la fille et se précipita sur elle, avide.

Il lui arracha sa robe. La bascula. La porta jusqu'au piédestal. Et là, il la riva au sol en l'écrasant du pied, tout en se déshabillant. Puis il sauta sur elle et il était sur le point de lui écarter les cuisses lorsque Teenie poussa un cri en s'avançant brusquement.

– Non, non, NON! fit-elle en lui frappant les fesses de son cingleur.

Ce qui ne l'arrêta pas du tout. Teenie, alors, l'empoigna par les cheveux et tenta de le remettre debout.

Deux sergents venaient de faire irruption dans la pièce et ils prêtèrent main-forte à Teenie. Ils réussirent à avoir raison de l'homme et libérèrent la servante.

– Madison! s'écria Teenie. Ça fait la troisième fois que ce (bip) fiche tout en l'air!

– Teenie, peut-être qu'il ne comprend pas ce qu'il doit faire!

– Mais si, il le comprend! gronda Teenie tout en dardant son cingleur vers le centre du personnage. Il est supposé s'avancer vers elle, avant de s'incliner et de s'agenouiller pour lui baiser la main et lui demander de l'accompagner pour une promenade dans le parc. Et c'est seulement APRÈS qu'il doit lui faire une proposition malhonnête. Mais ils savent (bipement) bien qu'ensuite on les renvoie dans leur caserne, alors ils essaient de profiter de ces leçons pour m'embrouiller et piquer des trucs avant que je puisse les arrêter.

– Tu sais, Teenie, dit Madison sans quitter du regard l'officier humilié, ce n'est pas à moi de te donner des conseils, mais est-ce qu'il t'est venu à l'esprit que si tu le laisses vraiment entraîner une fille dans sa chambre pour se l'envoyer, et SI il s'y prend bien, ils risquent de revenir à l'ancien protocole? En psychologie animale, on appelle cela « récompense ». Je le sais car je l'ai étudié au collège.

– Tu te trompes complètement, rétorqua Teenie. C'est justement ça le problème avec eux. Ils se comportent comme des bêtes! Cinq cents aristos de mon (bip)! Cinq cents Bon Dieu de (bips) de bestiaux, oui!

– Je crois que même leurs pères et leurs grands-pères étaient conduits à la reine avec un collier électrique. Et je me dis qu'il est possible que ce soit le protocole qui explique leur comportement.

Teenie se fit songeuse. Elle envoya chercher le gouverneur Spurt. Il accourut dans la minute, en grande tenue, puisque les coffres avaient été ouverts, et il se figea sur place dans un cliquetis de médailles avant de s'incliner.

Teenie l'entraîna à l'écart et échangea quelques paroles à mi-voix avec lui.

Puis elle revint auprès de Madison.

– Mon Dieu, Madison, tu as raison. Ce n'est pas par manque de psychologie animale – ça pourrait d'ailleurs manquer à qui? – mais à cause des édits royaux! La reine Hora exigeait d'être battue, puis dévêtue et violée!

Le gouverneur Spurt fut bientôt de retour accompagné d'un clerc tout de noir vêtu et de trois laquais qui portaient une table et diverses choses qu'ils entreprirent de disposer.

Teenie, avec leur assistance, produisit un document qui amendait les précédents édits. Le clerc, d'un geste théâtral, lui tendit le Sceau Royal de Flisten – une énorme émeraude taillée de deux livres – et elle estampilla le document avant de le parapher.

– Il serait bon de suspendre les séances d'éducation jusqu'à ce que les hérauts aient annoncé dans toute l'île que c'est une mesure légale.

Ayant dit, Teenie se leva, une servante s'avança pour jeter une cape sur ses épaules, et Madison la suivit jusque sur la terrasse.

Teenie se jucha sur la balustrade et contempla longuement la vallée. Un laquais se présenta avec un plateau d'argent sur lequel était posé un bubble-gum. Il s'inclina et repartit. Teenie mâchonna en silence un instant, fit éclater une bulle entre ses grandes lèvres et dit :

– Tu sais, Madison, ce boulot de reine, c'est plutôt duraille. On ne peut rien faire si on ne s'y prend pas de la manière légale. Mais j'apprends.

– Cet endroit est merveilleux. Tous ces oiseaux qui chantent... Et l'air est comme parfumé. Ils ont vraiment fait du bon travail.

– Oh, les entrepreneurs ont juste réussi à relancer toutes les machines et l'électronique. J'ai deux autocars aériens qui font la navette tous les jours. Mais j'ai des problèmes avec les villages : ils n'arrêtent pas d'organiser des festivals de bienvenue. Mais là où ça coince, c'est avec la Cité Commerciale : ils n'ont jamais entendu parler de ces instruments de torture et il faut tout fabriquer à la main. Et toi, comment ça va côté publicité?

– Tu veux dire : PR. Je crois que je vais m'y mettre d'ici deux à trois semaines.

Teenie soupira.

– Je pense qu'il faut que je me résigne. Dans combien de temps crois-tu que Gris sera entre mes mains?

– Disons deux ou trois mois.

Elle lui décocha un regard furibond.

– Ça, on peut dire que tu ne te presses pas! Tu n'es pas venu ici pour profiter du panorama. Qu'est-ce qu'il te faut encore?

– J'avais juste besoin de ta permission pour qu'on autorise une équipe de télé, plus quelques laissez-passer en blanc.

Elle eut un haussement d'épaules.

– Pendant que tu y es, demande à ton opérateur de prendre quelques images des oubliettes. Je tiens à ce que tu n'oublies pas ce qui pourrait t'arriver au cas où tu ne ferais pas ton boulot. Disons que c'est de la psychologie animale.

Et elle lui fit péter une deuxième bulle en pleine figure.

8

Une semaine plus tard, Madison rassembla son équipe.

– Je crois que nous sommes maintenant organisés, déclara-t-il. Je voulais seulement vous prévenir que si l'un ou l'une d'entre vous commet la moindre bourde, il ou elle aura droit à deux punitions : en premier lieu, une dose de LSD, et si la faute est très grave, un traitement psychiatrique. C'est bien compris?

Ils s'agitèrent, mal à l'aise. Le chef était un redoutable meurtrier, et s'il se montrait sévère, ça risquait d'être douloureux. Ils frissonnèrent et les visages se firent plus pâles sous leur nouveau hâle. Et ils clamèrent à l'unisson qu'ils avaient parfaitement compris.

– Parfait, conclut Madison. Tout est en place! On y va!

Les cinq filles de cirque quittèrent la pièce en courant pour aller s'habiller en dames de l'aristocratie.

Cinq limousines aériennes décollèrent vers cinq missions mondaines différentes.

Cinq fausses identoplaques, qui attestaient que les cinq filles appartenaient chacune à de nobles familles de lointaines planètes de la Confédération, leur ouvrirent l'accès à diverses résidences et autres salles de bal.

La guerre des PR était déclenchée.

Chacun avait ses ordres. Et ils avaient tout répété plusieurs fois. Ils devaient circuler entre les invités et profiter de la moindre occasion pour parler de ce fantastique et nouveau docteur débarqué d'une planète à la culture très avancée appelée la Terre et qui avait développé une chose merveilleuse : la *psychiatrie*. Et le croiriez-vous? À la base de tout désordre mental, il y a le sexe. Stupéfiant, non? Et lui guérissait les malades par centaines. C'était un truc qui faisait fureur et du dernier chic!

Des jours et des jours durant, dans des dizaines, puis des centaines de soirées, de bals, de réceptions, le bruit courut d'oreille en oreille.

Les deux ex-faux officiers, à présent déguisés en savants parfaitement dignes, suivaient à la trace les filles de cirque pour confirmer la rumeur d'un air solennel. En même temps, ils rapportaient à Madison les échos des réactions de la société.

Madison, son oubliette de Damoclès au-dessus de la tête, observait avec anxiété le développement de sa campagne.

Peu nombreux étaient ceux, même sur Terre, qui avaient conscience que la psychologie et la psychiatrie étaient de pures créations des PR, sans autre substance.

On s'était moqué de la théorie de base de Freud selon laquelle le sexe était dans tout et on l'avait ignorée jusqu'à ce qu'il se marie avec la publicité. Les publicitaires n'avaient eu de cesse que le sexe soit considéré comme l'élément de base de toutes les campagnes de pub. Le travail des *public relations* sur la psychanalyse avait été tellement remarquable qu'il avait complètement occulté le fait qu'un tiers des patients traités se suicidaient durant les trois premiers mois. Et l'on n'avait pas enregistré la moindre guérison.

Madison suivait la tactique générale utilisée avec tant de succès par les PR. Il disposait également de LSD, pierre de touche de la psychiatrie, qui avait permis de manipuler l'homme a qui appartenaient les principaux magazines d'Amérique. Ainsi, le maître de *Mollard Magazine* était-il devenu le croisé essentiel de la psychiatrie et du LSD, pourfendant toute autre science ou technologie susceptible de représenter une menace pour la psychiatrie.

Lorsqu'on annonça, au bout de dix jours, que le célèbre psychiatre allait prononcer une conférence, Madison fit une petite prière.

On avait préparé un auditorium au soixante-dix-huitième étage. Les limousines aériennes se posaient à la file sur le toit et les sièges étaient rapidement occupés. Madison respira plus facilement en épiant la salle par un judas.

Le Dr Crobe fit son entrée sur l'estrade. On lui avait mis un collier électrique parfaitement dissimulé sous le col de sa blouse professionnelle, juste au cas où il déraillerait du texte du speech longuement mûri. Il commença par évoquer les travaux de Sigmund Freud dans le domaine sexuel. C'était plutôt brillant, ce qui était normal vu que le texte était de Freud lui-même. Madison, en effet, avait découvert avec ravissement que l'ex-bureau de Soltan Gris était plein de traductions de Freud.

Crobe poursuivait son ronron. Il avait dans l'oreille un minuscule haut-parleur grâce auquel on pouvait lui souffler son texte. Et les *id*, les *ego* et autres *censeurs* se répandaient dans la salle. Puis il passa à la partie fondamentale : si les épouses sont sexuellement frustrées à cause de leurs maris, des inhibitions risquent de se former. Le *censeur* n'est au mieux qu'un mince voile protecteur : à la moindre occasion les affreuses insanités qui hantent le subconscient peuvent surgir et semer la terreur. Car tout le monde est inhibé. Et tout dépend de la satisfaction sexuelle.

Des applaudissements saluèrent la fin du speech. Ce qui n'était pas surprenant vu que la majorité du public était constituée d'épouses d'éditeurs et de rédacteurs.

Ensuite, le Dr Crobe, comme il était censé le faire, annonça que par faveur spéciale, il accepterait des rendez-vous pour ce même après-midi, et ce à l'intention de quelques rares privilégiées.

Il en eut cinq.

On conduisit les candidates dans une salle récemment aménagée en hôpital. Les deux acteurs, à présent habillés en assistants médicaux, prirent leur pouls, les pesèrent et se livrèrent à quelques autres banalités médicales. Puis ils leur demandèrent d'ouvrir la bouche et introduisirent entre leurs lèvres un dépresseur lingual sur lequel, bien entendu à l'insu des femmes, ils avaient déposé une petite dose de LSD.

Madison retenait son souffle. Car Lady Arthrite Stuffy était du lot. Elle était l'épouse de l'éditeur du principal journal de la planète, *La Voix du Matin*, celui-là même qu'il avait rencontré en premier et qui l'avait cruellement rabroué.

Toujours hors de vue, mais observant chaque salle sur les écrans des moniteurs, Madison assista aux cinq interventions.

Lady Arthrite Stuffy était nettement plus jeune que son époux. On l'avait introduite dans la première chambre, celle-là même où étaient Madison et Flick, derrière la fenêtre opaque.

On avait recouvert l'autel sacrificiel d'un tissu de velours et la pièce paraissait tout à fait banale. La jeune lady, obéissant aux instructions courtoises de l'assistant médical et avec l'aide d'une des prostituées habillée en infirmière, s'étendit sur le bloc.

Les autres femmes avaient été conduites dans d'autres salles de fonction semblable.

Le Dr Crobe se présenta devant Lady Arthrite Stuffy. Il savait que son collier électrique était sur télécommande et qu'il n'avait nullement intérêt à s'écarter du discours prévu.

– Maintenant, dit-il, vous allez vous détendre. Vous allez repenser à toutes les scènes de ménage que vous avez eues avec votre époux. C'est ainsi que nous pourrons crever le voile de votre subconscient. Et si nous parvenons à franchir le *censeur*, nous pourrons savoir quelle est votre inhibition. Et nous vous débarrasserons alors de toute trace de folie ou de *névrose* latente. Je reviens de suite.

L'infirmière, quant à elle, resta auprès de la lady avec un sourire rassurant.

Le Dr Crobe répéta le même discours dans les quatre autres salles.

Madison consulta sa montre. Le LSD ne ferait pas effet avant une heure.

Le Dr Crobe continuait sa ronde, répétant à chacune des patientes de repenser profondément à toutes ses disputes conjugales.

L'heure s'écoula.

Lady Arthrite Stuffy déclara alors à l'infirmière :

– A force de repenser à tout ça, j'ai la nausée. Je crois que mon cœur bat plus vite quand je me souviens de toutes ces horribles scènes que nous avons eues.

C'était le signal. Madison ne quittait pas l'écran des yeux pour voir si le stade subjectif avait enfin été atteint. Il pointa le doigt vers l'électronicien et lui fit un signe bref. L'homme pressa un bouton.

Durant un trip au LSD, deux choses sont importantes : la première, c'est le « set », l'état d'esprit du sujet. La seconde, c'est le « setting », c'est-à-dire le lieu où se trouve le sujet pendant son trip.

Le speech préalable ainsi que l'instruction de repasser en esprit les conflits conjugaux constituaient le « set ». Maintenant, il fallait passer au « setting ».

Des Démons se matérialisèrent dans toutes les chaises!

La fenêtre s'illumina et d'autres Démons lancèrent une jeune vierge dans un brasier. Un corps semblait maintenant reposer à la place de Lady Arthrite et un autre Démon lui plongea un couteau dans la poitrine!

LADY ARTHRITE SE MIT A HURLER!

Dans la salle voisine, au signal, une autre femme découvrit soudain une jungle de laquelle surgirent des bêtes hurlantes qui se saisirent d'elle. Des fauves aux crocs acérés bondirent sur la troisième patiente à l'instant où elle sombrait dans les flots d'une mer soudainement apparue. En parfait accord chronologique avec les effets du LSD, la quatrième femme fut assassinée par des chauves-souris qui pointaient des dagues entre leurs dents, tandis qu'une caverne s'ouvrait comme une bouche pour hurler. Et dans la cinquième salle, une cabine de vaisseau spatial était envahie par des pirates de l'espace venus de quelque abominable planète pour démembrer le corps qui se superposait à celui de la malheureuse.

Les hurlements des quatre autres femmes étaient égaux à ceux que poussait Lady Arthrite Stuffy.

Les corps s'arquaient et se tordaient, mais les « infirmières » étaient là qui veillaient.

Peu à peu, les illusions s'espacèrent et on laissa les femmes plongées dans leurs trips respectifs. Si l'on considérait la façon dont ils avaient été entamés, on pouvait penser qu'ils devaient être pour le moins bizarres. Pourtant, elles étaient calmement étendues, sans protester, tournant dans la confusion de l'espace et du temps, sans contredire le moins du monde la totale irréalité de ce qu'elles vivaient.

Quelques heures plus tard, quand l'effet de la drogue diminua, Crobe revint.

– Je vois que nous avons réussi à pénétrer le *censeur*, déclara-t-il. Et nous pouvons à présent discerner les inhibitions. Votre cas, je dois vous l'avouer, est très grave. Je n'entrevois aucun traitement, si ce n'est d'avoir des rapports sexuels avec un homme jeune et beau.

C'était le remède psy standard.

– Mais, fit Lady Arthrite avec un frisson, ça ruinerait ma réputation.

On avait même appris à Crobe à sourire, avec juste un petit coup de collier électrique.

– Pas autant que le fait d'être considérée comme folle à la suite de conflits domestiques. Ça, ce serait fatal pour vous. Mais il n'y a aucun risque. Nous disposons d'une clinique privée où l'on pourrait vous admettre sous le prétexte que vous avez besoin d'un peu de repos.

– Un hôpital, en quelque sorte?

– Non, pas du tout, protesta Crobe.

Il ouvrit un dépliant et lui présenta quelques photos de l'Île Relax. Elles avaient été imprégnées de parfum et chacune d'elles montrait un très bel officier en grande conversation galante avec une dame.

Les sens perturbés de Lady Stuffy furent apaisés et éveillés par ces images. Car elle était encore sous l'effet secondaire du LSD qui place la victime dans un état hautement suggestible.

– Comme c'est adorable, souffla-t-elle. Et ça devrait me guérir de mes inhibitions subconscientes?

– Absolument. Et le traitement est urgent. Il est évident que vous avez besoin du meilleur traitement professionnel qui soit. Quant à votre folie potentielle, nous la garderons secrète. Voici votre billet pour l'autocar aérien du matin. Soyez à l'heure.

Lorsque Crobe eut répété la même chose sur chacune des cinq femmes, Madison se livra à un rapide calcul. À raison de cinq par jour, il faudrait quinze jours pour dévoyer toutes les femmes des soixante-quinze principaux responsables de presse. En fait, il s'était organisé pour en expédier dix par jour. Il décida donc de mettre le paquet et d'accélérer le processus.

Il sourit.

Oui, il sentait presque déjà la bonne odeur d'encre fraîche des gros titres sur Heller-Wister.

SOIXANTE-DIX-HUITIÈME PARTIE

1

New York, dans la dernière semaine d'août. Le temps avait été doux, puis chaud, mais, avec le crépuscule, une petite brise douce et fraîche passait sur la terrasse de l'appartement, faisant bruire les feuillages.

La comtesse Krak était installée dans une chaise de jardin et caressait Monsieur Calico tout en observant Jettero Heller qui, sous le parasol, mettait à jour son journal d'ingénieur de combat.

– Jettero, lui dit-elle, sais-tu quel jour nous sommes?

– J'allais justement te le demander, fit-il en redressant la tête, le stylo posé sur son nez, l'air pensif. Est-ce que c'était un mardi ou bien un mercredi quand on m'a enfin permis de quitter l'armée?

– Je ne parle de ça, chéri. Dans trois jours, si j'en crois ce que tu m'as dit, les vaisseaux de guerre devraient rallier la Terre s'ils ont décollé dans la nuit où tu as enlevé l'Empereur de la Cité du Palais.

– Mercredi, dit Jettero en se mettant à écrire.

– Il est possible qu'ils n'aient pas décollé la même nuit, poursuivit la comtesse, mais dans les vingt-quatre heures qui ont suivi.

– Est-ce que c'est lors de la réception donnée par le nouveau maire que Trapp m'a appris les dernières nouvelles concernant la décontamination de la dernière raffinerie? Ou bien pour notre soirée de fiançailles?...

La comtesse Krak soupira. Cette soirée de fiançailles : quelle épreuve ! Madison Square Garden, trois groupes de jazz plus un orchestre symphonique et cinq rangs de danseuses de Broadway. Plus Babe Corleone, qui, en dépit des instructions de Jettero, s'était emparée du micro pour annoncer : « Mesdames et messieurs, j'ai le grand plaisir de vous annoncer un événement exceptionnel : mon fils, Jerome Terrance Corleone, demande en mariage ni plus ni moins que la comtesse Krak. Qu'est-ce que vous en dites ? »

Et plus tard, pendant que les orchestres et les milliers de danseurs se déchaînaient, Mamie Boomp, qui était venue d'Atlantic City, avait déclaré à Babe : « Vous savez qu'elle a vraiment réussi à rendre dingues les services de renseignement avec votre marin. Presque tous les délégués de l'ONU l'ont connu comme un prince mystérieux au *Gracious Palms*, et ensuite ils ont appris que c'était le fils de Rockecenter, ce qui était bien, mais c'est ce qu'elle a annoncé la dernière fois qui les a fait craquer. Ils ont rencontré le Prince Héritier du Sud-Yémen en se disant qu'il pourrait les éclairer un peu sur la question, et c'est moi qui les ai mis au parfum. Je leur ai dit : " Il est évident que Rockecenter a été marié en secret avec Babe Corleone. " Ils étaient fous de joie. J'aime bien qu'on mette ces histoires d'arbre généalogique au net. »

Mais ce n'était pas le seul détail généalogique qui avait été redressé. Jettero avait demandé au célèbre professeur Stringer de revoir l'arbre de la famille de Babe et de placer le prince Caucalsia à la base du tronc. On se serait incliné devant elle, même s'il n'avait fait ajouter un énorme album de preuves qu'il avait rassemblées lui-même, faisant remonter les ancêtres de Babe jusqu'aux réfugiés de Manco débarqués en Atlantide avant de gagner le Caucase, puis le Val d'Aoste, dans les Alpes, d'où Babe était originaire. Plus le fait qu'elle avait le même groupe sanguin, sensiblement différent des groupes les plus courants sur Terre, que la comtesse Krak, née sur Manco. Jettero avait offert à Babe la tiare aux armes de Manco qu'il avait fait confectionner chez Tiffany's, et depuis Babe l'avait portée. Ce qui était une des raisons pour lesquelles la presse l'appelait « la reine Babe ».

Mais c'étaient les équipes de TV qui inquiétaient surtout la comtesse. Elles couvraient tout à la fois et, si jamais Lombar Hisst disposait ne serait-ce que d'un seul agent opérant sur Terre, il n'aurait aucun problème pour retrouver la trace de Jettero. Durant toutes ces semaines qui avaient suivi leur retour à New York, elle n'avait pu se débarrasser de ce sentiment de malaise : ils allaient frapper avant peu, et très fort.

– Bon, fit Jettero, je pense que ça remet les choses en place. Babe s'adressera à l'ONU la semaine prochaine et fera prononcer le décret de mise à l'index des armes nucléaires. Et à l'automne, le Congrès rendra les drogues légales et mettra fin au commerce. Quant à la situation du pétrole, nous l'avons bien en main et elle ne fera que s'améliorer. L'atmosphère se dépollue peu à peu et les pôles sont stabilisés. Je sais qu'il a fallu pas mal de boulot pour nettoyer cette planète, mais je pense que tout est bien sur ses rails.

– Ça ne me plaît guère, commenta la comtesse Krak.

– Pourquoi? Cette planète est très jolie. D'accord, elle se prend pas mal les pieds avec ses histoires de psychiatrie et de psychologie, mais maintenant que Rockecenter n'a plus intérêt à les contrôler et à les financer pour réduire les peuples en esclavage, nous arriverons même à redresser cela.

– Je ne voulais pas dire que je n'aime pas cette planète, protesta la comtesse. C'est la situation qui ne me plaît guère. On est là à attendre comme au tir aux pigeons.

– Tu sais que je ne te trouve pas mal comme pigeonne? dit Heller. Et vous, Monsieur Calico?...

La comtesse était à peine en train de récupérer son souffle pour lui dire qu'elle aurait bien aimé avoir son tempérament d'acier lorsque Balmor, le majordome, apparut sur la terrasse :

– Monsieur, annonça-t-il, ce téléphone d'un genre spécial que vous avez dans votre bureau ne cesse de bourdonner. Je sais bien que vous m'avez dit de ne pas répondre mais je crois, monsieur, que c'est important.

2

Faht Bey était sur l'écran du vidéophone. L'air très agité. Il appelait de la base turque.

– Monsieur, je pense qu'il faut que vous veniez ici sans perdre de temps, annonça-t-il.

– Que se passe-t-il donc? s'inquiéta Heller. L'état du patient de Prahd aurait-il empiré?

– Non, non : Prahd dit qu'il n'y a aucune évolution. C'est autre chose. J'ai reçu des nouvelles de notre planète et je crois que vous feriez bien de venir nous rejoindre pour conduire vous-même l'interrogatoire.

Heller fixa un instant le visage luisant de sueur de Faht Bey.

L'Empereur était toujours vivant. Il était encore trop tôt pour que même un vaisseau-éclaireur soit arrivé de Voltar : ce ne serait pas avant trois ou quatre jours. À l'évidence, Faht Bey ne pouvait en dire plus de crainte que d'autres membres de la base ne surprenne leur conversation.

– D'accord, dit-il enfin. Attendez-moi.

Il regagna la terrasse.

– Chérie, fit-il à la comtesse Krak, je dois immédiatement prendre un Mach 3 et filer jusqu'en Turquie.

– J'en étais certaine! s'exclama-t-elle. Il est arrivé quelque chose!

– Non, rien. Mais Faht Bey veut me voir pour que nous ayons un entretien.

– Je fais mes bagages. Je t'accompagne.

– Avec plaisir, chérie.

Peu après le lever du jour, à Afyon, en Turquie, l'avion de l'Air Force se posa et, dès leur débarquement, Heller et la comtesse Krak montèrent dans la Daimler-Benz.

Après avoir laissé la comtesse et Monsieur Calico à la villa, Heller se retrouva peu après assis devant le bureau de Faht Bey.

– Les Dieux soient loués, vous voilà! souffla Faht Bey. Je crois que nous allons avoir des ennuis.

Et il tendit à Heller un message émanant de l'état-major général de l'Appareil.

– Le *Blixo*, expliqua-t-il. Il est arrivé la nuit dernière.

– Mais il avait quitté Voltar deux jours avant mon appel, dit Heller. Il ne s'était encore rien passé alors. Et le *Blixo* n'a rien pu intercepter entre-temps. Ce n'est qu'un simple cargo.

– Gris avait des courriers qui faisaient l'aller-retour. Deux pédés qui se relayaient. Celui-là, c'est Oh Chéri. On l'a jeté en cellule et il a une frousse terrible. Ce message était destiné à Gris. Personne, sur Voltar, ne soupçonnait alors que Gris n'était plus ici. Mais vous feriez tout aussi bien de lire.

OFFICIEL

État-major général de l'Appareil

À : Soltan Gris,
officier en second, Section 451.

Vous êtes par le présent sommé de fournir tout détail récent concernant les systèmes de défense de la planète Blito-P3, nom local Terre.

Vous devrez de même, sur l'heure, recenser les troupes et populations à annihiler.

Vous devrez nous fournir une estimation des poches de résistance potentielles qui devraient être neutralisées.

Vos informations doivent être fondées sur le postulat que seules les forces de l'Appareil participeront à cette attaque massive, la précision étant impérative sans qu'intervienne le facteur de renforts ni de troupes régulières de Voltar.

Cet ordre est validé par l'instruction du chef de l'Appareil 345-nb-Blito-P3 ci-joint.

Capitaine Maulding,
secrétaire de l'état-major général.

Heller passa au feuillet suivant :

OFFICIEL

Le chef de l'Appareil
Division Extérieure

À : état-major général de l'Appareil,
345-nb-Blito-P3.

Nous avons découvert que des forces inamicales et ennemies de nos intérêts exercent une pression interne sur la planète de référence.

Si, à quelque moment que ce soit, le ravitaillement en opium, héroïne et amphétamines venait à s'interrompre, vous devrez retirer toutes les forces de l'Appareil en opération sur Calabar et les assigner immédiatement à ladite planète Blito-P3 afin de déclencher une attaque généralisée de Classe Un, de détruire ses défenses, d'annihiler la population tout en épargnant cependant les habitants d'Afyon, en Turquie, ainsi que tout le secteur producteur d'opium, de même que les complexes industriels de l'I.G. Barben, dans le New Jersey, États-Unis.

Ne tenez plus compte du Calendrier d'Invasion.

La Flotte ni l'Armée ne doivent être inclues dans vos plans.

Ceci relève de la priorité la plus absolue. Veuillez commencer les préparatifs dès réception.

Lombar Hisst,
chef de l'Appareil.

– Jusqu'à présent, dit Heller, vous avez retenu tous les cargos, mais il ne s'est pas écoulé suffisamment de temps pour qu'il sache qu'ils ne reviendront pas, et il ignore donc que les expéditions de drogue ont cessé. Quant à ce plan...

– Je crois que vous feriez mieux de vous entretenir avec cet homme que nous détenons dans la pièce voisine, chef, dit Faht Bey en pressant un bouton.

Le capitaine Bolz fut introduit, encadré par deux gardes. Sa poitrine velue palpitait d'indignation.

– Bolz, déclara Faht Bey, voici l'officier royal Jettero Heller, un ingénieur de combat de la Flotte qui opère de son propre chef et donc officiellement. Vous avez intérêt à lui répéter ce que vous nous avez dit.

– Oui, et j'ai pas mal de choses à dire! gronda Bolz. Je sais que vous êtes un foutu officier royal et que vous pouvez me faire exterminer, mais je vais quand même vous dire tout! Je suis venu ici en toute innocence, en tant que simple capitaine d'un cargo de l'Appareil dans l'exercice de ses fonctions, en avance de deux jours sur les délais prévus, après un voyage impeccable, et qu'est-ce que je trouve? Toute une base qui arbore l'insigne de la Flotte! Et un ordre de séquestre de mon bâtiment! Je pense que vous êtes tous devenus fous!

– Probablement, fit Heller. Et je suis désolé de tous ces désagréments. Maintenant, quelle est donc cette information dont vous êtes porteur?

Bolz lui décocha un regard un peu moins noir. Il contempla ses gros pieds tout en s'agitant d'un air gêné.

– D'accord, tous ces types savent que je transportais du scotch en contrebande et ils vous l'ont sans doute déjà dit. Mais un capitaine qu'on ne paie jamais a droit quand même à des petits profits...

– Votre information, insista Heller avec fermeté.

– Eh bien voilà : une fois le whisky embarqué, je n'avais plus de place pour les amphés de l'I.G. Barben, alors je les ai laissées dans le hangar, ici.

– Et quelqu'un s'en est aperçu quand vous êtes arrivé sur Voltar?

– Les amphés étaient sur le manifeste de bord, mais, bien sûr, elles n'étaient pas dans la cale. Mais je sais que Hisst vérifie toujours personnellement les cargaisons de drogues par rapport aux manifestes, parce que chaque fois que j'ai essayé d'en détourner trois fois rien, il a gueulé.

– Donc, il y a d'ores et déjà eu interruption de ravitaillement, conclut Heller en portant les yeux sur l'ordre de l'état-major général. Et où est ce petit pédé?

Faht Bey le précéda au long des tunnels jusqu'à la cellule de détention.

Oh Chéri était là, effondré, son mignon petit visage maquillé tout barbouillé de larmes. Il avait vu pas mal de photos de Jettero sur Voltar et le reconnut aussitôt.

– Oh, oh! sanglota-t-il. Un officier royal! J'ai une requête à présenter avant qu'on me tue : prenez la carte du Courrier Magic pour qu'ils n'assassinent pas ma mère!

– Mais on ne va pas te tuer, dit Heller avec une trace de dégoût. Tout ce que je désire, ce sont les informations que Gris a pu te donner.

– Où est Gris?

– Vraisemblablement mort.

– C'est pas vrai! s'écria Oh Chéri. Quelle nouvelle splendide. Je crois que je n'attendrai pas de dire ça à Chochotte! Il faut qu'on fasse la fête! Je vais aller acheter des cotillons et...

– L'information, répéta Heller.

– C'est seulement que ce message de l'état-major général est très urgent et qu'il fallait que je sois sur le dos de Gris jour et nuit pour qu'il ait tout mené à bien avant que je reparte.

Faht Bey remarqua :

– Ce qui veut dire qu'il faut encore trois mois avant qu'ils frappent. Six semaines pour le retour, plus six pour que la flotte d'invasion de l'Appareil arrive. À quoi il faut ajouter le temps nécessaire pour préparer la force d'attaque et pour embarquer le tout.

– C'est tout ce que tu peux nous dire? demanda Heller à Oh Chéri.

– Il y avait un autre message qui donnait l'assurance à Gris qu'il serait le nouveau chef de l'Appareil à la seule condition que la production de drogue ne soit pas interrompue.

– Une promotion? fit Heller. Mais c'est Hisst le chef de l'Appareil.

– Mais il est prévu, voyez-vous, que Hisst va devenir l'Empereur. D'un moment à l'autre. C'est tout ce que je sais, je le jure.

Oh Chéri tremblait trop pour qu'on ne le croie pas.

En sortant, Heller vit la comtesse Krak qui l'attendait au bout du couloir. Elle sortait de la cellule où se trouvait encore Utanc – alias le colonel Gaylov, du KGB.

– Ma chérie, lui dit-il, ton intuition féminine ne t'a pas trompée. L'Appareil a mis sur pied un plan pour exterminer cette planète. Hisst est complètement dingue.

– Alors, il faut que nous partions tout de suite. Nous et tu-sais-qui pourraient très bien être là quand tout va craquer.

– Et nous ruinerions comme ça le travail de toute une année? Mais cette planète est très jolie.

– Les opinions peuvent différer à ce propos, fit la comtesse. La psychologie, la psychiatrie, des perversions qui dépassent l'entendement et un peuple tout entier qui n'ouvre pas la bouche quand un cinglé du genre de Rockecenter fiche tout en l'air. Non, Jettero, ce monde ne mérite pas qu'on le sauve. Nous ferions mieux de partir.

– Mais nous avons du temps devant nous, intervint Faht Bey. Il faut compter encore trois mois avant qu'ils soient prêts et qu'ils arrivent.

Heller secoua la tête.

– Il y a combien de temps que vous avez bloqué le premier cargo?

– Oh, ça doit bien faire quatre semaines.

– Donc, dans deux semaines au plus, ils sauront avec certitude qu'il ne reviendra pas. Mais Bolz a tout déclenché. Et nous ne disposons plus de trois mois. Il se pourrait très bien qu'il ne nous reste pas plus de cinq jours.

– Alors qu'allons-nous faire? demanda Faht Bey. Parce quand ils vont découvrir que nous avons coupé les drogues, ils nous feront massacrer et déclencheront l'invasion. Même si on réussissait à leur échapper, nous n'aurions plus rien sous les pieds.

– Du calme, du calme, fit Heller. Je reconnais que cela pose un problème. Il faut nous assurer que le patient de Prahd est en sécurité, et ensuite déplacer cette base et défendre cette planète.

– Quoi? s'écria la comtesse. Résister à toute la force d'attaque de l'Appareil? Je t'en prie, Jettero : n'essaie pas de sauver cette planète!

– Je vais trouver quelque chose. Et je ne ferai aucune faute. Quoi qu'il puisse advenir, je ferai tout pour la sauver!

– Oh, fit la comtesse avec une note de désespoir en voyant son air déterminé.

Mais nul d'entre eux ne savait que leur estimation de la situation était fausse. Avant quatre jours, un Bataillon de la Mort de l'Appareil approcherait de la planète Terre avec l'ordre de détruire toute opposition qu'il rencontrerait à la base. Ce qui incluait tout Voltarien présent sur Terre, à l'exception de l'équipage du *Blixo*, du capitaine Bolz et de Oh Chéri. Ce n'était qu'une simple attaque, un simple préliminaire à la grande invasion, au génocide absolu. Car Lombar ne tarderait pas à sombrer dans une soif de vengeance démente à l'égard de cette planète qui s'était mise en travers de ses ambitions.

L'aile de la mort allait bientôt effleurer la Terre.

3

Dans la fraîcheur du patio de la villa, Jettero faisait les cent pas et son expression grave ne répondait nullement à la pluie joyeuse de la fontaine.

Depuis des semaines, la comtesse Krak lui rappelait le serment qu'ils s'étaient fait sans parvenir à ce qu'il se départe de son habituelle désinvolture. Elle apprenait depuis quelque temps ce que représentait réellement le fait de vivre avec un être d'un tel caractère : le danger était son compagnon permanent, mais un ingénieur de combat profitait de la vie dans les instants où il le pouvait et avait tendance à rejeter les plus noirs périls d'un simple haussement d'épaules. Mais, dès qu'il considérait qu'une situation appelait toute son attention, il faisait montre d'une volonté assez impressionnante.

Dans ce cas précis, elle s'était dit que Jettero se serait contenté de laisser toute cette planète à son sort. Son habituelle attitude de *bon vivant* * ne se manifestait guère devant tous ces problèmes qu'ils affrontaient.

La comtesse était assise sur la margelle de la fontaine, espérant qu'à chaque instant Jettero veuille bien détourner la tête pour lui dire enfin : « Tu as raison. C'est trop pour nous. Nous allons réembarquer l'Empereur et partir pour un monde dont personne n'a jamais entendu parler. »

Certes, Jettero se retourna. Mais il ne dit rien de tout ce qu'elle attendait.

– Que savons-nous au juste du prince Mortiiy?

Elle se sentit instantanément glacée. Calabar était déchirée par la guerre absolue. Mais ce que Jettero insinuait était pis encore! Elle parvint pourtant à lui répondre d'un ton contrôlé :

– Rien de bon, je le crains.

– Bon ou mauvais, quelle est la différence? Ce que je veux, ce sont des informations.

S'il lui posait la question, c'est parce que, depuis quelques jours, elle l'avait distrait en lui racontant des pages de l'histoire royale qu'elle avait lues dans tous les livres que Gris lui avait laissés quand il l'avait jetée en cellule. La comtesse avait là une

* En français dans le texte. *(N.d.T.)*

occasion inespérée de le décourager de toute initiative téméraire qui risquerait de mettre leurs existences en danger. Mais il ne la croirait pas aussi longtemps qu'il n'aurait pas lu le texte lui-même.

– Une minute, lui dit-elle. Je vais chercher les livres.

Elle revint quelques minutes après avec le dernier supplément de l'encyclopédie de Voltar, qui datait à peine d'un an. Elle le feuilleta et commença alors à lire à haute voix :

MORTIIY, ex-prince royal : Déclaré rebelle. Privé de ses droits de succession par édit royal. Frappé de banissement de la famille royale.

Mortiiy, cadet des trois héritiers royaux de Cling le Hautain et de l'impératrice Fohl, fut, dès son plus jeune âge, considéré comme un successeur au trône tellement improbable qu'on l'autorisa à suivre la carrière qu'il avait choisie, celle d'officier de la Flotte. Et il fut diplômé de l'Académie Royale et non de l'École Protocolaire de la Cité du Palais.

A servi dans la Flotte de façon non irréprochable : a évité trois fois d'être traduit en cour martiale pour violences et pour le meurtre d'un officier de rang supérieur. N'a pas été condamné en considération de sa lignée royale. Très enclin au tapage et aux rixes.

À l'âge de soixante-dix ans, il y a de cela près de dix ans, le frère aîné de Mortiiy, héritier du trône, a été tué dans un accident de limousine aérienne. Ce décès ne laissait plus qu'un seul héritier présomptif dans la Cité du Palais et le Grand Conseil a alors ordonné à Mortiiy de prendre congé de la Flotte pour assumer ses devoirs de prince, ce qu'il a fait.

Pour un temps, Mortiiy s'est amendé et a soutenu son frère Glit qu'il paraissait apprécier et qui était le prince héritier en titre.

Pourtant, au cours d'un banquet, sans doute sous l'effet de la boisson, Mortiiy prit à partie son père, Cling, l'accusant de façon outrageante de n'avoir pas aimé son fils aîné et de s'être arrangé pour le supprimer en déguisant l'assassinat en accident de la circulation. Selon sa théorie plus que bizarre, Cling aurait demandé à un mécanicien de saboter la limousine. C'était là une provocation particulièrement grave, mais Cling réagit en n'adressant plus la parole à son fils cadet et en demandant que le mécanicien veuille bien déposer pour infirmer l'accusation. Hélas pour Mortiiy, qui avait lui-même tué le supposé responsable dans une crise de rage folle après la mort de son frère.

Mortiiy se retrouva donc en maison d'arrêt pour une période considérable et devint de plus en plus sombre et hargneux, refusant de faire la moindre excuse.

Cinq ans plus tard, on retrouva Glit mort dans ses appartements à la suite d'une brève maladie, et deux lords se présentèrent à Mortiiy afin de l'informer qu'il était désormais l'héritier du trône.

Loin de se montrer digne à cette nouvelle, Mortiiy entra dans une fureur démente, blessa gravement les deux envoyés, se précipita jusqu'au palais de son père et abattit les gardes pour pénétrer dans la salle royale.

Là, devant toute la cour, il accusa Cling d'avoir par deux fois fait assassiner ses propres enfants, annonçant qu'il renonçait à prendre sa succession sur un « trône baigné du sang de sa famille » avant de faire feu sur son père, qu'il manqua de peu, et de tuer plusieurs membres de la noblesse, puis de fuir en s'emparant d'un tank aérien.

Renié officiellement par Cling le Hautain, banni de la famille royale, dépouillé de ses droits de succession, Mortiiy gagna son domaine de Calabar. Il réussit à subvertir les gardes et à lever l'étendard de la révolte. Dès lors, Cling le proclama rebelle à l'Empire.

On murmure que Sa Majesté aurait plusieurs fois promis des biens immenses à celui qui lui rapporterait la tête de Mortiiy, tant était insupportable l'insulte qui lui avait été faite.

Vu l'âge avancé de Cling et la longueur de son règne, on a activement recherché un héritier valable. Mais tous ceux qui auraient été éligibles et de ligne directe étaient déjà décédés. La succession devra donc être faite par un conclave composé du Grand Conseil et des lords.

– Jettero, dit la comtesse en achevant sa lecture, tu vois donc que si tu comptes conduire Sa Majesté jusque sur Calabar et te joindre aux forces rebelles, c'est fini pour toi. Mortiiy le tuera, un point c'est tout.

– Mais Mortiiy n'est pas un fou.

– Il tiendra jusqu'à ce qu'un successeur arrive. Il n'est plus l'héritier légitime. D'après ce que nous avons appris sur Voltar, toutes les forces de l'Appareil ont lancé une attaque généralisée contre lui.

Heller ne répondit pas. Il alla rendre visite au capitaine Bolz qui était toujours sous bonne garde à bord de son vaisseau.

Il leva les yeux à l'entrée d'Heller.

– Ça ne rime à rien de me dire quoi que ce soit, fit-il. Je ne veux pas me rallier à cette (bip) de Flotte, pas plus que mon équipage. On a quelque chose dans la tête, nous! On appartient à l'Appareil et on y restera!

– Mais je n'en doute pas. Je sais bien qu'avec votre histoire de contrebande, vous y trouvez largement votre compte. Non, je ne suis pas venu vous demander de vous engager dans la Flotte mais de transporter une nouvelle cargaison jusqu'à Voltar.

– QUOI? Alors toute cette histoire sur le blocage des drogues, c'était du vent, hein?

– Il va falloir plusieurs jours pour que la marchandise arrive de New York, vous allez donc me promettre de rester bien tranquille, de ne pas nous créer d'ennuis, moyennant quoi vous pourrez rentrer sans autre problème.

– Marché conclu, dit Bolz.

Ensuite, Heller se rendit sans perdre une seconde jusqu'au bureau de Faht Bey. Il appela le président de l'I.G. Barben. Quand l'autre réalisa qui il avait au bout du fil, ce fut tout juste si de la sueur ne ruissela pas du combiné.

– Vous allez m'écouter très attentivement, lui dit Heller. Je veux que vous me fabriquiez une tonne de tablettes. Leur composition sera de 50 % d'antihistaminiques et de 50 % de méthadone. Elles devront se présenter comme des tablettes d'amphétamines, avec les mêmes marques et un emballage similaire. Vous les ferez livrer à l'aéroport d'Afyon, en Turquie, dans les quatre jours qui suivent.

– Une tonne?

– Exact. Occupez-vous-en.

D'après ce qu'il avait lu, les antihistaminiques avaient des effets semblables à ceux des amphétamines. Quant à la méthadone, elle lutterait contre l'héroïne. Si Lombar était à court de dope, les lords s'en sortiraient quand même mieux ainsi. Et Heller doutait que quiconque fasse la moindre différence. Comme ça, il gagnait du temps.

Il rédigea un message à l'adresse de Bolz pour qu'il se tienne prêt à charger et à repartir dès que la cargaison serait là, message rédigé avec une encre qui s'effacerait dans les deux jours suivants.

Il demanda à Faht Bey :

– Combien de cargos sont opérationnels?

– On a remis les vieux en état. Deux autres sont arrivés. Ça nous en fait cinq en tout.

– Bien. Ça suffira. Démantelez la base et chargez tout le nécessaire ainsi que le personnel à bord. Remuez-vous pour que tout soit prêt aussi vite que possible.

– Il va falloir des jours pour ça.

– J'espère que non, dit Heller. Si nous y arrivons, on sauvera cette planète!

4

Au départ, l'entreprise d'évacuation avait paru simple, mais mille détails surgissaient soudain. Des familles s'étaient formées dont les mères ignoraient que leur époux était un extraterrestre, et tous les employés de la base ne s'étaient jamais vraiment interrogés sur l'origine de leurs employeurs. Il fallait bien s'occuper de tout ce monde-là pour qu'au moins ils retrouvent une existence décente. Faht Bey fit remarquer à Heller que l'Appareil se serait contenté de tous les liquider. Mais en voyant son regard, il s'empressa d'ajouter que ce n'était qu'un simple commentaire.

Il fallut fermer le bureau de New York et rapatrier le personnel.

Heller apprit de la bouche de Prahd que l'équipe terrienne était parfaitement rodée, y compris les docteurs, ce qui conforta Heller dans son idée. Il appela aussitôt Mudur Zengin à la Piastre National Bank.

– Préparez des documents, lui annonça-t-il, pour que tout le financement de « maintenance d'Afyon » soit transféré sur les fonds « hôpital et lutte contre les maladies ». Et cela de façon permanente, sauf annulation de ma part.

– Cela représente des sommes considérables pour la médecine, fit remarquer Zengin.

– Une grande part va être employée pour le traitement des toxicomanes.

– C'est un travail énorme.

– Exact. Mais peut-être pourrons-nous réparer une partie des dommages qui ont été causés. Est-ce que ce serait trop vous demander de m'envoyer ces documents par avion?

– Mais pas du tout, fit Zengin. Je viens moi-même vous les apporter.

La comtesse parvint enfin à coincer Heller.

– Le colonel russe est toujours dans sa cellule. Tu voulais le retenir au cas où nous aurions besoin de charges supplémentaires contre Gris, tu t'en souviens?

– En tout cas, il n'a plus de pays, dit Heller. Il ne doit plus être très dangereux. Mets-le sous hypnocasque, efface tous les souvenirs de la base et libère-le.

– Ce n'est pas aussi simple, fit la comtesse. Il y a ces deux petits garçons qu'il a réussi à dévoyer. Ils sont en train de dépérir et personne ne peut rien faire pour eux. Il m'est venu une idée. La France a exporté des quantités importantes de drogue.

– Qu'est-ce que cela a à voir avec le colonel Gaylov? Lui aussi exportait de l'héroïne. A partir de cette base. Pour faire fonctionner le réseau du KGB.

– Ceux qui se rendent coupables de ce genre de crime, dit la comtesse, retournent bien souvent leur veste et font campagne contre la drogue. Ce que je veux faire, c'est expédier Gaylov en France avec les deux gamins.

– Tu dois vraiment détester la France. Ils vont corrompre tout le pays!

– Non, je ne le crois pas. Parce que, vois-tu, j'ai parlé au colonel et il est absolument enthousiasmé par cette perspective glorieuse.

– Quelle perspective glorieuse?

– Arrivé en France, il se servira de ce qui reste du réseau KGB pour convaincre la population qu'il est la réincarnation de Jeanne d'Arc. Je n'ai même pas eu à toucher à l'hypnocasque. Il est persuadé qu'il est la plus sublime des Jeanne d'Arc qui aient jamais vécu!

Heller lui donna une lettre de change sur la Grabbe-Manhattan Bank de Paris, payable à l'ordre de Gaylov par mensualités, et ce sur des années.

Lorsqu'elle accompagna le colonel et les deux garçonnets jusqu'à l'avion, le lendemain matin, elle lut une étincelle divine dans les yeux de l'ex-Utanc. Drapé(e) dans une robe de voyage argentée, il/elle déclara :

– Vous êtes un ange et je bénis le jour où je vous ai rencontrée. Je puis dire en toute vérité que j'ai été visité par le Dieu des Armées. La France va devenir le pays le plus saint et le moins intoxiqué de cette Terre.

Et ils partirent.

Avec Babe, ce fut moins facile.

Heller, dès qu'elle décrocha, lui déclara tout net :

– Madame Corleone, je suis vraiment désolé, mais je dois annuler la cérémonie de mariage que vous aviez prévue pour le mois prochain à la cathédrale.

Désemparée, elle lui dit :

– Elle vous a quitté?

– Oh, non. C'est seulement qu'il y a des choses plus urgentes.

– Oh, je vois. Alors on va vite aller voir M. le maire et dans neuf mois la cigogne arrivera avec son petit colis. Mais oui, mais oui, fiston, maman comprend. N'oubliez pas de l'appeler Guiseppe comme « Saint Joe » si c'est un garçon, ou Alma Maria comme moi si c'est une fille. Allez vite me mettre notre belle comtesse au lit et ne la touchez plus jusqu'à ce qu'elle accouche. Vous m'entendez, Jerome, et surtout ne m'interrompez pas. Vous ne voulez quand même pas me priver d'un petit-fils, non?

– Mais non, madame Corleone.

– Et cessez de me débiter cette ineptie de « madame Corleone ». Ne faites pas le malin avec votre mère, Jerome. Et allez vite voir le maire, compris?

– Oui, madame.

– Bien. Parfait. Revenez quand l'affaire sera finie et qu'on puisse la revoir en public. Jerome, je vous adore mais je dois avouer que vous me créez bien du tourmènt pour vous guider dans la vie. Ne faites pas de bêtises, en tout cas, mon petit. (Il y eut un reniflement parfaitement audible au bout du fil.) Bon, il faut que je vous quitte, cher Jerome. Je ne sais pas ce que j'ai dans les yeux, mais... Au revoir, fils.

Quand il raccrocha, Heller s'aperçut qu'il avait lui aussi les yeux humides. Car il doutait de revoir un jour Babe Corleone.

5

Le règlement stipulait que toute installation sur une planète étrangère ne pouvait être abandonnée sans avoir été détruite au préalable. A cela s'ajoutaient d'autres raisons, et tout particulièrement le fait que la base terrienne avait été utilisée pour des actes de piraterie et de contrebande.

Jettero Heller, comme tout ingénieur de combat compétent, s'acquitta avec compétence de cette tâche. Il se servit pour cela de mines à désintégrer le métal. Mises en place à proximité des boîtiers de connexion et des conduits, elles allaient transformer la structure atomique des métaux les plus lourds jusqu'à les réduire en silicates : en fait, la chaleur ultra-intense changerait tout ce qui se trouvait dans le hangar, ainsi que le hangar lui-même, en sable. Ce qui impliquait que les rayons tenseurs seraient annulés et que la pression de la roche, si longtemps retenue au fil de milliers de séismes, pourrait enfin s'exercer.

Le résultat serait un fantastique éclair incendiaire suivi d'un total effondrement. Et l'on en conclurait que la montagne, lors d'un tremblement de terre, s'était abîmée dans une crevasse.

Heller fixa les détonateurs au boîtier central de mise à feu et s'empara d'un déclencheur radio.

Puis il se tourna vers le capitaine du *Blixo* :

– Bloz, lui dit-il, il va falloir que je vous fasse confiance. Vous ne serez pas incorporé à la Flotte. Votre cargaison ne sera pas livrée avant le lendemain de notre évacuation. Lorsque vous l'aurez chargée à bord et que vous serez reparti vers l'espace, votre dernier geste sera d'appuyer sur ce bouton.

Et il lui tendit la petite boîte du déclencheur.

– Que se passera-t-il ? demanda Bolz.

– Eh bien, n'essayez pas d'y assister. En fait, vous aurez intérêt à ce que le *Blixo* se trouve à quelques milliers de kilomètres de distance quand vous appuyerez. La moindre parcelle de métal dans ce hangar sera transmutée. Et vous le savez : l'organisme humain contient beaucoup de fer. Donc, tous ceux qui se trouveraient dans un proche rayon seraient transformés en sable. Ne laissez personne dans le secteur.

Bolz examinait la boîte.

– Il n'y a pas de sécurité, remarqua-t-il.

– Pour quoi faire ? Vous verrez que le bouton ne s'enfonce pas facilement. Ça ne risque pas de partir accidentellement. Mais l'ordre que je vous donne est *de ne pas traîner*. Et quand vous serez au large, appuyez.

Bolz souriait intérieurement : non seulement la chose ne se produirait pas accidentellement, mais elle ne se produirait pas du tout. La contrebande était bien trop lucrative et il devenait riche. Il pourrait s'acheter un vieux rafiot spatial, prendre son congé de l'Appareil et continuer à faire rouler son trafic aussi longtemps qu'il le voudrait.

– D'accord, fit-il. C'est avec plaisir que je vous rendrai ce service en échange de ma vie et de ma liberté. Officier Heller, vous avez ma parole.

Et il glissa le déclencheur dans sa poche.

Tout était presque prêt, à présent. Les cargos étaient bourrés de toutes les pièces de rechange et de tout le matériel qu'ils avaient pu récupérer. Ils démantelèrent même le saute-ligne et entassèrent les éléments dans une cache. Les milliers de détails allaient être réglés. On était au soir du troisième jour.

Heller appela Izzy, Bang-Bang et Junior et leur annonça avec prudence qu'il devait partir en voyage. Il raccrocha aussitôt afin qu'ils ne puissent soupçonner qu'il partait pour toujours.

Prahd avait pris des dispositions pour que Cling le Hautain soit amené dans son bac avec toutes les connexions branchées. L'Empereur était toujours inconscient. Une bâche masquait le bac et nul ne risquait d'entrevoir ce qu'il contenait.

On le logea dans le recoin le plus profond du hangar bondé.

Heller alla trouver Bolz et Oh Chéri. Il s'arrangea afin qu'ils puissent voir le bac avec son patient anonyme que l'on chargeait à présent à bord du remorqueur.

– Oh Chéri, annonça-t-il au mignon, tu es un courrier. J'ai là quelque chose qui doit être remis à Lombar Hisst, à lui seul et en main propre.

Il lui présenta un paquet triplement scellé.

Oh Chéri le fixa sans comprendre et sans oser le toucher. Il y avait là quelque chose d'anormal qui le troublait. L'officier royal Heller voulait faire remettre quelque chose à Hisst, son ennemi le plus acharné?

– Prends ça, insista Heller, et ne touche pas aux sceaux sinon il te soupçonnera de l'avoir ouvert. Et si jamais cette idée l'effleure, il se pourrait bien qu'il te tue après avoir lu le message.

– Oh, non! fit Oh Chéri en frissonnant. Je ne peux pas emporter cela si c'est dangereux!

– Je peux te dire une chose, c'est que ce sera encore plus dangereux de ne pas prendre ce paquet. Car si Hisst vient à apprendre que tu l'avais entre les mains et que tu ne le lui as pas délivré, il te fera très certainement tuer.

Oh Chéri poussa un petit gémissement. Mais il prit le paquet entre ses doigts, comme s'il le brûlait.

Heller pointa alors le doigt sur Prahd qui était occupé à faire entre le bac à fluide dans le sas du remorqueur.

– Je veux aussi qu'avec Bolz, vous preniez bien note qu'une personne malade est embarquée en ce moment à bord du *Prince Caucalsia*, sous la surveillance d'un docteur.

Ni l'un ni l'autre ne réagirent. Mais ils observaient quand même la scène comme il le leur avait demandé.

La comtesse Krak sortit du tunnel de la villa, poussant un chariot chargé d'une montagne de boîtes et de bagages. Aussitôt, les équipes qui avaient aidé Prahd à monter le bac à bord se précipitèrent à son secours.

Heller, qui s'était approché pour l'aider à escalader le premier échelon, s'arrêta soudain.

– Qu'est-ce que c'est que ce miaulement?

– Je n'entends rien, fit-elle.

– Dites-moi, ma chère dame, quel tour êtes-vous en train de nous jouer?

– Mais c'est seulement le chat.

– Nous n'avons qu'un seul chat. Et il ne peut pas faire autant de bruit.

– Jettero, tu es cruel. Tu voudrais que ce pauvre Monsieur Calico fasse tout ce voyage jusqu'à Voltar et quitte à jamais la Terre sans une petite amie?...

Le regard d'Heller se posa sur les boîtes que l'on installait dans le sas.

– Une petite amie? Mais ce que j'entends, c'est plus que ne peuvent faire deux chats.

– Alors disons qu'il a plusieurs petites amies. Mudur Zengin, hier, est arrivé avec une demi-douzaine de petites chattes calicos. Et aussi deux matous. Tu ne veux quand même pas qu'ils fassent des bâtards, n'est-ce pas? Mais si les miaulements t'agacent, je peux essayer de leur apprendre à chanter. Bien. Je savais que tu serais d'accord.

Ayant dit, elle escalada l'échelle du remorqueur.

Songeur, Heller secoua la tête : il allait quitter la Terre avec un empereur, un cytologiste et neuf chats.

Il s'avança dans le hangar bourré à craquer : initialement, il avait été prévu pour cinq cargos et en abritait maintenant six plus le remorqueur. Un groupe d'officiers, dont Bolz ne faisait pas partie, l'attendait. C'étaient les capitaines des divers vaisseaux en compagnie de Faht Bey.

Heller leur fit signe de se rapprocher et de pencher la tête pour écouter ce qu'il avait à leur dire :

– Voici vos coordonnées de rendez-vous : 678-N/567-B / 978-R. Notez-les. Je répète : 678-N/567-B/978-R. (Il les observa tandis qu'ils s'exécutaient.) C'est un trajet de sept semaines. J'aurai cinq jours d'avance et donc le temps de me poser, de prendre les dispositions nécessaires et de vous rejoindre au point de rendez-vous pour vous guider.

– Officier, dit l'un des capitaines, ces coordonnées correspondent au secteur de l'étoile Glar. Il est de mon devoir de vous informer que ce secteur est en état de guerre.

– Je le sais. Mais c'est bien là que nous nous rendons. La Confédération est entre les mains de Lombar Hisst. Le seul recours que nous ayons est de demander asile au prince Mortiiy, sur Calabar.

La même expression de stupéfaction se lut sur tous les visages.

– Je crois que nous serons les bienvenus, ajouta Heller. Ne serait-ce que parce que nous apportons de l'outillage, des hommes, des techniciens. Mortiiy a réussi à tenir depuis cinq ans. L'Appareil est la seule force offensive engagée sur Calabar qui est une planète particulièrement vaste.

– Mais il doit y avoir une autre raison, intervint un autre capitaine.

– Oui, en effet. Tout me porte à croire que si jamais Lombar Hisst apprend que je suis là-bas, il lancera toutes ses forces à l'assaut.

– Et quel bénéfice en tirerez-vous? demanda Faht Bey.

– Il n'attaquera pas la Terre. Et vous avez le droit de savoir à présent que si nous nous rendons là-bas, c'est afin de sauver cette planète.

Ils le regardèrent, dubitatifs. Puis l'un d'eux remarqua enfin :

– Parce que vous supposez qu'il va amenuiser ses forces en les lançant toutes sur Calabar?

– Très certainement. À moins que quelque chose intervienne qui détériore mes bons rapports avec la Flotte et l'Armée, je sais que ni l'une ni l'autre ne s'engageront dans une opération qu'elles considèrent comme démentielle – je veux dire une guerre totale dont le seul but est de s'emparer de ma personne. Mais je ne voudrais pas que vous puissiez croire que j'ai une telle idée de mon importance. Il se trouve que je détiens quelque chose que Hisst veut absolument avoir. Oui, il viendra nous attaquer, et même si par malheur l'Armée et la Flotte lui prêtaient main-forte, il se retrouverait face aux pics de Calabar, des milliers de mètres de pierre abrupte.

– C'est d'accord, dit un capitaine, nous ne demandons qu'une chose : échapper à l'Appareil et redevenir des hommes libres, et nous sommes tout prêts à courir le risque. Mais comment Hisst saura-t-il que vous êtes sur Calabar?

– C'est la raison pour laquelle nous n'avons pas mis l'embargo sur le *Blixo.* J'ai seulement confié au courrier qui va partir une lettre destinée à Lombar Hisst et dans laquelle je lui révèle ce que nous détenons. Et je lui dis aussi que nous l'attendrons sur Calabar. Il va être fou de rage et lancer toutes ses ressources dans la bataille. Si nul ne vient à son aide, ce sera la fin pour lui.

Ils affichaient tous un large sourire. Et ils se précipitèrent vers leurs vaisseaux.

Heller les observait. L'un après l'autre, ils disparurent dans la nuit.

Il fit un geste au capitaine du *Blixo.*

– Faites bon voyage! lui lança-t-il.

Puis il gagna le sas du remorqueur, le verrouilla et, peu

après, le *Prince Caucalsia*, à son tour, jaillit vers l'espace, en avant toutes!

6

Le capitaine Bolz souriait tout en grattant son torse velu. Le hangar et la base, désertés à présent à l'exception du *Blixo*, avaient cessé d'exister en tant qu'extension de l'Appareil. Et lui, Bolz, avait ses propres plans.

Dans sa cabine, il se changea et revêtit un costume occidental. Puis il glissa une liasse de livres turques dans son portefeuille sous le regard effrayé d'Oh Chéri.

– Mais nous sommes supposés attendre la cargaison avant de partir, dit Oh Chéri. Je suis convaincu que l'officier Heller a raison. Si je ne remets pas cela à Hisst, je suis mort.

– Qu'il aille aux Diables, ton Heller! Ils ont laissé leur Daimler-Benz dans la cour de la villa. Et aussi ce vieux chauffeur qui rit comme un dingue. Je vais y aller tout de suite pour qu'il ne vole pas la voiture et je filerai jusqu'à Istanbul pour rendre une petite visite à ma copine la veuve.

Bolz s'arrêta en chemin pour ordonner à son équipage de charger la cargaison à bord dès qu'elle serait là, puis, d'un pas allègre en dépit de sa stature, il alla trouver Ters qui, pour une somme modique, accepta de le conduire. Peu après, Bolz, mollement enfoncé dans le siège, filait vers Istanbul dans la nuit profonde.

Durant toute la journée suivante, Oh Chéri, pétrifié par la crainte, attendit. Dans l'après-midi, la cargaison arriva et il ne s'en occupa pas du tout, laissant ce soin à l'équipage. Oh Chéri se disait que Bolz pouvait très bien avoir déserté, ce qui les laisserait sans commandant de bord, incapables de retourner sur Voltar. Et comme il ne parlait aucune des langues de la Terre, il se voyait d'ores et déjà condamné à mourir en naufragé.

Le crépuscule tomba et le ciel se fit sombre au-dessus de l'illusion électronique de montagne qui couvrait la base. Toujours pas de Bolz. S'il avait été là, le cargo aurait pu décoller dans l'heure suivante.

Le ciel passa au noir d'encre. Les heures se traînaient. Oh Chéri avait peur, maintenant, dans la pénombre du hangar. Il errait, éveillant des échos sinistres à chaque pas. Et il en vint à se dire que l'endroit était maintenant habité par des fantômes.

Il fut minuit, et une éternité s'écoula avant que 1 heure arrive. Oh Chéri avait le sentiment que les chiffres ne défilaient plus sur sa montre. Deux heures vinrent pourtant, puis une autre demi-heure passa.

Un bruit violent. Il laissa échapper un cri.

C'était Bolz.

Il venait de surgir avec un camion rempli de scotch frelaté. Il expédia ses hommes pour charger les bouteilles à bord. Il était apparemment passablement ivre et son visage était maculé de rouge à lèvres.

Il était 3 heures du matin lorsque le capitaine du *Blixo* gagna enfin le sas, le dernier à monter à bord.

Un grondement profond retentit dans le ciel.

Pensant qu'un nouveau cargo arrivait inopinément, Bolz redescendit et leva les yeux vers le trou, tout en haut de la montagne.

Il se figea sur place, glacé.

Il venait d'entrevoir la queue noire d'un vaisseau de guerre!

Et il y avait vu nettement le symbole d'une tête de serpent avec ses crocs! Et une inscription!

LE 243e BATAILLON DE LA MORT!

L'énorme bâtiment, trop massif pour le hangar, descendait vers eux, des faisceaux de canons pointant hors de sa coque. Il toucha le sol avec un bruit sourd.

Une centaine de soldats en uniforme noir jaillirent aussitôt des sas, fusil-éclateur au poing!

Bolz, paralysé, fut instantanément neutralisé.

Une escouade se rua à l'intérieur du *Blixo*.

L'instant d'après, tous les hommes de l'équipage ainsi que Oh Chéri dégringolaient les échelons.

Bolz n'avait plus vraiment conscience des événements. Il ne pouvait pas savoir que ce bataillon avait été dépêché par Lombar « afin d'exterminer tous les traîtres complices d'Heller ou qui avaient obéi à ses ordres ».

Car le *Blixo* avait quitté Voltar deux jours avant que Lombar Hisst, défait, ne lance cet ordre.

Un personnage, bien plus grand que Bolz, tout de noir vêtu, avec des gants écarlates, se dressa devant lui.

– Je suis le colonel Flay, commandant le 243e Bataillon de la Mort. Qui êtes-vous et qui sont tous ces gens?

– Je... Je suis le... le capitaine Bolz du *Blixo*. Ce vaisseau, là. Et j'ai une cargaison de drogue à livrer d'urgence sur Voltar.

Un officier du bataillon se pencha au bord du sas du *Blixo*.

– Colonel, ce vaisseau transporte de l'alcool de contrebande!

Le colonel foudroya Bolz du regard.
– Ah, un trafiquant!
– Je suis le commandant d'un cargo de l'Appareil!
– Avec cette tenue? Répondez-moi. Pourquoi n'avons-nous rencontré aucune résistance? Qu'est devenu le personnel de cette base?
– Ils sont tous partis! fit Bolz d'une voix chevrotante.
– Partis? Mais pour où?
– On ne le sait pas! cria Oh Chéri, maintenu par un soldat du Bataillon de la Mort. Et moi, je suis un courrier de Lord Endow!
– Ah! Ah! Un courrier qui voyage avec un contrebandier? Occupez-vous de ce mignon avec le canon d'un fusil et faites-le parler!
– Non! Regardez mon identoplaque!
Deux soldats prirent un fusil, l'un par la crosse, l'autre par le bout du canon. Un troisième saisit Oh Chéri par la tête, un quatrième par les pieds. Les deux premiers appuyèrent fermement le fusil au creux de son dos. Quant aux deux autres, ils tirèrent. Et la colonne vertébrale de Oh Chéri se mit à craquer. Il poussa un hurlement.
– Dis-moi où sont partis tous les autres! rugit Flay.
– On ne le sait pas! cria Oh Chéri. Regardez mes papiers!
Un officier s'approcha et le fouilla. Il examina l'identoplaque qu'il venait de trouver.
– Ce n'est qu'un employé de la Section 451. C'est-à-dire cette planète. On ne dit pas que c'est un courrier.
– Faites-le parler!
Il appuyèrent et tirèrent plus fort.
– Allez, parle! Tu sais très bien où ils ont fichu le camp! Et n'essaie pas de mentir! PARLE!
L'épine dorsale de Oh Chéri commençait à céder et il poussa un long cri suraigu.
– J'ai un message, souffla-t-il. Un message. J'ai un message! Il faut qu'il soit remis!
– Aux Diables tes messages! lança Flay.
Oh Chéri s'était évanoui.
Sur un signe de Flay, les soldats se saisirent alors de Bolz. L'un d'eux lui bascula la tête en arrière, lui arrachant ainsi une poignée de cheveux tandis que l'autre lui donnait un grand coup de poing dans le ventre. Bolz laissa échapper un gémissement.
– Alors, où sont-ils partis? répéta Flay.
– Ils ne nous ont rien dit!

Le colonel claqua des doigts et un officier lui mit une lampe dans la main. Flay s'approcha de Bolz et braqua le faisceau droit dans un œil.

– Est-ce que tu nous mentirais, par hasard?

Bolz s'agita, essayant désespérément d'échapper au rayon aveuglant. La seule chose qui le préoccupait était que le colonel risquait de deviner qu'il avait eu l'intention de continuer d'exploiter la base à des fins personnelles.

– Sa réaction pupillaire montre qu'il ment! lança Flay. Frappez-le encore!

Le coup fut si violent qu'il éveilla des échos dans tout le hangar.

– Je vais répéter ma question poliment une dernière fois, dit Flay. Et ensuite, on s'occupera de toi. Où est parti tout le personnel de cette base?

– JE NE LE SAIS PAS! hurla Bolz.

– Allez! dit Flay.

Et ce fut le dernier ordre qu'il donna de son existence.

Car le coup atteignit tout droit le bouton du déclencheur, dans la poche de Bolz.

Un éclair aveuglant zébra le hangar!

Le Bataillon de la Mort, le vaisseau de guerre, le *Blixo*, son équipage, tous les soldats, le colonel, le capitaine Bolz et Oh Chéri se mirent à scintiller, passant du rouge au jaune puis au violet, traversant ainsi tout l'arc-en-ciel avant de retourner au noir. Avant de se changer en silice, statues pétrifiées un bref instant avant de devenir simples blocs de verre fondu.

Nul ne survécut.

Les boîtes génératrices de rayons tenseurs se transformèrent à leur tour en sable et, sous la vague de chaleur, fondirent.

Dans un grondement et une trépidation énormes, les murs du hangar se déformèrent et cédèrent.

L'avalanche de rochers dura un moment.

La chaleur, au sein de la montagne, fit entrer la roche en fusion.

Il ne subsista rien de la base terrienne.

Et enterré sous le tas de verre encore vibrant qui avait été Oh Chéri, sous les tonnes et les tonnes de silicate encore brûlant, il y avait les cendres d'un message destiné à sauver la Terre de l'invasion.

À cause de la cupidité de Bolz, jamais il ne serait remis à son destinataire.

SOIXANTE-DIX-NEUVIÈME PARTIE

1

Madison, désormais, ne doutait plus qu'il pourrait avant peu en finir avec Heller. Dans un avenir assez proche, non seulement l'Appareil serait sur sa piste, mais aussi l'Armée et la Flotte.

Il voyait déjà les gros titres!

Il se trouvait devant une fenêtre, dans les étages supérieurs de la résidence de l'Île Relax, attendant Teenie, qui était considérablement en retard. Il s'était posé à l'arrière du palais afin de rester hors de vue. Il était venu apporter de bonnes nouvelles à Teenie, ainsi que des preuves que le travail avançait.

Par la fenêtre entrait une brise qui était la plus douce et la plus parfumée dont il se souvînt. Et la perspective superbe sur la vallée était un apaisement pour ses nerfs tendus. Là-bas, dans la verdure, quelques hectares avaient été consacrés à un autre agent apaisant : les plants de marijuana poussaient. Du Panama Red, s'il se souvenait bien de ce qu'avait déclaré Teenie, quand elle avait mis au travail toute une équipe de cultivateurs issue des cinq mille habitants de l'île.

Mais aujourd'hui, il n'y avait pas le moindre signe d'activité pour troubler le calme de la terrasse. Une femme d'âge moyen, masquée, épouse d'un éditeur, était penchée sur la balustrade, indolente, sa robe flottant doucement au vent. Parfois, elle détournait le regard vers le palais comme si elle guettait quelque chose.

Mais oui! Un jeune officier sémillant en uniforme argenté venait vers elle à pas lents. Il s'arrêta, joignit les mains en un geste admiratif, et s'inclina. La femme s'appuya contre la balustrade tandis qu'il se rapprochait encore. Il lui dit quelques mots à voix basse et elle eut un rire aguichant. Il lui prit le bras et ils s'éloignèrent.

Madison ne pouvait qu'éprouver de l'admiration en voyant comment Teenie avait réussi à former son régiment. Et il savait qu'elle ne donnait pas seulement des leçons de maintien.

Derrière le couple, discrètement, apparut un musicien qui jouait de la *chorder-beat*. Madison reconnut la musique : c'était une vieille complainte tzigane prise dans la collection de disques de Teenie.

Le jeune officier et la dame descendaient avec allégresse le grand escalier. Ils s'engagèrent dans un sentier, toujours accompagnés par la musique, puis pénétrèrent dans un recoin discret où, Madison le savait, se trouvait un banc moelleux. Il le distinguait même en partie dans la ramure fleurie.

Il devina une demande haletante.

Puis, ainsi qu'il s'y était attendu, la robe de la femme vint se poser doucement sur le bout du banc.

À présent, le musicien était caché derrière un arbre proche, tournant le dos au banc, mais les notes de violon coulaient toujours.

Quelque part dans les branches, des fleurs se mirent à vibrer en cadence.

Le musicien, lui, se mit à jouer plus vite, avec une expression attentive, passionnée.

Une pluie de pétales tomba lentement vers le sol.

La musique se calma, se fit tendre et discrète.

Un domestique en livrée argentée traversa en courant la terrasse avec un plateau et alla jusqu'au nid d'amour.

Bientôt, un nuage gris-bleu de fumée de marijuana monta dans l'air.

Le violon jouait toujours.

Madison observait à nouveau la terrasse. Une autre femme d'éditeur venait d'y faire son apparition. Elle aussi portait un masque mais il la reconnut comme étant l'épouse de l'éditeur de *la Voix du Conservateur*.

Un second jeune officier sortit du palais. À son tour, il vint jusqu'à la femme, s'inclina, puis s'approcha un peu plus. Il lui murmura quelques mots au creux de l'oreille et elle lui tendit une fleur.

Ils s'engagèrent dans le sentier.

Un autre musicien les suivit.

Eux aussi se réfugièrent dans un recoin fleuri.

C'est alors qu'un nouvel officier sortit. Il se rendit jusqu'au premier nid d'amour et Madison l'entendit demander :

– Dis-moi, vieux, je peux me joindre à vous?

Au-dessus du deuxième recoin, une branche lourde de fleurs tournait en cercle.

Et le musicien jouait de plus en plus vite.

Nouvelle pluie de pétales.

Le musicien, avec un sourire apaisé, se mit à jouer rêveusement.

Un domestique accourait déjà.

Pendant qu'une troisième épouse d'éditeur sortait sur la terrasse.

Et le violon les accompagnait toujours. Madison savait qu'il ne se tairait pas avant la fin du jour. Et que d'autres violons se joindraient au concert dans les jardins tandis que le reste des vingt épouses s'ébattrait jusqu'au soir – après avoir fait le grand jeu dans leurs chambres durant toute la nuit d'avant!

Mis à part la marijuana, tous les trips à l'acide qu'elles vivaient désormais étaient peuplés de jeunes officiers fringants!

Madison jeta un coup d'œil aux coupures de presse qu'il avait emportées. Les premiers contingents d'épouses étaient depuis longtemps rentrés au foyer. Rien que pour vérifier qu'il avait réussi l'opération médias sur la psychiatrie. Il y avait des pages entières sur les effets merveilleux de cette nouvelle science, sur le merveilleux Dr Crobe et son traitement qui renvoyait au néant tous les autres, sur toutes ces idées fausses qui avaient prévalu et qu'il fallait oublier. La vie des éditeurs et des rédacteurs aurait été un enfer s'ils n'avaient pas accepté de publier des colonnes et des colonnes sur cette nouvelle science venue de Blito-P3!

Personne ne doutait plus que la psychiatrie avait réponse à tout. Elle avait réussi à juguler la presse sur Terre exactement de la même manière. Il suffisait de faire (biper) toutes les épouses des éditeurs et des rédac'chefs pour avoir toutes les pages qu'on voulait! Et pas de pitié pour les opposants!

Une voix tira Madison de sa rêverie heureuse :

– Qu'est-ce que tu fais là, Bon Dieu? Est-ce que tu serais devenu un sale (bip) de voyeur?

2

C'était Teenie et elle avait l'air furieuse. Elle avait dû poser sa limousine à l'arrière, tout près de la sienne, car il ne l'avait absolument pas entendue approcher. Elle avait une paire de gants noirs et deux servants s'étaient précipités pour s'occuper d'elle. Ils étaient dans l'antichambre de son dressing-room.

– Teenie, fit Madison, tu t'en es sortie formidablement. La façon dont tu as tout organisé ici et éduqué ces officiers, c'est presque un exploit surhumain. Regarde : voici les premiers fruits de la victoire!

Il brandit les coupures de presse sous son nez. Elle repoussa une servante qui tentait de la peigner et de redresser sa queue de cheval et lut quelques coupures.

– Je ne vois rien à propos de Gris, dit-elle.

– Mais ce n'est que le début de ma prise de contrôle sur la presse. Pour l'instant, ils délirent sur la psychiatrie. Est-ce que ce n'est pas formidable? Et même en première page! Dans toute l'histoire de Voltar, on n'a jamais vu ça! J'influence la presse!

– Écoute-moi bien, mon mignon : si je t'aide, c'est pour une seule raison. Si tu l'oublies, tu le regretteras! Je veux que Gris soit cloué là en bas les jambes écartées, je veux entendre tous les jours ses cris de souffrance. Il m'est venu des idées dont Pinch n'aurait pas osé rêver. Et rien qu'en revenant de la Cité du Palais, aujourd'hui, j'ai imaginé d'autres trucs pour lui! J'en ai ASSEZ!

– Teenie, fit Madison, angoissé, parfaitement conscient qu'il pouvait se trouver à la place de Gris, là en bas. Que s'est-il passé?

– Ce (bipard) a ruiné l'existence de Chochotte, voilà ce qui s'est passé.

– Chochotte? Mais comment?

– Ce (bipard) de Gris a réussi à l'atteindre et à l'écraser!

– QUOI? Gris se serait évadé?

– Oh, non, malheureusement, parce que j'aurais réussi à retrouver sa piste et à lui mettre la main dessus. Non, il est toujours dans cette saleté de Prison Royale, hors d'atteinte. Et tu n'as rien fait pour l'en extirper et qu'il se retrouve dans ce cachot. Mais Chochotte va tout te raconter – s'il arrive à parler.

Sur un geste, un garde se précipita au-dehors. Teenie, agitée, fit le tour de l'antichambre. Madison la sentait menaçante.

On cogna à la porte et deux hommes en blouse blanche entrèrent, portant une civière. L'une des servantes de la Cité du Palais les accompagnait, épongeant le front de Chochotte.

Il ne semblait plus avoir un souffle de vie et son visage était cendreux. Les hommes posèrent la civière sur un sofa et la servante se pencha sur Chochotte, inconscient, avec une expression angoissée.

Teenie l'écarta et gifla le mignon petit visage de Chochotte. Il ne réagit pas. Son maquillage était ravagé.

Elle se tourna vers Madison.

– Je l'ai fait amener ici dans l'espoir que le calme l'aiderait à se remettre. Et je voulais aussi que tu entendes quel (bipard) immonde est ce Gris. Il va falloir que je lui fasse du bouche-à-bouche pour le ranimer.

Elle claqua des doigts et un laquais accourut avec un plateau d'argent. Teenie prit un joint dans un coffret et l'alluma. Puis elle s'agenouilla auprès de Chochotte, tira une bouffée, colla ses lèvres contre les siennes et souffla.

Chochotte toussa. Teenie prit une seconde bouffée et, tout en le maintenant, elle lui écarta les lèvres avec le bout de sa langue et souffla lentement.

Un spasme secoua Chochotte. Il s'assit. Voyant Teenie, il l'entoura de ses bras et se mit à pleurer.

Teenie le repoussa et le força à tirer une bouffée. Cette fois, il inspira à fond et crachota entre deux sanglots.

Il recommença et parut se calmer un peu.

– Oh, Teenie, Teenie, très chère Teenie! se lamenta-t-il. Ma vie est finie. Serrez-moi fort, Teenie chérie, que je meure entre vos bras.

– Chut, Chochotte chéri. Tu vivras encore très longtemps et tu te feras encore (bipuler) par bien des hommes. On va s'occuper de ce (bipard) de Gris. Je vais te montrer dans quelle oubliette on va le torturer, tu verras. Maintenant, tu vas répéter à ce monsieur ce que tu m'as dit pour qu'il se magne le (bip) et commence à faire son boulot!

– Oh, c'est trop douloureux! geignit Chochotte.

Teenie lui fit tirer une autre bouffée.

Et alors, d'une voix brisée, Chochotte se mit à parler. Gris les avait obligés, lui et Oh Chéri, à devenir des courriers et des informateurs à sa solde par le jeu d'un système appelé Courrier Magic. Tous les trois mois, une carte était expédiée par un circuit particulier afin qu'un ordre initial demeure suspendu. Mais, pour une raison inconnue, le départ du *Blixo* avait été avancé et, bien que Chochotte ait posté ponctuellement la dernière carte qu'on lui avait donnée sur Terre, il était trop tard.

L'ordre était déjà entré en application. Le commandant de la Section Couteau de la planète Mistin l'avait reçu. À cause des délais de transmission entre les planètes de la Confédération, Chochotte venait seulement d'apprendre la nouvelle.

SA MÈRE AVAIT ÉTÉ ASSASSINÉE!

Il finit son récit par un cri, s'effondra et Teenie dut recommencer son travail de réanimation. Après une séance de bouche-à-bouche prolongée, elle lui dit :

– À présent, Chochotte, commence par le début et raconte les crimes que Gris a commis.

Madison écouta attentivement. Ce petit pédé en connaissait long. Tout ce qu'il racontait était du sensationnel, de l'exclusif, de quoi remplir des unes. À vrai dire, jamais Madison ne s'était réellement intéressé à Gris, il ne l'avait considéré que comme un élément utile pour achever sa mission Heller. Mais, au fur et à mesure qu'il écoutait Chochotte, il était fasciné. Ça c'était de la dynamite!

Il dit enfin :

– Tu dis que tu as reçu des ordres afin de tuer le vieux Bawtch et ses deux employés. Alors tu étais complice?

– Oh, non! Jamais je ne pourrais tuer qui que ce soit. Je l'ai simplement dit à Lombar Hisst et Bawtch a été muté dans une autre section. C'est là que Hisst a commencé à manœuvrer » Gris.

– Dans quel but? demanda Madison.

Mais le peu d'énergie qui avait permis à Chochotte de terminer son récit était épuisé et il venait de retomber entre les bras de Teenie.

– Maintenant, tu as entendu, fit Teenie en posant un regard brûlant sur Madison. Ne reste pas planté là. IL ME FAUT GRIS!

Madison sourit. Avec ce qu'il savait maintenant, comment pouvait-il échouer? Il allait tomber sur Heller comme la foudre.

3

Quatre heures plus tard, Madison était à bord du Modèle 99, lancé à pleine vitesse. L'information selon laquelle on avait « manœuvré » Gris l'avait beaucoup intrigué. Il savait par ailleurs, grâce à ses récentes expériences, que les médias de cette planète avaient la fâcheuse habitude d'exiger des preuves et des documents à l'appui de n'importe quel article. Certes, ce n'était pas un obstacle insurmontable – on peut toujours fabriquer des faux et payer des témoins – mais il aurait gagné du temps s'il avait eu les vrais documents entre les mains. Or, grâce à Chochotte, il avait la certitude que des preuves existaient quelque part, et en quantité.

Le chef de bureau de Lombar Hisst lui avait recommandé de ne pas toujours être sur le dos de Lombar Hisst, donc la cible logique, dans le cas présent, était le vieux chef de bureau lui-même. Et il s'était dit qu'il pouvait se trouver soit au palais soit à Répulsos.

Il avait franchi la verte étendue de la mer et abordait à présent le continent. Il essayait de localiser sa proie par le circuit de communication.

Soudain, une voix brutale interrompit son appel :

– Déroutez-vous! Déroutez-vous! Ici la Surveillance de l'Appareil. J. Walter Madison, déroutez-vous de votre cap immédiatement et rendez-vous au bureau du chef de l'Appareil, dans la Cité du Gouvernement!

– Oh, là, là! s'écria Flick. Vous avez des ennuis!

– Pourquoi aurait-il des ennuis? demanda Cunn, qui avait repris ses fonctions de manière autoritaire, Île Relax ou pas.

– Ça veut dire qu'ils le recherchent, dit Flick. Ça veut dire aussi qu'ils ont déjà dû appeler et que tu n'étais pas à ton poste dans l'aircar. Je parie que tu étais encore en train de te faire (biper)!

– Non! protesta-t-elle farouchement. Je matais, c'est tout.

– C'est ça. Et comment se fait-il que tu aies cette tache humide sur le devant de ton uniforme?

– J'ai bu un verre d'eau. C'est toi qui t'excitais, en fait. Pour une minable fille de cuisine!

– La paix! cria Madison. Cap sur la Cité du Gouvernement. Est-ce que vous savez où se trouve son bureau?

– On ne peut pas le manquer. À l'autre bout de la ville, sur la falaise qui surplombe la Wiel. Pas moyen de se tromper avec tous les cadavres qui jonchent les rues.

– J'espère que vous plaisantez, fit Madison.

– Mais oui, mais oui. En fait, il a une trappe qui lui permet de les balancer directement dans la Wiel.

Ils volaient au-dessus de la verte campagne et, très vite, ils atteignirent les grands immeubles qui abritaient l'essentiel du gouvernement de Voltar. À l'autre bout de la ville s'élevaient de grandes falaises au pied desquelles coulait la Wiel. Ce quartier était le plus ancien et le plus sale de la Cité du Gouvernement. c'est donc là, très logiquement, qu'on avait installé l'Appareil, qui était le plus sale département du gouvernement.

Un immeuble se dressait au milieu d'un square au dallage cassé, aux monuments oubliés. Tout cela aurait pu faire croire que l'Appareil était ancien, ce qui était faux. En termes voltariens, il était en fait assez récent. Mais les autres départements n'auraient jamais accepté de s'installer en ce lieu où les fontaines ne fonctionnaient plus et où les statues étaient mutilées.

Le Modèle 99 plongea vers le sol et, très vite, ils s'aperçurent qu'ils allaient avoir du mal à se garer car véhicules militaires et tanks étaient rangés un peu partout, dans la plus grande confusion.

Flick réussit à se coincer entre un transport de troupes et un command-car aérien qui arboraient tous deux un fanion de général. Cunn ouvrit la portière tout en lançant déjà des œillades aux conducteurs.

– Il se passe quelque chose, observa Flick. Ces véhicules appartiennent à l'état-major général de l'Appareil ! Faites attention, chef ! Ce sont les (bipards) les plus mauvais de la Confédération !

Madison descendit. Il se sentait plutôt singulier dans son complet gris. Il se fraya un chemin entre les groupes d'officiers et de soldats en uniforme moutarde, noirs, verts, tous ornés du symbole de l'Appareil, la célèbre « bouteille à l'envers ».

Une jeune femme élégante à l'excès tenant un snug en laisse se promenait avec nonchalance devant la porte principale. Une autre, extrêmement peu vêtue, le visage dur, faisait tournoyer une canne d'un air impatient. Ce fut elle qui accosta Madison.

– Cette stupide réunion va encore durer longtemps ? lui demanda-t-elle.

– Je n'en ai pas la moindre idée, madame, lui dit-il.

– Parfait. Eh bien, si vous entrez, dites au général Buc que sa maîtresse l'attend dehors depuis cinq heures et qu'elle commence à en avoir (bipement) assez !

Madison gravit les marches crevassées et deux sentinelles en moutarde lui barrèrent le chemin. Un officier aboya :

– Madison? Par tous les Diables, qu'est-ce que vous foutiez? Entrez et plus vite que ça !

Madison fut littéralement propulsé dans un salon bourré à craquer jusqu'à une volée de marches. L'officier le poussa dans une salle où la foule était encore plus dense.

Tant par leur aspect que par leur odeur, les lieux évoquaient plus une caverne qu'un bureau.

Des généraux en uniforme rouge étaient installés dans des fauteuils disposés contre les parois de rocher brut. On aurait dit des Démons Mancos.

Lombar Hisst se tenait derrière un bureau, vêtu lui aussi de rouge. Il avait détourné la tête pour observer un officier d'état-major qui, un boîtier en main, projetait une flèche orange sur une carte électronique.

– Ceci est *Omaha*, commentait-il. Selon des rapports ultérieurs des renseignements, ce secteur constitue un centre nerveux du dispositif militaire. Nous estimons qu'il faudra un million d'hommes, après l'avoir occupé, pour maintenir notre position et progresser vers l'est.

– Un million d'hommes! s'exclama un général. Cela implique que nous n'aurons plus de réserve d'effectifs.

– Si l'on nous refuse le droit d'atomiser tout simplement *New York*...

– C'était nécessaire, intervint Hisst. Car nous aurions ainsi oblitéré des installations qui se trouvent dans le *New Jersey* et qui doivent rester opérationnelles. Ce qui exige une approche d'infanterie et un nettoyage en règle des villes. (Et il ajouta à l'adresse du général, d'un air méprisant :) Auriez-vous peur des pertes?

– Non, non. J'espérais seulement que nous aurions pu faire pression sur l'Armée pour qu'elle participe à l'opération. Nous ne disposons que de quatre millions d'hommes. Si nous considérons la distribution par continent...

– Nous pourrions nous concentrer sur les seuls *États-Unis*, suggéra un autre général.

– Non, non, non, pas question! protesta un général qui portait l'insigne de l'artillerie. Il existe une bonne dizaine de nations dotées d'un armement nucléaire, si j'en crois les rapports. Si l'action de l'infanterie n'est pas étendue à tous les continents, nous pourrions bien nous retrouver face à une riposte nucléaire hystérique. S'il faut atteindre les objectifs désignés par le chef, nous devons les empêcher d'envoyer leurs bombes à hydrogène par-dessus les océans. Car nous risquerions alors de nous retrouver avec des objectifs totalement contaminés, donc inutilisables.

Un aide de camp se pencha vers Lombar.

– Votre Excellence, le Terrien est enfin arrivé.

Tous les regards se braquèrent sur Madison. (Pour lui rendre justice, il se peut qu'il n'ait pas dû vraiment comprendre que l'on discutait de l'invasion de la Terre, car les transcriptions de cette réunion, bien sûr, ne donnent pas la moindre idée des pensées réelles des intervenants. Et il n'est pas fait allusion à cette réunion dans les notes personnelles de Madison.)

Le général d'artillerie fut le premier à interroger Madison :

– Quelle est la portée et la pénétration thermique potentielle d'un missile MX 3?

– Je suis navré, dit Madison, mais je ne connais pas la question sur le bout des doigts. Cependant, je ne pense pas qu'il faille trop s'inquiéter. Car si je m'en souviens bien, le projet a été remis en question par le Trésor à cause des dépassements de budget. Oui, tout a été suspendu, je me le rappelle maintenant.

– Ah! Vous êtes un homme précieux. Donc, nous ne nous préoccupons plus de ce dispositif. Bien, venons-en maintenant aux satellites de guerre... Ceux qui pourraient détruire nos vaisseaux.

– Eh bien, il n'y a que les *Russes* qui en aient mis sur orbite. La télé en a beaucoup parlé. Je pense donc qu'il faudra que vous évitiez l'espace au-dessus de la *Russie*. Sinon, pas de problème.

– Tiens, tiens! fit le général. Qu'on nous montre donc cette *Russie*.

Madison s'avança et, tout en disant « si vous le permettez », il s'empara de la télécommande. Il comprit très vite le fonctionnement et diverses cartes de la Terre défilèrent sur l'écran. Il s'arrêta sur celle de la Russie. (Bien sûr, puisque l'événement s'était produit après son départ, il ignorait que la Russie n'existait plus désormais.)

Hisst s'agita nerveusement et observa ses généraux avec un regard noir.

– D'accord. Allez chipoter ailleurs si vous le voulez. Mais je veux un plan opérationnel général sur mon bureau demain!

Ils se levèrent tous en même temps que leurs aides de camp. Lombar, au bout d'un instant, prit conscience que Madison était resté.

– Je vous ai donné l'ordre de partir! grinça-t-il.

– Je voulais vous voir au sujet de Gris.

– Gris, Gris, Gris! Qu'il aille se faire (biper) ce Gris! C'est lui qui est la cause de tous ces tracas!

– Puis-je vous demander de quels tracas il s'agit? risqua Madison.

– Les amphétamines! Les renseignements! beugla Hisst. Si demain le soleil ne se levait pas et que j'enquête, je découvrirais que la piste conduit à Gris! Le *Blixo*, quand il est arrivé la dernière fois, aurait dû nous livrer des amphétamines comme d'habitude. Rien. Depuis, pas un seul cargo n'est arrivé de la Terre! Jamais il n'a tenu ses rapports à jour et nous sommes complètement dans la nuit.

– Je l'aurai!

Cela parut ébranler Hisst. Mais, après quelques secondes, il secoua la tête.

– J'ai envoyé trois assassins jusqu'à la Prison Royale. Gris est toujours en vie! C'est impossible.

– Mais il ne vous le faut pas mort, dit Madison. Il doit parler.

– Il a laissé filer Heller, fit Hisst, déconcertant comme à l'accoutumée. Je vais le tuer!

– Mais je peux aussi avoir Heller!

– Heller a dressé toute la Terre contre moi, dit Hisst. Je suis persuadé qu'en cette minute même, il parcourt les rues des villes de toute la planète en criant aux gens de m'attaquer! C'est un émeutier! Et l'Armée et la Flotte ne bougeront pas le petit doigt pour le liquider!

– Écoutez, dit enfin Madison. Jouons carte sur table. Y a-t-il une raison particulière pour que vous ne vouliez pas que Gris parle?

Toujours aussi imprévisible, Lombar Hisst éclata soudain de rire. Madison devait remarquer plus tard qu'avec lui il avait eu souvent le sentiment d'être en présence d'un dément absolu.

– Est-ce que vous l'avez manœuvré d'une façon ou d'une autre? insista Madison.

Lombar riait toujours. Puis il dit enfin :

– Si l'on m'a accusé, on n'a rien pu prouver. Tous les ordres qui ont été adressés concernant Blito-P3, toutes les expéditions qui ont été faites portent le nom de Soltan Gris, et de lui seul! Il s'est suicidé à coups de tampon!

– Donc, s'il était traduit en justice, vous n'auriez rien contre?

– Qu'est-ce que la justice vient faire là-dedans?

– Je parle d'un jugement public, dont tous les médias se feraient l'écho. Point par point.

– Quelle drôle d'idée.
– On pourrait d'ailleurs le faire juger par les médias, comme ça nous serions certains que la cour le jugerait coupable. C'est comme ça que les choses se passent généralement.
– Très bizarre.
– Et vous en sortiriez avec l'image du héros.
– Mais les jugements n'ont rien à voir avec ça, le contra Hisst, l'air irrité, soudain. Mon problème est d'obtenir la coopération de l'Armée et de la Flotte.
– C'est vital? demanda Madison.
Lombar leva les yeux au plafond.
– Il me demande si c'est vital. Il faudrait que je retire toutes nos forces en opération sur Calabar pour envahir la Terre. L'Armée et la Flotte pourraient au moins nous remplacer!
– Mais si vous avez besoin de leur coopération, dit Madison, JE PEUX VOUS L'AVOIR!
Lombar le fixa et demanda :
– De quelle façon?
– J'ai besoin des archives et des témoignages concernant Gris. Je vais le jeter en pâture à la presse et il sera jugé. Ensuite, je l'amènerai à accuser Heller. De telle façon que toute l'Armée et la Flotte se lanceront à ses trousses comme une meute de chiens!
– Réellement?
Madison montra le press-book qu'il avait apporté. Et le feuilleta sous les yeux de Lombar.
– Tous ces articles, dit-il, ne sont que des ballons d'essai. Je les ai tous écrits moi-même. On publie tout ce que je propose. Tout ce qu'il me suffit de faire, c'est de me servir des médias et l'Armée et la Flotte seront entre vos mains!
Lombar tournait les pages, parcourant les articles et les titres.
– Ils impriment ce que vous leur dites d'imprimer?
– Je contrôle les médias de la Confédération. Ils ne sont qu'un simple outil. Grâce auquel je peux déclencher une tempête qui vous apportera tout le soutien dont vous pouvez avoir besoin pour quoi que ce soit. Je peux façonner l'opinion publique comme de la glaise! C'est de cela que tous vos projets dépendent!
– Miraculeux! fit Hisst sans lever la tête. Crobe? Un héros?
Il regardait des photos retouchées de Crobe à la une d'un quotidien! Avec une légende particulièrement laudative! Et d'autres articles suivaient, sur le même ton!
– Vous voyez? Et ce n'est qu'un simple exercice. Trois fois rien.

– Madison, si vous pouvez les amener à croire que ce vieux criminel cinglé est un héros de la science, alors il ne devrait pas vous être difficile de prendre un homme méritant et doué comme moi pour en faire..

– Un Empereur, acheva Madison.

Les yeux jaunes de Lombar Hisst se firent tout ronds et un nouvel éclat y apparut. Il se leva, dominant Madison de trente centimètres. Il lui prit la main et la secoua. Puis il se tourna vers la porte et brailla :

– CHEF DE BUREAU! DONNEZ À MADISON TOUT CE QU'IL VOUS DEMANDERA! TOUT, VOUS COMPRENEZ, SINON J'AURAI VOTRE TÊTE!

4

Le soleil était presque couché quand Madison ressortit. Le square était quasi désert et le Modèle 99 était seul, à l'écart au milieu des gravats.

Il tendit à Cunn une énorme liasse de feuilles d'imprimante, lança une adresse à Flick et monta à bord.

– On se faisait du souci, dit Flick en décollant. Cunn a bavardé avec le conducteur du tank du général, juste à côté, et il lui a dit que l'état-major général de l'Appareil était en réunion extraordinaire pour un plan d'invasion. Et quand il a ajouté qu'il s'agissait de Blito-P3, on a été secoués! C'est pas la planète d'où vous venez?

Mais Madison était déjà abîmé dans ses pensées et il ne répondit pas.

– Moi, reprit Flick, je suis de Calabar. Toute cette guerre, là-bas, ça m'ennuie. Ils massacrent des villes entières, ils tuent les gosses, violent les femmes, et ils brûlent tout. Je me suis dit que vous deviez être horrifié à l'idée que l'Appareil allait envahir votre planète.

– Oh, la guerre c'est la guerre, fit enfin Madison d'un ton las. Moi, je suis un *public relations*. Et ce sont les PR qui déclenchent la plupart des guerres. Alors pourquoi s'exciter?

– Cunn, écoute ça, dit Flick. Quel sang-froid! Mais je pense que c'est comme ça que doit réagir un pro du meurtre. À propos de meurtre, d'ailleurs, je crois que tu devrais sortir ton cingleur, Cunn. Parce qu'on va se poser dans un vrai coupe-gorge.

Ils se retrouvèrent dans un décor de décombres d'où montait

une puanteur de poubelles. Madison se hasarda sur un escalier au risque de se casser une cheville et cogna à une porte.

Un personnage dont le crâne s'ornait de deux touffes de cheveux gris pointa le nez par l'entrebâillement.

– Fichez le camp. Je viens à peine de rentrer. J'ai droit à un peu de paix.

– Est-ce que vous vous appelez bien Bawtch? demanda Madison.

Bawtch tenta de refermer la porte, mais Madison avait avancé le pied dans l'entrebâillement.

– Je suis à la recherche d'informations concernant un homme du nom de Gris.

– GRIS! Fichez le camp!

– Il est dans la Prison Royale et il se moque bien de vous tous. Je voudrais qu'il soit traduit en justice.

– *Entrez!*

Bawtch offrit à Madison sa meilleure chaise et, durant une demi-heure, il écouta, transporté d'extase.

– Ainsi, résuma-t-il, je peux compter sur vous comme témoin.

– Je traverserais le Grand Désert à pied rien que pour témoigner, dit Bawtch.

– Et si je vous demandais de prononcer un discours contre lui, vous le feriez?

– Bien entendu. Mais maintenant que j'y repense, je peux vous donner le nom de deux autres personnes. Elles habitent en bas de la rue.

Il inscrivit l'adresse sur un bout de papier qu'il tendit à Madison.

Sur le seuil, Bawtch lui serra longuement la main, avec émotion.

– Madison, vous pouvez compter sur moi.

Ils descendirent la rue et franchirent un angle pour s'arrêter devant une vieille pension de famille délabrée. Une enseigne bosselée annonçait : *Pour messieurs les officiers.*

Une femme au visage revêche se montra. Madison connaissait sa leçon par cœur.

– Je suis venu pour vous aider afin que Gris soit pendu. Je présume que votre nom est Meeley. Vous étiez jadis sa propriétaire.

– Vous aider à pendre... (Elle se retourna brusquement et cria en direction de la cuisine :) SKE! VIENS VITE! ON A UNE DE CES CHANCES! QUELQU'UN VEUT FAIRE PENDRE GRIS!

En un rien de temps, Madison se retrouva dans un petit salon en train de boire du secoueur-chaud. Il écoutait Ske, l'ancien chauffeur de Gris, déverser sa bile, interrompu régulièrement par les jurons et les jérémiades de Meeley. Il en conclut que Gris avait surtout commis le crime de les payer avec de la fausse monnaie qui leur aurait valu la peine de mort s'ils avaient tenté de l'écouler. Mais, connaissant Gris, ils étaient allés tout droit à la Police des Finances pour porter plainte. Leur rancune commune les avait rapprochés.

Oui, et ils n'hésiteraient pas à témoigner à charge. Quel bonheur! Un discours? Bien entendu, encore qu'ils ne fussent pas très présentables. Mais ils étaient prêts à dire tout ce que Madison voudrait.

Avec le sourire du tigre qui flaire sa proie, Madison retourna à la Cité de la Joie. Il ne dîna pas. Il n'en avait pas le temps. Mais il convoqua aussitôt son état-major.

Il monta sur l'estrade de la salle de briefing et se dressa de toute sa hauteur.

– Ma très chère, fidèle et efficace équipe, commença-t-il, nous pouvons marquer cette journée d'une pierre blanche. L'heure venue, les PR se retrouveront au pinacle. Nous contrôlerons le destin des empires. Et nous influerons sur la course même des étoiles. À présent, écoutez-moi attentivement.

5

Deux jours plus tard, un public très sélectionné de quatre-vingt-dix femmes était rassemblé dans un auditorium, au soixante-dix-huitième étage de la résidence. Toutes étaient convaincues que cette invitation à une conférence hautement éducative du célèbre Dr Crobe constituait une faveur particulière.

Elles savaient aussi, sans que cela ait été mentionné, que si elles ne se montraient pas coopératives, elles n'auraient plus la moindre chance de suivre une nouvelle « cure de traitement » dans l'Île Relax. Et aussi – mais nul n'y avait fait la moindre allusion – elles risquaient de ne plus recevoir leur ration régulière et gratuite d'herbe.

Elles avaient longuement discuté entre elles et avec d'autres personnes, en totale liberté, et en tant que membres de la haute société, du côté positif de leur devoir : elles devaient user de leur position – et de leurs époux – afin de faire le bien. Elles n'avaient pas encore de nom commun mais elles étaient toutes membres de ce club très exclusif qui avait reçu la révélation dans l'Île Relax.

Avec Crobe, Madison eut quelques ennuis. Il avait réussi à absorber une dose supplémentaire de LSD et il fallut recourir à deux solides manœuvres de l'équipe pour lui faire prendre alternativement des douches chaudes et froides et le remettre sur pied.

Maintenant, il était sur l'estrade, sachant qu'il pouvait recevoir une décharge électrique dans son collier à la moindre bévue, et il prit appui contre le bureau.

– Mesdames, commença-t-il, répétant le texte qu'il entendait dans son casque, vous avez parfaitement conscience que, en tant qu'heureuses élues du cercle étroit des initiés, votre... votre position sociale comporte certaines... responsabilités. La société dans laquelle nous vivons est malheureusement un cloaque de folie réprimée et de dépravations monstrueuses. Au plus profond du cerveau humain, bien caché, hors de vue de la lumière de la connaissance... rôdent la luxure et les appétits les plus féroces que l'on puisse imaginer. J'ai peur quand je vois les dangers auxquels cette société est exposée et à quel point il est douloureux de... de les affronter. Il faut prendre de sévères mesures, et plus encore de SÉVÈRES MESURES!

Il inspira profondément et crispa les doigts sur le bureau pour retrouver un rien d'équilibre.

– Écoutez-moi bien. Penchez-vous. Je veux vous parler d'un cas tellement monstrueux que vous ne pourrez m'écouter que bien assises. Vous êtes, après tout, des dames bien élevées et je ne dois pas offenser vos oreilles.

– Non, non! protesta Lady Arthrite Stuffy, qui se trouvait au premier rang, bien consciente de sa position de leader. Continuez, docteur! N'ayez pas peur d'offenser nos oreilles!

– Oui, oui, continuez! clamèrent plusieurs autres épouses.

– Il me semble, dit Crobe, que vous avez besoin d'être un peu préparées avant.

– Non, nous n'en avons pas besoin! cria une femme. Parlez!

– Allons-y. Eh bien, ce cas, mesdames, est tellement abominable que vous allez souffrir. Il est singulier et tout à fait remarquable. À tel point remarquable qu'il échappe totalement au champ freudien de la pathologie psychosexuelle!

– Non! clamèrent plusieurs femmes en chœur.

– Le cas présent n'est nullement anal. Pas plus qu'oral ou génital! Ni même latent! Disons qu'il est tout simplement monstrueux.

L'assistance semblait consternée.

Crobe s'assit sans prévenir.

– Une femme a bien voulu témoigner sur ce cas. Permettez-moi de vous la présenter.

Meeley s'avança d'une démarche timide. Puis elle reprit confiance en lisant l'expression des visages levés vers elle.

– Ce qu'il a dit est vrai, commença-t-elle. J'étais sa propriétaire. Jamais je ne l'ai vu avec une femme dans sa chambre. Il fermait la porte quand il allait dans la salle de bains. Et jamais il ne parlait correctement à personne. Quand il n'était pas en train de mettre son nez dans ce qui ne le regardait pas, il restait vautré dans sa chambre crasseuse. Je ne saurais décrire la façon obscène et dégoûtante qu'il avait de penser. Jour et nuit, il cherchait à me faire exécuter, moi qui ne faisais que lui dire bonjour et lui souhaiter bonne journée. Quand il a filé, personne n'a voulu réoccuper sa chambre. Sa réputation était telle qu'elle est encore vide à ce jour!

Elle fondit en sanglots et un huissier la raccompagna.

Ske fit alors son entrée.

– Moi, dit-il, j'étais son chauffeur, autrement dit son souffre-douleur. Les peines que j'ai dû endurer durant cette période pénible de mon existence ont laissé dans mon âme une cicatrice tellement profonde que jamais elle ne guérira. Quand il voyageait dans l'aircar, il essayait toujours de faire en sorte que je n'entende pas grincer ses dents. En récompense de mes fidèles services, il a cherché à me faire exécuter. Et je ne saurais décrire ici les actes obscènes qui faisaient partie de sa vie!

Il se tut brusquement et, à son tour, quitta l'estrade.

Le vieux Bawtch s'avança alors.

– Moi, j'étais son chef de bureau et il a ruiné mon existence. Les crimes et les ignominies de cet homme, mis bout à bout, seraient aussi longs que l'univers. Et pour conclure toutes ses infamies, il a voulu attenter à mes jours.

Il partit à son tour. Crobe, qui avait récupéré un semblant de forme, réapparut.

– À présent, mesdames, vous pouvez comprendre le degré qu'atteignait la démence de cet être. Le diagnostic dépasse tout ce que l'on a pu connaître dans les annales de la psychiatrie. Un cas unique. Des professionnels lucides et pondérés ont étudié ce cas afin de vous montrer à quel degré les griffes de la folie ont pu attaquer les fondements mêmes de notre culture.

– Un instant! s'écria Lady Arthrite. Quel est ce cas particulier? Où se trouve ce personnage?

– Regardez en direction de cette porte. Est-ce que l'homme qui m'a informé de l'existence de ce cas est présent parmi nous?

– Oui, lança aussitôt un huissier.

Un acteur habillé en gardien de la Prison Royale s'avança à regret. Il portait un masque.

– Docteur Crobe, déclara-t-il, je vous ai parlé de ce cas pour le bien de la société. Si l'on venait à savoir que je vous ai révélé ce que le gouvernement est en train de faire, je risquerais de perdre mon emploi.

– Dites-leur, dites-leur que... que votre identité restera... inviolée.

L'acteur se tourna vers l'assistance.

– L'homme est détenu à la Prison Royale pour éviter qu'il soit traduit en jugement. Il est confortablement installé dans une cellule et sous protection. Ce que l'on redoute, s'il se retrouve devant un juge, c'est qu'il divulgue certaines choses qui secoueraient le gouvernement jusqu'à sa base. Même si on le jugeait, ce serait en secret. Ce que nous autres les gardiens nous craignons, c'est qu'on le remette en liberté par une porte dérobée et qu'il ravage la société, laissant dans les rues les corps démembrés et atrocement mutilés des pauvres et des innocents. Je ne connais rien à votre *psychiatrie*, mais rien qu'à le regarder, là-bas, dans sa cellule, je peux dire que de tous les malfaiteurs que j'ai pu voir, celui-là dépasse tout. Il défie toute description! Et pourtant, ILS le cachent et le protègent.

– Quel est son nom? lança Lady Arthrite Stuffy d'une voix furieuse.

– Son nom, dit l'acteur, est Soltan Gris!

6

Tel un maestro conduisant un grand orchestre, J. Walter Madison se mit au travail sur Soltan Gris.

Dans les milieux les plus huppés de Voltar, on ne parlait que du scandale et, pressés par leurs épouses, éditeurs et rédacteurs ne pouvaient faire quoi que ce soit sans se heurter à l'indignation.

Les premiers titres annoncèrent :

UN MYSTÉRIEUX PRISONNIER
DISSIMULÉ PAR LES AUTORITÉS

Que suivit rapidement :

QUI EST DONC CELUI
QUE LE GOUVERNEMENT
REFUSE DE JUGER?

Puis :

SON IDENTITÉ EST CONNUE!
LE PRISONNIER EST
UN OFFICIER DE L'APPAREIL :
SOLTAN GRIS!

Très vite, tous les jours, d'édition en édition, le catalogue des crimes de l'officier de l'Appareil Soltan Gris commença à paraître, de plus en plus juteux.

Ça commença par :

L'OFFICIER DE L'APPAREIL GRIS
EXPORTAIT ILLÉGALEMENT DES MÉTAUX

Immédiatement suivi de :

L'OFFICIER DE L'APPAREIL GRIS
AVAIT ORDONNÉ LE MEURTRE
DE SON PROPRE CHEF DE BUREAU
ET DE SES EMPLOYÉS

Puis :

L'OFFICIER DE L'APPAREIL
A FAIT ASSASSINER
LA MÈRE D'UN ENFANT INNOCENT

On voyait Chochotte en larmes et des photos truquées du corps de sa mère et des funérailles. Ce qui déchaîna l'indignation populaire.

C'est dans cette période que Lord Turn reçut un appel de Lady Arthrite Stuffy, la plus notable des leaders de la haute société.

– Lord Turn, lui dit-elle, je ne pense pas que vous ayez conscience de la montée de l'opinion publique. QUAND ferez-vous traduire le prisonnier en justice?

– Lady Arthrite, lui rétorqua-t-il, je vous prie de ne pas mettre votre nez dans les affaires de la Prison Royale.

Et il raccrocha.

Ce qui donna à *La Voix du Matin* un titre exclusif :

LE JUGE DÉCLARE AU PUBLIC :
« ON NE TOUCHE PAS À GRIS! »

Cela, bien entendu, rendit les autres éditeurs livides : on venait de leur piquer un scoop. Ils se mirent à bombarder Lord Turn de coups de fil piégés, ce qui le rendit furieux. À tel point qu'il en vint à refuser d'expliquer quoi que ce soit à personne. Et les titres empirèrent.

Malheureusement pour Soltan Gris, alors même qu'il faisait chanter la Section Provoc de l'Appareil, le chef de ladite section, avide de preuves, l'avait suivi et fait des enregistrements radio qui avaient été retransmis jusqu'à son bureau près de la Wiel. Tous les crimes que Gris avait commis durant cette période étaient là, avec image et son, dans les locaux de la Section Provoc. Gris, qui ignorait cela, avait pensé s'en tirer finalement par l'assassinat du chef de la Section Provoc. À présent, Madison ouvrait ce nouveau colis et distribuait les crimes détaillés, un par un, à la presse.

UN HYPNOTISEUR ASSASSINÉ
PAR L'OFFICIER DE L'APPAREIL GRIS

Et ensuite :

UN COLONEL DE L'INTENDANCE ASSASSINÉ
PAR L'OFFICIER DE L'APPAREIL GRIS

Et encore :

SPURK, LE SORCIER DE L'ÉLECTRONIQUE,
TUÉ DE FAÇON IGNOBLE
PAR L'OFFICIER DE L'APPAREIL GRIS
QUI BRÛLE ENSUITE LE TIERS

DE SES MAGASINS
POUR CAMOUFLER CET AFFREUX CRIME

La série s'acheva par des photographies montrant un corps tombant de plusieurs centaines de mètres.

IL A TUÉ SON COLLÈGUE DE L'APPAREIL
DANS UNE DERNIÈRE TENTATIVE CRAPULEUSE
POUR DISSIMULER SES CRIMES ABOMINABLES

Le Circuit Vidéo planétaire, que l'affaire commençait à intéresser, passa même une séquence.

Et la question commença à circuler de bouche en bouche : si le gouvernement détenait un officier qui avait commis autant de crimes, pourquoi refusait-il de livrer le coupable à la justice ?

Mais Madison avait gardé pour finir la *pièce de résistance* *.

Lorsque Bawtch s'était exclamé qu'il « tenait Gris », qu'il avait la preuve de faux, il ne parlait pas des faux édits royaux. Pas du tout. En fait, il n'en connaissait pas encore l'existence.

Mais Gris, dans sa maladresse, avait abandonné la vieille cape de Prahd Bittlestiffender près de son bureau. À l'origine, son plan avait été qu'on la retrouve sur les bords de la Wiel. Et, dans cette cape, il avait laissé un mot dans lequel Prahd annonçait son suicide, un faux pitoyable. Pour ajouter à ses malheurs, Gris avait rédigé le mot sur une feuille de papier qui avait dû se trouver sous un document que Bawtch lui avait donné à estampiller. Et, sur le prétendu mot de Prahd, on discernait très vaguement mais suffisamment le dessin de l'identoplaque de Gris !

Pour ajouter à tout cela, les enregistrements du chef de la Section Provoc montraient Soltan Gris en train d'appeler Prahd.

Toutes les charges pour une inculpation de meurtre étaient donc rassemblées. Madison, alors, par l'entremise d'un de ses reporters, attira l'attention de la Police Domestique sur ce dossier.

La Police Domestique se lança immédiatement sur la piste, suivie d'une horde de journalistes, et découvrit bien vite que le

* En français dans le texte. *(N.d.T.)*

jeune docteur Prahd Bittlestiffender était introuvable. On lança alors un mandat d'arrêt à l'encontre de Soltan Gris.

Le jeune docteur, le cytologiste le plus doué de sa promotion, fut salué par ses professeurs et sa disparition considérée comme une perte professionnelle grave. Le fait d'avoir abrégé une telle carrière dans ses primes années était un crime contre la population tout entière qui avait un besoin pressant de tels talents. Un crime qui ne pouvait qu'être le fait d'un dément!

LES GROS TITRES TOMBÈRENT EN AVALANCHE!

C'est alors que la Police Domestique demanda à Lord Turn de lui confier la garde de Gris afin qu'il soit jugé et éventuellement exécuté. Ce qui, bien entendu, lui fut refusé.

AUTRE CATARACTE DE GROS TITRES!

Et les questions continuaient d'aller bon train. Pour quelles raisons le gouvernement protégeait-il ce maniaque d'officier de l'Appareil? Pourquoi refusait-il de le faire comparaître devant une cour?

Madison fit composer une ballade, paroles et musique, par l'un de ses reporters issu de l'Académie Royale des Arts. Il la fit imprimer sur une feuille simple, comme étant la création d'un artiste anonyme et s'assura qu'elle circulait à des milliers d'exemplaires. Très vite, elle fut reprise par la presse et elle courut sur toutes les lèvres :

C'est au nom du gouvernement qu'il a tué,
Au nom de la loi, qu'il a assassiné.
C'est un officier de l'Appareil!
C'est un monstre sur qui le gouvernement veille!
C'est du sang de ses victimes qu'il s'est nourri.
En les noyant dans la boue il a souri.
On le protège, on le berce, on le choie,
Pour des crimes qui n'éveillent que l'effroi.
Demain, demain, avec lui il faudra en finir.
NOUS VERRONS COULER SON SANG AVEC PLAISIR!

Et des foules entières se répandirent dans les rues en chantant la ballade à tue-tête.

A vrai dire, depuis quelque temps, J. Walter Madison s'était attendu à ce que Lord Turn cède enfin et dise :

« Bon, d'accord, on va le juger. » Et d'ajouter à l'intention de la Police Domestique : « Le voilà. Faites-en ce que vous jugerez juste. »

S'il parvenait à mettre Heller en accusation par la bouche de Gris, Madison aurait gagné.

Mais il était dans une impasse. Même toute la populace en furie laissait Lord Turn indifférent dans son donjon.

Donc, il devait prendre d'autres mesures.

7

Madison travailla tard dans la nuit à dresser ses plans. Il y avait plusieurs choses à faire. En premier lieu, il devait entretenir les espérances de Lombar Hisst.

C'est ainsi qu'un matin, Madison parvint à être admis dans le bureau de Hisst, devant la porte close de la chambre de l'Empereur. Hisst était occupé à régler les détails du plan d'invasion de la Terre.

Dès qu'il vit Madison, il l'interpella :

– Quand supposez-vous que nous aurons la coopération de l'Armée et de la Flotte ? Si elles pouvaient remplacer les forces de l'Appareil engagées contre la révolte de Calabar, nous pourrions passer à l'invasion de Blito-P3 et l'écraser.

– Je travaille sur ce projet jour et nuit. En fait, c'est pour ça que je suis venu vous voir : pour ça et pour le projet bien plus important qui est de vous faire élire Empereur. Vous comprenez que ces choses sont étroitement liées.

– Comment ça ?

– C'est simplement une question d'image. Avec une image solide, vous pouvez tout faire. Ce qu'il faut que je sache, c'est quelle image de vous vous préférez très exactement. Comment voulez-vous que le public vous voie ?

Lombar se rassit, avec un regard rêveur.

– Totalement formidable, dit-il enfin.

– C'est ce que je pensais, fit Madison. Un homme à la volonté de fer. Incapable d'absurdités. Le peuple a besoin d'être dominé impitoyablement. La figure d'un dieu vengeur.

– Exactement, dit Lombar Hisst. J'ai enfin découvert pourquoi je vous écoute. Vous êtes très perceptif et vous ne craignez pas de dire la vérité à vos supérieurs.

– Je ne fais que mon devoir. Mais je sais que vous êtes très occupé. Il se trouve que des émeutes ont éclaté dans la Cité des Bas-Fonds. Nous avons là une splendide occasion de créer votre image. Les émeutiers ont été repoussés par deux bataillons de l'Appareil. J'ai une équipe de caméras sur place. Si vous jugez que vous pouvez vous servir de cette occasion pour créer cette image que vous souhaitez, nous pouvons nous rendre là-bas dans votre tank privé et vous passerez sur la Vidéo planétaire en un rien de temps.

– Une émeute à réprimer? Où sont ma casquette et mon cingleur?

Une heure et demie plus tard, Lombar escaladait les marches du podium qui avait été dressé sous les regards de cinq mille personnes. Le périmètre de la Cité des Bas-Fonds avait été isolé par un cordon de troupes. Pour une fois, Madison n'aurait pas à dépenser de l'argent pour payer des acteurs et des figurants. À cause de la campagne anti-Gris, les deux Bataillons de la Mort avaient plus de mal à contenir les spectateurs qui affluaient que ceux qu'ils avaient cernés. Des tanks bloquaient tous les accès.

Madison avait donné à Lombar le texte de son discours. Un texte excellent que le scénariste de films d'horreur avait passé toute la nuit à rédiger sous la supervision de Madison.

Lombar se dressa au-dessus de la foule dans son uniforme rouge. Et sa voix tonna dans les haut-parleurs.

– Citoyens de Voltar! Vous vous êtes laissé abuser. La loi et l'ordre doivent triompher à chaque fois que la racaille se manifeste. Notre tranquillité ne peut être troublée par des questions et on ne saurait défier le gouvernement. Je serai fort, puissant et déterminé à écraser tous ceux qui s'opposeraient à l'État souverain. Vous avez devant vous l'image même du pouvoir le plus irascible! Je ne renoncerai jamais à mon devoir qui est de faire juger tous les malfaiteurs!

Une vague de murmures de satisfaction courut dans la foule. Les caméras de Madison, doublées de trois équipes du Circuit Vidéo arrivées sur place à l'initiative de leur directeur, retransmettaient le discours de Lombar Hisst sur tout Voltar et sur chaque planète de la Confédération.

– Je tiens à ce que vous sachiez, gronda Lombar, que l'honneur des officiers de l'Appareil ne sera pas souillé par les crimes de Soltan Gris! Car ce sont des hommes d'une vertu de fer et sans tache. Je suis fier d'être des leurs et de les commander.

» Les fleuves de sang répandus par Gris, les cimetières emplis de cadavres sont son œuvre, l'œuvre du seul Soltan Gris. Cet ignoble criminel ne saurait porter atteinte à la grandeur et à l'innocence des autres officiers de l'Appareil pas plus qu'à moi!

» De toute mon âme, je demande justice. Avec ces deux mains, je lui arracherai l'échine, vertèbre par vertèbre, avec infiniment de plaisir. Mon souhait suprême est de le livrer à la foule qui le démembrera!

Des cris d'enthousiasme déferlèrent jusqu'au podium.

Lorsque l'hystérie s'apaisa, Hisst reprit :

– Hélas, Sa Majesté repose, trop atteinte par la maladie pour qu'on la dérange, et en cette période de crise, je ne souhaite qu'une chose : le calme. J'accomplis donc le vœu le plus cher de Sa Majesté en assumant temporairement le pouvoir en tant que Dictateur de Voltar.

Le silence tomba sur l'assistance surprise. Tous les regards étaient levés vers Lombar. Jamais ils n'avaient entendu parler d'un pareil titre.

Mais le discours ne prêtait pas à discussion. Lombar non plus n'avait jamais entendu parler de ce titre. Il n'avait pas lu le texte auparavant. Mais tout à coup, bien qu'il ne sût pas ce que cela pouvait réellement représenter comme pouvoir, il accepta le titre avec un soulagement sans borne. C'était la dernière marche vers le pouvoir qui lui avait manqué jusqu'alors.

Avec une ferveur divine, il continua :

– Je jure sur mon honneur de ramener la paix sur Voltar, le calme au sein du peuple et d'écraser sans ménagement toute tentative de dissidence qui porterait atteinte à l'État. J'ai avec moi les officiers honnêtes et valeureux de l'Appareil et j'aurai bientôt le soutien de toutes les armes!

» Maintenant, en ce qui concerne Gris, et devant l'obstruction de la Prison Royale, il faut employer d'autres moyens. Nous courons le danger que l'ignoble crapule soit remise en liberté et continue ses ravages dans la population. Heureusement, nous disposons d'un outil nouveau. Il porte le nom de *psychothérapie*. Nous allons l'utiliser. Et je me servirai de mes nouveaux pouvoirs pour qu'il soit employé de la bonne manière. Je vous promets donc que la question de Gris sera résolue à la satisfaction de tous.

L'assistance était déconcertée. Puis l'idée se fit jour dans les cerveaux : cette *psychothérapie* devait être une espèce de nouvelle torture. Et des applaudissements s'élevèrent.

Lombar entama le dernier paragraphe de son discours quand le silence revint.

– Ô, populations de la Confédération! Je vous promets que moi ainsi que tous les officiers de l'Appareil, honnêtes, déterminés et sans reproche, nous ramènerons la paix et l'ordre dans cet État QUOI QU'IL ADVIENNE. Je vous remercie!

Ce fut le délire. Lombar redescendit du podium plus grand que lorsqu'il y était monté.

Les hommes des deux Bataillons de la Mort étaient sidérés. Les officiers durent hurler des ordres pour qu'on repousse la foule qui empêchait Lombar de regagner son tank. Les cris et les applaudissements étaient assourdissants. Lombar se dressa sur la tourelle et leva les mains. Puis le tank démarra.

– Mes Dieux, dit-il à Madison, votre génie est presque égal au mien. Mais ce titre de dictateur : est-ce qu'il doit être approuvé par le Grand Conseil?

Madison lui tendit alors l'ordre du Grand Conseil, estampillé et dûment signé. Certes, deux membres seulement avaient été présents : deux pages dévoués qui avaient fait ce que Teenie leur avait demandé.

– Un homme du nom de Napoléon, commenta Madison, est passé avec aisance de dictateur à empereur.

– DIEUX! souffla Lombar.

Et, durant de longues minutes, il resta là, le regard perdu.

Il ne retrouva la parole que lorsqu'ils survolèrent le Grand Désert.

– Vous savez que cela m'ouvre la porte à une coopération totale de l'Armée et de la Flotte. Nous pourrons facilement venir à bout de Calabar et de la Terre. On dirait que vous avez trouvé une solution à tout. Mais j'ai encore une question : qu'est-ce que c'est que cette *psychothérapie*? Une nouvelle méthode d'exécution à distance?

– Ça, vous me laissez m'en occuper, dit Madison.

Lombar acquiesça et n'y pensa plus.

QUATRE-VINGTIÈME PARTIE

1

Madison s'occupait de la *psychothérapie*.

Il se tenait derrière la fente d'observation, de l'autre côté de l'auditorium, au quatre-vingtième étage. Et il avait le sourire aux lèvres. Ça devrait marcher, et alors il aurait enfin le jugement de Gris. Et ensuite, il tiendrait Heller.

Les éditoriaux des journaux sur le discours de Lombar avaient été aussi nombreux que variés. Ils reflétaient le même étonnement que celui de la propre équipe de Madison. Lorsqu'ils étaient revenus, les cameramen et les reporters lui avaient dit :

– On a un dictateur, O.K. C'est fait, hop! Mais, chef, qu'est-ce que ça veut dire *dictateur?*

Certains articles émettaient l'opinion qu'un « dictateur » était quelqu'un qui parlait par l'intermédiaire d'une machine à dicter. D'autres, après traduction du terme en voltarien littéral, expliquaient que cela signifiait porte-parole en plus fort et que le terme était tout simplement un prolongement logique de porte-parole. Mais la majorité avait compris que Lombar allait disposer de pouvoirs plus étendus et que si l'ordre du Grand Conseil n'avait pas été montré sur les écrans, ils auraient eu tendance à conclure que Lombar était à ce poste à la suite d'un coup d'État, mais rien n'était certain. En tout cas, aucun article ne relevait le fait que, brutalement, l'Appareil était devenu le moteur essentiel de l'État.

Mais l'Appareil, lui, l'avait relevé. Les officiers, à l'exception de quelques gibiers de potence, se mirent à plaisanter à propos de leur « réputation sans tache » et de leur « honneur ». Ils redressèrent fièrement la tête. Ils n'avaient jamais osé fréquenter les clubs, les restaurants ou les hôtels de classe, et voilà tout à coup qu'ils y apparaissaient, rudoyant indifféremment les directeurs comme les serveurs. Des troupes de l'Appareil se mirent à déambuler en armes dans les rues, chassant les passants des trottoirs. Mal payés quand ils étaient payés, ils exigèrent un salaire.

Mais Madison ignorait tout cela. Il avait en vue une seule proie, de taille : Heller. Et ses armes à lui, mortelles, c'étaient celles du PR !

L'offensive « psychothérapie » avait démarré par la découverte d'une carte dans le dossier de Gris, carte qui disait :

Soltan Gris !

Youhou ! Où que tu sois !
Le bébé est né comme prévu et il est très beau.
C'est ton portrait.
Je ne tiens pas à aller trouver ton supérieur pour faire un scandale. Ce serait tellement mieux que nous nous retrouvions au lit, tous les deux. Quand donc vas-tu te décider à être raisonnable et à m'épouser ?

Pratia

P.S : À l'attention de tout officier supérieur : vous pouvez venir me rendre visite quand vous voudrez. J'espère que vous êtes beau gosse. Moi, je suis redevenue jolie maintenant que mon ventre est plat et nous pourrions passer un bon moment ensemble. Qu'aimeriez-vous pour le breakfast ? On peut me joindre aux Résidences Minx, Pausch Hills.
P.P.S : Les lits sont les plus moelleux du monde, la piscine est magnifique et il y a un pavillon avec lit. Bisou, bisou.

Évidemment, Madison n'était pas du genre à aller se pointer avec sa jolie petite gueule chez ce genre de dame. Il avait donc délégué le réalisateur et une des filles de cirque habillés en spécialistes de la mode, accompagnés d'un acteur qui jouait le rôle d'un « officier supérieur » de la section de Gris.

À présent, dans l'auditorium, une centaine de ladies du « club » étaient rassemblées dans un silence haletant et Madison, en les épiant par la fente, sourit plus largement encore. Bien que la plupart fussent d'âge moyen, elles étaient resplendissantes. Elles avaient retrouvé leur vivacité et leur beauté dans le brouillard de la marijuana et du sexe et elles étaient redevenues remarquablement séduisantes.

Crobe monta sur le podium. Cette fois, on l'avait tenu à l'écart du LSD et, dans l'espoir qu'on le réapprovisionnerait bientôt, il se surveillait. Il avait toujours un mini haut-parleur dans l'oreille et ne faisait que répéter le texte qu'on lui soufflait.

– Ladies de haute noblesse, ladies de la mode, ladies aux yeux brillants et à la jeunesse nouvelle, commença-t-il – et c'était un bon début même si son débit restait monotone –, je sais à quel point vous avez été bouleversées par la mauvaise volonté de l'État de traduire en justice ce dément, ce fou de Gris. Vous avez sans doute lu la presse et vu le Circuit Vidéo : Lombar Hisst, Dictateur de Voltar, a promis que, dans ce cas de Gris, on allait essayer la *psychotérapie*.

» Mais le plus grave danger, voyez-vous, ladies, c'est que Gris soit iibéré, qu'il continue de tuer, d'incendier, de ravager la population.

» Hisst, mal conseillé, m'a donné directement l'ordre de trouver une solution dans la *psychothérapie*. On considérait que si l'ignoble criminel retrouvait la santé mentale, on pourrait alors le remettre en liberté en toute sécurité.

» J'ai soulevé des objections. J'ai fait remarqué que Gris, ce criminel, dépassait tout degré dans l'échelle freudienne. J'ai dit à Hisst : « Les chances de guérison sont tellement faibles qu'elles ne sont pas mesurables. » Il m'a confirmé ses ordres. Je lui ai dit alors que quiconque serait choisi pour ce traitement affronterait une mort certaine. Mais il m'a rétorqué : « Une femme de plus ou de moins, qu'est-ce que ça fait? Trouvez-moi une volontaire! »

– Quelle brute! murmura-t-on dans toute la salle.

– A présent, vous le savez et je ne me répéterai pas, le sexe, selon Freud, est à la base de tout. Si l'on réussit à éveiller la base sexuelle d'un criminel, il peut être réformé et retrouver la santé mentale. Ceci est un fait scientifiquement prouvé, comme tout dans le domaine de la *psychiatrie*.

» Ce que nous allons donc tenter, c'est de ramener Gris à la vie dans l'espoir de le réformer, de lui faire retrouver la santé mentale pour qu'il ne représente plus une menace contre la société.

Les femmes approuvèrent.

– Mais, reprit Crobe d'une voix de stentor, ainsi que je l'ai dit à Hisst, même si cette expérience est très noble, elle comporte deux risques : le premier, c'est que les chances pour que ce traitement réussisse sur un malade qui échappe à la classification freudienne sont quasi inexistantes, le second c'est que la volontaire est presque certaine d'y trouver la mort. Néanmoins, je vous l'annonce, nous avons notre volontaire.

Crobe se tut, car il n'entendait plus rien dans son oreille. À cet instant, un huissier introduisit la volontaire.

C'était la veuve Tayl!

Elle était vêtue de blanc immaculé, telle une vierge. Elle courbait la tête, les yeux baissés, et ses longs cheveux lui retombaient sur le visage. Elle avait les mains nouées sur la poitrine. On lui avait appris à la perfection son rôle afin de ressembler à une jeune fille que l'on conduit à l'autel du sacrifice.

– Cette femme, reprit Crobe, est l'essence même du patriotisme le plus pur. Elle est prête à risquer sa vie dans cette opération. J'admire son courage et son dévouement à la cause... à la cause de l'État et du peuple. Je vous demande d'applaudir Pratia Tayl.

Tous les regards convergeaient sur la veuve Tayl. Les ladies étaient bouleversées par l'admiration. Certaines se mirent à pleurer.

– Par conséquent, annonça Crobe, je nomme un comité placé sous la direction de Lady Arthrite Stuffy, comité qui devra intercéder auprès de Lord Turn et insister afin qu'il autorise le mariage et la nuit nuptiale de Soltan Gris et de cette femme dans l'enceinte de la Prison Royale.

Les ladies restèrent bouche bée.

Et Madison, lui, souriait toujours.

2

C'est un Lord Turn particulièrement perturbé qui affronta dès le lendemain matin le comité des ladies qui se présenta en audience. De sa vie jamais cela ne lui était arrivé. Mais de sa vie jamais non plus il n'avait été pris à partie par la presse et il se sentait persécuté. Même les membres de sa famille ne lui adressaient plus la parole depuis quelque temps et la plupart de ces femmes qui se tenaient devant lui étaient en très bons termes avec sa famille.

– Mais, Lady Arthrite, balbutia-t-il, je n'ai jamais rien connu de semblable auparavant! Un mariage dans la prison? Jamais je n'ai entendu parler d'une chose pareille!

Lady Arthrite le fixa d'un regard perçant.

– Lord Turn, nous avons consulté des experts légistes. Et les avocats de nos familles respectives nous ont dit que *rien* ne saurait s'y opposer. S'il y a objection, elle ne peut être que purement personnelle!

Lord Turn digéra lentement cette affirmation. C'était un homme qui appliquait la justice à la lettre et il savait que Lady Arthrite disait la vérité. Tout cela était devenu par trop personnel. C'est alors qu'il entrevit une échappatoire.

– Le mariage est une chose sur laquelle un homme doit être d'accord. Et je doute fort que Soltan Gris veuille se marier!

– Il faut lui poser la question et nous devons l'entendre si tel est le cas.

Lord Turn leva les yeux au plafond. Il n'avait aucune loi particulière à citer. Il revint à Lady Arthrite et déclara :

– Très bien. Nous allons poser la question à Gris.

Rappelons que l'Appareil constitue un service de renseignement avec les moyens appropriés pour obtenir des informations. Dans ce cas précis, c'est de la bouche de l'épouse d'un gardien que Madison avait appris que Gris avait achevé de rédiger sa confession.

À vrai dire, depuis quelque temps Gris avait pris du poids par manque d'exercice physique et du fait de repas réguliers. À cet intant précis, dans sa cellule tout en haut de la tour, il se demandait ce qu'il allait bien pouvoir faire de son temps. Il avait enfin livré son énorme confession. Durant les deux jours suivants, il s'était quelque peu inquiété, se disant qu'il allait maintenant être exécuté. Puis il avait réalisé qu'il fallait aux juges un temps considérable pour lire et qu'il lui restait encore plus qu'un souffle de vie.

On n'avait pas eu à lui répéter deux fois de ne pas s'approcher de la fenêtre : il était convaincu que Lombar Hisst allait remuer toute la planète pour lui mettre la main dessus. À plusieurs reprises, il avait entendu des cris à l'extérieur, mais il n'avait pas osé s'approcher de la fenêtre pour comprendre ce qu'on disait. Et aucune information ne lui avait été retransmise. Il ne savait rien de la campagne de presse dirigée contre lui.

Il fut donc plutôt intrigué en entendant des pas nombreux qui approchaient ainsi qu'un bourdonnement de voix. Des voix de femmes? Très étrange!

Des plaques d'ouverture cliquetèrent, puis la porte de fer grinça.

Un gardien entra en pointant son arme sur lui.

Et soudain, des femmes envahirent la pièce!

L'esprit de Gris se mit à tourner à vive allure!

Il n'en reconnaissait aucune.

Et leurs regards étaient franchement hostiles.

Il fut pris de panique mais il n'avait aucun chemin de fuite.

Un personnage encapuchonné, à la silhouette fragile, s'avança alors.

Et lui glissa un papier dans la main.

Au seuil de l'hystérie, il baissa les yeux et lut :

Si vous ne dites pas oui, je leur parlerai du bébé et elles vous réduiront en lambeaux.

C'est alors que l'étrange messager souleva sa capuche et que Gris resta pétrifié.

C'ÉTAIT PRATIA TAYL!

– Pour le bien de l'État, déclara-t-elle, répétant ce qu'on lui avait dit, je me suis portée volontaire pour être votre épouse.

Et, à l'abri des regards, elle pointa un doigt vers le message.

Gris, près de s'évanouir, ne put émettre un son.

Lord Turn, qui se tenait à l'arrière du groupe, gronda alors :

– Eh bien! Répondez! Parlez afin que nous puissions poursuivre notre tâche!

– Dites oui! siffla la veuve Tayl.

Gris fixa les deux fentes qu'étaient ses yeux déterminés. Puis il regarda les visages sévères des femmes.

Il lui apparut soudain qu'il avait là une chance de vivre un peu plus longtemps. Il lui suffisait de fixer une date plutôt éloignée, disons à un mois de là, pour ce mariage.

– OUI! cria-t-il.

Lord Turn fut stupéfait.

Et l'espoir éclaira les visages des femmes.

– Bien, dit la veuve Tayl. Nous nous marierons donc cet après-midi! Préparez-vous!

Gris voulut ouvrir la bouche mais la cellule était déjà redevenue déserte et la porte claqua.

3

Madison, bien entendu, tenait ses gros titres tout prêts. Dès midi, les journaux envahirent les rues avec diverses variations sur la une.

L'ÉPOUSE SACRIFIÉE
POUR RÉFORMER GRIS

Et, bien évidemment, Crobe fit des déclarations selon lesquelles cet exploit était quasi impossible. Il ne pouvait garantir le succès de cette tentative, vu que Gris « était venu trop tard à lui » – l'habituel alibi psychiatrique en usage sur Terre.

Mais ce qui avait avant tout attiré l'attention du public, ainsi que l'avait escompté Madison, c'était le destin probable de cette femme si belle. Des milliers de gens commencèrent à affluer vers la Prison Royale. Certains pleuraient, nul n'avait le moindre espoir et tous pensaient que c'était là une chose bien cruelle et que le choix de Pratia Tayl était d'une noblesse qui allait au-delà de toute estime.

Madison n'eut même pas besoin de son équipe vidéo. Le Circuit Vidéo planétaire avait couvert l'arrivée et le départ du comité des ladies et opérait à nouveau sous le soleil de l'après-midi, retransmettant sur tout Voltar l'immense rassemblement, avec des plans rapprochés des visages et des interviews. En fait, Madison n'avait même plus à piloter le directeur de la Vidéo planétaire.

Ce qui lui laissait tout le temps nécessaire à sa mission personnelle. Avec les lettres de créance de l'Appareil et en uniforme d'officier des Services Généraux, il allait interpréter le rôle de « l'ami du témoin de la mariée », personnage essentiel de la cérémonie.

Les gardes le fouillèrent pour s'assurer qu'il n'avait sur lui ni arme ni poison et le prévinrent qu'ils le surveilleraient par une fente avec une arme braquée sur lui en permanence au cas où il aurait le moindre geste hostile à l'encontre de Gris. Ils le laissèrent enfin passer.

Gris était affalé sur son bat-flanc en état de complète hébétude. Il avait totalement raté sa dernière chance d'avoir un mois de grâce. La pensée d'être marié à la veuve Tayl n'était supportable que du seul fait que, de toute façon, il ne vivrait pas longtemps.

Le bat-flanc, en fait, était logé dans une alcôve taillée dans la paroi de pierre. Lorsqu'on y installait un matelas, comme c'était le cas, on se retrouvait à moins d'un mètre du plafond.

Gris vit entrer un officier qui lui parut appartenir aux Services Généraux. Ce qui ne signifiait pas nécessairement qu'il était de l'Appareil. Il s'était attendu à ce qu'on lui envoie quelqu'un pour le préparer en vue de la cérémonie et le personnage avait d'ailleurs plusieurs boîtes sous les bras. Toutefois, il fut rassuré en voyant le canon d'une arme passer par la fente de la porte. Il resta donc immobile.

Et c'est alors seulement qu'il reconnut le visage sous la casquette.

Sous l'effet du choc atroce, il se redressa!

Et se cogna le crâne!

Il ne perdit pas connaissance. Et son esprit tourbillonna. Il se dit qu'il devait être au 42 Mess Street, à New York. Non, il était plutôt à bord du *Golden Sunset.*

Madison? C'était MADISON?

– Oh, non! geignit-il. Oh, non, non, non!

Madison prit un tabouret et s'installa près du bat-flanc.

– Smith, commença-t-il en anglais. Je veux dire Gris, je dois dire que je déteste vraiment voir un ami de M. Trapp dans l'ennui. Mais ne vous en faites pas. Je suis venu pour vous aider à sortir d'ici.

Gris fut saisi de terreur.

– Oh, je vous en prie, par tous les Dieux, Madison : ne vous comportez pas comme mon PR!

– Bien sûr que non. Je suis votre ami. Et je ferai tout ce qui est en mon pouvoir pour que vous sortiez de là en parfaite santé.

– Oh, non, non, non! Je vous en supplie, Madison, ne m'aidez pas.

– Mais c'est absurde, Gris. Les amis sont faits pour ça. Maintenant, écoutez-moi bien. Vous allez sortir d'ici brillamment.

– Vous voulez dire... vous voulez dire que j'ai une chance de m'en tirer?

– Oh, bien plus qu'une chance, Smith. Des gens travaillent jour et nuit pour que vous ne soyez pas exécuté. Car c'est bien la dernière chose que souhaiteraient vos amis.

– Parce que j'ai des amis?

– Mais oui, bien entendu! Vous n'avez pas la moindre idée de tout ce qu'ils ont déjà fait pour vous. Nous allons vous faire traduire devant un tribunal.

– QUOI?

– Absolument. Et de plus, un tribunal juste. Vous ne pensez quand même pas que la veuve Tayl tienne à être veuve une nouvelle fois, non? Elle a de l'argent à la pelle et elle vous paiera les meilleurs avocats. Je peux vous assurer que vous avez devant vous une vie aussi longue que passionnante.

– Madison, pour l'amour de ma mère, ne me torturez pas. Je n'ai pas la moindre chance. Vous préparez quelque chose d'affreux. Je le sens!

– Là, Smith, vous me vexez. Vous n'êtes pas mon client. Je travaille toujours sur Heller.

– Vraiment?

– Bien sûr. Nous sommes toujours la main dans la main, Smith et Madison. Comme dans le bon vieux temps. Mais je ne peux pas rester ici toute la journée, vous avez donc intérêt à vous rappeler ce que je vous dis. Quand vous vous retrouverez dans le box, je veux que vous rejetiez sur Heller la responsabilité de tous vos malheurs.

– Mais c'est la vérité! s'exclama Gris. C'est de sa faute!

– Excellent! Je savais bien que vous seriez d'accord. Donc, lorsque vous serez traduit en jugement...

– Ils ne me jugeront pas. Ils vont m'exécuter. Et si je fais un pas hors de cette prison, Lombar Hisst me fera descendre.

– Oubliez ça. Je suis maintenant le bras droit de Lombar – ou bien est-ce le contraire? Par conséquent, devant le tribunal, vous ferez ce que je vous ai dit. Compris?

– Tout ce que vous voulez c'est que j'accuse Heller?

– Exact.

– De tous les crimes qui me viendront à l'esprit?

– Exact!

Gris commençait à entrevoir la lumière.

– Ils comprendront enfin que c'est lui qui est derrière tout ça?

– Exact.

– Je ferai ce que vous me dites.

– Bien. À présent, il faut que nous vous préparions pour votre mariage.

Madison dut lutter pour que son sourire ne devienne pas un rire triomphant. Gris ne soupçonnait pas à quel point son plan était *diabolique*!

4

Le mariage eut lieu dans la prison, en fin d'après-midi.

Lord Turn avait interdit la présence de caméras et les équipes vidéo durent se contenter de ce qu'elles pouvaient saisir de l'extérieur.

Le soleil déclinant projetait l'ombre du vieux château sinistre sur la foule énorme qui s'était répandue au flanc des collines. Des prêtres circulaient, exhortant chacun à la prière, et les gens, jeunes ou vieux, s'asseyaient ou s'agenouillaient dans le bourdonnement des voix.

Lorsque les deux témoins réapparurent sur le seuil en compagnie du prêtre, ce dernier fit signe que le mariage avait été consacré et des milliers de soupirs montèrent de milliers de poitrines pour être emportés par le vent.

Tous les regards étaient à présent fixés sur la plus haute tour, car tous savaient que la mariée sacrificielle et l'abominable Gris étaient là-bas, seuls désormais. Personne ne partit : ils savaient tous que, à minuit, la mariée quitterait la prison. Et ils priaient pour elle. La thérapie réussirait-elle? Allaient-ils revoir la mariée vivante?

Le soleil se coucha. Et la lune Niko se leva, baignant le château de sa clarté lugubre, posant un voile de brume verdâtre sur les visages.

Tout le monde avait remarqué qu'une ambulance avec une équipe médicale complète stationnait près des portes. Comme le dit le commentateur du Circuit planétaire quand la caméra paronamiqua, on pouvait quand même espérer que la jeune épouse, même sévèrement battue, pourrait être sauvée.

Mais il y avait une grande différence entre ce qui se passait à l'extérieur de la prison et à l'intérieur.

Durant la cérémonie, Gris était demeuré d'une immobilité de pierre. Pratia Tayl, quant à elle, les yeux brillants, n'avait cessé de bavarder comme une folle. Et lorsque les deux témoins étaient repartis avec le prêtre, elle ne s'était pas du tout inquiétée du fait qu'un garde reste à proximité, l'éclateur au poing, prêt à intervenir.

Elle avait apporté un festin de noces dans un panier qui avait victorieusement franchi les contrôles et les fouilles les plus minutieuses. Avec des mouvements vifs qui n'étaient pas sans évoquer un oiseau de paradis, elle disposait à présent les mets sur une nappe de scintissu. Et elle se mit à faire goûter tous ces délices à Gris – manquant parfois sa bouche – avant même qu'ils ne soient installés. En fait, il convient de dire que Gris était trop engourdi pour réussir vraiment à ouvrir les lèvres.

– Oh, attends, attends, roucoula Pratia. On va bien s'amuser. Tu n'auras plus à travailler, puisque tu ne fais plus partie de l'Appareil. Tu resteras au lit toute la journée et je te donnerai la becquée, là, comme ça. Tout ce que tu auras à faire, c'est dormir et (biper). N'est-ce pas merveilleux? Tiens, encore un petit fruit.

Gris flottait dans la plus totale irréalité. Il avait coulé des mois paisibles dans sa tour avec pour seuls compagnons ses documents et son vocodiscoscribe. Occasionnellement, le prisonnier de la cellule voisine grattait le mur, un oiseau se posait sur le rebord de la fenêtre et gazouillait quelques notes avant de s'envoler. Toute cette cérémonie, tous ces événements étaient étourdissants. Et en plus, il lui semblait entendre une sorte de bourdonnement sourd qui montait du dehors et dont il lui était impossible de connaître la source puisqu'il ne pouvait s'approcher de la fenêtre.

Depuis quelque temps, le sexe n'avait plus autant d'attrait pour lui. En changeant son anatomie, Prahd n'avait fait que lui apporter plus d'ennuis avec les femmes, et des ennuis sérieux. Et ce mariage ne lui avait pas donné le sursis escompté. Il doutait qu'on le traduise vraiment en justice. Il avait rédigé sa confession et il ne pouvait espérer au mieux qu'une exécution sans douleur de la part de Lord Turn. Durant la cérémonie, il avait épié Madison et, au fil des minutes, il en était venu à croire de moins en moins à ce que le PR lui avait raconté. Car il connaissait bien le dossier de J. Warbler Madman. Du coup, son dernier et faible espoir s'était estompé.

– Allez, prends un peu de cette délicieuse eau pétillante rose. C'est la meilleure et elle est pleine de vitamines, insistait Pratia. Tu verras que ça va te donner des forces. (Elle émit un petit rire qui était comme le tintement d'une clochette.) Tu vas en avoir besoin. (Et elle agita un doigt menaçant.) Ne reste pas comme ça inerte! Il faut cesser de te faire du souci. Les trois meilleurs avocats de Voltar vont te défendre. Fais-moi confiance!

– Je crois que personne ne comprend, dit Gris. Je suis le prisonnier d'Heller. Pour une raison que j'ignore, Sa Majesté n'a pas donné l'ordre de m'exécuter. Mais elle le fera. Elle le fera. Même si vous pouviez m'aider, j'ai confessé tous mes crimes dans mon livre. Je ne vous crois pas, et les Dieux me pardonnent, mais je ne crois pas non plus Madison.

– Oh, voyons, il ne faut pas être aussi sombre. Regarde! Il fait déjà noir dehors! Est-ce que tu as suffisamment bu et mangé? On est en forme? Mais oui. Parfait. Maintenant, tu attends une minute et je fais le lit. Après... WAOUH!

Il se tourna vers le mur nu et l'entendit s'activer dans l'alcôve de pierre. Elle avait apporté un lit roulé et il n'avait pas la moindre idée de ce qu'elle préparait.

Elle lui tapota l'épaule. Pesamment, il se retourna. Elle portait une chemise de nuit si transparente qu'elle la rendait nue avec un point d'exclamation.

Elle avait déployé un dais de mousseline blanche au-dessus de l'alcôve de pierre et posé une couverture bleue éclatante sur le lit.

Elle s'acharnait déjà sur ses vêtements. Et il restait planté, immobile comme une statue, se laissant docilement déshabiller. Il ne bougea que pour quitter ses bottes en même temps que son pantalon.

– Oooohh! gloussa Pratia Tayl en se reculant. Mais qu'est-ce qu'on a là? Ooohh! Mais que s'est-il passé, Soltan? Quelle AMÉLIORATION! C'est totalement DIVIN! Jamais je n'aurais RÊVÉ de rencontrer ça!

Il la regarda avec résignation.

Elle roulait des yeux effarés.

– Mais ce n'est pas étonnant que tu n'aies pas répondu à mes cartes postales. Les femmes ont dû se JETER SUR TOI!

Gris avait l'air de souffrir le martyre.

Elle fronça les sourcils.

– Mais tu ne réagis pas à ce qu'il me semble. (Elle sourit, brusquement inspirée.) Oh, mais je sais ce qui va t'exciter. Une photo de ton fils. Tu auras tout de suite envie d'en avoir un autre tout pareil!

Elle fouilla dans son sac.

– Je l'ai fait prendre hier. Tiens. Est-ce qu'il n'est pas BEAU?

Gris regarda la photo. Il vit un bébé de deux ou trois mois. Qui souriait, avec de grands yeux.

Des cheveux paille! Des yeux verts!

Brusquement, il mit le cliché sous la lumière.

Mais oui!

– C'est l'enfant de Prahd! lança-t-il en foudroyant Pratia du regard.

– Oh, non. Il est de toi. Dans ma famille, il y a plein de cheveux comme ça et d'yeux verts. Ça n'est pas parce que tu es brun qu'il faut penser ça. C'est ton fils. Et c'est ce qui est inscrit sur les papiers. D'ailleurs, à présent, tout est légal. Ce n'est plus un enfant naturel depuis ce soir. Tu n'es pas fier?

Le bébé ressemblait trait pour trait à celui de l'infirmière Bildirjin.

– C'est l'enfant de Prahd, répéta Gris.

Pratia eut un rire ravi.

– Mais c'est qu'on est jaloux! Merveilleux! Alors tu m'aimes quand même un peu. Bon, alors viens vite dans ce lit et je te donnerai tout l'amour que tu veux!

Elle le traîna fermement jusqu'au bat-flanc, sous la mousseline.

Le garde observait attentivement la scène dans le viseur de son éclateur.

Le tissu blanc qui masquait le lit tremblait à présent.

La chemise de nuit de Pratia vint atterrir sur le sol.

– Allons, Soltan, fit-elle d'un ton réprobateur. ALLONS! Ce n'est pas le moment de jouer les timides!

Le garde devint plus vigilant encore quand il entendit Pratia ajouter :

– Allez, Soltan. On ne fait pas le méchant. Tu es dans toute cette pierre toute dure depuis des mois. Tu n'as qu'à prendre exemple.

Un oiseau vint se percher sur la fenêtre et écouta. La voix de Pratia était quelque peu tendue.

– Bon, eh bien, je suppose que c'est le lot des femmes de faire tout le travail.

Le garde sourcilla.

– Oohhh! geignit Pratia tandis que l'oiseau n'en manquait pas une miette. Mais c'est ÉNORME!

Effrayé, l'oiseau s'envola.

Le garde était rayonnant.

– Allons, Soltan, fit encore Pratia, sois gentil. Làààà, c'est mieux! Maintenant, laisse-moi me concentrer.

Le dais de mousseline fut secoué par saccades.

Pratia avait le visage levé.

Et Gris l'observait, intrigué.

Elle avait une expression d'adoration.

Perplexe, Gris se dit enfin qu'elle devait regarder quelque chose de très précis.

Il se tourna légèrement de côté et leva les yeux vers l'objet de cette extase.

Et il vit en trois dimensions et en couleurs, plus vrai que nature :

HELLER!

Soudain, Gris se mit à hurler.

Il jaillit de l'alcôve. Pris au piège de la mousseline, il crut qu'on tentait de s'emparer de lui!

Il se mit à hurler plus fort!

Et il se débattit sur le sol en tentant d'échapper à l'agression de la mousseline!

Les gardes accouraient! Maintenant, oui, il savait qu'ils en avaient après sa vie!

Ses cris résonnaient entre les murailles jusque dans les corridors, montaient dans la nuit alentour.

Et le même gémissement s'échappa de milliers de gorges.

Les équipes vidéo attendaient, sur le qui-vive.

Le moteur de l'ambulance ronfla.

Et les gongs d'alerte se déchaînèrent dans la cour!

La foule atterrée assista à l'ouverture des portes.
Une équipe d'infirmiers se rua à l'intérieur de la prison.
Dans les ténèbres de la cour, les hommes en blanc chargèrent rapidement quelque chose. L'un d'eux était un acteur de l'équipe de Madison : d'un geste expert, sans être vu par quiconque, il répandit un flacon de sang sous le drap.
Puis, sous les projecteurs et l'œil des caméras, les hommes en blanc réapparurent avec leur civière.
Et des milliers de gens grondèrent!
Et frémirent d'horreur!
Car la mariée sacrificielle était là, les draps ne dévoilant qu'en partie son visage.
ET UN RUISSEAU DE SANG SE DÉVERSAIT DE LA CIVIÈRE!
CE FUT LE PANDÉMONIUM!
La foule voulut charger.
Les gardes tirèrent en l'air!
Une section de combat était à l'œuvre pour refermer les portes de la prison.
La civière fut placée dans l'ambulance qui démarra en grondant!
Madison jeta un dernier regard sur le spectacle par les vitres arrière.
QUELLE ÉMEUTE!
ET LA VIDÉO PLANÉTAIRE RETRANSMETTAIT LE TOUT VERS L'ENSEMBLE DES PLANÈTES DE LA CONFÉDÉRATION!
Il était assis près de la civière. Il prit la main de Pratia Tayl et la tapota avec un large sourire.
– Ça, on peut dire que vous avez été splendide, dit-il. Je suis fier de vous.
– En tout cas, j'espère que ça marchera, rétorqua la plus célèbre nymphomane de Voltar. J'ai tellement envie de pouvoir lui remettre la main dessus. Je veux dire : est-ce que vous saviez à quel point c'est ÉNORME maintenant?
– Oh, je pense que tout ça va se passer comme dans du beurre.
– Je dois dire que les PR font de l'effet. Comment ça lui est arrivé?

5

La suite du coup de Madison ne se fit pas attendre.

Dès l'après-midi suivant, Lord Turn, incrédule, déjà bouleversé par le regret d'avoir accepté ce mariage, leva les yeux vers le sénéchal de la Prison Royal et dit :

– QUI ?

– Ils demandent l'autorisation de se poser dans la cour. Il s'agit d'une limousine aérienne et l'identoplaque est celle de la « reine Queenie ». Ils déclarent que la personne est d'appartenance royale et qu'ils ont le droit de se poser ici.

– Ce doit être la reine-otage de Flisten, dit Lord Turn. Un monarque-otage n'a pas le droit d'accès !

– C'est ce que je leur ai dit. Mais ils ont répondu que ce qui est royal reste royal et qu'ils doivent entretenir Votre Seigneurie d'un sujet qui ne PEUT PAS attendre.

– Ça, c'est discutable, fit Lord Turn. Est-ce que ces gens de la Vidéo planétaire rôdent toujours au-dehors ?

– Non, Votre Seigneurie.

– Bon, au moins personne ne remarquera cette visite. Ça ne peut être important. Elle vient probablement me demander de mettre un serviteur sous les verrous et je devrai refuser, mais il vaut mieux que je le fasse moi-même, sinon elle se considérerait comme insultée. Dites-leur qu'ils peuvent se poser.

Il revêtit une nouvelle robe et se tint très droit derrière son bureau.

Peu après, deux hérauts se présentèrent et annoncèrent :

– Qu'on se lève devant Sa Majesté la reine Teenie !

Un palanquin à dais, porté par deux robustes laquais en tenue d'argent, se présenta dans la chambre.

– À genoux ! clamèrent les deux hérauts.

Lord Turn, à la torture, dut s'écarter de son bureau pour s'agenouiller.

Les deux laquais posèrent alors le palanquin au sol.

Une main gantée de bleu écarta le rideau et une voix jeune lança :

– Relevez-vous. Vous pouvez reprendre place à votre bureau.

Lord Turn était irrité. Les monarques-otages n'avaient pas

leur place en ces lieux. Néanmoins, il se leva et regagna son bureau. Alors seulement, il regarda à l'intérieur du palanquin. Et il la vit, en robe dorée, la couronne sur la tête et le sceptre à la main. Elle avait, certes, les yeux et la bouche trop grands, mais elle était ravissante. Il réalisa alors qu'elle était presque encore une enfant et un sourire paternel fleurit sur ses lèvres. Quel ennui pouvait-il donc redouter de la part d'une jeune fille, même si elle était monarque-otage? Non, vraiment, il ne parvenait pas à imaginer cela.

– Eh bien, que puis-je faire pour Votre Majesté? demanda-t-il, tout en s'interrogeant sur le protocole : pouvait-il se permettre de lui offrir des bonbons?

– Il ne s'agit pas de ce que vous pouvez faire pour nous, fit Teenie, mais de ce que nous serions en mesure de faire pour vous.

– Vraiment?

– Mais oui. Nous avons l'habitude de fréquenter les juges, les cours et tout cela et nous savons les ennuis dans lesquels ils peuvent se fourvoyer.

– Et à quel propos plus précis? demanda Turn, quelque peu amusé.

– Gris.

– GRIS? explosa Lord Turn. OH, NON! PAS ENCORE LUI!

Il se prit la tête entre les mains, les doigts crispés sur son front.

– Mais si, il s'agit bien de Gris, poursuivit Teenie. Le plus vil, le plus ignoble criminel qui soit! Avant de devenir reine-otage de Flisten, j'étais une reine de l'écran de la planète *Terre*.

– La *Terre*? Dans quel pays?

– *Showbiz*. Mais là n'est pas la question. Ce Gris, cette abominable crapule, a été traîné devant ma cour, là-bas, et condamné à l'emprisonnement à vie. Il s'est enfui. Il est légalement mon prisonnier. Si vous me le restituez afin que la sentence soit appliquée, vous vous épargnerez de graves embarras.

– Mais je ne saurais faire ça! Ce n'est pas dans la juridiction. Mais je crois savoir de quelle planète vous parlez. Blito-P3. Il en a été question dans les informations. On ne l'a pas encore conquise. Il n'existe aucun traité. Et ce serait la même chose si nous parlions de Flisten. Il n'existe aux Cieux aucun moyen pour que je vous restitue Gris.

– Quoi qu'il advienne?

– Je n'entrevois pas la plus infime possibilité.

– Je pourrais vous épargner de graves ennuis si vous changiez d'idée.

Lord Turn soupira.

– Je suis désolé, mais c'est impossible.

– Parfait, dit Teenie. J'ai essayé. Donc, je vais être obligée de tout vous révéler.

– Ma chère... Je veux dire Votre Majesté, je donnerais ma main à couper pour être débarrassé de Gris. (Il sourit :) Mais je ne parviens pas à deviner comment il pourrait me causer de nouveaux ennuis.

– Il est évident que vous ne le connaissez pas, dit Teenie. Cette fois, il a vraiment remis ça! Et c'est la raison pour laquelle il m'a semblé que je pouvais intervenir. Quand je l'ai vu sur le Circuit, je me suis dit : « NON! Ça n'est pas possible! Mais c'est bien lui! C'est Gris! Et il a recommencé. »

– Ma chère... QU'EST-CE QU'IL A DONC RECOMMENCÉ?

– Mais le même crime pour lequel il était condamné à la prison à vie : LA BIGAMIE!

Sous le choc, Lord Turn roula des yeux. La bigamie, sur Voltar, était un crime capital.

– Non, non. Il doit y avoir erreur. Vous devez vous tromper d'individu.

En lui-même, il priait : Non, non, plus d'ennuis avec Gris!

– Si nous étions confrontés, ajouta Teenie, vous comprendriez en une seconde que c'est la vérité.

– Je souhaite que ce soit une erreur, fit Lord Turn, et il ajouta en hâte : Votre Majesté, nous pouvons régler ce problème sur l'heure. Si vous voulez bien consentir à ce que votre palanquin soit transporté dans la salle du tribunal, je ferai immédiatement amener Gris.

Teenie acquiesça. On déposa le palanquin dans la grande salle, devant le box des témoins. Elle tira les rideaux.

L'attente fut longue, mais enfin six gardes en armes apparurent, encadrant un Gris lourdement chargé de chaînes.

Gris ignorait pour quelle raison on était venu le chercher. Et ce palanquin qu'il découvrait n'éveillait rien en lui. Mais, se disant que rien n'indiquait qu'il allait être conduit dans une chambre d'exécution, il pensa qu'on voulait seulement lui poser encore d'autres questions et son moral remonta. Il s'assit dans le box, devant la barre, essayant de faire bonne impression devant Lord Turn qui, lui, avait pris place sous le dais du juge.

– Gris, commença Turn, avez-vous déjà été condamné à une peine d'emprisonnement à vie?

– Tous mes crimes figurent dans ma confession, Votre Seigneurie.

– Il se peut, mais je ne l'ai pas encore lue. Veuillez donc répondre en toute franchise : avez-vous été jamais traduit en justice et condamné dans un pays appelé *Showbiz* ?

Gris avait passé une nuit pénible. Mais il avait conscience d'une chose : il ne devait pas paraître coupable de quoi que ce fût. Après tout, tous ces crimes qu'il avait commis, c'était à cause d'Heller et il s'en était d'ailleurs expliqué dans sa confession. Il émit un rire forcé.

– C'est ridicule.

– Il y a là une personne qui prétend le contraire, dit Lord Turn en montrant le palanquin aux rideaux tirés.

Gris afficha un sourire confiant.

– Nul sur Voltar ne pourrait avancer pareil mensonge.

Et il posa un regard serein sur le palanquin.

Soudain, une main gantée de bleu passa entre les rideaux.

TEENIE !

Il devint blême.

Il se jeta en arrière !

Basculant par-dessus la barre des témoins, il la fracassa et les maillons de ses chaînes cédèrent !

Il alla heurter le mur !

Frénétiquement, il tenta de briser la maçonnerie !

Avec un hurlement désespéré et fou, il comprit qu'il ne pourrait s'échapper.

Il perdit connaissance.

Lord Turn avait le regard posé sur l'amas de chaînes brisées, de débris de bois et de plâtras sur lequel gisait Gris.

Alors, d'un ton infiniment triste, il dit :

– Oh, non...

Puis il inspira profondément et regarda Teenie.

– Ma foi, Votre Majesté, je pense que la question est réglée par là. Je n'ai maintenant d'autre choix que de faire traduire Gris en justice pour avoir perpétré un crime dans l'enceinte même de ma propre prison.

– Je vous ai dit que le problème était embarrassant, fit Teenie. Car Pratia Tayl a été sa quatrième épouse. Il n'est pas bigame, mais QUADRIGAME !

Deux heures plus tard, Madison dansait de joie. Son plan avait fonctionné à merveille. Gris allait passer en justice. Il s'assurerait que l'audience serait publique. IL VOYAIT DÉJÀ LES TITRES DE LA PRESSE ! Gris mettrait Heller en accusation. Madison le tenait ! Ce serait la plus gigantesque chasse à l'homme de l'univers ! La Flotte, l'Armée... tout le monde y participerait ! Ils seraient tous aux trousses d'Heller ! Et les unes pleuvraient !

C'ÉTAIT LE BONHEUR. L'EXTASE!
Il était certainement le plus grand génie des PR!

6

Sur le sommet désolé d'une montagne, quelque part sur Calabar, dans le vent hurlant, Jettero Heller, à demi aveuglé par la nuit, fouetté par les rafales de neige, était cerné par trente éclateurs prêts à le tailler en pièces.

Il lui avait fallu de nombreux jours et de multiples calculs de géométrie de localisation pour repérer le quartier général du prince Mortiiy.

Le voyage depuis Blito-P3 n'avait pris que cinq jours et avait été sans histoire. Les ennuis avaient commencé lorsqu'il avait fallu franchir le réseau de Défense Planétaire de l'Appareil interpénétré par les dispositifs et les rayons des rebelles.

Jouant sur plusieurs identifications, il était parvenu à se glisser entre les mailles et le *Prince Caucalsia* était maintenant posé dans la neige, à une trentaine de kilomètres de là, invisible certes pour l'heure, mais s'il venait à être repéré et détruit avec ses passagers, ce serait une perte absolue.

Heller était arrivé sur la montagne en luge spatiale, glacé jusqu'aux os, presque à court d'oxygène. Cette montagne, en fait, n'était qu'une colline à l'échelle de Calabar, avec ses 1 000 mètres d'altitude. Au loin, les traces ardentes des canons striaient le ciel et une ville brûlait en un nuage rose.

Heller distinguait une vague silhouette, à moins de quinze mètres de lui, à demi dissimulée par un rocher.

Il lança dans le micro à amplificateur de son masque :

– Il faut que je me rapproche de vous pour vous transmettre mon message.

Les trente canons des éclateurs se redressèrent.

– Vous êtes suffisamment près, dit enfin une voix. Je ne peux croire que le grand Jettero Heller, l'idole de la Flotte, veuille se joindre aux rebelles. Je sais parfaitement ce dont est capable un ingénieur de combat. Donnez-nous votre message d'où vous êtes.

– Je ne sais même pas si je m'adresse au prince Mortiiy, cria Heller dans le sifflement du vent.

– Et moi j'ignore si vous êtes vraiment Jettero Heller!

– J'étais cadet quand on m'a présenté à vous, à bord du vaisseau de guerre *Illusion*, il y a douze ans. Vous portiez des pantoufles parce que vous aviez eu les pieds brûlés.

– N'importe qui sait cela. J'ai rencontré des milliers de cadets.

– Il faut que je voie votre visage de plus près! hurla Heller. Le message, ainsi que je vous l'ai dit, ne doit être entendu que de vous seul!

– C'est bien pour ça que vous êtes arrivé jusque-là. Allez, les gars : attachez-lui les mains dans le dos et prenez-lui ses armes. Il n'y a que Jettero Heller qui serait assez dingue pour traverser les lignes en faisant un pareil boucan.

Deux soldats en tenue pressurisée se détachèrent du cercle menaçant et se portèrent en avant à pas prudents. Ils fouillèrent Heller sans découvrir d'armes et lui lièrent les poignets. Puis ils le poussèrent en avant. Il s'aperçut qu'il progressait avec peine : la gravité de 1,5 de Calabar s'ajoutait à la force du vent et il avait l'impression de peser une tonne.

Il contourna le rocher et un faisceau de lumière fut braqué sur son visage. Une main lui arracha son masque avant de le laisser retomber :

– Oui, on dirait bien Jettero Heller, déclara une voix bourrue.

– Éclairez votre visage, dit Heller.

– Quel culot! Est-ce que vous réalisez que vous vous adressez à un prince?

– Je m'adresse à un rebelle. Et à moins que vous n'acceptiez de m'écouter, vous resterez un rebelle.

Un rire rauque salua sa repartie.

– Par les Dieux! Oui, quel sacré culot!

Le faisceau lumineux bascula alors et, à travers la visière de son masque, Heller reconnut les traits ravinés et l'épaisse barbe noire du prince Mortiiy.

– D'accord, fit-il, je vous donne ma parole que je ne suis pas venu vous assassiner ou vous agresser de quelque manière que ce soit. Que ces hommes s'écartent. Le message n'est destiné qu'à vos seules oreilles.

– Queues de comètes! Mais je dois être fou. D'accord, les gars, écartez-vous mais gardez vos armes braquées.

– Cinq vaisseaux approchent avec un équipage d'entretien au complet. Ils seront là avant quelques semaines. Je pense que vous en avez besoin.

– Je n'ai besoin de rien. La population de cette planète me soutient : ils sont fous de rage contre l'Appareil. De plus, les unités de l'Appareil se retirent et la Flotte et l'Armée ne bougent plus. Je suis en train de gagner cette guerre.

Heller fut surpris. Si l'Appareil retirait ses troupes, c'est qu'il avait un autre objectif : la Terre.

Il regarda autour de lui. Les soldats ne pouvaient les entendre. Il se pencha.

– Vous ne gagnerez jamais cette guerre sans ce que je vous ai amené.

Mortiiy eut un rire amusé.

– Il n'y a rien d'aussi important dans l'univers.

– Je vous ai amené votre père, ajouta Heller.

– QUOI?

– Sa Majesté Cling le Hautain.

– Eh bien, si tel est le cas, livrez-le-moi, que je l'exécute! Mais je ne vous crois pas, pas une seconde. Il est impossible qu'il soit entre vos mains.

– Votre Altesse, je vous assure que je vous l'ai amené. Ainsi que son sceau et les insignes de la couronne.

Rapidement, il expliqua par quel tour du destin l'Empereur était tombé entre ses mains.

– Donc, il ne gouverne que par l'entremise de Hisst, conclut Mortiiy. Me lavera-t-il de l'accusation de rébellion?

– Il n'a plus sa conscience.

– Par conséquent, il ne peut me déclarer officiellement comme son successeur.

– Pas avant qu'il n'ait recouvré sa conscience.

– Attendez une minute. C'est très dangereux! Si Hisst apprend qu'il est ici, il va relancer toutes ses troupes contre nous! Et s'il sait que vous l'avez kidnappé, l'Armée et la Flotte l'appuyeront! Cette situation est EXPLOSIVE! Ils vont nous massacrer!

– Il n'y a donc aucun avantage à tirer de sa présence ici? insista Heller.

– Le Grand Conseil est-il au courant?

– Je suis passé par Voltar. On n'en parle pas dans les informations. Il y est seulement question d'un personnage appelé Gris que je croyais mort.

– Donc, Hisst étouffe l'affaire.

– C'est ce que je pense.

Mortiiy s'appuya contre le rocher. Le vent continuait de ululer sur la montagne glacée.

– Je viens seulement de comprendre, dit le prince, ce qui a dû arriver à mes frères et aux autres successeurs potentiels. Mon père n'est sans doute pas responsable. C'est Hisst. Heller, est-ce que vous croyez que ce personnage aura l'incroyable audace de tenter de se faire proclamer Empereur?

– Il s'est donné le titre de Dictateur. De là à devenir Empereur, il n'y a qu'un pas.

– Il ne peut pas, dit Mortiiy. Le Grand Conseil et les lords exigeront une preuve, un cadavre, ainsi que les insignes royaux pour proclamer la vacance du trône et désigner un successeur. Vous détenez l'Empereur et les insignes et Hisst doit les récupérer. Bon sang, Heller! Par tous les Dieux, vous me faites cadeau d'un assaut généralisé! Qu'il avoue ou non que c'est vous qui détenez l'Empereur, il ne permettra à rien ni à personne de l'empêcher de vous reprendre ce que vous avez. En fait, vous êtes UNE BOMBE VIVANTE!

Heller voulut parler mais Mortiiy leva la main.

– J'essaie de réfléchir à un moyen de me tirer de tout ça. Y a-t-il une chance pour que mon père retrouve la conscience suffisamment longtemps pour pouvoir annuler la proclamation qui m'a désigné comme rebelle et me désigne comme son successeur sur le trône?

– Les Dieux seuls le savent.

– Heller, qu'il ait ou non annoncé ça, vous êtes assis sur un obus qui va exploser d'un moment à l'autre. Je sais que vous jouissez d'une bonne réputation, mais il se pourrait bien que quelqu'un arrive à vous mettre la main dessus et Hisst, alors, récupérerait mon père ainsi que les insignes du pouvoir. Avec ça, il pourra se faire proclamer Empereur de Voltar... Je dois dire que je souhaiterais presque que vous soyez allé ailleurs!

– Votre Altesse, à quelle force êtes-vous capable de faire front, ici, sur Calabar?

– Il ne reste qu'une population de deux milliards. Les autres ont tous péri. La plupart des villes ne sont que des amas de ruines. Franchement, je l'ignore.

– Tandis que je vous cherchais, je me suis livré à une estimation. Cette guerre dure depuis cinq ans, et donc vous ne vous en êtes pas si mal sorti. Je pense que vous pourriez tenir tête à l'ensemble des forces de l'Appareil. Les montagnes sont tellement hautes et les fleuves si larges...

– Mais nous ne tiendrions pas face à l'Appareil ET à l'Armée et la Flotte.

– Pourquoi ne pas faire le pari? proposa Heller. Pourquoi ne pas parier que votre père va reprendre conscience dans quelques mois et qu'il ne vous accusera plus de rébellion et vous désignera comme son successeur? Pourquoi ne pas faire le pari que l'Armée et la Flotte resteront à l'écart des opérations? Et que nous disposerons d'une force défensive capable d'écraser l'Appareil?

Mortiiy secoua la tête.

– Je vous en prie, cessez d'utiliser ce mot de « pari »! Vous êtes en train de me détruire le plus mince espoir dont j'aie jamais entendu parler!

– Je n'ai pas fini, Votre Altesse. Supposons qu'ensuite nous fassions savoir en secret à Hisst que l'Empereur se trouve ici?

– QUOI?

– Il saura alors que nous ne désirons pas proclamer la nouvelle en public.

– Mais nous ne le pouvons pas de toute manière! Je ne suis plus l'héritier présomptif du trône. Révéler la nouvelle ne nous rendrait pas service. Tout le monde nous tomberait dessus! Non, la seule condition de notre salut serait que mon père se réveille et lance un édit royal pour déclarer Hisst traître à l'Empire!

– Il existe une autre possibilité. J'informe secrètement Hisst que ce sera exactement ce qui se passera si jamais il lance l'Armée et la Flotte dans cette guerre.

– Il interpréterait cela comme l'annonce de la mort ou de l'incapacité de l'Empereur.

– Mais il n'en aurait pas la certitude.

– Officier royal Heller, vous êtes fou!

– C'est possible, mais je prends le risque de supposer qu'un pareil message rendrait Hisst complètement dément ou presque. Votre Altesse, vous êtes un officier de la Flotte accompli. Vous connaissez le principe qui veut qu'en déstabilisant le commandement ennemi, on l'amène souvent à des initiatives téméraires, imprudentes, ou on le paralyse.

– Je vous en prie, vous n'allez pas me donner un cours de tactique et de stratégie, officier Heller. Je me battais alors que vous étiez encore au berceau. Il existe un autre principe : quand une occasion se présente d'elle-même et que l'on ne fait rien, on est presque certain de perdre. Votre plan est le plus dingue que j'aie jamais entendu. Je vais l'adopter. Allez chercher mon père. Je vous donne ma parole que je ne le tuerai pas. Nous l'installerons en sûreté dans une grotte. Vous pourrez alors passer à l'application de la suite de votre plan. Il pourra peut-être se remettre, ainsi que vous le dites. Jusque-là, nous ne pourrons qu'espérer. Officier Heller, vous êtes vraiment cinglé. Je vous aime bien. ALLEZ, LES GARS, DÉTACHEZ-LE!

7

C'était le crépuscule et il pleuvait. Des ruisselets scintillants dégoulinaient des coques à demi mortes des vaisseaux de la Réserve de la Flotte.

Le remorqueur *Prince Caucalsia* se posa en silence sur sa queue et le commandant Crup, ainsi que le vieux Atty, observèrent avec inquiétude Jettero Heller qui, sans attendre l'arrivée d'une échelle de coupée, venait de s'élancer depuis le sas et glissait sur un filin de sécurité.

– Mes Dieux, Jet! souffla le commandant, tu n'as rien à faire ici. Un mandat d'arrêt général a été lancé contre toi!

– Hello, commandant! Hello, Atty! lança Heller d'une voix sonore.

– Chchtt! firent-ils de concert.

– Pourquoi? Je ne vous entends pas bien avec cette pluie!

– Un mandat d'arrêt, répéta Crup. Les agents de Lombar Hisst sont en train de mettre Voltar sens dessus-dessous pour te retrouver!

– Écoute, fit Heller, d'une voix toujours aussi forte, si un officier de la Flotte ne peut plus se poser sur sa base sans qu'on s'inquiète des « ivrognes », je me demande ce que devient la Confédération.

– Elle devient l'Enfer Numéro Huit, et très rapidement, dit Crup. Hisst s'est fait nommer Dictateur et c'est l'Appareil qui contrôle tout.

– Tout sauf moi, rétorqua Heller. Prête-moi un aircar rapide. Et toi, Atty, fais-moi le plein de matériel et de ravitaillement. *Beaucoup* de ravitaillement. Tu mets ça sur le compte de la Division Extérieure que je t'ai donné la dernière fois.

– Il est fou, dit Crup.

– Ça, je suis entièrement d'accord.

Une heure plus tard, le vieux volontaire aux cheveux gris qui gérait le Club des Officiers de la Flotte, et qui avait profité de cette nuit pluvieuse pour vérifier ses comptes, entendit un bruit près du comptoir. Levant la tête, il découvrit une silhouette enveloppée d'une cape imperméable ruisselante et s'approcha.

– Est-ce que je pourrais avoir la clé de ma chambre?

Le vieil employé blêmit.

– Dieux cléments! souffla-t-il. Mais un mandat général a été lancé contre toi! Les agents sont venus trois fois la semaine dernière pour voir si...

– Les choses urgentes d'abord, le coupa Heller. Ma clé! Ensuite, tu me fais servir du tup chaud et des pains sucrés. Tu n'as pas l'air de te rendre compte que c'est drôlement humide, là dehors!

– Jet, tu es dingue!

– Je l'ai toujours été. Et il est trop tard pour que je change. Dis à Bis, des Renseignements de la Flotte, de venir me voir s'il est dans le coin.

Dix minutes après, Bis, hébété, surgissait dans le somptueux appartement d'Heller. Entendant le bruit de la douche, il s'approcha.

– Jet! lança-t-il d'un ton mesuré. Tu sais que tu fais l'objet d'un mandat d'arrêt général?

– Parle plus fort! répondit Heller. Tiens, passe-moi cette bouteille de savon, veux-tu?

– Jet, tu es vraiment fou!

– On dirait que c'est devenu une opinion universelle. Comment vas-tu? Et les parties de boule-balle, ça marche?

– Jet, tu me désespères.

– Mais non, pas vraiment. Que celui qui n'a plus d'espoir ne se risque plus sur les chemins de l'espace. Passe-moi une serviette, tu veux bien?

L'instant d'après, enveloppé dans la serviette, Heller s'installait dans le living et dégustait son tup chaud.

Bis refusa la chope qu'il lui tendait.

– Je ne pense pas que tu réalises à quel point cette affaire est grave, dit-il, perché nerveusement sur le rebord de la banquette.

– Oh, mais si. Courir sous une pluie pareille, ça peut vous donner un rhume énorme.

– Jet! L'Appareil est partout! Ils veulent ta peau! Et ils sont assoiffés de sang!

– Je suis heureux que tu abordes la question. Tu te souviens de ce type, ce Gris que j'ai tenté de livrer à la Prison Royale?

– Oh, oui. Il n'est question que de ça dans les journaux.

– Alors, écoute bien. En arrivant, j'ai appris qu'il allait être traduit en justice. Apparemment, on lui offre même quelques avocats pour le défendre. Tu n'as pas oublié ces boîtes de documents que je t'ai expédiées?

– Le dossier de chantage que Gris avait constitué contre l'Appareil?

– Exactement. Je veux que tu les fasses remettre aux avocats.

– QUOI ? (Bis écarquilla les yeux.) Mais ils vont s'en servir pour le faire relaxer.

– Possible. Mais une chose est certaine : il y a des tas de gens dans l'Appareil qui vont se sentir plutôt mal à l'aise.

Tout à coup, Bis émit un rire rauque.

– Tu sais, c'est ce que je pense aussi. Je ferai ce que tu dis. Mais, Jet, écoute-moi : il faut que tu repartes. Ils font surveiller les lieux.

– Oh, je vais décoller très vite. En fait, dès que tu m'auras procuré un uniforme moutarde d'officier de l'Appareil et un airbus de l'Appareil.

– QUOI ?

– Et ne me raconte pas que les Renseignements de la Flotte n'ont pas réussi à s'en procurer un pour espionner tel ou tel service.

Bis porta les mains à son visage.

– Je comprends maintenant pourquoi l'espérance de vie d'un ingénieur de combat est si courte. Qu'est-ce que tu comptes faire ?

– Moins tu en sauras, moins tu pourras en dire sous la torture. Il me faut aussi une fausse identoplaque. Je sais que vous en avez des tas. Disons dans un quart d'heure à la porte de derrière ?

Bis ne put que le regarder sans répondre.

Deux heures plus tard, Heller posait son airbus de l'Appareil sur la zone d'atterrissage de Camp Endurance. La pluie n'avait pu franchir la barrière des montagnes pour arroser le Grand Désert et cet airbus parfaitement propre fut immédiatement suspect.

Un officier de la garde apparut dans les faisceaux éblouissants des balises. Heller déchiffra l'identoplaque sale qui annonçait « Capitaine Fal ».

– Je ne resterai pas très longtemps, dit-il. Je suis venu régler une dette de jeu au capitaine Snelz.

– On dirait que ça a joué gros jeu en ville ces derniers jours.

– C'était assez terrible, dit Heller.

– En tout cas, il va avoir de l'argent. Merci du tuyau. Il est dans un des abris sous la colline.

Heller descendit de l'airbus. Il portait d'énormes lunettes pour le désert. Il s'avança d'une démarche désinvolte au milieu du camp poussiéreux jonché de détritus.

Une sentinelle montait la garde devant la porte d'un abri. Avant même qu'elle l'interpelle, Heller lança :

– Hé, Snelz! T'aurais pas des dés pipés à vendre?

Aussitôt, à l'intérieur, on s'agita. Une face blafarde, à peine discernable dans la nuit, apparut sur le seuil.

Heller contourna la sentinelle sans un mot et entra.

Snelz émit un chuchotement rauque.

– Mes Dieux, Jet! Est-ce que vous ignorez qu'on a lancé un mandat général contre vous?

– Vous savez, dit Heller sans baisser le ton, si les gens continuent à me le répéter, je vais finir par le croire.

Snelz haussa les épaules. Puis il se retourna et fit un signe à la prostituée complètement nue étendue sur une couchette. Elle rassembla ses vêtements sans un mot et s'éclipsa.

Snelz se débattait pour glisser sa chemise dans son pantalon tout en essayant de baisser le rideau.

– Heller, c'est sûr que vous êtes dingue.

– Non, mais j'ai soif.

Snelz, les cheveux hirsutes, le col relevé, essaya de trouver quelque chose qui ne fût pas déjà vide. Après avoir secoué quelques cruches et bouteilles, il réussit à verser à Heller un peu d'eau pétillante. Heller s'assit et but quelques gorgées.

L'ex-marine de la Flotte s'était assis en face de lui, l'air agité.

– Jet, on raconte que Hisst est prêt à payer 100 000 crédits cash pour toute information vous concernant.

– Ça n'est pas cher payé, remarqua Heller. Mais il a toujours été assez mesquin.

– Pourquoi vous êtes venu ICI?

Heller sortit une enveloppe de sa tunique. Il la posa devant Snelz.

– Ceci, dit-il, doit être remis à Lombar Hisst.

– Mais je ne peux pas l'approcher, protesta Snelz. Je ne suis que capitaine.

– Mais je n'ai jamais pensé qu'on pouvait lui remettre la chose en toute sécurité. Dès qu'il l'aura en main, et s'il lui semble que les sceaux ont été touchés, je suis certain qu'il préférera faire exécuter le messager, rien que pour être sûr qu'il ne parlera jamais.

Snelz lut ce qui était inscrit sur l'enveloppe :

À Lombar Hisst
De la part de Jettero Heller

Privé. Personnel. Secret.

Les mains de Snelz tremblaient.

– Rien que d'avoir lu ça, je pourrais mourir d'un arrêt du cœur!

Heller posa devant lui un billet de 500 crédits.

– Je ne veux pas que vous regrettiez trop ces 100 000 crédits.

Snelz prit un air vexé.

– Jamais je ne vous dénoncerais. Vous êtes mon ami! Et vous ne me devez rien!

– Eh bien, j'ai dit à l'officier qui m'a accueilli que je venais vous régler une dette de jeu et il va vous demander de payer la tournée. Je ne veux pas que vous en soyez de votre poche. À présent, essayez de réfléchir à un moyen de faire parvenir ça entre les mains de Hisst.

Snelz se concentra. Puis, soudain, il afficha un sourire heureux.

– Mais oui, je crois que je peux y arriver. Et sans le moindre pépin.

– Il est essentiel qu'il reçoive ça. Pas de lézard...

– Non, non, pas de lézard, le rassura Snelz.

– Parfait. Comme ça, mon travail est terminé. Est-ce que quelques coups de dés vous diraient?

– Oh, Jet, par tous les Dieux, je vous en prie, fichez le camp d'ici. D'une minute à l'autre, nous risquons d'être jetés dans ce satané gouffre. Est-ce que vous réalisez seulement que Hisst vient dans son bureau de la tour presque chaque jour? Il est peut-être dans le camp en ce moment même!

– Alors ce sera encore plus facile de lui remettre ce message, n'est-ce pas? Mais on dirait que vous n'êtes plus très joueur, Snelz. Je pense donc que je ferais aussi bien d'y aller. Je vais faire un tour au mess...

– Jet, dit Snelz d'un ton étranglé, vous... vous devriez partir. Je le jure, mon cœur ne se remettra vraiment à battre que lorsque vous aurez quitté ce camp!

– Franchement Snelz, fit Heller en s'esclaffant, je ne pense pas que vous ayez aussi peur que ça. Allez, venez avec moi au moins jusqu'au mess.

Snelz, avec des gestes convulsifs, revêtit son uniforme.

D'un pas ferme mais désinvolte à la fois, il raccompagna Heller jusqu'à la zone d'atterrissage et veilla à ce qu'il remonte à bord de l'airbus.

Heller décolla.

Deux heures après, à la Réserve de la Flotte, il complimentait le vieux Atty qui avait rempli les soutes du remorqueur, serrait la main d'un Crup passablement inquiet et, après avoir présenté l'identoplaque d'une vedette spatiale appelée *Bon Retour*, il mettait le cap sur Calabar.

8

L'on ne peut que s'interroger, cher lecteur, sur le cours que l'Histoire aurait bien pu suivre si le capitaine Snelz n'avait pas justement pensé à un homme précis pour remettre le message entre les mains de Lombar. Car s'il avait seulement révélé à Heller le nom qui avait surgi dans son esprit, le destin de la Terre eût été bien différent.

Car l'homme auquel Snelz avait pensé n'était autre que J. Walter Madison!

Tout en regardant décoller l'airbus d'Heller, Snelz mettait un plan au point dans son esprit.

Depuis une date récente, Lombar Hisst se rendait à Répulsos presque tous les jours pour un bref moment, généralement le matin. Avec sa poudre étrange, il se livrait à des actions bizarres dans les magasins de stockage. Snelz lui-même l'avait accompagné avec des chargements de choses diverses étiquetées Lactose, Sels d'Epsom, Quinine, Levure en poudre, Révélateur photo, Insecticide, Strychnine. Hisst disposait de techniciens qui prenaient une chose appelée *amphétamine* dans ses capsules d'origine pour la mélanger avec d'autres poudres. Ensuite, ils remplissaient de nouvelles capsules avec ce mélange, augmentant dans d'énormes proportions la livraison initiale. Selon l'un des techniciens, Hisst paraissait prendre un vif plaisir à ce genre d'opération : il appelait ça le « coupage » et semblait croire que nul autre que lui n'était aussi expert en la matière.

Et Snelz avait noté que le Terrien appelé Madison n'était jamais tenu au courant de l'endroit où il pouvait trouver Hisst : ce qui n'était pas un mystère, puisque Hisst vivait avec l'idée que, où qu'il aille, un assassin devait le guetter. Pour cette raison, Madison surgissait toujours à Répulsos à des heures inaccoutumées de la nuit ou du jour.

Il était maintenant connu que Madison était très proche de Hisst et qu'il pouvait aller et venir à son gré. Lorsque le Modèle 99 avec ses quatre anges apparaissait, on ne lançait plus les sommations d'usage. Et, dès qu'il débarquait, Madison avait carte blanche. Il n'avait pas besoin d'escorte, il n'exhibait même pas sa plaque et se contentait de courir jusqu'au zipbus pour franchir le tunnel avant de prendre l'ascenseur de la tour nord. Il arrivait d'ailleurs souvent qu'il n'y ait plus aucun employé présent quand il surgissait.

Sachant que Madison était un traître et qu'il n'aimait pas Heller, Snelz le choisit donc pour délivrer un message qui, semblait-il, pouvait provoquer la mort de quelqu'un.

Par conséquent, en dépit de l'heure, Snelz passa sa compagnie en revue. Il s'avança le long des rangs, dévisageant attentivement chacun de ses hommes. Soudain, il s'arrêta et pointa son bâton de commandement.

– Toi, là. Tu viens de te porter volontaire. Lieutenant, que la compagnie se disperse, à l'exception de cet homme et de Timyjo.

Snelz prit les deux hommes à part. Timyjo était le voleur le plus doué de la compagnie.

– Timyjo, lui dit Snelz, tu vas aller en ville et te procurer un de ces costumes de scintissu qui valent si chers avec les accessoires classiques qui vont avec. À cette heure, tu ne devrais avoir aucun mal à braquer les magasins. Assure-toi que les mesures correspondent à celles de cet homme. Et soit de retour avant l'aube.

Snelz, ensuite, passa le temps en payant plusieurs tournées à l'officier de la garde et en jouant aux dés. Il réussit même à faire une petite sieste d'une heure.

Timyjo revint lourdement chargé. Snelz accompagna le volontaire jusqu'à son abri et le fit s'habiller. Il fit un pas en arrière, admiratif. Même taille, même corpulence, même ton de cheveu. À moins de le connaître très personnellement, on ne pouvait penser qu'une chose : c'était Madison.

Pour réduire encore les risques, Snelz ajouta une paire de lunettes des sables, car Madison en portait fréquemment.

Il tendit alors l'enveloppe au « volontaire ».

Et il lui dit :

– Tu ne parleras de ça à personne. Tu vas prendre un zipbus, puis l'ascenseur, tu iras jusqu'au bureau des employés, tu entreras dans le bureau personnel de Lombar Hisst et tu poseras ça au milieu de son bureau. Puis tu repartiras et tu reviendras ici.

– Et si je ne reviens pas?

– Alors on te balancera dans le gouffre et on n'en parlera plus.

L'aube était largement levée. Le camp s'éveillait lentement à l'heure des gueules de bois.

Le « volontaire », apparemment très nerveux, mendia une

chope de tup. Fortifié, il sortit, alla prendre un zipbus, franchit le tunnel, entra dans l'ascenseur, monta jusqu'au plus haut de la tour et s'introduisit dans le bureau des employés. Là, il se figea sur place. Car le vieux criminel qui était le chef des employés était installé à son bureau, lui tournant le dos.

Mais le « volontaire » n'avait pas le choix. S'il ne faisait rien, c'était le gouffre, et dans le cas contraire aussi. Il s'avança donc bravement.

Le vieux chef leva la tête.

Il marmonna « Il n'est pas là » et reprit sa tâche.

Le « volontaire » fit celui qui n'avait pas entendu. Il gagna la porte du bureau de Hisst, la poussa et entra. Immédiatement, il eut une impression défavorable : un mur tout entier était en verre et, derrière le bureau, le fauteuil qui ressemblait à un trône semblait avoir été récupéré dans une tombe ancienne. Mais il ne perdit pas une seconde.

Il sortit l'enveloppe de sa poche, la posa sur le bureau et l'appuya sur un cingleur. De cette manière, celui qui s'assiérait derrière le bureau ne pouvait manquer de la voir.

Le « volontaire » ressortit.

Le vieux chef marmonna :

– Je vous ai dit qu'il n'était pas là.

Le « volontaire » se glissa dans le couloir.

Entre-temps, Snelz vivait des instants éprouvants, au bord de la crise cardiaque. Le « volontaire » était à peine monté dans le zipbus que l'autosatisfaction et le sentiment du devoir accompli se changèrent brusquement, pour Snelz, en horreur absolue.

CAR LE MODÈLE 99 SE POSAIT!

Frappé de paralysie, il vit Madison en descendre et, à travers la poussière, se diriger vers le zipbus. Snelz retenait sa respiration. Est-ce que l'officier de garde allait s'apercevoir qu'il admettait Madison POUR LA DEUXIÈME FOIS?

Chez Snelz, l'action était la réponse à tout. Il sortit rapidement un éclateur de poing, visa le sommet d'un pylône et tira. L'ampoule fut fracassée et il plongea au sol.

Sous la pluie de verre, les gardes cherchèrent à s'abriter Madison, lui, mit en application sa méthode personnelle de fuite : il grimpa rapidement dans le zipbus et se retourna brièvement tandis qu'il filait dans le tunnel.

Snelz, quant à lui, n'osait songer à ce qui se passerait quand Madison rencontrerait « Madison » dans l'ascenseur ou le couloir, et il fit une chose qu'il ne faisait jamais : il se mit à prier.

Le « volontaire », pendant ce temps, attendait dans le couloir l'arrivée de l'ascenseur. Mais quelqu'un montait!

Il regarda autour de lui : il ne voulait pas risquer une rencontre avec Lombar. Un énorme coffre de papier d'ordinateur se trouvait à quelques pas de là. Il n'était haut que d'1,50 mètre, mais il y plongea sans hésiter. Entrebâillant le couvercle, il vit avec horreur le véritable Madison sortir de l'ascenseur!

Dès que le couloir fut libre, il plongea droit dans le puits.

Le vrai Madison entrait dans le bureau du vieux chef.

– Qu'est-ce qui se passe? lui demanda le vieux criminel avec un regard indifférent. Vous avez oublié quelque chose?

Madison gagna le bureau de Lombar tout en disant :

– Je vais attendre.

Il avait apporté les dernières coupures de presse, avec des discours particulièrement juteux de Hisst sur la loi et l'ordre et ses diatribes à l'encontre de ceux qui s'en prenaient à l'honneur des officiers de l'Appareil. Madison savait que les quelques clichés du visage furieux de Lombar ne pourraient manquer de le ravir. Et il s'était dit qu'il devait les disposer artistement sur le bureau.

Un cingleur soutenait une grande enveloppe. Accidentellement, il la fit tomber. Il la remit en place. Mais elle le gênait pour la disposition de ses coupures de presse. Il décida donc de la repousser un peu. Il la prit, déplaça le cingleur, puis, soudain, réalisa ce qu'il avait dans la main.

Il lut, ébahi :

À Lombar Hisst
De la part de Jettero Heller

Privé. Personnel. Secret.

Comment cela avait-il pu atterrir là?

L'enveloppe était encore scellée.

Donc Lombar n'avait pas encore pris connaissance de son contenu.

Madison, ignorant la mise en garde d'Heller à Snelz en cas d'ouverture des sceaux, brûlait de l'envie de savoir.

Qu'était-ce donc là? Un moyen de communication secret?

Et comme cela dépendait de la seule raison qui le faisait agir, il ne put résister.

Il brisa les scellés.

Tout était silencieux dans le bureau extérieur.

Il lut rapidement.

Hisst,

Compliments et salutations et toutes ces sortes de choses, en toute insincérité.

Vous n'ignorez pas en quelle compagnie je me trouve puisque je vous ai fait présent de mon bâton d'officier.

Comme vous le savez aussi – car vous ne cessez de le déclarer sur le Circuit – Sa Majesté souffre d'une indisposition, et il nous déplairait vraiment de vous créer des ennuis en faisant tout simplement signer et sceller une proclamation royale disant que vous êtes un traître et une menace envers l'État.

Cependant, nous pouvons vous promettre que si jamais vous cherchiez à utiliser l'Armée ou la Flotte pour attaquer Calabar, cette proclamation serait faite et qu'il en serait fini de Lombar Hisst. Le meilleur conseil que je vous donnerai donc est de piquer quelques crises de rage, d'abattre quelques-uns de vos collaborateurs et de laisser la nature suivre son cours.

Espérant ne pas avoir le plaisir de vous voir pendu au gibet,

Jettero Heller.

Madison relut une seconde fois le message. Et soudain, tout s'assembla dans son esprit. Il avait demandé si souvent à Hisst de se procurer un édit ou une proclamation royale pour ceci ou pour cela : et, à chaque fois, Hisst avait paru faire un blocage!

Il comprenait tout.

Il n'y avait plus d'Empereur derrière cette porte du palais que Hisst faisait garder avec tant de vigilance!

Jettero Heller avait kidnappé l'Empereur!

C'était donc ÇA!

Madison regarda autour de lui. Il ne pensait pas que quiconque pouvait l'épier.

Non, il n'était pas tombé sur une communication secrète. Mais sur une exclusivité.

La profession de Madison était faite de risques. Il s'empara donc de l'enveloppe et la glissa dans sa serviette. Et il s'assura qu'il n'en restait aucune trace sur le bureau.

Il disposa ses coupures dans des pinces avant de regagner le bureau extérieur.

– Hisst a-t-il laissé des messages urgents? demanda-t-il.

Le vieil employé secoua la tête.

Madison se sentit soulagé. Ce Heller était vraiment un super hors-la-loi! Sans être surpris, il avait réussi à s'introduire dans le bureau, peut-être depuis le toit, et à laisser cette enveloppe!

Le plus calmement du monde, il alla jusqu'à la console de

l'ordinateur et, comme s'il voulait seulement passer le temps, il se mit à extraire diverses informations susceptibles de lui être utiles, comme par exemple l'état des forces en présence sur Calabar. C'est alors seulement qu'il évalua le nombre énorme que représentaient l'Armée et la Flotte.

A l'évidence, si on lisait bien son message, Heller ne voulait pas qu'elles s'attaquent à lui. Il fallait que Madison trouve par conséquent un moyen d'y parvenir.

Avec ça, les gros titres allaient encore pleuvoir!

Pas tout de suite, bien sûr, mais plus tard, quand sa campagne serait parfaitement sur pied.

S'il avait eu le moindre doute auparavant quant à son objectif réel, il n'en subsistait plus trace. Il était maintenant certain qu'il retournerait sur Terre auréolé de gloire – si toutefois il restait quelque chose de la Terre.

Hisst fut de retour une heure plus tard. Madison lui emboîta le pas. Hisst se délecta de la lecture des coupures de presse.

– On dirait que tout se passe bien, dit-il.

– Oui, et vous serez Empereur avant peu.

ET IL SE GARDA BIEN DE DIRE UN MOT DU MESSAGE D'HELLER!

Quant à Snelz, lorsque le « volontaire » eut franchi la barricade, il soupira de soulagement.

Il assista à l'arrivée de Hisst.

Pas plus le chef de l'Appareil que le véritable Madison ne réapparurent.

Et il en conclut que le message avait bel et bien été délivré.

Pour la seconde fois, un message qui aurait pu retarder l'invasion de la Terre avait été intercepté.

Non seulement ça, mais il était à présent entre les mains d'un homme auquel il conférait un pouvoir absolu : J. Walter Madison pouvait s'en servir à des fins abominables, et quand il le voudrait, pour en tirer le meilleur parti dans la presse.

ÊTRE INFORMÉ, C'ÉTAIT DISPOSER DU POUVOIR!

Et Madison savait que désormais il était le seul sur Voltar à disposer de cette information aussi essentielle que vitale : l'Empereur était sur Calabar, retenu prisonnier par Heller!

QUELLE AFFAIRE SENSATIONNELLE!

Mais pas pour tout de suite. Oh, non, pas pour tout de suite. Il devait encore gonfler la chose, la gonfler jusqu'à ce qu'elle produise le plus gros BANG que l'univers ait connu!

Tandis qu'il retournait vers la Cité de la Joie, il sentit que la sienne était gonflée au point de menacer d'exploser!

Il avait entre ses mains le destin de deux empires! Et c'était lui, J. Warbler Madman, qui allait lancer les dés!

QUATRE-VINGT-UNIÈME PARTIE

1

Madison lança les dés pour la première fois quand Soltan Gris prit place dans le box des accusés.

Lord Turn s'était incliné devant les exigences de ses propres capitaines de la garde, devant la presse et la Police Domestique : tous l'avaient menacé d'émeutes au cas où le peuple ne serait pas tenu informé, minute par minute, du déroulement du procès. Ils avaient avancé un argument sans faille : il n'existait aucune loi, aucun règlement qui interdisait que le jugement fût public. Ce n'était qu'un concept nouveau et personnel, et Lord Turn, envers et contre ses propres idées, avait été contraint d'accepter.

Madison, qui était à la source de tout, se régalait.

La plus vaste des salles du vieux château était comble, de l'estrade jusqu'aux portes d'accès. On avait même ajouté des galeries sur les arcs-boutants. Dans l'enceinte de pierre grise, il y avait sans doute six mille personnes alors que les lieux avaient été prévus pour quatre mille.

Les hautes fenêtres laissaient cependant pénétrer des rais poussiéreux de soleil.

Les équipes du Circuit Vidéo planétaire baignaient dans le ravissement. Jamais auparavant on ne les avait admises dans un tribunal et les cadreurs ne cessaient de braquer leurs objectifs sur le public, de coller des micros devant n'importe qui, expliquant aux gens où il fallait regarder, tout en se heurtant aux photographes de presse et aux journalistes.

C'est en vain que Lord Turn frappait le gong de son marteau. Il était au bord du désespoir : tout ce chahut était retransmis sur toute la surface de Voltar, et avant peu dans toute la Confédération. Et les gens ne manqueraient pas de penser qu'il avait une cour plutôt dissipée. Il aurait tellement voulu chasser ces vendeurs de boissons qui braillaient à tue-tête !

Ce ne fut que lorsque son greffier lui tendit un mégaphone qu'il retrouva un rien d'espoir. Il le pointa sur le gong et frappa de toutes ses forces avec son marteau. Le résultat fut à crever les tympans.

– Je déclare la session ouverte ! tonitrua Lord Turn. Si le prisonnier Soltan Gris consent à se lever, je pourrai donner lecture des charges retenues contre lui !

Le silence tomba instantanément.

Soltan Gris, les menottes aux poings, était assis sur un banc avec les trois avocats que la veuve Tayl (Mme Gris) lui avait procurés. Gris avait pensé qu'il comparaîtrait en uniforme gris d'officier des Services Généraux. Mais il portait l'uniforme noir d'un colonel de Bataillon de la Mort de l'Appareil. Il avait protesté mais les avocats lui avaient dit qu'il n'avait pas le choix. Il avait même les gants écarlates.

Soltan Gris avait peur, et en plus il avait le trac.

Les trois avocats essayaient de prendre un air rassurant. Ils étaient âgés. Deux d'entre eux faisaient partie de la Police Domestique et le troisième était l'exécuteur des hautes œuvres d'un lord.

Gris ne leur faisait aucune confiance. Mais on lui avait expliqué que c'était le mieux que l'on pouvait espérer en matière de défense dans un procès criminel sur Voltar. Il avait bien dû les accepter, mais il ne pensait toujours pas qu'ils étaient de son côté car toutes ces explications lui avaient été données par Madison.

Son refus évident de se lever pour aller à la barre commençait à provoquer des vagues de sons hostiles dans la foule et ses avocats durent le pousser en avant. Deux sergents le saisirent par les bras. Dans le cliquetis de ses menottes, Gris fut littéralement propulsé jusqu'au haut fauteuil. La porte s'ouvrit puis se referma avec violence et Gris resta littéralement coincé, cible de tous les regards. Des cris de haine jaillirent. Un rai de lumière aveuglant lui arrivait droit dans les yeux. Il eut un vertige.

Lord Turn, toujours en se servant du haut-parleur, fit résonner le gong afin de rétablir le calme. Il défroissa sa robe rouge et se pencha vers Gris.

– Vous êtes Soltan Gris, commença-t-il. Officier de l'Appareil de Coordination de l'Information. Veuillez confirmer.

Gris déglutit péniblement et acquiesça.

Turn avait le ferme espoir d'expédier tout ça très vite.

– Vous êtes accusé de bigamie félone au sein de cette prison. Vous pouvez faire toute déclaration que vous jugerez utile avant que soit rendue la sentence.

Gris inspira profondément, en frémissant. Le crime dont on l'accusait était passible de la peine de mort. Il ne voyait pas comment il pouvait s'en sortir. Il n'avait vu Teenie nulle part dans la foule mais il soupçonnait qu'elle devait avoir des papiers prouvant ses précédents mariages et qu'elle avait dû les donner au juge. Oui, il était cuit, c'était certain.

Il ne répondit pas tout de suite et les mêmes grognements animaux se répandirent dans la salle. Tous les spectateurs avaient été fouillés par les gardes mais ils avaient encore des chank-pops et des bâtons sucrés. Quelques-uns plurent sur Gris comme des missiles. Il se dit qu'il n'était vraiment pas populaire. Son esprit était confus.

Lord Turn frappa à nouveau sur son gong. Ce qui ébranla Gris. Et tout à coup, ce fut l'INSPIRATION! Il allait dire ce que Madison lui avait dit.

Et il cria :

– J'accuse Jettero Heller! C'est lui la cause de tous mes crimes!

Le public s'était attendu à entendre n'importe quoi sauf ça. Brusquement, un silence de plomb s'installa.

Lord Turn cilla, immobile. Puis il déclara :

– Un instant. Jettero Heller est un officier royal. Vous étiez SON prisonnier. Et il ne s'agit pas de CE jugement. Vous êtes aujourd'hui inculpé de mariage félon et illégal perpétré dans l'enceinte même de cette prison.

Gris récupérait. On ne l'avait pas encore condamné. Ses avocats acquiesçaient. Il cria :

– Je persiste dans mon accusation contre Heller!

Un bourdonnement d'exclamations de surprise envahit la salle.

Lord Turn, d'un ton incrédule, demanda :

– Vous l'accusez donc de vous avoir forcé à vous rendre coupable de bigamie?

Gris jeta un coup d'œil à ses avocats. Ils continuaient d'acquiescer. Et Madison, assis au second rang, était souriant. Gris reprit :

– Absolument. Il a refusé d'obéir aux ordres. Son comportement était extravagant. Il m'a mis dans une situation telle que, pour me défendre, je n'ai pu que me marier à nouveau.

Le bourdonnement s'amplifia et devint peu à peu un grondement général.

Lord Turn dut encore faire usage du gong.

– Greffier, lança-t-il à l'adresse de l'homme qui se tenait au bas de l'estrade, le prisonnier digresse à dessein. Veuillez biffer ses remarques des minutes du procès.

Mais Madison souriait de plus en plus largement. Les propos de Gris seraient peut-être supprimés mais ils avaient été enregistrés par la Vidéo planétaire et seraient entendus sur tout Voltar et jusqu'aux plus lointaines planètes de la Confédération.

Le doyen des trois avocats de Gris, qui avait appartenu à la Police Domestique, se leva alors et demanda l'attention du juge.

– Votre Seigneurie, déclara-t-il, nous acceptons la charge de bigamie perpétrée dans cette prison mais nous entendons prouver que cet acte était totalement justifié.

– QUOI ? proféra Turn.

Le vieil avocat poursuivit :

– Afin d'éclaircir ce point, nous devrons produire un grand nombre de témoins. Ils attesteront de divers crimes et situations qui éclairent les circonstances dans lesquelles cet acte a été commis et, quand nous en arriverons au terme de ce procès, je suis persuadé que vous reconnaîtrez que les circonstances atténuantes sont si nombreuses que vous ne pourrez que déclarer innocent notre client.

– N'essayez pas de me dicter mes conclusions ! gronda Lord Turn.

C'est alors qu'il prit conscience de la présence des caméras braquées sur lui. Il ne devait surtout pas avoir un comportement déraisonnable ou courroucé.

– Néanmoins, ajouta-t-il, vous pouvez produire vos témoins afin que le procès se poursuive.

Madison était au septième ciel. Tout se déroulait exactement comme il l'avait prévu et espéré. Il avait réalisé un véritable rêve de PR. S'il ne s'était maîtrisé, il se serait mis à chanter. Il avait déjà la vision de milliers et de milliers de gros titres qui se déversaient comme une gigantesque cataracte noire comme l'encre.

Et tout ça sur Heller !

2

Un procès qui, selon les normes de Voltar, aurait dû durer dix minutes allait, sous la direction habile et artistique de Madison, traîner pendant des semaines, et peut-être des mois, dans le plus pur style de la Terre.

Et, chaque jour, les unes se succédaient dans la presse et le Circuit Vidéo diffusait des heures d'images.

Les deux vieux juges de la Police Domestique, qui avaient passé un siècle sur les bancs des tribunaux, avaient vu, entendu et jugé toutes les circonlocutions et démonstrations que des milliers de prisonniers avaient pu imaginer – des prisonniers qui avaient eu largement le temps de réfléchir avant leur jugement. Quant au vieil exécuteur des hautes œuvres d'un lord, il avait entendu toutes les plaintes et suppliques que des condamnés terrifiés ou des familles dans l'angoisse avaient pu trouver. Ils avaient tout et utilisaient tout pour Gris.

Néanmoins, le schéma de base de la défense restait toujours plus ou moins le même.

Appelés un par un à la barre par les avocats de Gris, les témoins se succédaient. Chacun apportait des preuves horrifiques, détaillées et irréfutables des crimes de Gris. Certes, la plupart de ces crimes avaient alimenté la presse avant le début du procès, mais là ils étaient répétés, reconstitués durant des heures, l'un après l'autre, sans que le moindre détail le plus affreux, le plus sordide, soit laissé à l'imagination. On apporta des épaves, des engins fracassés. On exhuma des cadavres et on les produisit devant la cour en dépit de la puanteur.

Gris, quant à lui, redevenait confiant, presque effronté, dans la lumière des projecteurs. Quand on avait consacré deux, voire trois jours à un de ses crimes, on le rappelait à la barre. Il confessait alors que les preuves étaient accablantes, qu'il était bien coupable et que, en tant qu'officier de l'Appareil, il plaidait coupable, mais il ajoutait chaque fois :

– C'EST JETTERO HELLER QUI M'Y A OBLIGÉ ! J'AI FAIT ÇA À CAUSE DE LUI !

Et les gros titres s'enchaînaient avec des heures et des heures d'images diffusées sur le Circuit planétaire.

Jour après jour. Semaine après semaine. L'indignation du

public à l'encontre de cet officier de l'Appareil avait atteint un tel degré que Lord Turn dut faire appel à des tanks pour protéger les entrées de la prison. Non seulement la salle était archicomble à chaque audience, mais la colline tout entière était couverte en permanence d'une foule dense. Et le public se massait devant le moindre écran vidéo.

Plusieurs fois, Lord Turn apostropha les avocats de Gris.

– Par tout ce qui est saint, comment comptez-vous tirer votre client d'affaire après avoir déversé toute cette boue?

Mais les avocats n'avaient cure de la perplexité du juge. Ils continuaient à produire crime sur crime. Et Gris continuait à plaider coupable et à affirmer qu'Heller était à la base de tous ces forfaits. Le spectacle suivait son cours.

Les gens de la Flotte devenaient peu à peu livides. Cet « ivrogne » était assis là, impavide dans son uniforme noir de colonel de l'Appareil, débitant des accusations à l'encontre d'un officier royal de la Flotte – Jettero Heller lui-même! – sans même donner la moindre explication... C'était plus qu'ils n'en pouvaient supporter.

Les audiences n'avaient lieu que le matin. Un après-midi, Madison reçut une convocation urgente de Lombar Hisst : il devait se rendre sur l'heure à la plaza de l'Appareil, dans la Cité du Gouvernement.

En chemin, l'aircar fut intercepté par une patrouille de l'Appareil qui l'escorta jusqu'à une entrée, tout au bas de la falaise. Mais il eut le temps d'entrevoir la plaza encombrée de véhicules de la Flotte battant pavillon aux armes des amiraux de la Flotte.

Lombar Hisst était dans une pièce en sous-sol, située sous son bureau. Il se précipita vers Madison.

– Il faut que vous m'aidiez, dit-il d'un air agité. Il y a là une délégation d'officiers de la Flotte. La Flotte est dix fois plus forte en personnel que l'Appareil, plus peut-être. Les déclarations de Gris les ont rendus furieux! Et s'ils venaient à se mutiner?

– Écoutez-moi, fit Madison d'une voix posée et rassurante. C'est un problème élémentaire en PR et nous sommes en voie de réussir. Les principes essentiels sont Communication, Controverse et Confiance. La Communication, nous l'avons, sans nul doute : chaque journal titre sur notre affaire chaque jour et le Circuit couvre l'événement d'une façon formidable. Cette délégation relève de la Controverse. Nous ne pouvons nous en passer. Maintenant, tout ce qu'il nous reste à faire, c'est ajouter un maximum de Confiance.

– C'est là que ça coince, dit Lombar. Je parle de ma confiance.

– Mais non, mais non. Ça fait partie du plan. Pour construire une image, c'est un don du paradis. Avec ça, vous allez faire grimper la confiance du public jusqu'au ciel! C'est une nouvelle chance pour faire de vous un HOMME FORT! Quelqu'un à qui on ne la fait pas! À présent, donnez-moi l'un de ces ordres en blanc que nous avons obtenus du Grand Conseil. Je vais faire intervenir mon équipe vidéo. Laissez ces amiraux se rafraîchir un brin pendant que je prépare tout ça.

Lombar, visiblement rassuré, fit ce que Madison lui avait demandé.

Une heure après, dans son bureau souterrain, sous l'œil des caméras de Madison, il fit son apparition en grand uniforme rouge et promena un regard dur sur la délégation d'officiers en tenue bleu poudre.

Et d'une voix tonitruante, face aux officiers supérieurs de la Flotte rassemblés là et qu'il n'avait pas même invités à s'asseoir, Lombar Hisst débita le discours préparé par Madison :

– Vous êtes venus vous plaindre des déclarations du prisonnier Gris. Je dois vous faire savoir qu'il ne représente nullement l'Appareil. Les officiers de l'Appareil sont des gens loyaux et honnêtes, au-delà de tout reproche. Je ne saurais en dire autant des officiers de la Flotte. Vous avez osé remettre en question ce que moi, Dictateur de Voltar, j'ai ordonné. Sachez donc que, par ordre du Grand Conseil et contresigné par le Lord de la Flotte, les règlements suivants entreront en application sur l'heure :

» a) Nul officier ni membre de la Flotte ne devra mentionner le nom de Jettero Heller.

» b) Nul officier ni membre de la Flotte ne devra tenir des propos fâcheux sur l'Appareil.

» c) Nul officier ni membre de la Flotte ne devra élever de critique ni remettre en question tout ordre édicté par moi, Lombar Hisst, en quelque matière que ce soit.

» d) Les officiers de la Flotte devront saluer tous les officiers ou membres de l'Appareil.

» e) Toute infraction à ces règlements sera pénalisée d'une année de solde.

» La délégation peut maintenant se retirer. Qu'elle déguerpisse aussitôt!

Un officier supérieur aux cheveux grisonnants, couvert de décorations, s'avança alors.

– Hisst, je vois que cet ordre que vous tenez ne porte pas le sceau royal. Il est donc invalide et ne saurait être appliqué.

Hisst se dressa, pareil à un ouragan rouge. Les caméras tournaient.

– Monsieur, vous venez de violer par deux fois le paragraphe c. Vous avez mis en doute l'ordre par moi donné et la délégation qui s'est présentée devant moi avec tant d'impudence ne s'est pas encore retirée! Par conséquent (et il se pencha vers le bureau pour lire l'ordre que Madison lui avait fourni pour une pareille urgence) la Flotte est assignée à résidence dans ses vaisseaux et ses bases et l'application de cet ordre est confiée à l'Armée. A présent, veuillez saluer ET VOUS RETIRER!

Ils ne saluèrent pas. Mais ils se retirèrent.

Les caméras les suivirent jusqu'à ce qu'ils regagnent les airbus.

Lombar était euphorique.

– Ils ont obéi! Est-ce que vous avez vu leurs têtes? lança-t-il à Madison. Ils en étaient presque violets! Mais ils se sont inclinés! Et je réalise maintenant que je peux me servir d'eux pour relever les troupes de l'Appareil sur Calabar et déclencher en priorité l'invasion de Blito-P3!

– Mais oui, certainement, confirma Madison. Vous venez de faire un pas de géant vers le pouvoir absolu et la Couronne.

– Oui, je le pense. Et quand nous aurons capturé Rockecenter pour le replacer sur son trône, je lui dirai à quel point vous avez été splendide!

Madison sourit.

Ça, c'était le top du top.

Oui, il allait faire un retour triomphal sur Terre.

Il ne lui restait plus qu'à boucler l'affaire Heller.

3

Madison savait qu'il était temps d'avancer son programme d'un nouveau cran. Dans ce procès, jusque-là, s'il en jugeait par ses notes, il avait utilisé une technique PR connue sous le nom d'« association odieuse ».

Jour après jour, au fil des atroces témoignages, Lord Turn n'avait cessé de demander aux avocats de Gris ce que tel ou tel crime pouvait avoir à faire avec Jettero Heller. En fait, à chaque fois, Gris allait déposer à la barre pour reconnaître sa culpabilité et attester, une fois encore, qu'il n'avait agi qu'à cause d'Heller. Lord Turn ne perdait pas une occasion de demander des explications plus précises : quel était le rapport entre les charges retenues contre l'accusé et Jettero Heller? Mais les avocats de Gris étaient aussi âgés que roués et, usant de tel ou tel point de loi, ils insistaient sur leur droit à présenter l'affaire de façon EXHAUSTIVE avant de donner toute explication ou justification. Et ils ne manquaient pas de promettre solennellement à Lord Turn qu'il mesurerait à terme que l'accusation de bigamie dont Gris était inculpé était le fait du seul Heller.

Un nuage de mystère commençait à se former autour d'Heller. Il était donc temps de lui donner quelque substance. Pour un as des PR comme Madison, c'était un jeu d'enfant. Tandis que le procès se poursuivait, il convenait de redéfinir l'image d'Heller. Le moment était venu de lancer la comédie musicale.

Il appela Hightee Heller.

– Je crois savoir, lui dit-il, que *Le Hors-la-loi* est prêt pour la première.

– C'est exact, dit Hightee. Les décors, les costumes, la musique, tout est prêt et nous avons répété. Mais je ne pense pas que ce soit le moment idéal pour cela. Il y a des connotations politiques et la scène politique me semble dangereusement agitée ces temps-ci.

– Oh, mes Dieux, c'est donc seulement ça? N'y pensez plus. Je peux vous garantir qu'il ne vous arrivera rien. Hisst fera exactement ce que je lui dirai.

– J'ai cru le remarquer.

– Allons, soyez chic. Les gens le détestent et ils vous adorent. Il n'oserait pas vous toucher. À ce propos, est-ce que vous avez entendu parler de notre cher Jettero, récemment?

– Eh bien, quand j'ai montré le bijou, un observateur de la Flotte m'a écrit. Il m'a dit que rien qu'en voyant de quelle façon on avait fait sauter un dépôt de carburant de l'Appareil sur Calabar, il pouvait jurer que Jettero est là-bas. Mais c'est impossible. Il ne se serait pas rangé du côté des rebelles.

Madison savait parfaitement qu'Heller était sur Calabar, mais il dit :

– Bien sûr que non. Est-ce que nous pouvons être sur les planches dès demain soir?

– Si vous me garantissez que rien n'arrivera à la troupe. Vous savez que nous avons affaire aux assassins de l'Appareil et je ne tiens pas à ce que mes amis soient molestés.

Madison, sans l'ombre d'une trace de honte, la rassura :

– Je vous donne ma parole d'honneur de gentleman que personne ne s'en prendra à vous ni à aucun membre de la troupe. Hisst a juste besoin qu'on le calme un peu, c'est tout.

– D'accord, fit Hightee, eh bien nous serons devant les caméras dès demain soir, en direct. Je vous souhaite un bon spectacle.

Madison appela ensuite le directeur du Circuit Vidéo planétaire pour lui dicter diverses annonces à passer en permanence. Il voulait que tout Voltar soit devant les écrans le lendemain soir, et toute la Confédération le soir suivant.

A 6 h 30 ce même soir, il rencontra Lombar dans son bureau. Il affichait un air soucieux.

– Chef, j'ai besoin en quelques minutes de votre opinion sur quelque chose. J'ai tout fait pour arrêter ça mais les gens du Circuit sont vraiment entêtés. Ils ne m'ont même pas écouté et, de plus, ils n'ont pas voulu me dire de quoi il s'agissait. Est-ce que vous avez vu les annonces, récemment?

Lombar était plongé dans la lecture de divers rapports sur les échauffourées entre l'Armée et la Flotte provoquées par l'Armée qui n'appréciait guère d'avoir à maintenir la Flotte en quarantaine. Le fait qu'ils en viennent à se quereller entre eux lui procurait une certaine satisfaction. Et sa confiance en était d'autant plus grande. Son image d'homme fort se consolidait. Et lorsque Madison alluma le Circuit, il n'y prêta guère attention.

Un annonceur déclarait justement :

– Et dans un quart d'heure, la nouvelle comédie musicale d'HIGHTEE HELLER, *Le Hors-la-loi*, en direct, et en exclu. Avec un nouveau style de musique appelé *downbeat* que vous n'avez encore jamais entendu. Et des centaines d'acteurs. Après cette première sur le Circuit, le spectacle sera présenté à l'Amphithéâtre de la Cité de la Joie. Donc, c'est ce soir votre unique chance de le voir gratuitement. Hightee Heller, pour ça, risque sa vie, et il faut que vous le voyiez. Alors, allez prévenir vos voisins, vos amis et tous les gens dans la rue pour qu'ils soient tous devant leur écran. Ce sera peut-être votre dernière chance de voir Hightee. SOYEZ TOUS LÀ!

Les annonces de ce genre n'étaient pas courantes sur le Circuit, et celle-ci, qui passait toutes les heures depuis un jour et demi, constituait un événement à sensation. Peu nombreux étaient ceux qui ignoraient encore que quelque chose allait se passer ce soir. Et cette allusion au fait qu'Hightee « risquait sa vie » pénétra les esprits. Qu'est-ce que ça voulait dire? Qu'elle allait se livrer à des numéros dangereux sur scène ou quoi?... Les milliards de fans d'Hightee Heller réagirent de façons diverses. Quelques-uns tombèrent physiquement malades à l'idée que quoi que ce fût advienne à leur « chère Hightee ». Le standard du Circuit Planétaire fut surchargé d'appels angoissés venus de tous les points de la planète et d'ailleurs.

Suivirent les nouvelles. Une bonne partie du programme quotidien était consacrée au procès de Gris, et les nouvelles pouvaient au moins traiter d'autres sujets. Sur Calabar, les combats perdaient de leur intensité depuis que les troupes de l'Appareil avaient commencé leur retrait. Certains journaux évoquaient une expédition punitive en se demandant laquelle, parmi les nombreuses planètes encore inconquises, allait être frappée. Un article annonçait qu'une civilisation, quelque part, avait mis au point une arme nouvelle et dévastatrice qui justifiait une préinvasion. De source bien informée, il pouvait s'agir de Blito-P3. En lisant ça, Lombar eut un sourire de fauve : Madison lui avait expliqué que ce genre de fausse fuite « mettait le public en état réceptif ».

Et ce fut l'heure de la comédie musicale. Un brouhaha de cris monta du public rassemblé dans le studio. Les acteurs furent présentés, comme le voulait la coutume. Puis la musique éclata, le rideau se leva et la rythmique *downbeat* démarra, sur un rythme solennel de ragtime. Les Démons et les gens persécutés firent leur entrée, gémissant et hurlant. Le spectacle démarrait. Hightee apparut sur la scène tandis qu'un aria brillant décrivait son histoire et celle de son frère.

Madison risqua un regard vers Lombar Hisst. Il semblait se distraire au spectacle des Démons rouges et de leurs violences sur le peuple. Il n'avait pas vraiment saisi les sous-entendus.

Le frère allait de méfait en méfait et la sœur décrivait chacun d'eux en chantant. Tout était superbe, de la mise en scène à l'orchestration des chœurs.

Lombar prit un air songeur au fil des scènes. Il advint même, une ou deux fois, qu'il tape du pied en cadence. Son ego était tel qu'il ne parvenait pas à comprendre le sens profond du spectacle. Mais Madison était sûr qu'il n'échappait à personne sur Voltar. Tout le monde savait que Jettero Heller était le frère de Hightee. Et la vedette mâle de la comédie, choisie par Madison, était un jeune géant blond natif de Manco, haut de près de deux mètres.

Plus avant dans la comédie, juste avant les scènes finales, Hightee Heller, sœur du hors-la-loi, se tenait sur le *fender* d'une improbable *locomotive* qui entraînait un *train* qui était attaqué.

Les voleurs s'emparaient des sacs et des coffres. L'un d'eux venait à elle, ouvrait un coffret et lui disait :

– Regardez, nous avons trouvé certains des habits des Démons. Ha, ha, ha, ha!

Et il tendait alors à Hightee un uniforme de général de l'Appareil.

À cet instant précis, Madison observait Lombar. Le Dictateur de Voltar était complètement hébété.

À la fin de la scène, Hightee renversa la tête en arrière et partit d'un grand rire. Puis elle brandit un *six-coups* et fit feu en l'air pour attirer l'attention des paysans dans les champs proches. Ils se précipitèrent tous et Hightee chanta alors.

La batterie démarra et la voix incomparable d'Hightee s'éleva pour une ballade :

Le Démon viendra
Si tu ne le surveilles pas.
Et il te trompera,
Et tu ne le sauras pas.
Avec son grand gourdin,
Il te cassera les reins.
Avec ses deux gros poings,
Il t'écrasera les mains.
Mais si tu le voyais pendu,
Là-haut dans sa potence,
Tu verras que ça n'est plus
Que du vent dans une grosse panse.
Car ton Démon est né dans la boue,
On ne connaît pas son père,
Mais sa mère vient de la gadoue.
Si je chante cette histoire,
Et sans que trop j'insiste,
C'est pour vous faire savoir,
Que je parle de...

Et les lèvres d'Hightee formulèrent un nom en silence. Un nom qui ne pouvait être que « Lombar Hisst ». Par le fait même de son silence, ce nom parut résonner comme un coup de tonnerre.

Puis le voleur qui tenait l'uniforme rouge le gonfla avec du gaz tout en se livrant à une danse grotesque. Le frère d'Hightee entra alors, dégaina son *six-coups* et transperça l'uniforme rouge. Paysans et pilleurs de trains se lancèrent dans une folle danse, tout en piétinant l'uniforme avant de le faire brûler.

Mais Lombar lui aussi se lançait dans la scène finale. Il avait jailli de son fauteuil et levait les bras dans les airs tout en hurlant.

– C'est moi ! C'est *moi* dont il est question dans leur (bip) de chanson ! Je vais la tuer ! Je vais la faire souffrir ! Elle m'a ridiculisé ! Oh, mes Dieux ! Je comprends pourquoi ils ont monté ce spectacle ! Elle veut dire au peuple de se révolter et de me réduire en lambeaux ! Oui, c'est ça !

Il brandit le poing vers l'écran et il était sur le point de le fracasser quand il trébucha sur un tabouret et roula sur le sol, l'écume aux lèvres.

Ses convulsions se poursuivirent jusqu'à ce que l'effigie ait fini de brûler sur la scène. Puis Lombar Hisst demeura là, effondré, les yeux fixés sur l'écran, en état de stupeur catatonique.

La comédie allait vers sa fin : le frère et la sœur furent pendus, puis leurs corps descendus dans la tombe, et tout le chœur reprit l'ode funèbre d'Hightee avant d'enchaîner avec le thème du *Hors-la-loi* enrichi d'harmoniques célestes. Les visages d'Hightee et de Jettero Heller lui-même apparurent alors, comme se penchant du haut des cieux. Cette ultime touche de Madison n'était connue que du technicien qu'il avait soudoyé.

Le public éclata en applaudissements nourris et en cris d'enthousiasme. Madison jugea qu'il était temps d'éteindre l'écran.

Lombar se redressa enfin et s'effondra dans un fauteuil.

– Vous comprenez maintenant pourquoi je m'inquiétais, dit Madison.

– C'est Heller, fit Lombar. C'est Heller qui lui a fait jouer ça. Tout le monde sur Voltar sait qu'il est son frère. Ce n'est pas par hasard qu'il a fait projeter son portrait ! C'est un véritable complot contre moi ! Je vais donner l'ordre à un Bataillon de la Mort d'aller raser la résidence d'Hightee Heller et de l'abattre à vue !

– Lombar, dit calmement Madison, tous les personnages célèbres peuvent faire face au ridicule. C'est encore une des règles du jeu : ridiculiser celui qui dispose du pouvoir. Mais gardez votre calme : ils ont agi dans notre sens. Je me réjouis de constater que vous avez compris cela. Vous pouvez disposer d'elle et obliger ainsi Heller à se montrer. Tout ce que vous avez à faire, c'est signer cette note.

Lombar se pencha pour lire. Et son regard devint féroce.

– Ça c'est génial ! s'exclama-t-il avant de signer et d'estampiller la note.

Madison la récupéra sans attendre et vérifia qu'elle était désormais bien légale. Elle disait :

Mettre aux arrêts Hightee Heller. Puis négocier avec son frère afin qu'il se rende. Ensuite, les tuer tous les deux.
Lombar Hisst.

– Veillez à ce que ce soit exécuté, fit Hisst avec une grimace féroce. Jamais je n'ai été insulté comme ça de ma vie !

– Je savais que vous sauriez prendre les mesures qui conviennent, dit Madison. Ne vous souciez pas des détails. Je m'occupe du reste !

J. Warbler Madman était en passe de réussir le plus beau coup de PR de tous les temps.

4

Hightee Heller fut arrêtée dans une rue, devant le vaste dôme planétaire.

On lui avait dit qu'un groupe de fans et de notables venus de la planète Mistin l'attendait au-dehors pour lui offrir la fleur symbolique de leur planète. Certes, quelques notables étaient présents, mais ils n'étaient nullement originaires de Mistin. C'étaient des représentants des Bataillons de la Mort en civil.

Madison avait disposé son équipe vidéo sur une saillie du dôme, à dix mètres de hauteur. De là, il avait toute la scène sous les yeux. Non loin, une équipe du Circuit planétaire se tenait prête à opérer, ainsi que plusieurs journalistes et photographes de presse.

La rue était typique de la Cité de la Joie, avec ses boutiques qui vendaient des vêtements élégants aussi bien que n'importe quoi. L'entrée du dôme du Circuit planétaire, pourtant, était imposante, car les dalles du trottoir semblaient faites d'or pur. La délégation attendait là.

Hightee Heller sortit, en robe blanche et gants dorés. Elle était habituée à ce genre d'hommage : elle descendait les marches, acceptait ce qu'on lui offrait en souriant, serrait des mains, souriait encore, puis se retirait. Ces cérémonies-là se répétaient plusieurs fois par semaine. Généralement, elle était accompagnée de deux huissiers du Circuit qui l'aidaient à porter les cadeaux. Il ne serait jamais venu à l'idée de quiconque de lui adjoindre des hommes de la sécurité, car dans toute sa carrière de star du Circuit Vidéo personne n'avait jamais tenté de poser un doigt sur elle, ni même froncé les sourcils sur son passage.

Mais le silence inhabituel du groupe qui l'attendait avait dû la mettre en alerte. D'ordinaire, les gens étaient plus nombreux et criaient dès qu'elle apparaissait. Ceux-là restaient plantés, immobiles. Un homme, sur le devant, tenait un bouquet.

Elle se trouvait à moins de deux mètres de l'échelle extérieure quand l'homme lui tendit le bouquet d'un geste raide. Elle leva la main pour le prendre.

Les fleurs tombèrent sur le trottoir.

Et elle vit devant elle un éclateur qui la menaçait!

Un sifflet résonna.

D'un seul mouvement, deux cents hommes surgirent des boutiques de la rue, en uniforme noir, fusils braqués. Et ils bouclèrent tout le quartier.

Un personnage s'avança tout en rejetant la cape qui le couvrait pour révéler un uniforme de colonel de Bataillon de la Mort.

Hightee se détourna pour battre en retraite vers l'immeuble.

Mais deux cents hommes des Bataillons de la Mort lui barraient le chemin.

Elle se tourna alors vers la « délégation de fans ».

Le colonel écrasait les fleurs sous ses bottes.

– Hightee Heller, déclara-t-il, je vous arrête sur l'ordre de Lombar Hisst!

Les deux huissiers se précipitèrent alors pour protéger Hightee.

Et deux acteurs, placés là par Madison et déguisés en soldats de l'Appareil, écrasèrent des sacs de sang artificiel sur leurs visages!

Les deux huissiers, apparemment « morts », tombèrent sur le sol!

Un membre de la « délégation » coiffa Hightee d'un sac noir.

Quatre soldats d'un Bataillon de la Mort s'emparèrent d'elle comme d'un vulgaire ballot et l'emportèrent jusqu'à un transporteur.

Pendant ce temps, les deux cents hommes des Bataillons de la Mort contenaient la foule hébétée avant de rallier en courant leurs véhicules.

Quand le grondement des moteurs se tut, la rue était déserte, à l'exception de quelques piétons demeurés inertes sur les trottoirs.

C'est alors seulement que les gens se ruèrent hors du bâtiment et des boutiques. Les regards affolés se levèrent vers le ciel. Une femme se mit à hurler.

Madison ordonna au cadreur de finir en zoom arrière sur le bouquet de fleurs piétiné. Chaque pétale semblait perdre du sang.

Il affichait un large sourire. Tout cela était passé en direct sur le Circuit.

En moins d'une heure, l'info fut répercutée dans la presse :

HIGHTEE ARRÊTÉE SUR L'ORDRE DE HISST

Madison avait tout prévu. Les journaux allaient révéler qu'on ignorait où elle se trouvait, et plus tard les titres déclencheraient les émeutes car, dès le lendemain, on pourrait lire :

C'EST LE DEUIL
POUR DES MILLIARDS DE GENS

À présent, Madison avait d'autres choses à faire.

5

Pendant trois jours, le procès de Gris passa en deuxième page. Et pendant ces trois jours, Madison expédia un message à destination de Calabar, sur la longueur d'ondes réservée aux armées. Il savait qu'il ne manquerait pas d'être intercepté par les forces rebelles. Le message, plusieurs fois répété, disait :

Jettero Heller, jeudi matin votre sœur Hightee Heller se trouvera sur la Plaza du Héros, dans la Cité du Gouvernement, sur Voltar. Si vous ne vous y posez pas pour vous rendre, elle sera fusillée à midi.
Signé Lombar Hisst, Dictateur de la Confédération.

C'est le mercredi dans la nuit que Madison lâcha le morceau aux journaux. Et, dès le jeudi matin, la nouvelle fut connue dans toute la Confédération.

Les ordres se mirent à crépiter sur tous les circuits de l'Appareil, de la Police Domestique et de l'Armée : il fallait contrôler et réprimer les émeutes.

La Plaza du Héros est un espace circulaire de 200 mètres de diamètre. Il n'y a rien que le pavé car la plaza sert souvent pour les affaires d'État. Au centre se dresse un pilier haut de quinze mètres, d'une circonférence de six mètres, avec, à son pied, trois marches circulaires. Au sommet du pilier, on lit simplement : *À la mémoire des héros de Voltar.* Madison avait choisi ce lieu avec grand soin.

Huit boulevards accédaient à la plaza. La circulation y était continuellement dense. Mais en ce jour, chacun d'eux était bloqué par un tank de l'Appareil.

A 9 heures précises, Hightee Heller, en robe blanche, fut conduite jusqu'au pilier par une escouade d'un Bataillon de la Mort. Elle n'avait plus ses gants et sa robe était déchirée à l'épaule. Ses cheveux dorés étaient en désordre mais ils lui faisaient toujours comme un halo.

Son regard était serein. Elle observait le général en uniforme rouge qui commandait le détachement.

Une équipe vidéo travaillait à proximité, une parmi les nombreuses qui se trouvaient sur la plaza. Hightee vit qu'on pointait un micro dans sa direction.

– Jettero! cria-t-elle soudain. Si tu m'entends, ne viens pas! Ils veulent te tuer!

Le général réagit une seconde trop tard. Il colla sa grosse patte sur la bouche d'Hightee. Il fit signe à ses soldats de chasser l'équipe vidéo. Mais Madison, dissimulé derrière un tank, au bord de la plaza, vit que d'autres caméras couvraient la scène. Le tout était transmis en direct dans toute la Confédération.

Les soldats prirent une chaîne faite de maillons énormes, longue de cinq mètres. Ils attachèrent une extrémité au poignet gauche d'Hightee et l'enroulèrent autour du pilier avant d'attacher le poignet droit d'Hightee. À présent, elle était collée au pilier.

L'escouade se retira.

Les canons des huit tanks étaient braqués sur Hightee.

Madison sourit. Quel tableau magnifique! Une telle beauté enchaînée à un pilier de pierre. Là, au centre exact de la plaza déserte, menacée par huit gueules mortelles, prêtes à cracher le feu.

C'est alors que les choses commencèrent à déraper. Sans doute parce que la foule – qui, malgré les barrages, s'était répandue sur les boulevards – n'avait pas cru jusqu'alors à la réalité de la scène. Une telle chose ne pouvait se passer : c'était trop monstrueux. Mais quand le général de l'Appareil osa poser la main sur Hightee pour la faire taire, des cris et des grondements montèrent.

Il devait y avoir quelque cent mille personnes sur les boulevards et, en face d'elles, l'Appareil n'alignait que trois mille soldats.

Les barricades furent attaquées.

Les paralyseurs de l'Appareil grondèrent.

La foule se mit à lancer des objets divers!

Et les troupes chargèrent!

La Police Domestique brillait par son absence et les hommes de l'Appareil ne s'y entendaient guère en matière d'émeutes civiles.

Les combats au corps-à-corps durèrent vingt minutes.

Sur trois des boulevards, la foule réussit à franchir les barricades. Les tanks, alors, firent pivoter leur tourelle et ouvrirent le feu.

En quelques instants, des centaines de corps ensanglantés jonchèrent la chaussée, civils et soldats de l'Appareil entremêlés.

Deux régiments arrivèrent en renfort et attaquèrent les manifestants par l'autre extrémité des boulevards.

Ce n'est qu'aux environs de 10 h 20 qu'un semblant d'ordre fut rétabli. Mais de nouvelles foules accouraient et il fallut l'intervention de trois autres régiments de l'Appareil pour tenir les barricades.

Madison ne quittait pas des yeux la grande horloge qui se trouvait en haut d'une tour, à un kilomètre de là. Il supposait qu'Heller allait attendre la toute dernière minute. Du moins il l'espérait. Il ne pensait absolument pas qu'Heller se rendrait. De plus, cela ruinerait ses plans.

La vaste étendue de la plaza, tout autour du pilier auquel Hightee était enchaînée, pouvait permettre à un personnage de la trempe d'Heller de débarquer des troupes.

Madison ne pensait pas que sa sécurité était en jeu, car il avait prévu qu'Heller n'utiliserait pas l'artillerie, de crainte de mettre la vie d'Hightee en danger. Ce qui l'inquiétait le plus, c'était de se trouver devant les caméras : en l'occurrence, il avait revêtu un uniforme gris des Services Généraux, s'était maquillé et avait chaussé d'énormes lunettes pour le désert. Dès que l'engagement commencerait, il avait bien l'intention de grimper dans un tank.

Il comptait les secondes.

Il se retourna brièvement vers les tanks qui avaient de nouveau pointé leurs canons sur Hightee.

Elle était littéralement collée au pilier et ses bras trop tendus devaient la faire atrocement souffrir. Sa robe déchirée lui dévoilait l'épaule, mais elle ne quittait pas le ciel des yeux.

C'est alors que Madison entendit une sorte de détonation prolongée.

LÀ, JUSTE AU-DESSUS DE LA PLAZA!

Il leva la tête. Durant un instant, il ne vit rien. Puis il discerna une trace floue qui approchait à une vitesse fantastique. Qu'était-ce donc? Un véhicule de course bizarre?

Un canon entra dans son champ de vision. L'un des tanks visait vers le ciel.

Un seul cri monta de milliers et de milliers de gorges.

Ce ne pouvait être qu'Heller. Mais le vaisseau poursuivait sa route!

Les huit tanks ouvrirent le feu en même temps dans un grondement à faire éclater les tympans. Mais l'étrange vaisseau était déjà loin.

Ils rectifièrent leur tir.

La salve atteignit sa cible mais passa au travers!

Madison comprit qu'ils n'avaient touché qu'une illusion électronique de diversion!

Le vaisseau avait presque franchi l'horizon quand, soudain, l'un des tanks toucha le vaisseau réel qu'il avait dû finir par détecter.

IL Y EUT UNE ÉNORME EXPLOSION DANS LE CIEL!

Le coup avait été direct.

Et des fragments noirs volèrent aux quatre coins du ciel bleu!

Une plainte immense monta de la foule. Là, devant eux, ils avaient vu détruire le vaisseau d'Heller!

Madison se tourna vers le pilier. Higthee était en larmes.

Au loin, la carcasse du vaisseau s'écrasa sur un hangar dans un jaillissement de flammes.

Madison observa les tanks. Il se dit que ses plans de génial PR étaient eux aussi en flammes. Heller était sans doute mort. Cela ne ferait que quelques titres à peine!

C'est alors qu'il vit un officier pointer le doigt vers le ciel.

Vers le ciel d'où pleuvaient de petits objets qui formaient un cercle de près de deux kilomètres, juste au-dessus de la plaza.

Ils descendaient lentement. Un tank ouvrit le feu.

Madison vit un des petits objets disparaître.

Puis soudain, il eut l'impression que le monde entier devenait bleu. D'un bleu douloureux, intolérable!

Il sombra dans le néant.

Les films lui apprirent plus tard ce qui s'était réellement passé.

Chacun des petits engins antigravifiques avait lancé un éclair bleu. Ils avaient dû être largués à l'instant où le vaisseau était passé et on les avait réglés afin qu'ils se déclenchent à cinquante mètres du sol.

Dans un rayon de deux kilomètres, il n'y avait plus une seule personne consciente.

Une bombe de plus gros calibre suivit. Elle éclata avec un bruit sourd à vingt mètres au-dessus du pilier et la plaza fut noyée dans une brume épaisse.

Rien ne fut plus visible.

Le bruit des moteurs d'un astronef retentit alors. Le premier vaisseau, en fait, avait été un drone, un robot. Heller n'était pas mort.

Quelque part dans la brume, le vaisseau se posa avec un bruit étouffé.

Un sas fut déverrouillé dans une série de cliquetis.

Et la voix d'Heller se fit entendre! Très doucement, il dit :

– Oh, je suis tellement navré d'avoir été obligé de t'estourbir!

D'autres cliquetis. Puis les moteurs furent relancés.

Une demi-heure après, Madison reprit conscience.

Il n'y avait plus de brume.

Et, sur la plaza, il ne restait que deux chaînes brisées.

HIGHTEE AVAIT DISPARU!

Madison fixait le pilier. Quelque chose y avait été accroché.

D'une démarche lourde, il s'approcha. Il réveilla une équipe vidéo et leur fit cadrer les chaînes ainsi que cet objet bizarre accroché au pilier.

C'était un billet d'excursion. On avait transformé le texte, ce qui donnait à présent :

Bon pour un aller au Neuvième Enfer
Pour Lombar Hisst

Madison était au comble de l'extase. Il tenait son titre :

LE FRÈRE HORS-LA-LOI
AU SECOURS DE SA SŒUR

HIGHTEE SAUVÉE

JETTERO HELLER JURE LA PERTE
DU DICTATEUR DE VOLTAR!

Madison avait réussi. Désormais, Heller était un hors-l
authentique que toutes les forces de la Confédération allaient pourchasser!

L'incident de la Plaza du Héros avait mis son client sur le chemin de l'immortalité.

6

– Je n'arrive pas à imaginer comment cela a pu arriver, déclara Lombar Hisst, abasourdi, bien à l'abri dans sa tour de la Cité du Gouvernement. Heller court toujours!

– C'est simplement parce que les gens n'ont pas encore compris que vous êtes un professionnel et un vrai, lui dit Madison. Ils ne jouent pas leur rôle. Ils vous ont laissé tomber.

– C'est vrai. J'ai été trop faible. J'ai trop longtemps toléré cette racaille. Et voilà qu'elle sème l'émeute dans les rues.

– La situation nécessite un état d'urgence national. Il faut que vous ayez à vos côtés des gens de confiance.

– Des gens de confiance? fit Lombar, pour qui le concept était nouveau.

– Je reconnais que c'est plutôt rare. Mais il va nous falloir faire quelque chose contre ces émeutes avant de nous remettre à la tâche: Je reviens.

Madison passa dans une autre pièce. Il y trouva plusieurs officiers de l'Armée, plutôt mécontents. Ils étaient venus pour rapporter qu'ils avaient le plus grand mal à maintenir les troupes de la Flotte dans leurs bases.

Madison avisa son vieux colonel.

– Dites-moi : quel est le général le plus populaire dans l'Armée?

– Ça, c'est facile. Le général Whip.

Ses collègues l'approuvèrent.

– Il est vraiment très très populaire? insista Madison.

– Oui, auprès des hommes, des officiers, tout le monde, dit le colonel. S'il gagne ses batailles, c'est parce que ses troupes lui font confiance pour ne pas sacrifier inutilement des vies. Et c'est un brillant stratège. En ce moment même, il se trouve au Quartier Général de l'Armée. Vous voulez l'entretenir de la situation avec la Flotte?

– Qu'il vienne sans perdre un instant, dit Madison.

Le général Whip arriva vingt minutes après. C'était un vieux combattant, mais il arborait un sourire aimable. Son grand front, apparemment, abritait un cerveau brillant.

Les caméras le cadrèrent. Les spécialistes en logistique le dévisagèrent longuement.

Madison, après une brève entrevue avec Lombar, dit au général Whip d'entrer.

– Général, commença Lombar, je désire vous parler d'un officier de la Flotte du nom de Jettero Heller. Il a récemment rameuté le peuple. Et désormais il est hors-la-loi. Je veux que vous le capturiez.

Le général sourit.

– Si nous parlons du même Jettero Heller, puis-je vous faire remarquer qu'il s'agit d'un officier royal. J'ai entendu dire qu'un mandat général a été lancé contre lui, mais les cours de justice n'accepteront pas cela. Si vous voulez bien me confier un ordre royal, je verrai ce que je peux faire.

Lombar le foudroya du regard.

– Je tiens à ce que vous sachiez que je suis le Dictateur de Voltar. Heller a outrepassé tous les droits qu'il pouvait avoir. Je vous ordonne de lancer toute l'Armée à ses trousses et de me livrer ce hors-la-loi!

Le général Whip, sans un mot, toisa Lombar Hisst. Puis, haussant les épaules, il prit congé.

– Je n'aime pas ça, commenta Lombar à l'adresse de Madison.

– Soyez patient. Il faut voir comment ça va se passer. Tout ce que nous avons à faire, c'est attendre un rapport de mon équipe.

Deux heures plus tard, l'un des acteurs de l'équipe de Madison, habillé en officier de l'Armée, entra et fit signe à Madison. Ils échangèrent rapidement quelques mots.

Madison retourna auprès de Lombar.

– C'est bien ce que je soupçonnais. Le général Whip a regagné l'état-major et s'est moqué publiquement de vous.

– QUOI? explosa Lombar.

– Je m'y attendais. Cela appelle une démonstration de force. Ils ne vous obéiront que si vous leur montrez qu'on ne plaisante pas avec vous. Ensuite seulement vous pourrez leur faire confiance. Signez cet ordre.

Lombar lut :

Le général Whip a rejeté l'ordre de retrouver Jettero Heller. Que l'on m'apporte la tête du général Whip.

Hisst eut un sourire de léprodonte. Puis il prit un stylo, signa et estampilla l'ordre.

Madison s'en empara et s'éclipsa aussitôt.

L'équipe vidéo de Madison pénétra alors dans le bureau de Lombar. Plongé dans ses plans d'invasion de la Terre, il la remarqua à peine. Et, depuis quelque temps, il ne voyait partout que des caméras. Ce qui l'inquiétait avant tout, en dépit de tous ses ennuis, c'était la rupture de stock en amphétamines.

La porte s'ouvrit brusquement. Cinq femmes habillées en ladies de la noblesse – les filles de cirque de l'équipe de Madison – vinrent s'agenouiller devant Lombar en pleurant.

L'une d'elles, effondrée, était soutenue par deux amies.

– Pardonnez-lui, dit l'une des deux en s'adressant à Lombar. C'est l'épouse du général Whip. Elle est venue vous demander grâce. Mais elle a perdu connaissance. Je vous demande donc grâce à sa place. Je vous en prie, épargnez la vie du général Whip!

Les caméras tournaient. Le cadrage ne montrait les femmes que de dos. L'élément essentiel de la scène était le visage féroce de Lombar Hisst dans son uniforme rouge.

Soudain, il y eut un bruit sur le seuil. Deux acteurs en uniforme de l'Armée pénétrèrent dans le bureau. Ils portaient un plateau. Et sur ce plateau, baignant dans le sang, il y avait la tête du général Whip!

Les femmes se mirent à hurler et s'évanouirent.

Les deux officiers s'agenouillèrent et l'un d'eux déclara :

– Monsieur, vos ordres ont été exécutés. Le général Whip a été décapité pour n'avoir pas obéi à vos ordres. Et voici sa tête.

Lombar avait une expression de jubilation féroce.

– Ça lui apprendra! Ma parole est impérative! Que l'on me débarrasse de cette charogne et de ces femmes!

Tout avait été filmé. A présent, la pièce était déserte. Et Madison rentra.

Il avait rempli un nouvel ordre du Grand Conseil, prêt à être signé.

– Je pense, déclara-t-il, que lorsque tout le monde aura vu cela sur le Circuit planétaire, il ne restera plus un seul officier décidé à vous désobéir. Veuillez signer cela.

Hisst lut l'ordre :

À tous les officiers de l'Armée et de la Flotte :

VEUILLEZ VOUS LANCER IMMÉDIATEMENT
À LA POURSUITE DE JETTERO HELLER,
DÉCLARÉ HORS-LA-LOI NOTOIRE.

Lombar parapha le document d'un seul mouvement.

Madison affichait un large sourire. La chasse à l'homme qu'il attendait depuis si longtemps allait maintenant commencer.

Le soulagement et le bonheur qu'il éprouvait dans tout son corps frôlaient l'extase absolue.

IL VOYAIT DÉJÀ LES GROS TITRES!

La Terre survivra-t-elle
à l'ultime fureur de Hisst?

Vous le découvrirez dans le dernier volume de

MISSION
TERRE

TOME 10

REQUIEM POUR UNE PLANÈTE

A propos de l'auteur

Né en 1911, fils d'un officier de la Marine des États-Unis, L. Ron Hubbard grandit dans l'Ouest américain et, très tôt, fait le dur apprentissage de la vie dans les grands espaces. Adolescent, il vit dans les plaines et les montagnes du Nevada où il côtoie cow-boys et Indiens, avant de s'embarquer pour l'Asie qu'il visite longuement et dont il découvre les philosophies et les religions. A dix-neuf ans, il a déjà parcouru plus de cinq cent mille kilomètres, sur terre comme sur mer, et rédigé de nombreux journaux de voyage dans lesquels il puisera généreusement quelques années plus tard pour nourrir les intrigues de ses romans.

De retour aux États-Unis, il cherche à assouvir son insatiable appétit d'aventures et de sensations fortes en devenant aviateur et, très vite, acquiert une réputation de virtuose et de casse-cou, mais il est bientôt repris par le démon de la navigation et part pour les Caraïbes sur un quatre-mâts, à la tête d'une expédition.

Puis il rentre au bercail et décide de vivre de sa plume. S'ensuit un flot étonnant de romans et de nouvelles – aventures, westerns, polars, fantastique. Le succès est immédiat. En 1938, il est reconnu comme l'un des plus grands parmi les auteurs de récits populaires.

C'est à cette époque que *Astounding,* le meilleur magazine de science-fiction, lui demande sa collaboration. Il proteste : ses sujets de prédilection ne sont pas les « machines et les robots », mais les gens, les êtres humains. On lui répond : « Ça tombe bien, c'est exactement ce que nous cherchons. »

Suivent alors de nombreux récits où Hubbard élargit l'horizon de la science-fiction, devenant un maître du genre au même titre que A. E. van Vogt et Robert Heinlein. Ils comptent parmi les écrivains marquants de ce qu'on a appelé l'« Age d'Or » et les fondateurs de la science-fiction moderne.

Hubbard écrit une centaine de romans et plus de deux cents nouvelles. Ses œuvres de fiction ont été traduites dans une dizaine de langues et se sont vendues à vingt-deux millions d'exemplaires dans le monde.

En 1982, Hubbard fête son 50e anniversaire d'entrée en littérature avec une impressionnante saga de science-fiction, *TERRE Champ de Bataille*, qui devient rapidement un best-seller international. Critiques et amateurs de S.-F. réservent au livre un accueil enthousiaste. En 1986, les lecteurs français le plébiscitent pour le Prix Gutenberg, dans la catégorie science-fiction.

Après la parution de *TERRE Champ de Bataille*, Hubbard s'attelle à la rédaction de ce que beaucoup considèrent comme son chef-d'œuvre, *Mission Terre*, une aventure spatiale sur fond de satire qui compte pas moins de dix tomes – une entreprise dans laquelle peu d'écrivains auraient osé se lancer.

Mission Terre est un récit mené à cent à l'heure qui regorge de coups de théâtre et de retournements de situation spectaculaires au cours desquels bons et méchants s'affrontent en une lutte sans merci dont l'enjeu est notre bonne vieille planète Terre.

Avec *Mission Terre*, Hubbard réussit un pari audacieux : nous raconter notre monde en prenant le point de vue des extraterrestres qui se sont mêlés à la population terrienne, et dénoncer avec un humour féroce certaines de nos institutions, dans la lignée de Voltaire, de Swift ou de l'Orwell de *la Ferme des animaux*.

Un vieux mot grec, *dékalogie*, a été choisi pour désigner cette saga en dix tomes.

Le 24 janvier 1986, ayant livré son manuscrit à son éditeur et ayant atteint tous les buts qu'il s'était fixés, L. Ron Hubbard a quitté son corps. Il laisse derrière lui une œuvre riche et originale qui traversera les âges, pour le plus grand bonheur des innombrables générations de lecteurs à venir.

Nous sommes fiers de publier à notre tour le chef-d'œuvre de L. Ron Hubbard, la *dékalogie* intitulée *Mission Terre*.

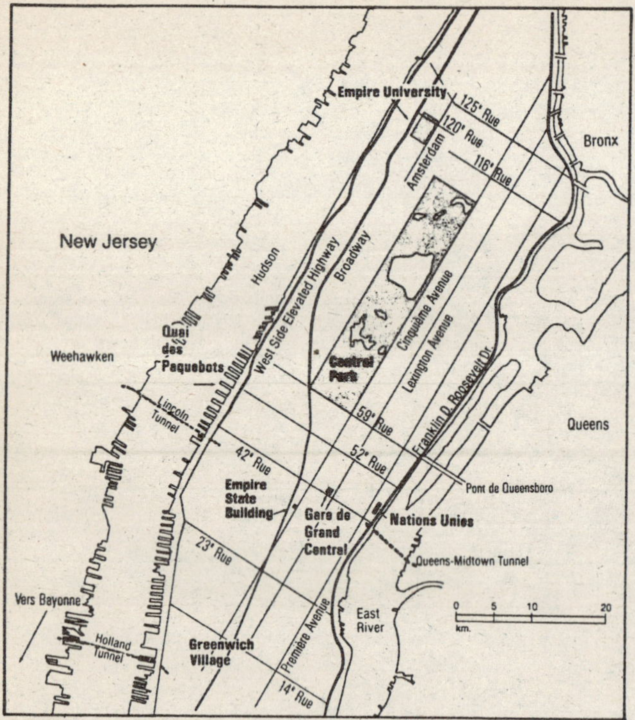

Bilto-P3 (La Terre) - Etats-Unis

Centre de Manhattan et

Carte établie par 54 Charlee Neuf

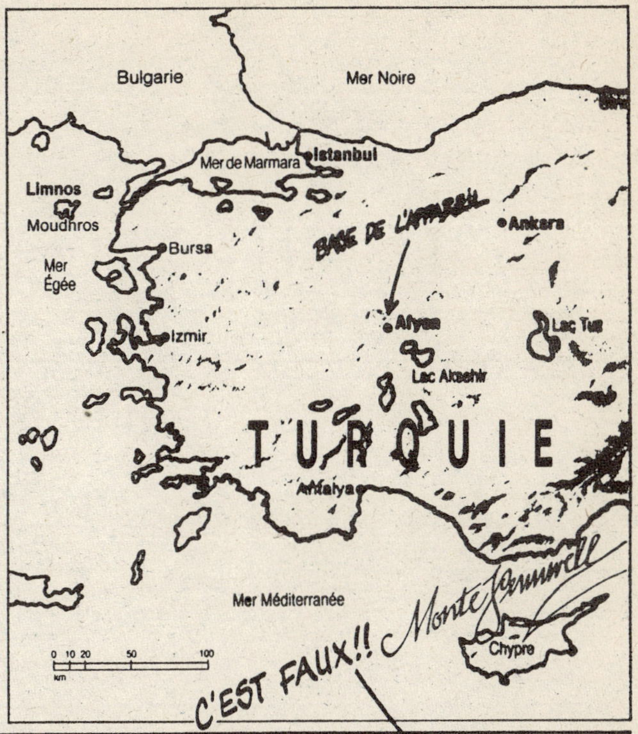

Turquie Centrale

AVERTISSEMENT : La planète Terre (Blito-P3) n'existe pas. Cette carte n'a jamais figuré dans les archives astrographiques Royales. Elle est basé sur les descriptions contenues dans cette œuvre de fiction, et sur rien d'autre.

Sur ordre de Lord Invay
Président du Conseil des Censeurs

Achevé d'imprimer en septembre 1994
sur les presses de l'Imprimerie Bussière
à Saint-Amand (Cher)

POCKET - 12, avenue d'Italie - 75627 Paris Cedex 13
Tél. : 44-16-05-00

— N° d'imp. 2440. —
Dépôt légal : septembre 1993.

Imprimé en France

Les Galaxies de la Science-fiction

HERBERT
La maison des mères

Les Planètes de la Science-Fantasy

McCAFFREY
Le dragon blanc

Les Univers de la Fantasy

MOORCOCK
La quête de Tanelorn

Les Abîmes de la Dark Fantasy

LOVECRAFT
La trace de Cthulhu